Christine Snow, Therapeutin in Chicago, hat nach einigen Umwegen zu einem halbwegs häuslichen Glück mit ihrer Geliebten Taylor Heyes, einer Fotografin, gefunden. Sie teilen ein Haus, einen Hund, ein Leben, das auf Dauer angelegt scheint, bis Taylor eines Morgens nach einem bedeutungslosen Streit spurlos verschwindet.
Zunächst ist Christine wütend, doch diese Wut schlägt langsam in Nervosität und Sorge um. Hat Taylor sie verlassen, trifft sie sich mit jemand anderem, ist ihr etwas zugestoßen? Ihre Patienten verlangen weiterhin ungeteilte Aufmerksamkeit, während sie zunehmend sich und andere vernachlässigt, sich beinahe auflöst in Sorge und Verzweiflung.
Sie beginnt, in Taylors Dunkelkammer zu suchen, entwickelt Fotos, die ihr Hinweise auf eine Taylor geben, die sie so nicht kannte. Chris verfolgte diese Spuren bis nach Marokko und wieder nach Hause zurück und muß erkennen, daß niemand den anderen wirklich kennen kann.
Im Zentrum dieses Romans steht die Frage: Wie geht man mit dem plötzlichen Verschwinden einer geliebten Person um? Kannte man diese Person, der man sich vertraut fühlte und die man zu lieben glaubte?

Carol Anshaw lebt in Chicago und arbeitet als Kritikerin und Journalistin. Im Fischer Taschenbuch Verlag liegt außerdem ihr Roman ›Aquamarin‹ (Bd. 13594) vor.

Carol Anshaw

Christine

Roman

Aus dem Amerikanischen
von Ebba D. Drolshagen

Fischer
Taschenbuch
Verlag

2. Auflage: Juli 1999

Deutsche Erstausgabe
Veröffentlicht im Fischer Taschenbuch Verlag GmbH,
Frankfurt am Main, Januar 1999

Die amerikanische Originalausgabe erschien 1996
unter dem Titel ›Seven Moves‹
bei Houghton Mifflin Co., New York

Gesamtherstellung: Clausen & Bosse, Leck
Printed in Germany
ISBN 3-596-14185-0

Für Mary Kay Kammer

Danksagungen

Ich danke

Janet Silver, meiner Verlegerin; Jayne Yaffe, meiner Lektorin; und Jean Naggar, meiner Agentin.
May Beth Shaffer, die mir half, wie eine Therapeutin zu denken.
Mohammed Jebbour, der mir Marokko verständlicher machte.
Lyn DelliQuadri, Denise DeClue, Stacey D'Erasmo, Diane Lefer, Sydney Lewis, Peggy McNally, Barbara Mulvanny, Sharon Sheehe Stark, Eliot Wald und ganz besonders Jessie Ewing für ihre Unterstützung, für Vorschläge und Kritik.
Meinen Eltern für ihre Großzügigkeit.
Dem National Endowment for the Arts, dem Illinois Arts Council, der Ragdale Foundation und der Ucross Foundation für Zeit und Raum respektive finanzielle Unterstützung während der Arbeit an diesem Buch.

Love has no mind.
It can't spell unkind.
It's never seen a heart shaped like valentine.

John Prine

1

Christine Snow versucht, dem leise köchelnden Schmerz in der Lendengegend keine Beachtung zu schenken. Ein kleiner Werbefilm blitzt vor ihrem inneren Auge auf. Tanzende Kapseln mit Zylindern. Vor dem Ende der Stunde wird es ihr aber nicht viel besser gehen. Bis dahin müssen ihre kleinen Rückenschmerzen hinter dem bedeutenderen Leid ihrer Patientin Rosario Delacruz zurückstehen, die gegenwärtig ein Problem hat, das für die Situation typisch ist: Dinge, die im wesentlichen der Nacht angehören, in das weniger behagliche Licht des Tages zu bringen. Chris beugt sich in ihrem Stuhl vor, bemüht, zu helfen und sich gleichzeitig zu strecken.

»Sie beschreiben ihn immer entweder als Satan oder als Varieté-Hypnotiseur«, sagt Chris. »Vielleicht rührt beides aus der gleichen Faszination. Faszination läßt die Dinge häufig unklar werden. Was ich damit sagen will, ist, wenn Sie etwas Abstand bekämen, fänden Sie ihn vielleicht nicht mehr so furchtbar interessant oder außergewöhnlich, sondern sähen ihn als Schlägertyp. Wie andere Schlägertypen.«

Rosario senkt die Lider, ein Fächer aus getuschten Spinnenbeinwimpern, nickt nachdenklich, als ziehe sie das in Betracht. Gleichzeitig bahnen sich Tränen den Weg durch das Augen-Make-up, laufen schlammig über die steilen Inkaflächen ihres Gesichts

Chris weiß nicht, ob das Weinen Ein- oder Unverständnis bedeutet, denn Rosarios Dramen übersteigen häufig Chris' Fassungsvermögen. Rosario ist Latina-Amerikanerin. Der Bindestrich ist das Seil im Tauziehen zwischen dem kühnen Ich, das sie selbst geschaffen hat, und dem unterdrückten, das die Kulturen ihrer Herkunftsländer für sie vorgesehen haben – vor allem Mexiko, aber mit einem haitianischen Einschlag auf der mütterlichen Seite und einem peruanischen Zweig im väterlichen Stammbaum.

In Chris' gesamtem Bekanntenkreis ist in beruflicher Hinsicht niemand so straight wie Rosario. Sie hat Betriebswirtschaft studiert und dann mit dem Geld, das sie besaß, weil sie während der Semesterferien als Kellnerin gejobbt, bescheiden gelebt und ihr Trinkgeld gespart hatte, ein schickes Restaurant in der Armitage Avenue – beste Innenstadtlage – gekauft. Ihr Privatleben hingegen ist eine Katastrophe. Sie findet kalte, tendenziell gewalttätige Männer attraktiv. Der bislang letzte ist ein Steuerprüfer, der die Bücher des Restaurants durchsehen sollte. Tony hat ein Zucken unter dem linken Auge und leidet unter nächtlichem Zähneknirschen. Nachts trägt er eine Vorrichtung im Mund, damit er sich im Schlaf nicht die Zähne zu Stummeln zermalmt.

Rosarios Beziehung mit ihm ist, ihrer Schilderung nach, ein taumelnder Sturz von den höchsten Höhen ganz nach unten, dann wieder nach oben. Die Hochs betreffen vor allem den Sex, der, ihren Aussagen zufolge, von religiöser Sinnlichkeit ist, so, als nähere man sich auf Knien dem Sinn des Lebens. »Ich weine die Tränen der Engel«, hat sie Chris gesagt und hinzugefügt, wobei sie die Luft mit einem Papiertaschentuch betupfte, »das verstehen Sie nicht.« In Rosarios Weltbild machen es Gringas im Dunkeln, duschen danach und hinterlassen auf dem Rücken ihres Liebhabers keinerlei Spuren.

Es ist allerdings meist Tony, der Spuren hinterläßt. Vor einigen Wochen kam Rosario und hatte den deutlichen Abdruck von fünf Fingern auf dem Unterarm, schwarz-lila und tief kastanienbraun gesprenkelt. Heute hat ihre linke Gesichtshälfte die Farbe und den prallen Glanz einer Pflaume, die man mit dem Ärmel blank gerieben hat, gerade richtig zum Verzehr. Ausgehend von diesem Epizentrum verläuft die Farbe zu einem pointillistischen Magenta, das aus vielen tausend geplatzten Kapillaren besteht.

»Ich schäme mich furchtbar«, flüstert sie. »Mir ist, als hätte ich mir das selbst angetan.«

Obwohl ihr davon regelrecht übel wird, fällt es Chris schwer, den Blick von Rosario abzuwenden. Die Leute glauben, Therapeuten seien gefühllos, vom Leid ihrer Patienten abgekoppelt, besorgt, aber auf eine distanzierte Weise, die es ihnen zugleich erlaubt, verstohlen auf die Uhr zu sehen und in Gedanken einen Schwur zu summen. Aber Chris' Problem ist genau umgekehrt. Ihr fällt es sogar schwer, nicht zwischen den Sitzungen an die Probleme ihrer Patienten zu denken, sondern deren Sorgen in einem entlegenen Schrank der wohlwollenden Vernachlässigung zu verstauen, in eine kühle, feuchte Frischhaltedose. Sie hat selbst schwierige Zeiten erlebt und weiß daher nur allzu gut, daß für den Leidenden die Tage zwischen den Therapiestunden oft darin bestehen, von der letzten Sitzung fort- und zum Ufer der nächsten hinzupaddeln, immer in großer Angst, dabei zu ertrinken.

Daher sind diese Zwischenzeiten auch für sie voller Strategien, die Patienten anzuspornen, anzuleiten oder ihnen einfach zu erlauben, sich vorwärts zu bewegen, zu erkunden, ob ein tastender Schritt angebracht ist oder gar ein hemmungsloser Sprung. Über diese direkte, berufliche Analyse hinaus dringen ihre anhaltenden Dramen in Chris' Denken, manchmal in ihre Träume, oft in ihre vermeintlichen freien Stunden durch Nachrichten auf dem Anrufbeantworter, tränenreich oder angespannt, setzen ihr zu, bis sie zurückrufen, die Situation wenigstens etwas beruhigen oder klären kann, um dann zu dem zurückzukehren, was sie unterbrochen hatte, Risotto kochen, ein Bad einlaufen lassen, mit ihren Freunden oder ihrer Geliebten zusammensein.

Mitten in einer mehr oder weniger interessanten Unterhaltung, bei einer Vernissage, wenn sie beispielsweise in der einen Hand ein mit Parmaschinken umgewickeltes Grissini, in der anderen einen Plastikbecher mit billigem Chardonnay hält – einer Situation also, die gemeinhin als der Inbegriff des wunderbaren urbanen Lebens gilt –, entgeht ihr ein Großteil dessen, was passiert, weil sie sich zum Beispiel sorgt, ob Jocelyn Egan ihr Vorstellungsgespräch ohne Panikattacke überstehen wird. Aus diesem Grund kann Chris auch über die Handlung vieler Filme keine genaue Auskunft geben.

Diese unerbittliche Ablenkung hat, wie sie hofft, auch ihr Gutes. Sie weiß, daß sie einigen ihrer Patienten immens hilft und ihrer Aufgabe bei den meisten zumindest gewachsen ist. Zwangsläufig versagt sie bei einigen völlig, und wenn das geschieht, scheuert es in ihr wie Sodbrennen. Das Schwierigste für sie ist oft der Kampf gegen den Impuls, hilfreich einzugreifen, eine Abkürzung zu nehmen statt des langen Wegs. Manchmal möchte sie dem Bedürfnis nachgeben, all diese verzagt Leidenden ein bißchen aufzuschütteln, ihre Krawatten zu richten, ihre Atmung zu kontrollieren. Sie so gesammelt und peppig hinzubekommen, daß sie das Hier und Jetzt ihres Lebens genießen können, das vorüberzischt, während sie am Rand ihres eigenen Spielfelds sitzen und es nicht schaffen mitzuspielen. Rosario beispielsweise – die ihre besten Jahre an Kerle verschwendet, die das Selbstvertrauen unterminieren, das sie sich erkämpft hat.

Von der kulturellen Kluft zwischen ihnen abgesehen, liegt ein spezielles Problem bei Rosarios Behandlung darin, daß Chris' Strategien auf eine trickreiche Abwehr treffen, denn Rosario findet zahllose Wege, ihre Therapie selbst in die Hand zu nehmen. Vor einigen Wochen zog sie eine große Ziplock-Tüte aus ihrer Schultertasche. »Ich habe meine Tanten besucht.« Ihre Tanten sind zwei steinalte Haitianerinnen, die in der armen South Side von Chicago wohnen und großzügig Ratschläge und Voodoo austeilen. Sobald Rosario sie erwähnt, bekommt ihre Stimme etwas Gejagtes und ihre Rs beginnen, wie geschmierte Kugellager zu rollen. »Sie kennen Orte,« – sie hält kurz inne, macht eine kleine Handbewegung, um anzudeuten, wie wenig diese Information jene schrecken kann, die sich in der Welt der Schatten gewandt zu bewegen wissen – »wo man Verwünschungen kaufen kann.«

Chris hält dergleichen für Unfug, sah sich aber dennoch die Plastiktüte und deren bunten Inhalt an. (Wer hätte das nicht getan?) Einige gestreifte Steine; einige Röhrchen mit Flüssigkeiten, eine davon beunruhigend blutähnlich; ein Federbüschel; etwas, das sie mit ziemlicher Sicherheit als Rattenschwanz identifizierte – oder, wie es in ihrem Denken auftauchte, Schwanz von Ratte. Als sie mit erhobener Hand eine nähere Betrachtung ablehnte, stopfte Rosario die Tüte wieder in die Handtasche zurück. Sie akzeptiert Chris' Grenzen, was Rosarios Wertschätzung für sie offenbar nicht schmälert. Sie hat ihr zwei Freundinnen geschickt, eine von ihnen hat eine weitere geschickt, und nun hat Chris einen kleinen Klientenstamm hispanischer, heterosexueller Frauen, deren Stil sie insgeheim als Killer-Femme bezeichnet – heterosexuelle Panther mit hochgebauschten, gefährlichen Haaren, purpurroten, spitzgefeilten Nägeln, Kettchen am Fußgelenk –, und deren Wege sich in ihrem Wartezimmer mit Lesben und Schwulen kreuzen. Sie versucht, die Termine so zu legen, daß solche peinlichen Begegnungen vermieden werden, bei der eine Gruppe angesichts der anderen ausflippt.

Chris ist immer noch nicht sicher, ob sie der Behandlung dieser Frauen gewachsen ist, die sie, trotz ihrer Probleme, eigentlich beneidet. Sie hätte gern etwas von ihrer Lebenseinstellung, ihre gezupften Augenbrauen, die immer bereit sind, voller Verachtung in die Höhe zu gehen, egal worüber. Sie fühlt sich antriebslos im Vergleich zu ihrer erwartungsvollen Atemlosigkeit, ihrem überschäumenden Lachen, ihren schnell fließenden Tränenbächen. Chris kann sich nicht erinnern, wann sie das letzte Mal geweint hat, Ereignisse ausgenommen, die nicht zu ihrem eigenen Leben gehörten: die Zusammenführung betagter russischer Schwestern in *Oprah!* oder die Krönung der gehörlosen Miss America.

Gelegentlich ist Chris nicht einmal sicher, ob das, was zwischen ihr und Rosario geschieht, tatsächlich Therapie ist. Vielleicht benutzt sie Rosario, um sich freier zu fühlen, aufregender und schillernder durch die Nähe zu ihr, während Rosario Chris als Totem für Status und Schicht benutzt. Sie kommt jeden Dienstag nachmittag, um auf moderne, konventionelle – wenn auch dramatische – Weise über ihre Probleme zu sprechen, in dieser Umgebung mit frischen, bereitliegenden Papiertaschentüchern, Galerieplakaten und Nadelfilz, während die spätnachmittägliche Sonne diffus durch die Jalousien fällt und sanfte Lichtbalken in den Raum zeichnet. Aber wenn sie wirklich ein Problem lösen muß, geht sie um Mitternacht zu einer mexikanischen Schamanin, die ein Ei über ihren nackten Körper rollt, es dann in Wasser aufschlägt und seine Botschaft deutet.

Chris und Rosario kommen bei einer bestimmten Frage oft zu völlig unterschiedlichen Antworten. Jetzt zum Beispiel denkt Chris, Rosarios nächster Schritt sei einfach, weiterem Ärger aus dem Weg zu gehen, sich diesen Widerling Tony vom Hals zu schaffen, sich in die Lage zu versetzen, in Ruhe eine Bestandsaufnahme zu machen. Doch dann sieht Rosario Chris fest in die Augen, als seien sie sich völlig einig, und sagt: »Sie haben recht, natürlich. Ich sollte den Mut haben, ihn umzubringen.«
In Chris' Rücken zuckt ein kleiner Krampf.
»Ein Pülverchen, würde ich sagen.« Jetzt rollt Rosario, die Stimme körnig und guttural. »Sie verstehen. Ein ganz klein wenig ins Glas.« Sie seufzt tief.
Chris glaubt nicht, daß sie das ernst meint (sie hat schon anderen Rache geschworen), aber die fünfzig Minuten sind fast um, es fehlt die Zeit, dem weiter nachzugehen. »Versprechen Sie mir, daß Sie in den nächsten Tagen nichts unternehmen. Rauben Sie mir nicht den Schlaf. Darüber müssen wir noch reden.« Sie versucht, Rosario nochmals in die Augen zu sehen, die aber hebt nur eine gestrichelte Augenbraue, gräbt in der großen Lederhandtasche herum, die sie immer begleitet, und zieht ein Scheckbuch heraus.
»Ich habe heute und das letzte Mal noch nicht bezahlt.« Sie reicht Chris ein Scheckformular, das mit herumpurzelnden Kätzchen und Wollknäueln bedruckt ist. »Regen Sie sich nicht auf. Ich werde darüber nachdenken, was Sie gesagt haben. Daß ich warten soll.«

Nachdem Rosario gegangen ist, kann Chris die Kapseln mit dem Schmerzmittel nehmen und sich lang auf dem Fußboden ausstrekken, während sie auf Jerome Pratt wartet, der anfangs zu ihr kam, weil er sich sehr häufig die Hände waschen und nachsehen mußte, ob die Herdplatten ausgeschaltet, die Wasserhähne zugedreht und alle Kippfenster entweder exakt gleich geöffnet oder geschlossen waren. Das alles mußte er auch eine bestimmte Anzahl von Malen überprüfen, dabei waren gewisse Zahlen nicht in Ordnung. Drei, beispielsweise. Er mußte alles zweimal oder viermal prüfen. Jetzt nimmt er Medikamente, die diese anstrengenden Kontrollgänge unterdrücken. Und er hat einen Liebhaber gefunden, den ersten seit einigen Jahren. Er wird Chris' Betreuung bald nicht mehr brauchen.

Heute erzählt er ihr, wie er mit seinem neuen Freund Keith Sex hatte, und zwar in einer abgeschlossenen Arbeitsnische in einem vergessenen Flur der Bibliothek der Northwestern University, wo Jerome arbeitet. Er geht ziemlich ins Detail. Es kommt gegenseitiges Blasen vor und ein Hausmeister, der sie fast erwischt hätte. Die Geschichte (sie kann nicht entscheiden, ob sie tatsächlich oder nur in seiner Phantasie passiert ist) und die reglose Mine, mit der Jerome sie erzählt, beginnen sie zu erregen. Sie würde gerne mehr über das Blasen erfahren, darf aber ihre Therapeutinnenrolle nicht verlassen. Sie rutscht etwas im Stuhl hin und her und räuspert sich: »Aha. Hatten Sie danach das dringende Bedürfnis, sich die Hände zu waschen?«

Sie sieht nochmals in ihren Kalender: keine weiteren Stunden. Dienstags und mittwochs hat sie abends keine Termine. Sie verbringt etwa eine Stunde mit dem Versuch, Papierkram zu erledigen – die vielen leeren Spalten so auszufüllen, wie es der Staat, die Versicherungsgesellschaften und ihre Abrechnungsstelle haben wollen. Blöcke mit Notizen über Patienten füllen, um den Überblick über Details und Entwicklungen zu behalten, und auch über ihre eigenen Hoffnungen, wohin und wie schnell sie sich bewegen werden. Ihr Schreibtisch ist unter Ordnern, Schreibblöcken und Fachjournalen, Korrespondenz und Formularen begraben und ähnelt dem Arbeitsplatz eines Physikers, der in einem chaotischen Universum nach Ordnung sucht, worin sich die Beschäftigungen von Physiker und Therapeut durchaus gleichen mögen.

Als sie soviel erledigt hat, wie sie für heute ertragen kann, hört sie ihren Anrufbeantworter ab, der Gott sei Dank keinerlei Nachrichten enthält. Sie darf gehen.

Statt dessen läßt sie sich rückwärts aufs Sofa fallen, genau in die Vertiefung, die Jeromes knochiger Hintern hinterlassen hat. Wenn sie wieder in die normale Welt hinauftaucht, leidet sie unter der Taucherkrankheit, die entsteht, wenn sie zu viele Stunden hintereinander in diesem Zimmer ist. Sie wünschte, jemand käme mit einer Flasche angewärmtem Patschuli-Massageöl herein. Jemand, die heiß und befehlend ist. Sigourney Weaver in ihrer *Alien*-Arbeitskleidung wäre nett. Sigourney Weaver als Kombination aus Masseuse und Berufsberaterin. Sie würde Chris einölen und dabei zu einer anderen Tätigkeit übergehen. Oder sie könnte sagen (und ihr dabei spielerisch auf den fettglänzenden Po schlagen): »Mach nur weiter so, Süße, aber hey, nimm's nicht so ernst.«

Aber genau das kann Chris natürlich nicht. Sie ist all diese privaten Übereinkünfte eingegangen, hat so viele Stunden in diesem Beichtstuhl zugebracht. Sie ist die Hüterin der bedrückenden Alpträume ihrer Patienten, Zeugin ihrer Verletzungen. Sie kommen mit ihren schlimmsten Ängsten, damit sie sie aufbewahrt. Im Austausch dafür – wenn sie in den verzweigten, ermüdenden Erzählungen ihrer Leben nicht die Orientierung verliert, wenn sie nicht unabsichtlich wertend oder sonst ihrer Aufgabe irgendwie nicht gerecht wird – gibt sie ihnen etwas, das vage, gefährlich nach Hoffnung aussieht.

Ihr privates Telefon klingelt. Sie reckt sich nach dem Hörer, was ihre Lendenwirbel wie ein schmerzender Blitz trifft.

»Oah!« sagt sie unbeabsichtigt in den Hörer, dann fügt sie für Taylor – niemand sonst hat die Nummer – hinzu: »Rette mich.«

»Hey. Alles in Ordnung?«

Chris bemerkt, daß sie nicht geantwortet hat, als Taylor sagt: »Du sitzt einfach fest. Komm schon. Ich lade dich zum Essen ein.«

»Es ist fast sechs«, sagt Chris und nimmt den Orakelball vom Tisch neben dem Sofa. Stumm fragt sie ihn, ob Rosario Delacruz etwas Mörderisches tun wird, das sie beunruhigen sollte, und ist erleichtet, als im Fenster MEINE INFORMATIONEN SPRECHEN DAGEGEN erscheint. »Wahrscheinlich kannst du dich sowieso nicht wachhalten«, sagt sie zu Taylor. »Ich muß das Gespräch allein führen, während dir der Kopf ins Essen fällt.« Taylor ist erst vor wenigen Stunden von einer zehntägigen Fotoreise aus Marokko zu-

rückgekommen, Oasen der Sahara, hinter Ouarzazate. Chris fragt den Ball, ob Taylor sie immer noch wirklich liebt, bekommt aber nur ANTWORT UNKLAR, FRAGE NEU STELLEN. Manchmal ist der Ball sehr ausweichend.
»Ich habe eine Runde geschlafen«, sagt Taylor. »Komm schon. Geh jetzt. Versuche, vor mir dort zu sein.«

Es ist ein italienisches Restaurant, das sie beide mögen, eines aus der kleinen Flut neuer Trattorien mit einer, wie Taylor es nennt, Instant-Toskana-Atmosphäre, die entsteht, indem man eine unverputzte Wand so streicht, daß sie wie der bröckelnde Putz einer verfallenden Villa aussieht. Chris fährt ziemlich rasant, hat an den Ampeln Glück und findet direkt um die Ecke des Restaurants einen Parkplatz. Doch als sie eintritt, sitzt Taylor bereits an einem hinteren Tisch, den Kopf gegen die Wand gelehnt, die Finger flach auf dem Tisch, um den Stiel eines Glases Rotwein gespreizt. Ihr Blick ist konzentriert nach innen gerichtet, auf einen Punkt an einem persönlichen Horizont.
Chris spürt, wie ihr etwas Kaltes, Flüssiges, Metallisches durch die Glieder fährt, zum Teil, weil sie nicht weiß, was so faszinierend sein könnte, zum Teil, weil sie es nicht wissen möchte. Sie beobachtet, wie Taylor die Bewegung von Chris' Ankunft mehr spürt als sieht und sich ihr zuwendet, dabei bekommt ihr Gesicht sofort etwas Erwartungsvolles und Verführerisches, ihr Allerweltsgesicht, das sie bei praktisch jedem aufsetzt. Chris wünschte, daß Taylor das nicht immer noch für sie benutzen müßte, obwohl es fraglos genau das war, was Chris so fesselte, als es mit ihnen anfing.
Das war vor vier Jahren.

Sie hatte im Treppenhaus vor der Wohnungstür gestanden und die Nase in ihren Hemdkragen gesteckt, um zu überprüfen, ob sie zuviel Eau de Cologne trug. Es war eine Einladung zum Abendessen – sie ging davon aus, daß ihre Freunde Raymond und Jim nur sie eingeladen hatten. Sie war seit kurzem wieder Single, all ihre Freunde waren freundlich, weil sie glaubten, sie fühle sich einsam,

zu Hause mit einem schlechten Krimi und einem Glas Gin in der Badewanne oder in fragwürdigen Kneipen auf Trebe – Vorstellungen von der Art, die das Wort *single* bei Leuten in Beziehungen heraufbeschwört.
Tatsächlich atmete sie vor Erleichterung auf, dankte dem Schicksal, daß es sie aus dieser letzten Beziehung hatte entkommen lassen, die so peinlich gewesen war, daß sie sich nicht einmal überwinden konnte, sie als Beziehung zu bezeichnen. Wenn sie von sich und Lois sprach, sagte sie lieber: »Wir haben uns eine Zeitlang häufiger gesehen.« Oder: »Ich war eine Zeitlang viel mit ihr zusammen.« Während es in Wahrheit knapp ein Jahr gewesen war, in dem sie mehr oder weniger zusammengewohnt, zusammen ferngesehen, sich über Nichtigkeiten gezankt und zusammen zugenommen hatten. Chris' Freund Daniel nennt Lois immer noch Das Haustiermensch, eine ebenso furchtbare wie zutreffende Bezeichnung, für Chris fast so erniedrigend wie für Lois.
Als sie diese trübe Affäre hinter sich hatte, zögerte sie, etwas Neues zu beginnen. Sie hatte angefangen, ihrem eigenen Urteil in solchen Dingen zu mißtrauen. Sie hatte sich auf einen eher heiteren Abend gefreut, ein Essen mit zwei engen Freunden und lockerem Geplänkel über schräge Vorlieben in Liebesdingen. Aber auf der anderen Seite der Tür war es zu laut. Sie war unzureichend vorbereitet, als sie in die leichte Dunstwolke von etwa zwei Dutzend Menschen trat, vor allem schwule Männer, aber auch einige Frauen, offenbar alles Paare, die Weingläser hielten und sich von ihrer besten Seite zeigten. Sie fühlte sich augenblicklich defizitär, brauchte eine zusätzliche Energiequelle – einen Satz Batterien –, um an diesem größeren Ereignis teilzunehmen. Zur Akklimatisierung besorgte sie sich auch ein Glas Wein, stellte sich neben das Buffet und sah zu, wie die anderen Gäste einen Tisch voller kleiner, ausgewählter Speisen abgrasten – winzige Ziegenkäsepizzen, dreifarbige Gemüsepastete auf Reiscrackern, Brie mit Pilzen, Salat mit darübergestreuten Blütenblättern. Dann sah sie sich die Gäste genauer an, bemerkte Taylor, die nachdenklich am Kamin lehnte, und änderte ihre Meinung. Plötzlich hatte sie große Lust auf eine Party.

Natürlich wäre Taylor jedem aufgefallen. Sie war die Verkörperung eines Traumes ohne Wenn und Aber. Mick-Jagger-Mund. Botticelli-Haare – dunkel, lang und etwas zerzaust. Hellgraue Augen, die Augen eines Menschen, der sich ein wenig verfolgt fühlt oder hellsehen kann. Wäre diese Party ein Film, das Publikum wüßte, sobald sie den Raum betreten hätte, daß Taylor die Hauptperson ist. Und im Vordergrund würde natürlich das Telefon klingeln.

Aber sie wurde von ihrer Partnerin quasi beschattet, deren Radar wachsame Kreise zog und jedes unbekannte Objekt anzeigte, das in ihren Luftraum schwebte. Schließlich machte Raymond die drei miteinander bekannt. Er und die Partnerin, Diane, arbeiteten zusammen bei Hyatt. Chris fragte sich, ob sie Hoteldetektivin war, sie hatte das aalglatte Benehmen, den verstohlenen Blick. Taylor war Fotografin, erfuhr Chris und hörte irgendwo in sich das Klikken eines Auslösers. Sie begann nach einer Art zu suchen, sie ein wenig zu kränken, denn sie hatte bei ihren Flirtversuchen gelernt, daß bei blendend aussehenden Frauen Unhöflichkeit und, wenn irgend möglich, eine gewisse Herablassung die beste Anmache waren. Sie völlig zu übersehen war die weitaus beste Strategie, dazu aber brauchte man eine Situation, in der Zeit keine Rolle spielte. Wäre sie selbst gutaussehend gewesen, hätte Chris sich diesen Frauen direkt nähern können. Aber sie war immer ein großes, dünnes Mädchen mit Brille gewesen. Sie hatte sich immer etwas einfallen lassen müssen.

An jenem Abend beschloß sie, als Eröffnungsstrategie so zu tun, als glaube sie, Taylor meinte mit »Fotografin«, daß sie in einem verstaubten Laden arbeitete, Läden wie die in Chris' Stadtteil, in deren Schaufenstern Porträts von verblüfft blickenden High-School-Absolventen und von Bräuten ausgestellt waren, die samt und sonders wie einbalsamiert aussahen und an die Heiligen erinnerten, die in spanischen Kirchen hinter Glas liegen.

»Benutzt du ein Gummihuhn?« fragte sie Taylor, als eine kleine Gesprächspause entstand.

»Wie bitte?«

»Ich war einmal auf einer Hochzeit, wo der Fotograf eins hatte. Er riß es hoch, damit alle lachten, als er das Foto machte. Aber ich vermute, ihr Profis habt jede Menge Tricks.«

»So etwas Cleveres ist selten«, sagte Taylor, und Chris spürte einen kleinen Ruck am Seil.

Später, als die Party größer und bedrängender wurde, ging sie auf die Veranda hinter dem Haus, weil sie etwas Platz und frische Luft um sich haben wollte. Plötzlich stand Taylor neben ihr. Über dem See braute sich ein Sommergewitter zusammen; in der Ferne zuckte tief am Horizont ein Wetterleuchten, gespenstisch ohne den begleitenden Donner. Chris wandte das Gesicht, um es zu fühlen.

»Mein Hund macht das auch«, sagte Taylor. »Schließt die Augen und hält das Gesicht in die Brise, er genießt es.« Dann fuhr sie mit den Knöcheln leicht über Chris' Wange, als Illustration der nicht-so-furchtbar-schwierig-zu-begreifenden Vorstellung von »Brise«.

Chris bekämpfte einen nervösen Impuls zu lachen. Während ihres Coming-outs in Internaten und im College hatte sie sich die ganze Zeit nach genau diesem billigen Szenario gesehnt, eine Frau wie ein sexuelles Raubtier, ein Vamp der alten Schule, die Situation und Technik meisterhaft beherrscht. Die jede Anmache kennt, mit jeder Anmache durchkommt. Jetzt, nach so vielen Jahren und so vielen Frauen, wirkte etwas Derartiges einfach nur komisch.

Selbstverständlich, selbst wenn sie an diesem Augenblick so vieles amüsant fand, blickte sie über Taylors Schulter auf die Fliegentür zur Küche, wo die immer wachsame Diane sicherlich jede Sekunde erscheinen würde. Als sie wieder zu Hause war, machte sie sich Vorhaltungen, mit einer verheirateten Frau geflirtet zu haben. Sie versuchte, sich an einen lockeren Code sozialer Verhaltensregeln zu halten: daß die Welt anständiger und weniger chaotisch wäre, wenn Leute erst die eine Beziehung beenden würden, bevor sie in die nächste sprangen.

Dennoch hängte sie nicht auf, als Taylor anfing, sie anzurufen, meist aus Telefonzellen, manchmal aus ihrer Dunkelkammer oder mit knackenden Verbindungen von Hotelzimmern in Orten jenseits des Ozeans, wohin sie gereist war, um Aufnahmen für *Transit* zu machen, dem »Journal für sanften Tourismus«. Oder spätabends von einem Telefon im Parterre, während ihre Geliebte im ersten Stock schlief.

Sie lehnte auch keine von Taylors spontanen Einladungen ab – meist von ihrem Autotelefon aus –, sie in einem bestimmten Café in der Clark Street zu treffen, in einem Restaurant am Ashland Boulevard. Und dann tauchte Taylor unerwartet auf, spätabends in Chris Wartezimmer, verschwitzt, in ihren Joggingsachen, Shorts und T-Shirt, als Chris gerade ihre letzte Patientin hinausbegleitete. Sie führte Chris ins Zimmer zurück, trat die Tür mit der Sohle ihres Reebok-Schuhs zu und sagte nur »kein Wort«, bevor sie Chris auf ziemlich dramatische und verwegene Art auf das Sofa bugsierte. Chris hatte sich überhaupt nicht gewehrt.

»Das gibt ein ziemliches Chaos, oder?« fragte sie Taylor einige Abende danach in ihrer Küche, mehrere Tassen starken Kaffees pochten durch ihre Adern. Sie war wütend auf sich, weil sie auf diese kitschigen Verführungsphantasien hereinfiel, die vermutlich alles waren, was Taylor zu bieten hatte. Zuvor hatte Chris ein Leben geführt, das mit der Realität zumindest noch in Verbindung stand, jetzt steckte sie bis zum Hals in einem zweitklassigen Film, einem Film noir, alles passierte nachts oder an schwarzen Telefonapparaten mit riesengroßen, schweren Hörern. »So etwas hätte ich alles hinter mich bringen sollen, als ich zwanzig war, oder? Das hier wird nichts als ein Wust aus Heimlichtuerei und Tricks, und zum Schluß kommt deine lässige Freundin Diane vorbei und zieht ihren Schlüssel über meinen Autolack. Ich mache die Tür zu meinem Wartezimmer auf, und da sitzt sie mit einer Knarre in der Manteltasche. Oder noch schlimmer, ich mache diese schäbige Affäre gerade so lange mit, bis ich eine moralisch völlig bankrotte, reduzierte Version meiner selbst bin, und dann verläßt du mich.«

»Nein. Es wird nur eine Zeitlang Ärger geben«, sagte Taylor, drückte Chris gegen die Anrichte und bog ihren Kopf zurück, die

Finger fest in ihrem Haar verschränkt. »Vor allem für mich. Ich sage es ihr. Ich trenne mich.«

Diese Ankündigung war aufregend und beunruhigend zugleich. Obwohl Chris inzwischen für Taylor so offen und verletzlich war, daß es sich anfühlte, als heulten scharfe Winde durch ihre Brust, hatte sie sie dennoch als Gewohnheitsverführerin eingeordnet, alles Show und nichts dahinter. Die unmöglich wunderbaren Worte, die Taylor für sie hatte, waren wie bunte, aber wertlose Geldscheine, auf denen Papageien und Könige abgebildet sind, für die man aber nichts kaufen kann. Sie hatte sich bereits mit einem miesen, flüchtigen Schluß abgefunden, bei dem Taylor sich davonstiehlt, in einen Umhang aus Entschuldigungen gehüllt. Sie stellte sich vor, wie sie in fünf, sechs Monaten Taylor und Diane zufällig bei *Whole Foods* treffen würde, vielleicht in der Feinkostabteilung bei den Schälchen mit teuren Pilzen. Alle wären wieder am alten Ort, nur Chris ginge es erheblich schlechter als zuvor, bevor das alles angefangen hatte, bevor sie zugelassen hatte, daß das anfängt.

Daher brachte Taylors Angebot, zu ihr zu kommen, sie ziemlich aus der Fassung. Das würde nicht einfach werden. Taylor und Diane waren ein etabliertes Paar, sie besaßen gemeinsam ein Grundstück, außerdem eine Wohnung in Andersonville und ein großes Waldgrundstück in Michigan, wo sie bauen wollten. Sie hatten nicht bloß eine Liebesbeziehung. Um zu Chris zu kommen, würde Taylor das Geschick eines Entfesselungskünstlers brauchen. Erst die Seile lösen, dann die Schlösser, dann die Ketten um den Schrankkoffer.

Anfangs waren diese Hindernisse entmutigend, und sie schaffte es trotz des ganzen Geredes nicht, Schluß zu machen. Nachdem es Chris ein oder zwei Monate lang zu nervös gemacht hatte, zuzusehen, wie Taylor schwankte, sagte sie zu ihr, sie sollte erst wiederkommen, wenn sie die Angelegenheit geklärt habe. Inzwischen wußte sie, daß sie Taylor wirklich als Lebenspartnerin haben wollte, und in dieser Situation hatte sie sie nicht.

Also wartete sie, wobei sie sich ständig einredete, daß sie eigentlich gar nicht wartete, nicht, wie sie anfangs glaubte, einige Wochen,

sondern letztendlich fast ein halbes Jahr, bis Taylor tatsächlich die Umzugsfirma bestellte und erst einmal die Wohnung von Freunden hütete. Und als sich schließlich alles zu ihren Gunsten geregelt hatte, war Chris, wie sie zu ihrer Verblüffung feststellte, völlig unvorbereitet. Es war, als breche man in der Abenddämmerung statt bei Tageslicht zu einer großen Reise auf, ohne Gepäck und mit einer Karte, die für den ungewissen, pastellfarbenen Kontinent der romantischen Liebe unzureichend war, von dem viel unwegsameren Gelände Taylor ganz zu schweigen. An jenem ersten Abend, als Taylor frei und ungebunden ankam, blieb Chris auf der Schwelle stehen, als sie die Tür öffnete, starrte und blinzelte einige Augenblicke lang und fragte sich, was sie mit diesem Preis tun solle, den sie gewonnen hatte.
Außerdem hatte sie einen weiteren Grund zur Nervosität, der mit Taylor überhaupt nichts zu tun hatte. Chris hatte bereits eine Liebesgeschichte hinter sich, die sie völlig entwurzelt hatte, deren langdauernder, furchtbarer Zusammenbruch, der Zerstörung eines grandiosen Palasts oder Tempels vergleichbar, alles auf immer erschütterte, was sie für wahr gehalten hatte. Die letzten vier Jahre hatte sie flüchtige oder gar keine Beziehungen gehabt und – diese vage, inzwischen gnädigerweise ungewisse Anzahl von Monaten lang – die Gesellschaft des Haustiermenschen. Alles klare Strategien, um die Möglichkeit auszuschalten, jemals wieder so viel Schmerz zu erleben. Aber was konnte man nach einer solchen Ouvertüre tun – außer anfangen?

Jetzt sitzen sie in diesem kleinen Restaurant und lesen die Speisekarte. In den vier Jahren seither hat die Verbindung eine kleine Geschichte bekommen, die Chris in optimistischen Augenblicken als Fundament sehen kann, auf dem sie stehen. Das ist nicht das gleiche wie Sicherheit. Sie kann sich nicht vorstellen, nach wie vielen Jahrzehnten mit Taylor sie anfangen würde, sich wirklich sicher zu fühlen. Dennoch sind sie jetzt zusammen mehr als die Summe ihrer beiden Einzelteile, keine von ihnen ist genau die, die sie wäre, wenn sie sich nicht begegnet wären. Daß sie immer noch zusammen sind, wenn auch auf ihre flatterige, nur dürftig gefügte Weise, war doch schon etwas.

»Was nimmst du?« fragt Chris.

»Ich bin zu müde, um mich zu entscheiden«, Taylor blickt auf, strahlend, aber nicht glücklich, eher wie eine Patientin mit leicht erhöhter Temperatur. »Wir könnten füreinander bestellen.«

»In Ordnung«, sagt Chris. »Aber tue mir bitte nichts Schlimmes an.«

»Naja, hier kann ich nicht besonders hinterhältig sein«, sagt Taylor, ganz die Weitgereiste. »Dafür müßte ich dich irgendwo hinbringen, wo sie Augen auf der Karte haben.«

Als sie sich einen *Caprese*-Salat teilen, sagt Chris: »Dieses Mal fiel es mir schwer, ich weiß nicht, warum. Man sollte meinen, daß ich mich inzwischen daran gewöhnt habe.« Taylor war im vergangenen Jahr dreimal in Marokko, nicht für *Transit*, sondern um Fotos für einen Reiseführer zu machen, ein Band in einer ganzen Reihe mit Zielen, die Frauen allein oder zu zweit, ohne den Schutz eines männlichen Begleiters nur unter Schwierigkeiten bereisen können. Falls die Reihe erfolgreich ist, wird es mehr solcher Aufträge geben. Bücher über Ägypten, Indien und die Türkei sind schon in Planung. Wenn Chris ihre Partnerin unterstützen will, darf sie sie nicht mit ihrer eigenen Einsamkeit und ihren nagenden Zweifeln an deren Treue belasten. Sie wüßte gern, ob Taylor sie auf diesen Reisen vermißt. Das ist äußerst schwierig herauszubekommen, denn falls sie es tut, wäre Taylor niemals so offen, darüber zu sprechen. Chris kann sich vorstellen, daß sie ihr fehlt, ebensogut aber, daß sie erleichtert ein frisch bezogenes Bett aufdeckt, in dem niemand liegen wird als sie selbst. Oder ein Bett, in dem eine andere Frau liegt, mit der sie in dieser Nacht schlafen wird und die sie danach nie wiedersehen muß. Angesichts dieser Alternativen, beide gleich plausibel und nicht zu überprüfen, stellt Chris sich lieber vor, daß Taylor allein liegt, ordentlich nur eine Hälfte des Hotelbetts einnimmt, ein Foto von Chris an die Nachttischlampe lehnt, bevor sie in einen tiefen, traumlosen Schlaf sinkt.

»Und ich habe immer noch Angst wegen der Flugzeuge«, sagt Chris, erträgt es zugleich kaum, wie sich das anhören muß, als stünde sie wartend am Fenster, das Taschentuch zerknüllt in der Hand.

Aber Taylor sagt: »Das habe ich manchmal auch. Selbst nach so langer Zeit. Manchmal gehört dieses ›nach so langer Zeit‹ sogar zur Angst. Als hätte ich den mir zustehenden Teil an Flugzeugen, die nicht abstürzen, bald aufgebraucht. Hast du gelesen, daß es aus der Passagierkabine der Maschine, die letzten Monat in Pittsburgh abgestürzt ist, ein Tonband gibt? Aber sie geben es nicht frei, nicht einmal für die Familien, weil ›zu viel menschliches Leid‹ drauf ist. Was glaubst du, was auf dem Band ist? Was glaubst du, wie sich zu viel menschliches Leid anhört?«

Das ist mehr Beschwörung als echtes Gespräch. Indem sie sich furchtlos und laut über abstürzende Flugzeuge unterhalten, führen sie die Schicksalsgöttinnen in die Irre. Das ist ihre private Form der Zimmermannskunst. Sie legen eine Wasserwaage an ihre Beziehung, und Chris beschließt, es für den Moment gut sein zu lassen. Ihre Geliebte ist da und aufmerksam, der Abend umfängt sie sanft, während sich auf dem Wachspapier-Tischtuch immer mehr Brotkrumen, Rotweinringe und dicke, dunkelgrüne Olivenöltropfen sammeln.

»Dieserrrr Hund ist ein Rrrringerhund«, verkündet Taylor einer unsichtbaren Menschenmenge in dem Marktschreierton, den sie benutzt, wenn sie mit Bud kämpft. Sie hat ihn auf das Bett geworfen, er schlägt mit den Pfoten wild um sich. Sie versucht, sie zu fangen, tätschelt die lederartigen Ballen, steckt zugleich einen Unterarm zwischen seine Zähne. »Der Todesbiß. Nur hier, meine Damen und Herren, der Beweis blinden Vertrauens – der Hund, der sein eigenes Frauchen beißt.« Bud verliert die Kontrolle, rutscht an den Matratzenrand, dann auf den Fußboden, wo er sich gerade hinsetzt, sein zerzaustes Fell schüttelt, seine Würde wiedererlangt.

Kämpfen gehört zu den wenigen Spielen, die er begreift. Geworfenen Bällen blickt er ratlos nach, vor quietschenden Gummi-

Lammkoteletts schreckt er nervös zurück. Sie vermuten, daß er in den ersten Jahren, bevor Taylor ihn aus dem Tierheim holte, völlig vernachlässigt wurde, in einem Hof angekettet war oder vielleicht einen Laden bewacht hat. »Ich liebe dich, du alter Knallkopf«, sagt Taylor und knetet sein weiches, struppiges Gesicht zwischen den Handflächen. Er ist eigentlich ihr Hund. Aber weil sie so viel unterwegs ist, hatte Diane sich viel um ihn gekümmert, und jetzt Chris. Dennoch hält er Taylor die Treue – im Gegensatz zu seiner Zuneigung, die er huldvoll auf alle verteilt, die ihn lieben.

Nachdem Taylor ihren Anrufbeantworter abgehört hat, erzählt sie Chris, eine Nachricht sei von MarySarah gewesen, ihrer Redakteurin bei der Zeitung, eine Frau, die Chris in jeder Hinsicht blöde und aufgeblasen findet, angefangen bei ihrem blöden und aufgeblasenen Namen. »Ich muß mich morgen mit ihr treffen. Sie hat einen Auftrag für mich.« Sie blickt auf ihre gekritzelten Notizen. »›Taormina, Paradies im Ionischen Meer‹. Ach, ich mag nicht einmal an Sizilien denken, wieder packen, Perlonunterhosen anziehen.«
Das sieht ihr gar nicht ähnlich. Es versetzt sie normalerweise in Hochstimmung, ihre Reisetasche mit Sachen vollzustopfen, die verkleinert, gewichtsreduziert oder wegwerfbar sind, mehrere Dutzend Filme in einen Bleibeutel zu werfen, ihre Objektive zu säubern und im letztmöglichen Augenblick ein Taxi zu rufen. Der arhythmische Verlauf von Fernreisen befriedigt ihr Verlangen nach Unvorhersehbarkeiten. Taylor genießt es offenbar, wenn sie ein wenig in Anspannung, überrascht oder in Erwartung einer Überraschung gehalten wird.
»Du bist einfach erschöpft, körperlich und seelisch«, sagt Chris, um Taylor zu erklären, was mit ihr los ist. Eine furchtbare Angewohnheit, wie sie selbst weiß. Eine lästige Begleiterscheinung ihres Berufs. Sie blickt in Taylors müde Augen und sagt: »Tut mir leid.«

Sie duschen im Dunkeln. Da das Fenster neben ihnen offen ist, können sie einander im weißen Licht eines beinahe vollkommenen Vollmonds gut sehen.

»Christine Snow«, sagt Taylor, wie sie es manchmal tut, als stecke in dem Namen ein tieferer Sinn, Zauberkraft, die abwehren kann, wovor auch immer Taylor Angst haben mag. »Wollen wir uns vor dem Einschlafen lieben?« fragt sie.
Chris nickt, selbst nach so langer Zeit immer noch scheu.
Diese wenigen Worte werden zu einem Geschenk für sie beide, das darauf wartet, geöffnet zu werden.

Der Hund trappst langsam ins Schlafzimmer.
»Hier kommt etwas Altes«, sagt Taylor.
Sie lauschen, während er sich ihrer Anwesenheit versichert, dann wieder hinaustrappst, den Flur hinunter. Er schläft gern im Gästezimmer, weil er da ein ganzes Bett für sich allein hat.
»Schlaf noch nicht ein«, sagt Chris kurz darauf in die Dunkelheit. »Du hast mir einen unsittlichen Antrag gemacht.«
»Ich schlafe nicht. Döse nur.«
»Geht es dir gut?«
»Ja.«
Es klingt, als sei hinter dem Wort ein Komma, und Chris – im Interpretieren von Pausen und Zögern beim Sprechen geübt – bereitet sich auf ein Geständnis vor, aber da ist nur dunkle Luft, feucht vom Atem in der kleinen Lücke zwischen ihren Gesichtern. Dann gleitet ein Bein zwischen die ihren, Hände befreien sie von ihrem T-Shirt, ein Mund bewegt sich über ihre linke Brust.
Sie schlafen eilig miteinander – weil es schon einige Zeit her ist und weil sie stillschweigend gegen Taylors erschöpften Zusammenbruch anrasen, Chris umfängt sie, bringt sie heim. In der ersten Nacht nach einer Reise schläft sie typischerweise erst einmal ein paar Stunden und wacht auf, wenn der Tag in der Wüste oder auf dem Gletscher anbricht, die sie gerade hinter sich gelassen hat. Sie ist eine Reisende, selbst wenn sie zu Hause ist, in Bewegung, selbst wenn sie ruht, und Chris kommt es vor, als greife sie ständig nach Taylor, die ihr ständig durch die Finger gleitet, wie verschüttetes Quecksilber.

2

Chris kommt gerade von einem Termin bei ihrer Chiropraktikerin Eileen, deren Behandlungsweise beunruhigend mystisch wird. Sie verbringt immer größere Teile ihrer Studien damit, die Hände über Chris' Rücken in der Luft schweben zu lassen, um ihre Energiefelder zu lenken. Heute hat sie Chris gefragt, ob sie viel Nachtschatten gegessen habe. Chris wäre es lieber, ihre Dienste blieben auf Knorpelkrachen beschränkt, was Eileeen früher mit ihr machte. Sie überlegt, ob sie vielleicht zu Taylors Chiropraktikerin gehen sollte. Diese Frau ist angeblich ein kaugummikauender Schrank. Darla. Keine Mätzchen. Schnapp. Krach. Peng.

Chris rutscht auf dem Fahrersitz herum, ihr Kreuzbein mault, offenbar sind ihre Energiefelder gerade wieder verrutscht. Sie braucht heute eine Ewigkeit, um nach Hause zu kommen. Der Verkehr auf dem Lincoln Drive ist in beide Richtungen wie festgeklebt, der Grund ist dieser erste, verrückte, völlig unpassende Frühlingstag, am Nachmittag waren es fast dreißig Grad. Die ganze Stadt ist vor die Tür gegangen und trägt zum Verkehrschaos bei. Autos, selbstverständlich. Rollerblader und Jogger. Dicke Mädchen in dünnen Tops. Wendige Fahrraddiebe. Die Obdachlosen, die schon an der Luft waren, nun aber mit mehr Elan und mehr Gesellschaft. Auf dem Bürgersteig vor Betty's Resale, einem riesigen Möbel-Trödel südlich der Addison Street, drängen sich Kaufinteressierte, als seien avocadofarbene Herde und mit Wachspapier ausgeschlagene Kommoden an einer geheimen Börse plötzlich enorm im Wert gestiegen.

Schließlich kommt sie zu dem riesigen, ulkigen Lincoln-Kopf vor dem Lincoln Restaurant und biegt in ihre Straße ein. Sie parkt vor dem Haus, schüttelt sich das letzte M & M aus der Tüte in die Hand und hört Norman Greenbaum zu, der auf der Oldie-Station »Spirit in the Sky« dröhnt. Ein nicht abwürgbares Lied, also bleibt sie sitzen, rock 'n' rollt ein wenig in ihrem Corolla, betrachtet sich

in Ruhe ihr Haus, dieses kleine, etwas windschiefe Holzhaus mit gesprenkelten Eternit-Seitenwänden und unebener Holztreppe.
Der Stadtteil verändert sich, wird wohlhabender, aber auf eine ungute Art. Während nämlich einige Häuser in ihrer Straße von neuen Besitzern renoviert wurden – Börsenleute, Banker, junge Zahnärzte und dergleichen –, die sich schnell hinter geschmackvollen, italienisch angehauchten dunkelgrünen Schmiedeeisen-Zäunen niederlassen – sind die angestammten Bewohner der Gegend Leute, die in Fabriken, Lebensmittelläden und auf Baustellen arbeiten. Daher hat manches yuppiefizierte Haus, ungeachtet aller Gartengestaltung und Alarmanlagen, auf der Straßenseite direkt gegenüber ein ähnliches Haus, in dem zwei Familien wohnen und in dessen Vorgarten ein Käfig mit einem Truthahn steht.
Chris und Taylor hoffen, eines Tages auch renovieren zu können, besitzen aber das Haus erst seit wenigen Monaten und konnten sich bisher nur die bescheidensten und nötigsten Verbesserungen leisten. Keine von ihnen hat je ein Haus besessen, es gibt ihnen das Gefühl, nach Amerika gezogen zu sein. Nach Jahren in Wohnungen mit Treppenhäusern voller merkwürdiger Essensgerüche, Decken, die mit den Stereoanlagen der Nachbarn vibrierten, deprimierenden Verbindungen zu überfluteten Badezimmern und gelegentlichen Kakerlaken aus fremden Wohnungen, sind sie jetzt mit Autonomie und ruhigen Nächten gesegnet, einem Hof hinter dem Haus, wo sie grillen, morgens den Hund rauslassen, einen Garten planen können. Sie müssen nicht mehr, wie in ihrem früheren, dicht bebauten Stadtteil, alles einige Straßen weit von Parkplätzen nach Hause schleppen.
Sie haben eine Waschmaschine und einen Trockner im Keller, Steinzeitgeräte, die die vorherigen Besitzer dagelassen haben. Als Chris den Trockner das erste Mal laufen ließ, machte er einen unglaublichen, an das Kettensägen-Massaker erinnernden Lärm, der die Wände erzittern und den Hund auf den Dachboden flüchten ließ. Sie stellte die Maschine ab und begutachtete sie ohne große Ahnung. Sie versuchte, ihr Alter zu schätzen. Realistisch waren dreißig Jahre. »Jetzt, wo ich sie mir genauer angesehen habe«, sagte

sie oben zu Taylor, als sei sie auf den Kern des Problems gestoßen, »ist es nicht einmal eine Kenmore, es ist eine *Lady* Kenmore.«

»Die Reparatur könnte Probleme machen«, sagte Taylor. »Ich glaube, es gibt da eine Bestimmung, daß der Handwerker das nur in Anwesenheit einer Frau reparieren darf.«

Das Problem erwies sich als nichtig. Ein Nagel war in eine Getriebestange gefallen. Keine von ihnen wußte, was eine Getriebestange war; sie schrieben einfach den Scheck für die Reparatur aus und machten fröhlich weiter, bis das nächste Gerät seine Schwächen offenbarte. Erst der Herd, dessen Gasflamme nicht zündete; dann die Tiefkühltruhe, die zwar kühlte, aber in unvorhersehbaren Abständen auch von allein abtaute.

Chris weiß, daß dieses Haus zweifellos nicht so sehr Wände und Decken um sie, als vielmehr Mörtel und zwischen ihnen beiden ist. Sie und Taylor sprechen nie direkt über diese Gewichte und Adhäsionen, sie plaudern nur über die versteckten Reize des Hauses, seinen Wert als vernünftige Investition, wie königlich glücklich der Hund dort ist. Manchmal findet Chris es geradezu zauberhaft, wie vorsichtig sie miteinander umgehen. Und manchmal fragt sie sich, weshalb sie eigentlich so vorsichtig sein müssen.

Jetzt, nachdem sie das Haus gekauft haben, sehen sie es mit zwiespältigen Gefühlen, auch wenn sie dieses Zögern einander niemals eingestehen würden. Statt dessen versetzen sie ihr Lob mit kleinen Klagen, daß es zieht oder die Badewanne mit den Löwenfüßen zu klein ist. Auf diese Weise ist das Haus eine vielfältige Metapher für den unausgesprochenen, unaussprechbaren Zwist zwischen ihnen, der sich darum dreht, was zwischen ihnen geschieht – oder auch nicht.

Chris ist ziemlich sicher, daß es bei Taylors letzter Freundin bis zu einem gewissen Grad der gemeinsame Besitz war, der Taylor aus der Beziehung aussteigen ließ. Taylor hatte einmal gesagt, sie habe das Gefühl, als habe ihr jemand eine durchsichtige Plastiktüte über den Kopf gestülpt. Chris hat Angst, das Haus könnte sie beide zwingen, diese Situation zu wiederholen.

Die meisten Paare ihres Bekanntenkreises haben sich auf fast identische Weise häuslich eingerichtet, sie strahlen eine selbstgefällige Seßhaftigkeit aus, über die sie und Taylor immer witzelten. Am Anfang redeten sie ein wenig darüber, sich dem unterschwelligen Sog zu widersetzen, das zu werden, was Taylor den »langweiligen lesbischen Persönlichkeitseintopf« nennt. Aber trotz dieses Unbehagens fing Taylor schließlich an, sich für ein Haus stark zu machen, da sie, wie die meisten Menschen, den Daumen auf ihre psychisch besonders empfindliche Stelle drücken mußte. In ihrem Fall war das die Sehnsucht, ihre Zuneigungen sicher im Hafen einer festen Beziehung aufgehoben zu wissen, selbst wenn ihr Herz weiterhin wie ein Werwolf die Nacht durchstreift.

Also durchforstete sie ein halbes Jahr lang die Immobilienanzeigen der Sonntags-*Tribune*, bis sie dieses Haus und seine äußerst eifrigen Verkäufer fand, die Herbsts, die so bemüht waren, weil Herr Herbst mit sofortiger Wirkung nach Tulsa versetzt worden war, was das Haus zu einer unglaublich günstigen Gelegenheit machte, die allerdings binnen fünf Minuten ergriffen werden mußte. Diese Klemme ließ Chris und Taylor keine Zeit, in langen Diskussionen das Wesen ihrer Beziehung zu erforschen, die Untiefen von Intimität und häuslichem Zusammenleben auszuloten. Sie hatten nur die Zeit, schnell zuzugreifen, und jetzt, nachdem sie das Bewußtsein wiedererlangt haben, finden sie sich auf der anderen Seite wieder, an einem Ort, wo Chris sehr aufmerksam auf Anzeichen achten muß, ob Taylor in der Tüte blau anzulaufen beginnt.

Obwohl sie Taylors Rastlosigkeit versteht, kommt Chris rasch an den Punkt, wo sie sich selbst mehr bedauert, weil sie das Bett mit jemandem teilen muß, die sich immer dreht und wendet und auf das Kissen eindrischt.

Oberflächlich betrachtet, auf jener Ebene, die in einem Amateurvideo zu sehen wäre, ist Taylor, von ihrer Neigung zum Flirten abgesehen, eine Traumgeliebte – aufmerksam und besorgt, voller Überraschungen. Sie bringt frischen Mozarella vom Italiener mit, massiert Chris' Hände mit Mandelöl. Alles wirklich Komplizierte an ihr ist ein tief vergrabenes Kabel, eine unterirdische Hauptleitung. Chris kommt Taylors wahrer Identität nur so nah, daß sie ein

Vibrieren spürt, wenn diese geheimen Informationen tief unter dem Boden entlangrauschen, auf dem sie beide stehen, einander mit freundlichem Gesichtsausdruck zugewandt, voller Wohlwollen und sanften, geübten Wegen zu etwas, das Intimität gleichkommt. Es ist ein bißchen so, als sei man mit einem Spion verheiratet.
Meist fasziniert sie das, und sie preist sich glücklich, eine Lebensgefährtin gefunden zu haben, deren Tiefen so unergründlich scheinen. In manchen Augenblicken malt sie sich allerdings ein alternatives Leben mit einer Person aus, die sie Patti nennt. Eine ausgesprochen häusliche Person, die nach den ersten Anfängen ihrer langen, ruhigen, vorhersehbaren Beziehung anfängt, sich die Haare wie Chris schneiden zu lassen, sie zusammen zu einem Töpferkurs anmeldet. Eine Frau, die die Wanderschuhe ausgezogen hat.

Chris bleibt einen Moment vor der Haustür stehen und überlegt, was sie heute abend vorhaben. Sie bekommen Besuch zum Essen. Taylors Freundin Leigh und deren neue Geliebte.
Sie sieht, daß die hintere Küchentür offensteht und geht auf den winzigen Absatz hinaus, von dem aus die wenigen Stufen zum Garten hinunterführen. Taylor ist dort unten, hat Rodungsarbeiten für einen Garten in Angriff genommen, den sie geplant haben, betrachtet gerade unschlüssig einen von zwei riesigen Büschen, auch diese ein Herbst-Erbe.
Taylor liebt schwierige Unterfangen. Einmal hat sie einen Aktenschrank drei Stockwerke hochgehievt, indem sie ihn auf der Vorderseite ihrer Oberschenkel abstützte. Wenn sie kocht, wirken die Rezepte, für die sie sich entscheidet, bereits im Buch entmutigend, Herausforderungen, die mit ungeöffneten Kokosnüssen oder rohem Tintenfisch beginnen, oder für die man Pasteten- und Springformen, Mörser und Stößel, Cognac und Streichhölzer zum Flambieren braucht. Auf eben diese durchdachte, präzise Weise will sie dieses Stückchen Land in etwas Schönes verwandeln, dieses Viereck aus struppigem Gras und staubigen Furchen, die von Herbsts ängstlichem Schäferhund Lassie stammen. (In diesem

noch-nicht-so-schicken Stadtteil heißen alle Hunde Lassie, Prinz oder Rex. Einige sind die Nachkommen mehrerer großer Hündinnen und eines einzigen geschäftigen Bassetts. Das Ergebnis sind Schäferhunde und Labradors auf Zwanzig-Zentimeter-Beinen.)

Auf der anderen Seite des Zauns liegt der Hof ihrer Nachbarn Cy und Dolores, deren Nachnamen sie noch nicht kennen. Im Hinterhöfchen, einer winzigen Ecke, haben außer einer Säule mit einer saphirblauen Gartenkugel noch eine Jungfrau samt Grotte, ein mit Windharfen übervoll gehängtes Geländer sowie eine Plastikentenfamilie Platz gefunden, letztere für alle Zeiten auf ein Stückchen kahler Erde zuwatschelnd, das sich, wie Taylor meint, mit ziemlicher Sicherheit als Sonnenblumenbeet erweisen wird.

»Die Windharfen müssen weg«, hatte Taylor ihr heute morgen gesagt. »Ich werde ein kleines Gespräch mit Cy führen müssen. Vielleicht mit Dolores.«

»Ich glaube, die meisten Leute würden sich an Windharfen nicht stören«, sagte Chris. »Ich persönlich finde sie ganz charmant.«

»Ich persönlich finde«, hatte Taylor gekontert, »daß sie in mir Mordgelüste auslösen.«

Das heutige Graben ist Taylors erster Schritt in ihrem Widerstand gegen Cys und Dolores' verkitschten Garten, denn sie möchte den Garten auf ihrer Seite des Zauns nach traditionell englischem Vorbild anlegen. Sie hat den Busch bereits bis auf einen Stumpf zerhackt, den sie jetzt, die Forke tief in die Erde gestoßen, die Zinken mit den Wurzeln verheddert, hoch- und herauswuchtet. Sie trägt lange, weite Shorts, die Beine nach dem Aufenthalt in der Wüste tiefbraun, das Haar mit einem Band zurückgehalten. Sie ist groß, sogar größer als Chris, und ein beträchtlicher Teil dieser Größe besteht aus Beinen. Chris ist immer noch ein wenig in Taylors Äußeres verliebt, immer noch dankbar für eine schöne Geliebte. Es ist ein Geschenk, als sei man in Sorrent geboren, und auch wenn das weitere Leben wie das aller anderen verläuft, hat man das noch obendrein.

Taylor führt mit dem Busch inzwischen einen verbissenen Kampf. Dem Busch ist es gleichgültig, daß er Anstoß erregend amerikanische Mittelklasse ist, und das in einem Garten urbaner Lesben, die wild entschlossen sind, aus diesem Land etwas Neues zu machen, das, wie sie in klaren Momenten selbst wissen, nur Ausdruck ihrer eigenen Allüren ist. Dieser Busch hat hier lebenslanges Wohnrecht und weicht nicht kampflos. Bud sitzt in der Nähe und verfolgt genau jede Bewegung, als sei seine Anwesenheit für den Erfolg des Unterfangens unabdingbar.

»Ich helfe dir«, ruft Chris, erschreckt damit Bud, vielleicht auch Taylor, die allerdings versuchen würde, das zu verbergen. Statt dessen dreht sie sich um und lächelt in die tiefstehende Sonne. Wegen der Sonnenbrille kann Chris ihre Augen nicht sehen.

»Nicht nötig. Ich habe es fast geschafft«, sagt Taylor. »Außerdem hast du Besuch.«

Erst da bemerkt sie, daß Taylor nicht allein im Garten ist, am wackligen Redwood-Tisch (ebenfalls eine Hinterlassenschaft der Herbsts) sitzt Chris' Vater, vor sich ein beschlagenes Glas Eistee, und teilt an unsichtbare Gegner Karten für ein Pokerspiel aus. Wenn er so unangemeldet auftaucht, bedeutet das, daß er Geld braucht.

Chris sieht hilfesuchend zu Taylor hin, die ihr daraufhin kurz und unbekümmert zuwinkt. Er ist nicht *ihr* Vater. Chris geht die Treppe hinunter.

»Setz dich«, sagt er und macht eine Bewegung mit der Hand, in der keine Karten liegen.

»Wir haben Gäste zum Abendessen«, sagt sie zu ihm. »Frauen, aber nicht deine Sorte Frauen. Ich muß bald anfangen zu kochen.«

»Willst du ein Glas Tee?« fragt Taylor Chris, springt die Stufen hoch ins Haus, fragt über die Schulter, ob Tom Snow noch ein Glas möchte.

»Mmmm«, sagt er, er hat etwas gehört, aber nicht genau, was gesagt wurde, dann, als Taylor drinnen ist, außer Hörweite, drängt er Chris, »nimm deine Karten. Sage mir, was du hast.«

»Nicht schlecht«, sagt sie, stupst sich seitlich an die Nase, schiebt, während sie die Karten ein paar Sekunden lang anschaut, die Sonnenbrille etwas hoch und legt einen Full-house ab.

»Das macht den hier so schön.« Er fächert siegessicher einen Flush auf den Tisch. »Du gibst dem anderen etwas, auf das er setzen kann, ein bißchen Hoffnung.«
»Nett«, sagt Chris bewundernd, gegen ihren Willen. »Dezent. Wo machst du das?«
»Country Clubs. Golf ist wunderbar, mußt du wissen. Jede Menge Scheine, mit Clips zusammengehalten, lose in den ausgebeulten Hosentaschen. Geld, das ihnen, wenn man es recht bedenkt, im Grunde schrecklich wenig bedeutet.«
Ihr gefällt es nicht, daß er wieder mit Karten anfängt und nicht mehr die kleinen Zaubervorführungen macht – für Kinder, bei Geburtstagsfesten –, die ihn ungeduldig machen, weil ehrliche Taschenspielertricks zu wenig Geld und zu wenig Risiko bieten. Obwohl er ein erstklassiger Falschspieler ist, besteht immer die Gefahr, daß er erwischt wird. Niemand hält sich gern für einen schlechten Kartenspieler – vor allem Männer nicht. Lieber halten sie den anderen für einen Betrüger. Was ihren Vater ungünstigerweise ins Rampenlicht bugsiert, da er sie tatsächlich meist betrügt. Er wurde mehrfach verprügelt, einmal schwer, und saß zweimal im Gefängnis, zeigt aber wenig Reue, weil sich diese beiden Stippvisiten als recht lukrativ erwiesen. »Gefangene«, berichtet er, »gehören zu den wenigen, die wirklich Zeit und Verständnis für Karten haben.«
Chris nimmt ihm den Stock aus der Hand, mischt, legt ihn auf den Tisch und tippt darauf, damit er abhebt. Dann gibt sie ihm eine Handvoll Schrott und sich selbst drei Asse und zwei Könige. Als sie beide ihre Blätter hinlegen, die Karten auf das splittrige Holz der Tischoberfläche fächern, dabei leises, fedriges Klacken und Schnalzen von sich geben, wie Laute eines afrikanischen Dialekts, wortlos Informationen austauschen, lächelt er milde und platzt fast vor väterlichem Stolz.
Wenn Chris in den Sommer-, Oster- und Weihnachtsferien vom Internat zu Hause war, unterrichtete Tom Snow seine Tochter im Kartenspiel, und sie begannen, zusammenzuarbeiten. In Ferienhotels am Swimmingpool. Auf Kreuzfahrten. Er brachte Chris

alles bei, was er konnte, dann überflügelte sie ihn. Sie hatten nicht geahnt, daß sie dafür so begabt war.
Selbst wenn sie nicht so gut gewesen wäre, hätte sie allein wegen ihres Alters einen Vorteil gehabt. Wenn sie abends zusammen ausgingen, kleidete sie sich wie eine Mörderin mit einem guten Anwalt, auf eine Weise, die nicht nur ihre Jugend, sondern eine Art von mädchenhafter Unschuld betonte, die mehrere Jahrzehnte vor ihrer Zeit üblich gewesen war. Blusen mit Matrosenkragen, glatte Strickjacken mit einer kleinen Brosche am Revers. Die Figur, die sie sich für sie ausdachten, war etwas trotzig, von den Ferien gelangweilt, sie nervte Papi, daß er mit ihr reiten, segeln oder sonstwohin gehen sollte, er überredete sie, nur noch ein oder zwei Runden zu bleiben – wie wäre es, wenn sie mitspielte? Er gab ihr sogar etwas Geld, schrieb ihr einen kleinen Spickzettel mit allen Flushs und Straßen. Dann verlor sie eine Zeitlang, verwirrt und niedlich, um danach gerade lange genug zu gewinnen. Sie bot an, das Geld zurückzugeben. »Aber ist das denn kein Spielgeld?!« Natürlich nahm niemand ihr Angebot jemals an. Und während Chris die Aufmerksamkeit auf sich lenkte, gewann auch ihr Vater, auf weniger spektakuläre Weise, den ganzen Abend lang.
Das Geld gestattete ihnen, jedenfalls eine Zeitlang, den Lebensstil jener Männer zu pflegen, mit denen Tom in England zur Privatschule gegangen war, die er dank eines Stipendiums besucht hatte. Sie fuhren BMW, kauften bei Brooks Brothers und Tiffany, bestellten aus ledergebundenen Speisekarten Krabbencocktails und Prime Rib Steaks, stiegen in Vier-Sterne-Hotels ab und konnten ihr wahres Selbst – Diebe unter Dieben – nur offenbaren, wenn sie in den frühen Morgenstunden allein in ihrer getäfelten Kabine oder Suite waren und ihren Gewinn zählten, zwischen großen weißen Tellern mit Spiegeleiern und Schinken, Tomaten und Obst, und selbst das Essen war so arrangiert, daß es wie ein Gewinn aussah.
Mit ihrem Teil der Beute finanzierte sie ihr Studium, es blieb eine eiserne Reserve, die sie nie antastet und von der niemand weiß. Auch nicht ihr Vater, der vermutlich annimmt, daß alles längst aus-

gegeben ist. Nicht einmal Taylor weiß davon. Chris hat es nie über sich gebracht, ihr von dem Geld oder dem Falschspielen zu erzählen. Es schien nie weit genug zurückzuliegen, um es als Anekdote erzählen zu können. Auch ihr neu begonnenes Leben der guten Taten und des aufrechten Verhaltens reicht als Schutzschild nicht ganz. Es vergeht immer noch kaum ein Tag, an dem ihr nicht der Gedanke kommt, daß sie in eine Maschine nach Vegas steigen, im Four Queens eine kleine Suite mieten, hinunter an die Pokertische gehen, den Spielsaal einige Stunden danach und bevor sie allzuviel Aufmerksamkeit erregt mit mehr Geld verlassen könnte, als sie mit ihrer Praxis in einem Jahr verdient. Es ist äußerst eigenartig, diese Macht zu haben, ungenutzt.

Heute ist ihr Vater gekommen, weil er Startkapital braucht, den Mitgliedsbeitrag für den Club. Als er die Mißbilligung in ihrem Gesicht sieht, sagt er: »Sagen wir einfach, daß ich mit Golf anfange. Das ist gut für meine Gesundheit.« Er hat beiläufig die Karten gemischt und deckt nun abwechselnd Könige und Damen auf.

»Angeberei«, sagt Chris. »Wieviel?«

»Eintausendeinhundert?« Es ist immer ein ungerader Betrag, um den Ernst der Situation, den direkten Verwendungszweck des benötigten Geldes zu unterstreichen. Sie betrachtet ihren Vater aus größerer Distanz als der, die im Moment tatsächlich zwischen ihnen liegt. Buds Kinn ruht auf seinem Oberschenkel. Der Hund wählt aus ihren Besuchern seine eigenen Freunde. Während sie sich die Bitte ihres Vaters durch den Kopf gehen läßt, stellt sie eine Reihe Berechnungen an, nicht alle betreffen Geld.

»Wir sind im Moment etwas knapp bei Kasse«, wirft Taylor ein, zurück mit Gläsern und einem Krug Eistee, die sie auf den Tisch stellt. Tom stößt die Karten zum Stock zusammen, steckt sie ein.

»Ah, die Situation ist ein wenig prekär?« sagt er. Er ist gebürtiger Engländer und spielt das aus. In seinem Beruf ist ein Anflug von Oberschicht nützlich. Chris' Mutter hat ihn auf einem Kreuzfahrtschiff kennengelernt. Sie reiste mit ihren Eltern, war jung und äußerst naiv. Ihre Liebesgeschichte war so albern und unbedeutend wie ein Astaire-Rogers-Film; sie hätten Liedtexte statt Dialoge haben sollen. Aber Schwangerschaften sind schon durch viel weniger entstanden, und plötzlich waren sie, die sich kaum kannten und schlecht zueinander paßten, künftige Eltern. Und aus diesem Grund sitzt Chris jetzt, fast vierzig Jahre später, diesem kindlichen Mann gegenüber, mit dem sie auf so vielfältige Arten verbunden ist, daß sie, irrational, wie sie weiß, das Gefühl hat, daß Taylor im Moment nicht versucht, ihr zu helfen, sondern sich einmischt.

Sie bemerkt, daß sein Haar – rötlich mit verblichener Tönung – etwas dünner geworden ist, seit sie ihn das letzte Mal gesehen hat; die Kopfhaut zwischen den Spuren, die der Kamm an den Seiten geharkt hat, wirkt rosa und schutzlos. Sein Hals ist so tief eingefallen, daß in der Kuhle ein Ei Platz fände. Der Button-down-Kragen seines Sporthemds liegt locker um seinen faltigen Hals. Er war immer ausgesprochen penibel, daher deutet sie die schlechte Paßform als Zeichen des Niedergangs. Eine der nachhaltigsten Erinnerungen aus der Zeit, die sie mit ihm verbracht hat und in der sie als Team arbeiteten, ist das Warten darauf, daß er fertig war. Stunde um Stunde mit Teenagerzeitschriften unruhig, auf dem plattgesessenen Samtbezug des Sofas in diesem Hotel oder jener Kabine, warten, während sich das Ritual seiner schließlichen Vollendung näherte – warten, bis sich der Dampf der Dusche verzogen hatte, der minzige Geruch von Rasiercreme und Zahnpasta verflogen war und aus dem Badezimmer der Duft jenes anregenden Cologne herauswehte, der bedeutete, daß er fertig war. Es war, als sei sie das Kind einer berühmten Diva, die sich bereitmacht, um auf eine Bühne voller Elefanten hinauszutreten und *Aida* zu singen. Während sich ihr Vater für nichts anderes aufputzte als einen weiteren Kartenabend.

Jetzt liegen seine großen Tage ein gutes Stück hinter ihm, er wirkt in Chris' Augen so furchtbar klein, so reduziert in seinem Warten auf ihre Entscheidung, ob sie ihm ein bißchen Geld geben wird. An einer solch billigen Macht hat sie kein Interesse, daher steht sie auf, um ihre Schecks zu holen.

Chris bleibt zurück, Buds Schwanz streift ihre Beine, sie beobachtet Taylor unter dem Baum, der ihre Einfahrt überschattet, das Sonnenlicht dünn und bleich auf ihr, während sie die Tür von Toms Auto schließt (ein ziemlich neuer Bonneville, in einer langen Nacht in Miami gewonnen) und sich durch das offene Fenster lehnt, um seine Wange mit den Lippen zu streifen. Sie behandelt ihn zuvorkommend, als sei er ihr liebster Besucher. Doch als sie zusehen, wie er mit etwa 25 Stundenkilometern davonfährt, sagt sie: »Wir hätten diese elfhundert gut gebrauchen können. Beispielsweise für die Fenster, die am dringendsten ersetzt werden müssen.«

»Ich weiß«, sagt Chris und bereitet sich auf die harte Auseinandersetzung wegen ihrer unangebrachten Großzügigkeit vor, die jetzt kommen wird. Und fraglos in einen Vortrag darüber münden wird, wieviel mehr Chris beitragen könnte, zu schweigen davon, wieviel besser sie finanziell dastünde, wenn sie sich von den Pennern unter ihren Klienten nicht so ausnehmen ließe.

Aber der Vortrag bleibt aus. Statt dessen streicht Taylor ihr mit der Hand durchs Haar und lächelt, was irgendwie schlimmer ist. Normalerweise ist Geld ein großartiger Aufhänger für einen Streit zwischen ihnen – daß sie nie genug haben, daß sie sich nicht einig sind, wofür es ausgegeben werden soll. Chris' Neigung zu Verschwendung im Gegensatz zu Taylors Knausrigkeit. Es ist entmutigend, daß Taylor die Gelegenheit zu einem Streit übergeht, obwohl Chris vollig im Unrecht ist.

Chris testet noch einmal Taylors Stimmung. Sie sieht zu, wie Taylor einen Bund Karotten aus dem Gemüsefach des Kühlschranks nimmt und zur Spüle trägt, das Wasser andreht, in der Schublade den Schäler sucht. Chris tritt hinter sie, greift unter ihr T-Shirt, fährt mit den Fingern um ihre Taille, dann nach oben zu den Brustwarzen.

Sie spürt, wie sich Taylor unter ihrer Berührung anspannt. Das ist viel schlimmer als eine ausgesprochene Zurückweisung, und um so schlimmer, als es nicht das erste Mal ist. Fast ihre ganze Beziehung über sind beide den Impulsen, Stimmungen der anderen entge-

gengekommen, waren immer bereit, mitten am Tag oder mitten in einer Beschäftigung augenblicklich innezuhalten, um den Weg ins Bett, auf das Sofa oder einfach auf den Fußboden zu finden.
Erst seit kurzem zögert sie, den ersten Schritt zu tun, aus Angst, sich, wie jetzt, in Taylors nicht ausgesprochenem Widerstreben zu verfangen. Es ist häufiger geworden, seit sie aus Marokko zurück ist, und Chris hat zu viel Angst, um nach dem Zusammenhang zu fragen. Es wäre sowieso sinnlos. Taylor würde einfach lügen, das weiß Chris. Von allen Gefühlen, die Taylor in Chris auslösen kann, haßt sie am meisten das Gefühl, daß ihr, über alle Maßen sanft und freundlich, aber entschieden, die Tür vor der Nase zugeschlagen wird.
Chris hat viele tausend Stunden lang dem Elend von Patienten und Patientinnen gelauscht, die ihr Herz an beziehungsunfähige Krücken verloren, und kennt daher bestimmte Warnsignale. Unglücklicherweise funkt ihre eigene Freundin ausnahmslos alle. Vom ersten Moment an flatterten rund um Taylor rote Warnwimpel. Hätte eine von Chris' Patientinnen sich in diese Frau verliebt und sie ihr im Detail beschrieben, sie hätte, da ist sie ganz sicher, einen angefeuchteten Finger in die Luft gehalten, um herauszufinden, aus welcher Richtung der scharfe, gefährliche Wind weht.

Leigh und ihre neue Partnerin (jene Frauen, die für Chris' Vater kein geeignetes Rendezvous abgäben) müssen gleich kommen. Leighs Partnerinnen habe alle eine kurze Verweildauer. Sie bezaubert sie mühelos mit ihrem Charme und ihrer begrenzten Berühmtheit als Nachrichtenreporterin bei Channel 5. Sie kommt gern mit ihnen vorbei, damit Taylor und Chris sie gutheißen, eine Übung, die Chris ausgesprochen unsinnig findet, da Leigh zum nächsten gemeinsamen Essen bereits mit einer Neuen kommt.
»Tish?« sagt Chris, würfelt eine Zwiebel und versucht, sich an den Namen der Jetzigen zu erinnern.
»Tiff.«
»Was soll das denn?«
»Abkürzung von Tiffany, vermute ich.«

»Myras Vogel heißt Tiffany. Ein Kakadu.«
»Wie auch immer, es ist auch der Name des Mädchens, zu dem wir heute abend sehr nett sein werden.« Das ist ein weiteres Anzeichen. Zu oft hat Taylors Ton in letzter Zeit eine bestimmte Färbung, eine Andeutung von Gereiztheit oder Erschöpfung, schnell überspielt, mit dem nächsten Satz gemildert und zurückgenommen. Und doch.
»Sie ist bestimmt furchtbar«, sagt Chris.
»Vielleicht ist sie in Ordnung«, sagt Taylor, einfach nur aus Solidarität mit Leigh. Sie hatten vor Millionen von Jahren einmal ganz kurz etwas miteinander. Lesben, selbst in einer Stadt von der Größe Chicagos, holen ihre Freundinnen und ihre Partnerinnen aus dem gleichen Personenkreis. Daraus ergeben sich zu Beginn häufig einige Verwirrungen und im nachhinein einige Peinlichkeiten, aber auch Freundschaften wie die von Leigh und Taylor – schöne, stabile Gebäude, errichtet auf den nahezu vergessenen Ruinen einer Affäre.

Tiff steht mitten im Wohnzimmer, preßt die Handflächen gegen eine nicht existierende Glasscheibe zwischen ihr selbst und dem Publikum, das aus Chris, Taylor und einer hingerissenen Leigh besteht. Tiffs Gesicht zeigt eine kindliche Variante von Bestürzung. Das einzige Geräusch im Raum ist das klebrige Knirschen ihrer Lederhose.
»Sie versucht, die vierte Wand zu durchbrechen«, erklärt Leigh schließlich, als spreche sie zur Mitgliederversammlung des Internationalen Deppenverbands. »Ihre Stücke sind selbstreferentiell; sie drehen sich immer um die Unmöglichkeit der Darstellung, Bedeutung zu erlangen.« Das klingt in Chris' Ohren verdächtig danach, als stamme der Satz direkt aus einem Kunstmagazin, das Leigh irgendwo gefunden hat. Ein beachtlicher Teil von Leighs Konversation ist genauso, wirkt, als habe ein Redaktionsmitglied sie fünf Minuten zuvor über die wesentlichen Punkte zum Thema instruiert, ihr eine kurze Zusammenfassung gegeben, während sie joggte.

Tiff fällt auf das Sofa, dramatisch erschöpft, und schmiegt sich an ihre Freundin.
»Ist Pantomime nicht praktisch in Vergessenheit geraten?« fragt Chris, im Augenblick nicht in der Lage, Tiffs Darstellung direkt zu kommentieren.
»Genau das denken alle«, sagt Tiff.
»Tiffs Arbeit ist anders«, sagt Leigh. »Es geht ihr darum, die Grenzen der Form zu erproben.« Sie sieht Tiff tief in die Augen, während sie sie vor den Kulturbanausen verteidigt.

In der Küche werfen Chris und Taylor die Espressomaschine an.
»Worin in aller Welt besteht die Anziehung?« fragt Chris, während Taylor mit bühnenreifem Flair eine nicht vorhandene Packung Kaffeebohnen aufreißt und sie mit einem nicht vorhandenen Kaffeelot in die Mühle abmißt.
»Komm schon, sie ist scharf, findest du nicht?« Taylor holt den richtigen Kaffee aus dem Kühlschrank. »Dünne Blondinen in schwarzem Leder, na, komm schon.«
»Aber hinterher mußt du mit ihr reden.«
»Nach dem zu urteilen, was Leigh sagt, kommt hinterher ganz lange nicht, und auch nicht sehr oft. Und sie bringt etwas mit, eine Salbe, Creme oder sonst etwas, wovon die Flecken von den Daumenschellen weggehen.«
»Was sind Daumenschellen?«
»Könntest du das etwas lauter brüllen? Es besteht eine geringe Chance, daß sie dich nicht gehört haben.«
Chris umfaßt Taylors Arm, preßt den Mund an ihre Schulter, um ein Lachen zu ersticken. »Erzähl mir alles. Ich will Einzelheiten. Skizzen. Anzügliche Polaroids.«
»Ich erzähle dir gar nichts. Vor allem nicht über die Gefängnisszenen. Du bist indiskret. Du bist äußerst unzuverlässig.«
»Bitte.«
»Ausgeschlossen«, albert Taylor. »Außerdem ist der Cappuccino fertig. Wir haben keine Zeit für müßigen Klatsch.«
Als sie in der Küche fertig sind, manövriert sie mit größter Kon-

zentration den Flur entlang und balanciert vorsichtig zwei Tassen, aus denen dennoch milchiger Schaum auf die Untertassen schwappt.

Chris glaubt, die Dinge zwischen ihnen seien wieder im Lot, Tiff ein Scherz zwischen ihr und Taylor, bis sie später am Abend von der Toilette im ersten Stock die Treppe hinunterkommt und an Leigh vorübergeht, die am Wandtelefon in der Küche steht, weil der Sender sie angepiepst hat.

»Indiana, zwei Züge sind zusammengestoßen«, sagt sie zu Chris, die die entfernte Tragödie mit einem Nicken quittiert. Dann, auf der Suche nach einem verlegten Korkenzieher, kommt Chris zu einem kleineren, privaten Zusammenstoß hinzu: Taylor im Wohnzimmer, am Bücherregal, streicht die dicke hellblonde Haarsträhne beiseite, die über Tiffs linkes Auge fällt. Tiffs Beitrag zu dieser Vignette besteht darin, Taylor neckisch in den Handballen zu beißen.

»Bitte«, sagt Taylor später, als sie allein sind und Gläser und Dessertteller zusammenräumen. »Laß uns keine Riesenszene machen wegen etwas, das wirklich nichts war.« Taylors Standardantwort, wenn sie ertappt wird. Wie an jenem Abend, als Chris etwas verspätet beschloß, doch mit Taylor zusammen Bud spazierenzuführen und sie am 7-Eleven einholte, wo sie in einer Telefonzelle am Straßenrand stand und fast in die Sprechmuschel hineinkroch. Oder als sie in der Gesäßtasche von Taylors Jeans, die sie gerade in die Waschmaschine werfen wollte, ein gefaltetes Stückchen schweres graues Notizpapier fand, auf dem (in einer bemühten eckigen Schrift, die Chris nicht kannte) stand: »Von Sinnen.«

»Ich gehe davon aus, daß es nichts war«, sagt Chris. »Ich werfe dir nicht vor, daß ihr euch Partnertätowierungen machen laßt und du sie bittest, ein Kind von dir zu bekommen. Ich möchte nur, daß du begreifst, daß ich mich deinetwegen in diesem speziellen Moment ausgesprochen beschissen gefühlt habe. Das ist nicht nichts.«

Chris ist wütend, weil sie mit der Nase auf Taylors viele erbärmliche Ausflüchte und Ablenkungen gestoßen wird, auf jene belanglosen Liaisons, von denen sie annahm, sie hätten sie beide aufgegeben. Sie selbst hat in diesen knapp vier Jahren nicht einmal mehr mit einer anderen geflirtet. Ehrlich gesagt hatte sie kein Bedürfnis danach. Daher findet sie die Diskrepanz nicht unfair, sondern traurig. Sie sind beide Labormäuse in diesem Testkäfig fester Partnerschaft. Aber während Chris dort stillvergnügt sitzt, kauert Taylor immer noch am Hebel, drückt. Sie braucht immer noch ihre tägliche Ration Mädchen.

»Diese Seite an mir kennst du von Anfang an«, verteidigt Taylor sich halbherzig. »Hätte ich damals auf dieser Party nicht mit dir geflirtet, wären wir heute abend nicht hier.«

»Ja, aber ich war nicht darauf aus, die nächste zu sein, die dich verliert.«

»Ich habe Diane nicht wirklich geliebt. Das weißt du. Du wußtest es schon an jenem Abend. Und dich liebe ich, das weißt du auch.«

»Das ist nicht ganz, worum es mir im Moment geht. Ich wünschte mir eher so etwas wie eine Entschuldigung, eine Beteuerung, daß es nicht wieder vorkommt, selbst wenn das eine Lüge ist. Wenn du mir nichts gibst, zwingt mich das mit dem Rücken gegen die Wand, begreifst du das?«

Taylor schüttelt den Kopf. »Du meinst, daß du mich liebst, aber du kennst mich nicht einmal. Du hast nicht den blassesten Schimmer.«

Sie liegen zusammen, aber getrennt, jede ihrer eigenen Bettseite zugewandt. Chris atmet regelmäßig, damit Taylor glaubt, sie schlafe, obwohl deren regelmäßige Atmung bedeuten könnte, daß sie *tatsächlich* schläft.

Nach einer ungewiß langen Zeit, in der Chris zwischen Schlaf und einer Art rasendem Grübeln pendelt, schlüpft Taylor aus dem Bett.

»Ich bin einfach unruhig«, sagt sie und lügt offensichtlich, als Chris

sich umdreht und sich fragend ein wenig aus dem Bett aufrichtet.
»Ich möchte dich nicht stören.«
»Das macht nichts.«
»Nein.« Sie nimmt die zusätzliche Decke vom Sessel in der Ecke. »Ich gehe mal nach unten. Lese vielleicht ein bißchen.«
»Du«, sagt Chris, unsicher, was sie als nächstes sagen wird. Aber Taylor ist bereits auf der Treppe, Buds Krallen klappern hinter ihr die Holzstufen hinab.

Gegen Morgen fällt Chris endlich in einen tiefen, traumlosen Schlaf, nachdem sie einige Stunden lang auf die Geräusche von Taylor gelauscht hat, wie sie die Decke hinaufzieht und wieder forttritt, auf das Quietschen der Sprungfedern im Sofa. Die schwachen Anzeichen, daß sie da ist, auch wenn »da« ein Ort ist, der immer schwieriger zu definieren wird.

3

Am Morgen fühlt sich Chris, als habe sie kaum geschlafen, obwohl alles um sie herum dagegenspricht. Als sie nach unten kommt, hängt in der Küche immer noch der Duft nach Kurkuma und Kardamom von dem Curry, das sie am Vorabend für Leigh und die Mime gekocht haben. Taylor ist schon aufgestanden und fort – wie es aussieht, schon seit einer Weile. Der Hund liegt, halb schlafend, in einem Lichtstreifen auf dem Wohnzimmerboden, wurde also schon gefüttert und spazierengeführt. Sonst hätte er auf Chris' Seite des Bettes herumgeschnüffelt, um sie dazu zu bewegen, eine Dose Futter zu öffnen.
Die Kaffeemaschine ist an, die Glaskanne noch halbvoll, auf der Arbeitsfläche daneben stehen eine Packung Starbucks-Kaffee und eine Tüte Milch. Chris gießt sich einen Becher Kaffee ein und streift durch das Haus. Taylors Kameratasche steht weder neben

der Eingangstür, wo sie sie normalerweise hinstellt, noch oben neben ihrem Bett. Ihr Cherokee steht nicht vor der Tür und auch nicht in der Garage, wo Chris nachsieht.

Wo sie auch sein mag, es ist ganz gut, daß sie nicht hier ist. Chris hätte gern die Möglichkeit gehabt, sie ein bißchen zur Schnecke zu machen, vor allem, nachdem ihre Argumente einige Stunden lang im Dunkeln köcheln konnten. Sie hat genug davon, wie Taylor mit einem raschen Sprung aus der Defensive in die Offensive hüpft. Dieser billige Trick funktioniert leider so oft, daß sich die Mühe lohnt, ihn anzuwenden. Chris fällt es schwer, Ärger zu konservieren; er zerfällt in der Lösung aus Zeit und erzwungenem Schweigen. Zu schnell, meist mitten in der Nacht, ist es soweit, daß der Streit einfach ein Ende haben, Taylor wieder einlenken muß. Für dieses Gleichgewicht ist sie bereit, ziemlich viel Terrain aufzugeben.

Dieses Mal aber fällt das Morgenlicht hart und grell auf den extremen Anlaß ihres Zorns. Dieses Mal wird sie dem eisigen Schweigen widerstehen können; mit so viel Recht auf ihrer Seite, einem Köcher voll Recht, ist sie ihm gewachsen. Taylor (faßt Chris für eine unsichtbare Jury zusammen) muß einfach mehr Treue aufbringen als eine Katze, muß mehr tun, als nur nach sonnigen Fensterbänken und streichelnden Händen Ausschau zu halten. Wir alle – besonders, wenn wir ein paar Gläser Pinot Grigio getrunken haben – würden gern mit den Fingern genüßlich das Haar so manchen Abendgastes zerstrubbeln. Aber wir tun es nicht; wir benehmen uns.

Sich benehmen findet Taylor ausgesprochen lästig.

Schwierig.

Chris steigt hart auf die Bremse. Von ihren bezwingenden und pausenlosen inneren Schimpftiraden gefesselt, war ihr entgangen, daß der Verkehr zum Halten gekommen ist. Ein oder zwei furchtbare Sekunden lang ist nicht klar, ob sie das Heck des Cabrios gerade noch verschont oder ob sie hineinkrachen wird. Sie verfehlt ihn um wenige Zentimeter; wenn Autos atmen könnten, wäre die Stoßstange des Cabrios jetzt beschlagen.

Ihr Herz rast noch, als sie auf den Parkplatz neben ihrer Praxis einbiegt. Sie preßt die Stirn gegen den oberen Teil des Steuerrads, ein emotionaler Druckverband. Sie muß von ihrem Privatleben herunterkommen. Sie sieht auf die Uhr. In dreizehn Minuten muß sie mit ungeteilter Aufmerksamkeit Nida Louis zuhören, ihrer ersten Donnerstag-Patientin.
Daniel ist schon in seinem Zimmer, als sie hereinkommt; sie hört sein Stöhnen bis ins Wartezimmer. Sie steckt den Kopf durch die Tür. »Hast du Zeit für eine kurze Konsultation wegen Rosario Delacruz?«
Er sieht vom Boden auf, wo er, die Fußzehen unter das Sofa geschoben, Sit-ups macht. »Klar. Kein Problem.«
Chris läßt ihre Sachen auf das Sofa fallen und hockt sich auf die breite Armlehne. »Also, die Sache ist, ich mache mir Sorgen, daß ich sie zu sehr mag.«
Daniel zieht eine Augenbraue etwas hoch, während er die Schultern vom Boden hebt, die Hände hinter den Kopf gepreßt.
»Nicht so«, sagt sie. »Du spinnst wohl. Sie hat einen struppigen Schnurrbart, und ihre Nägel sind so lang, daß sie sie in China oder sonstwo verkaufen könnte. Zu schweigen davon, daß sie hetero ist, und das hundertfünfzig Prozent. Und ganz zu schweigen davon, daß sie meine Patientin ist. Nein, ich meine, daß ich sie einfach mag. Auf ihre dusselige Art ist sie sehr charmant, und ich sorge mich, daß ich deswegen mit ihr zu nachsichtig werde. Sie kommt seit über einem Jahr und nichts tut sich – ein gewalttätiger Typ nach dem anderen –, und ich kann sie offenbar nicht dazu bekommen, auch nur einen Schritt zu tun. Ich sitze einfach da, lasse mich bezaubern und habe wie verrückt Mitleid mit ihr, aber was hat sie davon? Beispielsweise glaube ich jetzt, daß sie kurz davor sein könnte, mit dem derzeitigen Widerling Schluß zu machen, aber dann macht sie vielleicht einfach mit dem nächsten genauso weiter. Offenbar geht ihr der Nachschub nie aus. Sie muß eine Partnervermittlung für muskelbepackte Schlägertypen an der Hand haben.«
»Sie wurde als Kind geschlagen, erinnere ich mich da richtig?«

fragt er, mit Pausen zwischen den Worten wegen der Sit-ups. Sein Rücken schmerzt noch mehr als ihrer.
»Mmm-hmm«, sagt sie. »Ihr Vater war das Tequila-Monster. Ließ sich in der nächsten Spelunke vollaufen, kam nach Hause und verprügelte alle. Ihren Bruder am schlimmsten, aber sie und ihre Schwester auch, sicherheitshalber. Aber das sind alte Kamellen. Darüber haben wir gesprochen, sie und ich.«
»Also was glaubst du, worum es dann geht – Selbstwert?«
»Machst du das« – sie stupst ihn mit dem ausgestreckten Fuß an die Brust – »für deinen Rücken oder stählst du dich?«
»Wenn du es unbedingt wissen willst, ich gebe mir Mühe, mich in einen unwiderstehlichen Frauenhelden zu verwandeln. Ich habe mir so eine Maschine gekauft, mit der ich Langlauf mache, nur daß ich in Wirklichkeit in meinem Wohnzimmer bin. Wenn ich draufstehe, komme ich mir vor wie ein absoluter Idiot, aber ich mache jeden Tag fünfundvierzig Minuten. Dann hundert hiervon. Ich rechne in Kürze mit dramatischen Ereignissen. Warum versuchst du nicht, dich auf die Sache mit dem Selbstwert zu konzentrieren, weg vom Sex; der ist wahrscheinlich sowieso nicht die Ursache. Du hast gesagt, sie sei finanziell erfolgreich. Sie fühlt sich vielleicht deswegen unweiblich, männlicher Aufmerksamkeit nicht würdig. Aber das mußt du aus einer Richtung einfädeln, über die sich einfacher reden läßt. Wenn du den Eindruck hast, daß sie versucht, dich zu bezaubern, könnte das doch ein Ausgangspunkt für das Selbstwertthema sein.«
Sie nickt. »Ich weiß nicht, welche Patienten schwieriger sind, die, die ich mag, oder die, die ich nicht mag.« Sie hebt das dicke Taschenbuch hoch, das aufgeschlagen über der Sofalehne liegt. Proust. Sie addiert das zu den Sit-ups.
»Du hast wieder eine Anzeige aufgegeben«, rät sie.
Er blickt düster. »Ich habe mich bei einer Partnervermittlung angemeldet. Sie gehen das angeblich ganz locker an. Heißt Lunchables. Man trifft sich einfach nur zum Mittagessen. In einem Restaurant. Sie arrangieren alles.«
»Wann ist dein Mittagessen?«

»Heute. Um eins. Im Swedish Kitchen.«
»Ich hoffe, das Swedish Kitchen war nicht ihre Idee. Ich glaube, das wäre kein besonders gutes Zeichen.«
»Ich mag das Swedish Kitchen«, sagt Daniel, und Chris begreift, daß er es ausgesucht hat.
»Sicher, es ist ein nettes Restaurant. Aber du mußt zugeben, daß es die erotische Ausstrahlung von Fleischbällchen mit Sahnesoße und Preiselbeeren hat. Es ist nicht gerade der Ort, der einen Funken zur Feuersbrunst entfacht.«
Er nickt, nachdenklich und niedergeschlagen, dunkle Stoppel schon jetzt wie Pfeffer auf der blassen Gesichtshaut. »Ich dachte, es wäre heiter.«
»Na, das wird es sicher auch.« Chris versucht, ermutigend und aufrichtig zu klingen, eine schwierige Kombination, wenn es um Daniels Rendezvous geht, die ein Fließband trauriger Mißverständnisse und durchkreuzter Absichten sind. »Wie heißt sie?«
»Ariadne«, sagt Daniel. Bereits besiegt. Daniel möchte sehr gern heiraten oder, genauer gesagt, wieder heiraten, trotz einer schwülstigen ersten Ehe mit einer finnischen Masseuse und einer ätzenden zweiten von dreimonatiger Dauer mit einer Psychiatrie-Krankenschwester. Beide Frauen waren seiner überdrüssig, bevor er ihrer überdrüssig geworden war, und die Zurückweisung hat sein Selbstwertgefühl schwer beschädigt. In der schwülstigen ersten Ehe entstand seine Tochter Camille, die jetzt fünfzehn ist und zum Teil bei Daniel wohnt.
Obwohl er sich schon einige Minuten lang mit Chris unterhält, sieht er sie erst jetzt, als er sich zur Seite rollt, richtig an.
»Hey. Was ist los?«
»Was meinst du?«
»Nun, du siehst aus, als hättest du letzte Nacht bei den Pennern unter der Brücke geschlafen. Du hast verschiedene Socken an.«
Sie sieht, daß das stimmt, auch wenn es eigentlich nicht so schlimm ist. Eine ist blau, die andere blau-lila.
»Taylor ist aus Marokko zurück und ziemlich übermütig. Gestern abend ging sie anbaggern. Leider in unserem Wohnzimmer.«

»Oh, Christine.«

»Und jetzt hat sie sich beleidigt aus dem Staub gemacht. Nichts Ernstes, glaube ich. Eben beleidigt.« Sie hat gelernt, ihre häuslichen Dramen herunterzuspielen.

Die Tür zum Gang geht hinter ihr auf, sie drehen ihre Köpfe zu dem Geräusch hin, es ist ein Patient, dann beenden sie ihr Gespräch.

»Wir reden später noch einmal darüber.«

Sie nickt. Sie ist froh, daß sie unterbrochen wurden. Sie möchte dieses Gespräch eigentlich nicht weiterführen. Er hat nie viel von Taylor gehalten. Seiner Meinung nach führt sie Chris zu sehr an der Nase herum, läßt sie nur aus Spaß, nur weil sie es kann, nicht zur Ruhe kommen. Chris findet diese Analyse zu kurz gegriffen und will ihm immer deutlich machen, daß die Beziehung in Wirklichkeit viel subtiler und vielschichtiger ist. Aber wenn sie sich über Taylor ärgert, benutzt sie ihn als verständnisvollen Zuhörer. Im Grunde zu verständnisvoll. Es ist zu leicht, ihn zu ihren Gunsten zu empören.

Es fällt ihr schwer, in Nida Louis' Stunde konzentriert zu bleiben. Das liegt zum Teil an Taylor, aber eigentlich ist jede Stunde mit Nida zäh. Ihre Probleme sind langweilig und obwohl nicht unlösbar, scheinen die Lösungen, auf die Nida kommt, sie nicht in gute Richtungen zu führen.

»Er ist am Dienstag früher nach Hause gekommen«, sagt sie und meint damit ihren Ehemann. Am Mundwinkel hat sie, wie häufig, ein hochentzündetes Erkältungsbläschen, was zu ihrem allgemeinen Eindruck von Geplagtheit beiträgt. »War ich überhaupt nicht drauf gefaßt.«

»Und ...?« souffliert Chris. Manchmal beendet Nida ihre Gedankengänge mittendrin. »Waren Sie und Pam gerade bei etwas Verfänglichem?«

»O nein. Ich war allein.« Ein weiteres Markenzeichen von Nidas Leben ist das Nichtereignis. »Aber sie hätte dasein können. Ich mag mir gar nicht vorstellen, was passiert wäre.«

Pam ist gewissermaßen Nidas Geliebte. Sie sind nicht weiter gegangen als heftiges Petting, hat Chris sich zusammengereimt, sie reiben aneinander herum, etwas in dieser Art. Nicht weiter, denn Nidas Katholizismus verbietet außereheliche Beziehungen ebenso wie Homosexualität. Die Ehe dauert schon lang und ist eintönig, der Ehemann behandelt sie und die Kinder wie ein Feldwebel, kontrolliert Abstauben und Bettenmachen, beherrscht den Luftraum des Hauses mit einer audiophilen Stereoanlage, auf der er Bigband-Musik spielt. Er erzwingt einen strikten Wäscheplan – Socken in der einen, Unterwäsche in der folgenden Woche – bei dem er mitmacht, aber trotzdem. Er ist so ziemlich der Prototyp des Zweihundert-Kilo-Machos.

Was Nida am liebsten täte, aber im Moment noch nicht kann, ist, ihre Kinder (zwei) zu nehmen und mit ihnen zu Pam zu ziehen. Sie sagt sich, daß sie sich im Übergang zwischen zwei Lebensweisen befände. Chris hingegen findet, daß Nida aus einem luftlosen Bunker heraus- und in den nächsten hineinkriecht. Denn wenn Nida Pam besucht, darf sie kein Cologne benutzen; Pam ist allergisch. Wenn Nida vom Sofa aufsteht, klopft Pam die Delle aus dem Polster. Die Bücher in Pams Regalen stehen alphabetisch nach Autoren geordnet.

Nida sieht ihre Zwickmühle als Coming-out-Problem, ringt mit der Frage, ob sie wirklich lesbisch ist, wohingegen Chris denkt, sie müßte in erster Linie zu einem Menschen werden – ob lesbisch oder hetero –, der es nicht nötig hat, unter der Fuchtel eines Gesetzeshüters zu leben. Ihr zu dieser Erkenntnis zu verhelfen wird die Knochenarbeit in dieser Therapie sein, Chris' Schicht in der Salzmine werden.

Wenn sie mit Patientinnen und Patienten arbeitet, die auch Coming-out-Probleme haben, bemüht sich Chris, ihre Ungeduld zu zügeln, indem sie sich in das Chaos ihrer eigenen sexuellen Selbstsuche zurückversetzt, wieder in jene lange Zeit der Fehlstarts und falschen Entscheidungen eintaucht, die die Folge eines zu lange unterdrückten Verlangens waren. Sie versucht, jene ersten Regungen wachwerden zu lassen, an die sie sich noch gut erinnert, wie

Klingen, die sie durchfahren – als sei sie Zirkusartistin, Assistentin eines ungeübten Messerwerfers, zitternd und verwundet in ihrem Fransenkleid, blutend vor einer bunten Kulisse, umgeben von unberührten Luftballons. Diese schmerzhaften Freuden geheimhalten, erregt von ihnen und zugleich unfähig, sich vorzustellen, wie sie jemals in einen größeren Rahmen würden passen können, vor allem in einer Welt, die um die Anziehung zwischen Männern und Frauen herum strukturiert ist.

Diese Euphorie und Verwirrung begann gegen Ende ihrer Internatszeit, erst mit gelegentlichen Verliebtheiten in verschiedene ältere Mädchen, dann in ein bestimmtes Mädchen, Alison Beale, Angelpunkt einer grüblerischen Obsession, die Chris wie ein riskantes Blatt an einem Pokertisch bunkerte. Lesbischsein war keine akzeptierte Lebensform, damals, dort. Im großen und ganzen wurde es nicht erwähnt, und wenn, dann nur als vage Zielscheibe von impliziten, indirekten, allgemein akzeptierten Witzen. Zieh donnerstags nichts Grünes an, das bedeutet, daß du schwul bist. Warum siehst du in der Dusche die anderen Mädchen an, bist du ’ne Lesbe, oder was? Das Thema wurde nie so offen diskutiert wie andere Fragen – wie die, ob es ein Leben nach dem Tod gab oder ob Jungen wirklich jeden Morgen mit einer Erektion aufwachen.

Jetzt schaut sie zurück und fragt sich, ob in diesen Schlafsälen, diesen Duschen überhaupt eine mit einer anderen herumpoussiert hat, aber ihr fällt nicht einmal ein mögliches Paar von Verdächtigen ein, so versunken waren alle in das Wunder Junge, das Geheimnis der Männer. Das selbst sie eine Zeitlang erwischte. Sie erinnert sich noch daran, wie aufgeregt sie vor Schulfesten mit benachbarten Jungenschulen war oder bevor sie in die Stadt fuhren, um sich mit Jungen zu treffen, die sie bei Rockkonzerten kennengelernt hatten.

Die Jungen auf den Schulfesten hatten kürzere Haare und benutzten Aftershave, die bei den Konzerten waren etwas schludriger, sie verstand weniger an ihnen, aber was die einen wie die anderen bei Partys auf einem Sofa, in Autos und an den Stützpfeilern unter der

Hochbahn wollten, war ziemlich gleich. Das alles erregte sie zwar für den Augenblick, in den Zeiten dazwischen aber zielte ihre Phantasie erst auf mal dieses, mal jenes hochnäsige ältere Mädchen, dann auf Alison, die ihr Interesse auf heiße und kalte oder, genauer gesagt, auf warme und kalte Weise erwiderte – Blicke, die sich deuten ließen, als hätten sie eine tiefere Bedeutung, aber auch nur flüchtig oder unkonzentriert sein mochten. Gelegentlich jedoch fiel eine Bemerkung, deren Bedeutung unzweideutig schien.

Einmal zum Beispiel machte Chris Alison ein Geburtstagsgeschenk, eine Emailbrosche in Form einer Katze. »Ich habe mich daran erinnert, daß Lila deine Lieblingsfarbe ist«, sagte Chris, um Extrapunkte einzuheimsen. Sie waren am See, auf den Felsen. Alisons Geburtstag war im April, und für alle, die ihre fünf Sinne beisammen hatten, war es dafür eigentlich nicht warm genug, außer man war verliebt, und Chris deutete es als gutes Zeichen, daß es Alison zu gefallen schien, mit ihr dort zu sein, und sie sich die Jacke enger umzog, statt vorzuschlagen, sie sollten zum Campus zurückkehren.

»Aber es ist nicht richtig Lila«, sagte Alison, »nicht ganz. Eher Lavendel oder Flieder oder, ich weiß nicht. Manchmal fällt Nachdenken ein bißchen schwer.«

»Warum?«

»Oh«, sagte Alison lächelnd und blickte auf den Felsen, auf dem sie saßen, um Chris nicht in die Augen zu sehen. »Komm schon.«

Ein anderes Mal. Ein Abend, an dem Alison mit Curt ausgegangen war, ein Junge aus Lake Bluff, der immer spätabends in seiner Corvette auf dem Parkplatz hinter dem Schlafsaal auf Alison wartete, den schweren Motor auf tiefe, vielsagende Weise im Leerlauf. Normalerweise kehrte sie erst kurz vor Tagesanbruch zurück, während Chris auf ihre Rückkehr, in den darauffolgenden Tagen auf ihre Anspielungen auf Curt lauschte, immer verhüllt, kryptisch und zum Wahnsinnigwerden. An diesem Abend aber kam sie über Chris' Zimmer zurück, machte sich nicht die Mühe anzuklopfen, erst völlig aufgedreht, dann brach sie auf dem Fußboden neben

Chris' enger, kojenähnlicher Pritsche zusammen. Alison war randvoll mit Whiskey Sour aus der Flasche und wirrem Gerede, das auf der Oberfläche von absolut nichts, darunter von allem handelte. Dann ging sie ans Ende des Korridors zum Klo, und als sie zurückkam, schlüpfte sie neben Chris ins Bett. Sie schliefen unruhig, ineinander verschlungen, taten aber nichts eindeutig Sexuelles, drehten sich nur, um den Mund gegen das Haar der anderen zu pressen, Rücken an Brust, Fingerspitzen fuhren über Schultern und Beine – alles, was sich durch die Enge des Einzelbetts entschuldigen ließ. Alisons Aufbruch vor Morgengrauen bedeutete das Ende dieses einmaligen Vorkommnisses. Es wurde niemals wiederholt und von keiner jemals erwähnt.
Chris spielte dieses Alison-Band und die übrigen aus ihrer kleinen Sammlung so lange ab, bis sie nichtssagend wurden, versuchte herauszufiltern, was da eigentlich geschah, aber es fehlte ihr an Vorstellungskraft. Sie hatte nur die allervageste Idee, in welche Richtung sie sich möglicherweise bewegten, und nicht die leiseste Ahnung, wie das zu steuern war. Und so kam die Angelegenheit nie sehr weit über diese befrachteten Momente hinaus, zwischen denen lange Zeitspannen lagen, in denen Alison völlig mit ihrer Geschichtsklausur über Otto von Bismarck, ihrer Arbeit im Dekorationskomitee für den Frühlingsball oder mit Curt beschäftigt war.
In einem der Schuljahrbücher, die Chris' Mutter immer noch an sie weiterschickt, war Alison einmal erwähnt, damals lebte sie in Marin County bei San Francisco und arbeitete für eine Software-Firma. Kein Ehemann, keine Ehenamen, keine Erwähnung von Kindern, und Chris fragte sich, ob Alison den Weg zum gleichen Ort gefunden haben könnte, an dem sie selbst war, ob das, was sie miteinander getan hatten, so etwas wie Erkundungsflüge waren.

Chris versucht, Nida Louis' gegenwärtiges Leben in einem ähnlichen Muster zu sehen – ein Schritt vor, zwei zurück. Sie hat verhaltene Hoffnungen, daß Nida schließlich ein besseres Leben haben wird, sich aber resigniert damit abgefunden, daß sie bis dahin noch lange Zeit kitschige Folgen über Pam und über Barry, den Ehemann, wird hören müssen. (Eine unglaubliche Menge dessen, was sie hört, ist die gleiche Geschichte, die ihre Patientinnen und Patienten als einhundert verblüffend unterschiedliche Geschichten präsentieren.) Heute geht es darum, daß Barry während des Urlaubs immer Hotelzimmer wechselt.

»Entweder sind die Betten zu weich, oder er findet, daß der Teppich nicht sauber aussieht«, sagt sie und preßt die zusammengeknüllte Ecke eines Papiertaschentuchs gegen das Fieberbläschen, das leicht näßt.

»Fanden Sie ihn sauber?«

»Na ja, ich habe wohl keine allzu hohen Ansprüche an die Sauberkeit von Motel-Teppichen. Sie wissen schon. Gehen so viele Zehen darüber. Aber nur weil meine Standards niedrig sind ...«

»Warum sagen Sie das? Vielleicht ist das nur eine von zahllosen winzigen Kleinigkeiten, wo Sie die Welt anders sehen als er. Vielleicht bedeutet es nur, daß Sie nicht zu den Leuten gehören, die sich wegen jeder Kleinigkeit aufregen, zumindest wenn es um Teppiche geht.«

»Häh?« sagt Nida, und Chris sieht ihre Bemerkung als kleine Blase langsam gen Decke driften, während sich Nida die Lippen mit Pomade betupft.

Nida hat viele kleine Beschwerden. Letzten Sommer hatte sie Bindehautentzündung, dann Probleme mit dem Fußballen, der operiert werden mußte, damals kam sie zu mehreren Sitzungen mit einem Gipsfuß gehumpelt. Es kostet Chris große Mühe, wegen dieser kleinen, banalen Erkrankungen nicht auf Nida herabzusehen. Sie hat die ziemlich miese Neigung, Gesunde zu bewundern, Sportliche und Gutaussehende auch für gut zu halten. Sie verachtet sich für diese Idiotie, die allen ethischen Grundsätzen, die sie, wie sie glauben möchte, für wahr hält, völlig zuwiderläuft. Es kommt ihr vor, als lebe in ihr ein langweiliger böser Zwilling – keineswegs eine, die auf aufsehenerregende Weise bösartig wäre, nur eine infantile, unreife Idiotin, die herumhängt und die dümmsten Oberflächlichkeiten von sich gibt. Manchmal taucht die Idiotin auf, nicht zu bremsen. Vor einigen Jahren kam eine ungeheuer dicke Schulfreundin nach Chicago und wollte, daß Chris mit ihr in ein paar Frauenbars ging. Chris schob lieber eine Magengrippe vor, als zu riskieren, daß jemand sie zusammen sehen und glauben könnte, sie hätten etwas miteinander. Chris fürchtet, daß diese Rückfälle im Charakter mit einer kosmischen Revanche geahndet werden, daß sie im nächsten Leben als Plankton wiederkehren wird.

Nach Nida kommt eines von Chris' wenigen heterosexuellen Paaren – die Sidelmans, beide Maler, sie recht bekannt –, Experten in dramatischen Gesten. Unlängst hat sie eine Schale Cornflakes (mit Milch und Bananen) in seine lederne Künstlermappe gekippt. Er rächte sich, indem er die Schubladen ihres Kleiderschranks durchwühlte und die Ärmel ihrer Pullover abschnitt.

Paartherapien sind ebenso heikel wie anstrengend – als sitze man in einem Stau fest. Das, was während der Sitzungen auf den Tisch kommt, reicht oft nicht, um damit effektiv zu arbeiten. Ein Partner hat die Beziehung innerlich bereits aufgekündigt oder hat eine verheimlichte Affäre (auch wenn Chris die Anzeichen dafür meist erkennt). Oder einer der beiden hat zu viel Angst vor dem Fall-out der Sitzungen, um etwas zu ihnen beizutragen. Oft gibt es einen heimlichen Lehrplan – ein Partner heuchelt Interesse an einer Versöhnung, während er in Wahrheit versucht, Belastungsmaterial gegen den anderen zu sammeln. All diese Variablen im Blick zu behalten, den Text zu steuern, ohne den ganzen Subtext zu kennen, laugt Chris oft so aus, als habe sie eine Nachtschicht auf einer Baustelle hinter sich. Heute, nach Paarstunden um elf, um zwölf und um eins, ist sie völlig erschöpft, bis sie endlich eine Pause hat und ihren Anrufbeantworter abhört. Die Nachricht, die sie möchte, ist nicht dabei, also gibt sie nach und ruft erst zu Hause, dann die *Transit* Dunkelkammer an. Beidemal hebt niemand ab.

»Arschloch«, sagt sie zum leeren Zimmer.

Sie versucht es noch einmal, als sie vom Friseur zurückkommt (schlecht geschnitten, rechts gibt es irgendwie Wirbel), gibt es dann auf. Sie wird Taylor sehen, wenn sie heute abend nach Hause kommt. Egal, was passiert, Taylor kümmert sich immer um Bud. Der Hundesitter kommt am frühen Nachmittag, und Taylor ist meist etwa um sieben zu Hause, damit Bud nicht zu lange darauf warten muß, bis er hinauskann und sein Fressen bekommt. Er ist ein alter Hund, und sie versuchen, ihn zu verwöhnen.

Aber obwohl es schon acht ist, als Chris nach Hause kommt, ist Taylor nicht da. Der Hund ist aufgeregt und springt Chris an, als sie durch die Haustür kommt. Sie spürt, daß sich ihre Stimmung verändert, der Ärger läßt nach, aber sie findet keine andere Gangart. Ihr kommt der Gedanke, daß vielleicht viel mehr nicht stimmt, als sie bislang dachte, aber was dies heißen könnte, weiß sie nicht.

Wenn sie so tut, als sei alles normal und wie immer, werden sich vielleicht die Götter für Normal und Wie – Immer von ihren himmlischen Sofas erheben und etwas tun. In diesem Sinne füttert sie Bud, zieht den Trainingsanzug an, setzt den Walkman auf, nimmt den Hund und Don Henley, der »The Heart of the Matter« singt, läuft durch den Park in der Nähe, in Richtung Fluß. Wenn sie zurückkommt, wird Taylor dasein oder wenigstens wird das rote Licht am Anrufbeantworter blinken. Es funktioniert nicht. Die Götter schlafen noch. Das Haus ist leer, das Band ist leer.

Sie ruft Leigh an.

»Hallo. Hast du meine Freundin gesehen? Wir haben uns gestritten.« Sie erwähnt den Anlaß nicht. Warum soll sich Leigh wegen *ihrer* Freundin auch noch mies fühlen? »Jedenfalls ist sie verschwunden und läßt mich am ausgestreckten Arm verhungern.«

»Hier ist sie nicht«, sagt Leigh. »Du weißt doch, sie ist immer komisch und hippelig, wenn sie zurückkommt.«

»Vor allem aus Marokko, findest du nicht?« sondiert Chris.

Leigh sagt: »Nicht, daß ich wüßte«, ein Satz, der nach Chris' Erfahrung in neunundneunzig von hundert Fällen gelogen ist. »Ruf mich später noch einmal an, falls sie nicht auftaucht. Wir spüren sie auf.«

Chris sieht einen Moment lang das Telefon an und denkt daran, Audrey anzurufen, beschließt dann, daß ihr das nichts bringen wird. Und tut es dann doch. Audrey ist ihre älteste und ihre unpassendste Freundin. Diese beiden Tatsachen hängen ohne Zweifel zusammen. Vieles von dem, was sie ursprünglich, vor so langer Zeit im College, zusammenführte, ist durch die verschiedenen Wege, die sie seither eingeschlagen haben, verlorengegangen. Daher ist das, was sie miteinander teilen, im wesentlichen Geschichte und viel Toleranz für ihre Unterschiede.

Diese letzten Jahre ihrer Freundschaft waren im Grunde ein zweiter Anlauf. Er folgte auf einen langen Bruch, weil Chris nicht hatte akzeptieren können, daß Audrey, nachdem sie Frauenbeziehungen gehabt hatte und damit vernünftig umgegangen war, sich von diesem Leben an den gesellschaftlichen Rändern abrupt in die Sicherheit und die Privilegien einer heterosexuellen Ehe zurückgezogen hatte.

Inzwischen akzeptiert Chris, daß Audrey, selbst wenn sie im Bett Frauen bevorzugt, deswegen nicht an irgendwelchen sozialen Klippen baumeln möchte. Zur Zeit lebt Audrey weit entfernt vom Klippenrand, eingekeilt zwischen einem nett-netten Ehemann und einem Baby, das ihre ganze Aufmerksamkeit fordert. Chris kann diese Entscheidung hinnehmen oder die Freundschaft aufgeben und hat sich für ersteres entschieden.

»Störe ich?« fragt Chris, als sie sie am anderen Ende der Leitung hat.

»So wenig wie in diesen Tagen möglich. Ich habe Horace schlafen gelegt, er ist ganz ruhig, aber das kann sich jeden Moment ändern. Was gibt's?«

Chris erzählt von ihrem Streit mit Taylor, daß Taylor beleidigt fortgegangen ist, auch wenn ihr das Schweigen ihres Gegenübers signalisiert, daß sie nicht mit viel Mitgefühl rechnen kann.

»Ach Taylor. So theatralisch. Bist du es nicht bald leid? Nie festen Boden unter den Füßen?« Das ist nicht, was Chris hören möchte.

»Wie lange geht das schon so, zwei Jahre?«

»Fast vier«, sagt Chris und gibt diese Information nur widerwillig.

»Wirklich? So lange? Na, das zeigt nur, wie recht ich habe. Meinst

du nicht, daß du nach vier Jahren etwas entspannter sein solltest? Hausschuhe anziehen, deinen alten Bademantel überstreifen. Ich wünschte mir wirklich, das mit dir und Renny wäre gutgegangen. Ich weiß, daß sie auf ihre Art ziemlich furchtbar war, aber ...«
»Erwähne diesen Namen nicht. Bitte. Es trifft mich jedesmal ins Mark. Außerdem könnte ich dir das gleiche sagen. Warum tust *du* dich nicht wieder mit Helen aus dem Buchladen zusammen?«
»Nun, vielleicht, weil ich in dieser Hinsicht anderweitig occupado bin.«
Erst denkt Chris, daß Audrey damit ihren Mann Tom und das Baby meint, dann aber begreift sie die Bedeutung von »in dieser Hinsicht«.
»*Wie*, in dieser Hinsicht? Ich dachte, du seist dieser Tage zu beschäftigt und zu heterosexuell für irgend etwas ›in dieser Hinsicht‹. Sollte deine Mutterschaft dich nicht völlig absorbieren? Stiche, nässende Brüste und Wochenbettdepression? Ich meine, waren deine sozialen Möglichkeiten in letzter Zeit nicht etwas eingeschränkt?«
»Eine Frau aus meinem Lamaze-Kurs. Sie war die Geburtspartnerin ihrer Freundin, aber dann haben sie sich getrennt und – «
»Aha«, sagt Chris. »Das Leben in den Vorstädten.«
»Werde nicht spitz. Sonst erzähle ich dir nichts mehr.« Audrey ist der einzige Mensch, den Chris kennt, der immer noch »spitz« sagt. Vor kurzem nannte sie jemanden »affig«. Als sei sie sozial in der Pubertät steckengeblieben. Dann sagt sie, viel lauter: »Hallo, Schatz.« Was bedeutet, daß ihr Mann jetzt in Hörweite ist.
»Rufe mich an, wenn er nicht da ist«, sagt Chris. »Ich weiß nicht, warum, aber darüber möchte ich Einzelheiten wissen.«

Chris duscht, zieht Jeans und einen Pullover an, Socken; plötzlich ist es im Haus kühl und feucht. Sie dreht den Thermostat hoch. Bud ist unruhig. Sie sucht in den Küchenschränken und findet einen Kaustreifen für ihn. Das lenkt ihn normalerweise für eine halbe Stunde ab. Jetzt aber läßt er ihn nur auf seine Teppichecke im Wohnzimmer fallen und bewacht ihn.

Sie ruft Daniel zu Hause an. Auch von ihm wird sie kein Mitgefühl bekommen, aber vielleicht zumindest ein Abendessen und etwas Gesellschaft. Für Psychologen und Spanier ist zehn eine vernünftige Abendessenszeit.

»Wie war das Mittagessen?« fragt sie und schiebt das Thema Taylor erst einmal auf.

»Das wird nichts, fürchte ich.«

Sie wartet, daß er mehr sagt.

»Sie hat keinen Herd«, sagt er schließlich.

»Warum sollte das wichtig sein? Wie seid ihr überhaupt darauf gekommen?«

»Ich habe gesagt, daß ich gern im Restaurant esse, und dann hat sie gesagt, daß Essen sie nicht interessiert. Und Kochen schon gar nicht.«

»War sie dünn?«

»Eigentlich war sie ziemlich stabil gebaut. Ich vermute, sie gehört zu denen, die salzige Snacks mögen. Oder nur eine bestimmte Sorte Essen. Du weißt schon. Hefestückchen. Kartoffelsalat. Sie war vor allem öde. Öde und teigig wäre meine Kurzbeschreibung.«

»Ich frage mich, warum sie euch verkuppeln wollten.«

»Ich schiebe so etwas immer auf einen Computerfehler. Jede andere Erklärung wäre zu deprimierend.«

»Hör mal«, sagt sie, »erinnerst du dich, daß du heute morgen nett zu mir sein wolltest? Jetzt nehme ich dich beim Wort. Kannst du mit mir zu Abend essen? Taylor ist immer noch nicht da, und ich wäre gern wie zufällig fort, wenn sie beschließt, wieder nach Hause zu kommen.« Chris dachte daran, daß sie in ein Restaurant gehen und dort eine Kleinigkeit essen könnten, aber er überredet sie, zu ihm zu kommen.

»Ich habe einen Herd. Und was wichtiger ist, ich habe eine Mikrowelle. Außerdem ist Camille heute abend da. Ich wollte sowieso für uns kochen. Etwas mit wenig Fett. Ich mache eine strenge Diät.«

Chris findet, daß Daniel ein ziemlich gutaussehender Mann ist, auf eine etwas zurückgenommene Weise. Er ist jedoch unbestreitbar klein, und sie weiß, daß das für Männer ein Problem ist. Er ist auch ein bißchen zu dick, und leider steckt ein beträchtlicher Teil dieses Übergewichts in einem breiten Matronenhintern. Zudem hat er zuviel Haar. Nicht nur auf Kopf und Brust, sondern auf dem Hals und in den Ohren, dunkle Büschel auf den Schultern. Er ist überzeugt, daß diese beiden Aspekte seines Aussehens gravierende Minuspunkte sind.

Chris hat ihm gesagt, daß Frauen sich ihrer Meinung nach an dieser Haargeschichte nicht sehr stören. »Du schleifst ja schließlich keinen Schwanz hinter dir her.«

Als Reaktion zog er nur spöttisch eine Augenbraue hoch.

Er kann selbstironisch sein, ist aber auch fest entschlossen, sich nach gängigeren Vorstellungen von Attraktivität umzugestalten. So unterzieht er sich im Hinterzimmer eines Kosmetiksalons im entlegenen, zutiefst polnischen Teil der Milwaukee Avenue einer elektrolytischen Haarentfernung. Und er hat sich für den Herbst zu einer Fahrrad- und Wandertour durch Utah angemeldet. Nach dem Prospekt zu urteilen, hat die gesamte Route keine einzige horizontale, sondern nur unterschiedlich vertikale Teilstrecken.

»Wo ist Camille?« sagt sie, als er mit ihr in die leere Küche geht. Es zeigt sich, daß das späte Abendessen, daß er für sie zubereiten will, aus tiefgefrorenen Diätmenüs und Diät-Cola besteht.

»Sie macht in ihrem Zimmer Hausaufgaben. Sie bekommt viel auf. Zuviel, vielleicht, sie scheint immer unter Druck. Ich finde, jetzt sollte die Zeit in ihrem Leben sein, wo sie sich einfach amüsiert und nicht immer Ziele verfolgt. In letzter Zeit wirkt sie – ich weiß nicht – irgendwie freudlos.«

Camille, die Chris seit ihrer Geburt kennt, war immer ein irgendwie magisches Mädchen, tollkühn und lustig, eine Geschichtenerzählerin, Erfinderin komplizierter Puppentheater-Stücke, Herausgeberin winziger Zeitschriften. Wenn Chris ihr zusah, wirkte die Zeit der Kindheit viel wunderbarer, als Chris sie in Erinnerung hat. Seit zwei Jahren aber steuert Camille einen harten Kurs durch die Pubertät. Wo die Schwierigkeiten genau liegen, kann Daniel schwer ausmachen, weil sie sich meist in dumpfem Schweigen äußern, aber aufgrund der wenigen Bemerkungen, die Camille doch fallengelassen hat, vermutet er, daß ihr die Person furchtbar fremd ist, zu der sie wird. Sie erkennt bereits, daß sie in der Welt des Erwachsenseins nicht der Mensch sein kann, als der sie am besten ist. Sie schlittert mit Volldampf in eine Welt, wo das Leben auf klar absehbarem, ereignislosem Terrain stattfindet. Eine Welt, in der es wenige Plüschtier-Kaffeenachmittage oder Pappschlösser gibt, und keine unsichtbaren Freunde.

Daniel geht in den Flur hinaus und ruft sie zum Essen. Als er zurückkommt, sagt er zu Chris: »Sie verunsichert dich zu sehr.« Er meint Taylor.

»Du hörst immer nur meine Seite.«

»Warum verteidigst du sie?« Er öffnet die Tür des Tiefkühlschranks, wedelt eisige Rauchwolken fort, die mehr zu den Spezialeffekten eines schlechten Rockkonzerts als zu einem normal funktionierenden Tiefkühlgerät passen würden. Er deutet auf einen Stapel weißer Kartons mit orangefarbener Beschriftung. »Bitte. Such dir etwas aus.«

»Es ist mir egal. Wirklich.«

Er zieht gebratenen Truthahn mit Füllung heraus.

»Kein Truthahn«, sagt sie.

»Wie wäre es mit mexikanisch?«

»Kann ich mal kurz telefonieren?«

»Nicht, wenn du zu Hause anrufen willst«, sagt er, langt herüber, nimmt ihr den Hörer aus der Hand und legt ihn wieder auf die Gabel. »Ich denke, es ist besser, wenn du mit uns zu Abend ißt und dann nach Hause gehst. Dann machst du den Eindruck, als ob du *wirklich* hier mit uns zu Abend ißt. Wenn du anrufst, ist völlig klar, daß du nur so *tust*, als ob du hier zu Abend ißt.«

Camille kommt in die Küche und wirkt verschlafen. Eine Gesichtshälfte trägt tiefe Abdrücke vom Webmuster ihres Bettüberwurfs.

»Ich bin wohl eingeschlafen.« Sie lächelt etwas schief und küßt

Chris, trifft dabei das Ohr statt, wie beabsichtigt, die Wange. Je älter Camille wird, um so ähnlicher wird sie ihrem Vater, und das ist vielleicht nicht das Beste, was ihr passieren kann. Ihre Mutter Bibi sieht aus wie Toni Mitchell, durchgeistigt und intellektuell. Camille wird offenbar so groß wie sie, sie ist schon jetzt so groß wie Daniel und wird sicher größer werden als er. Aber sie ist wie er dunkelhaarig, mit grüblerischen Augen unter schwarzen Lidern.

»Was gibt's zum Essen?« fragt sie.

»Ich dachte, wir lassen uns von den Wundern der Tiefkühlkost verführen.«

»Ehrlich, wir können nicht ständig dieses Zeug essen. Kürzlich kam eine Ernährungswissenschaftlerin in unseren Lebensgestaltungskurs. Ab und zu kann man Fertigzeug essen, aber man braucht auch richtiges Essen.«

»Du hast ihnen doch nicht gesagt, daß wir immer nur Kram aus der Mikrowelle essen, oder? Ich möchte keinen Hausbesuch von einer Sozialarbeiterin, die uns dann anhand einer plastikbeschichteten Drehscheibe die Lebensmittelgruppen erklärt. Morgen machen wir etwas im Wok. Du kannst mir dabei helfen. Wir nehmen Tofu dazu. Ich möchte nicht, daß du dich in Lebensgestaltung schämen mußt.«

»Ach, ich bin bei weitem nicht die Schlimmste. Janine Handelman hat der Klasse erzählt, daß sie jeden Morgen zum Frühstück eine Seven-Up und Bi-Fi bekommt. Und Eric sagte, daß manchmal seine ganze Familie zum Abendessen Baked beans aus der Dose ißt. Wir liegen etwa im Mittelfeld.« Sie durchforstet den Kühlschrank, auf Knien, die durch ausgefranste Risse in ihren Jeans zu sehen sind.

Daniel bedient die Mikrowelle, während sie aus Salatblättern, Oliven und Cashewkernen einen recht eigenwilligen Salat macht.

Sie schreibt ein Drehbuch, erzählt Daniel Chris, als sie alle auf Barhockern an der Küchentheke sitzen. »Für ihren Videokurs.«

»Es heißt ›Im Keller ist Leben‹«, sagt Camille.

»Eine Liebesgeschichte«, rät Chris.

Camille ist die kurze Mahlzeit über ausgesprochen lebhaft und ge-

sprächig, sie freut sich immer, wenn sie Chris sieht. Sie waren von Anfang an Freundinnen, von Camilles Anfang an.
Doch sobald sie aufgegessen hat, entschuldigt sie sich und verschwindet. Kaum eine Minute später sieht Chris, daß am Wandtelefon neben ihrem Kopf das rote Lämpchen aufleuchtet. Die Privatnummer ist in Benutzung.
»Wen ruft sie an?« fragt Chris.
»Jemand namens Doc. Er studiert an der Columbia, in der Stadt. Das ist, wie du weißt, ein College. Das heißt, daß er mindestens achtzehn sein muß. Achtzehn ist zu erwachsen für sie.«
»Kennst du ihn?«
Er schüttelt den Kopf. »Nein. Bibi hat ihn kennengelernt. Er hat ein Ziegenbärtchen. Ich stelle ihn mir als Neohippie vor.«
»Weißt du, sie war immer ein wunderbarer Mensch«, sagt Chris. »Erst ein wunderbarer kleiner Mensch, und das ist so geblieben. Ich mache mir keine großen Sorgen um sie. Das solltest du auch nicht.«
Er nickt, als wolle er das gern glauben. »Ich muß einfach die Angst ertragen, ein Auge auf sie haben und hoffen, daß sie heil auf irgendeiner anderen Seite herauskommt.«
»Ich versuche mir vorzustellen, was für eine andere Seite das sein könnte. Freizeiten mit vielen lebensfrohen Teenagern, die bergsteigen und singen? Etwas wie die Trapp-Familie?«
Sie sitzen einige Zeit und schweigen, folgen ihren eigenen Gedankengängen.
»Möchtest du einen Cognac?« fragt Daniel.
»Nein, danke«, sagt sie schnell.
»Nicht das Zeug, von dem du gesagt hast, du würdest es bei Gelegenheit als Abbeize ausborgen. Der ist eine richtig gute Marke, das Abschiedsgeschenk eines Patienten anläßlich seiner Befreiung.«
»Na dann. Gern.«
Sie gehen ins Wohnzimmer, in dem eine Stereoanlage und eine dreiteilige Sitzgarnitur in purpurfarbenem Samt stehen, die Daniel gekauft hat, ohne vorher jemanden zu fragen. Damals ging gerade seine zweite Ehe in die Brüche.

Er legt eine CD mit Pariser Cabaretmusik aus den dreißiger und vierziger Jahren auf, die Chris gefällt, wie er weiß.
»Du denkst, ich könnte etwas Besseres haben«, sagt Chris. »Als Taylor.«
»Ein wenig besser, ja. Auch andere Mütter haben hübsche Kinder, wie man so sagt.«
»Ja, aber die das sagen, haben nie ein hübsches Kind auf Lager.«
»Ich vielleicht schon.«
»Ich suche nicht.«
Er sagt nichts.
»Wer?« sagt sie schließlich.
»Nun, ich habe eine Frau kennengelernt, die Natalie Weyman heißt. Ich weiß, daß sie lesbisch ist. Ich war mit ihr in einer Arbeitsgruppe für telefonische Krisenintervention. Sie ist ...« Er sieht ein Glitzern in Chris' Augen.
»Zu spät«, sagt sie.
»Chistine. Gibt es irgendeine Frau in Chicago, mit der du noch nichts hattest?«
»Jetzt tu nicht so, als ob ich mit hochgeschlagenem Rock durch die Straßen renne. So schockierend ist meine Lebenslauf nun auch nicht.«
Das ist ein Ablenkungsmanöver. Er hat eine Wahrheit getroffen. Zu ihrem Erstaunen war sie bei den wenigen Umfragen über Sexualität, an denen sie teilgenommen hat, bei der Zahl der Sexualpartner in der zweithöchsten Kategorie gelandet. Das ist nicht allzu tröstlich, denn sie hat selbst solche Fragebögen entworfen und weiß daher, daß die höchste Kategorie Menschen vorbehalten ist, die sich im Hallenbad endlos gegen die Unterwasserdüsen schmiegen.
Für diese große Anzahl hat sie jede Menge Entschuldigungen, einige sind sogar gut. Der überwiegende Teil des Überhangs hat sich angesammelt, bevor sie dreißig war. Viele dieser Verbindungen waren *One-night*-Geschichten, die den Siebzigern, Frauenmusikfestivals sowie dem Umstand zuzurechnen waren, daß sie bei ihrem Coming-out relativ jung war, verglichen mit anderen Lesben, die erst einmal ein oder zwei Jahrzehnte in einer toten Ehe zugebracht

oder als versteckte Homosexuelle einige Jahre mit uneindeutigen Freundschaften vertrödelt hatten.
Frauen verführen, sich von ihnen verführen lassen, die Dinge mit ein paar Blicken und einigen geschickt gewählten Worten von der Ebene des Nicht-Geschehens auf die des Gleich-Geschehens bringen und dann die Ebene kippen, diese Art des Herumschlafens wurde in ihrer späten Jugend zu einer Sucht, zu einem lang andauernden Feiern ihres Coming-out – der Befreiung von ihrer Unschlüssigkeit, ihrer versteckten Neigung, ihrer angestrengten einjährigen Ehe, die sie beim Hochzeitsempfang als Irrtum erkannte. Endlich frei von allen selbstauferlegten Beschränkungen, lebte sie ihre Freiheit aggressiv aus. Ziemlich lange hatte sie keinerlei Interesse an Monogamie oder Bindung. Sobald sie einen Versuch startete – weil jemand, weil alle es erwarteten –, wurde er unweigerlich und sofort durch die Umstände vereitelt. Die wilden Partys. Die tiefschürfenden Gespräche bei spätabendlichen Strandspaziergängen nach Konferenztagen über Persönlichkeitsstörungen. Die Verabredungen im Sportstudio. Und einmal eine erstaunliche Nachfeierabendsache in einer Zahnarztpraxis mit einer agilen Zahnhygienikerin und viel Lachgas.
Zu Beginn ihrer eigenen Therapie, bei Myra, war das der Aspekt ihres Charakters, der für sie am schwierigsten zu knacken war. Anfangs versuchte sie, damit anekdotisch umzugehen, zu tun, als sei das nichts als eine schräge Exzentrizität.
»Das einfachste, was ich mit Frauen tun kann«, wollte sie damit sagen, »ist, mit ihnen zu schlafen. Alles andere eskaliert gleich zu Sehr Schwierig und Sehr Kompliziert.«
Myra, mit der Summe ihrer Jahre als professionelle Zuhörerin, hielt von Erklärungen wie »schräge Exzentrizität« gar nichts. »Das ist ja klar«, sagte sie. »Wer auf weitem Terrain operiert, ist niemals an einer einzigen Stelle tief zu verwunden.«
»Ist Ihnen jemals der Gedanke gekommen«, sagte Chris, die damals selbst schon einige Zeit als professionelle Zuhörerin hinter sich hatte, »daß dieses ›sich verwundbar machen‹ alles in allem vielleicht viel zu hoch gehängt wird?«

Diese Frage wurde natürlich von einer früheren Ausgabe ihrer selbst gestellt, als sie noch auf der Oberfläche ihres Lebens entlangsegelte, ohne zu wissen, daß sie drauf und dran war, die transformierende Kraft der Liebe zu erfahren, eine Feuertaufe, das furchtbare, kurzsichtige, kaum überlegte – eigentlich nicht überlegte – Öffnen ihrer selbst gegenüber der Person-über-die-sie-immer-noch-nicht-sprechen-kann.

Wäre sie klüger oder sich selbst gegenüber skeptischer gewesen, hätte sie diese verheerende Umwälzung vielleicht kommen sehen. Hätte sie sich selbst in ihrer eigenen Praxis in einem Stuhl gegenübergesessen, hätte sie sich ganz sicher als klassischen Fall gesehen. Die ganze Kindheit über einsam, war sie – nach vielen Jahren als Bürde der Mutter und Komplizin des Vaters – ungeliebt, unbeachtet, ganz schwammig vor Sehnsucht nach Verschmelzung. Sie hätte gesehen, daß jede Patientin mit einem derart miesen emotionalen Start im Leben dazu verurteilt war, früher oder später in ausgestreckte Arme hineinzutaumeln. Aber sie sah es nicht, und ihre Ahnungslosigkeit war Teil des Umsturzes, da sie ihr den Kick gab, aus dem Hinterhalt überfallen worden zu sein.

Die Beziehung mit der Person-über-die-sie-immer-noch-nicht-sprechen-kann – Renny – war eine Katastrophe, die aber, wie es Katastrophen eigen ist, berauschende Höhepunkte hatte. Wie eine Flut, bei der sie auf ihrem eigenen Haus sitzt, bei der sie zusammen mit allem, was sie bisher für niet- und nagelfest hielt, im aufgewühlten Wasser umhertreibt. Oder wie ein Erdbeben, das ihren Fußboden erzittern läßt.

Und wie bei Katastrophen üblich, hatte diese Beziehung sie unwiderruflich verändert. Als sie vorüber war, konnte sie keine Agnostikerin in Sachen Liebe mehr sein; sie wurde Atheistin, voller Angst vor ihrem eigenen Glauben. Sie konnte das Wissen, das sie jetzt besaß, nicht auslöschen. Sie mochte aschfahl und mißtrauisch sein, aber sie hatte auch erlebt, wieviel schieres Gefühl in einer Beziehung möglich ist. Nach Renny verbrachte sie die meiste Zeit allein mit ihrem Wissen, daß das, was sie erlebt hatte, eine neue Wahrheit, ihre Zukunft war – eine Zukunft, für die sie in keiner

Weise bereit war. Als sie sich schließlich hinauswagte, kamen nur ganz lauwarme Beziehungen in Frage, wie die mit Lois, dem Haustiermensch.

Aber dann kam Taylor und übersprang einfach all ihre Zäune, eine Prophetin in schwarzen Jeans, die genau die Botschaft verkündete, nach der Chris sich sehnte. Alles an ihr signalisierte, daß sie ein Mensch war, mit dem Chris ihre Verletzlichkeit unter Beweis stellen, etwas Ernstes daraus machen konnte, etwas, das mehr war als nur ein weiterer Testlauf in Sachen Grauen. Endlich schien Chris einen Menschen getroffen zu haben, der sich nach einer solchen glühenden Verbindung ebenso sehnte wie sie.

▪ ▪ ▪

Zusammen im Bett, eins der ersten Male, in dem riesigen, lächerlichen Himmeldoppelbett, das den Freunden gehört, deren Haus Taylor hütet. Sie haben sich seit Stunden geliebt, einen Nachmittag lang, in den Abend hinein. Zeit dehnt sich in diesem Zimmer wie ein Gummiband.

Sie sind beide erschöpft und elektrisiert. Taylor liegt reglos auf ihr, riecht ebensosehr nach Chris wie Chris nach sich selbst. Ihr Mund liegt auf Chris' Ohr.

»Immer wenn du unseretwegen Angst bekommst«, sagt sie, »denke an das hier. Du und ich, und nichts dazwischen.«

Chris weiß alles über die unaufhebbare Isolation des Menschen, seine Unfähigkeit zu wahren Verbindungen, und auch über die Unmöglichkeit von Verbindungen, die Isolation aufzuheben. Sie weiß all das und möchte doch, daß dieses Bild wahr ist. Mit Taylor möchte sie ihre Jungfräulichkeit neu erfinden, möchte dorthin zurückkehren, wo sie war, bevor sie nicht mehr glaubte.

▪ ▪ ▪

Als Chris gehen will, sagt Daniel: »Weißt du, es ist nicht wichtig, ob ich deine Freundin mag. Wichtig ist nur, daß sie dir genug von dem gibt, was für dich wichtig ist – was immer das sein mag.«

»Wovon redest du?« fragt Chris und springt von der Verteidigerbank eines imaginären Gerichtssaals auf. »Sie hört sich meine Sorgen an, kümmert sich um mich, wenn ich Grippe habe. Meist liebt sie mich selbst dann, wenn ich zu faul oder zu müde bin, sie zurückzulieben. Sie kriegt verklemmte Marmeladenglasdeckel auf.«

»Ach, wenn das so ist«, sagt Daniel, klug genug, sich zurückzuziehen. »Das mit den Marmeladenglasdeckeln wußte ich nicht.«

Als sie vor ihrem Haus vorfährt, brennen noch dieselben Lichter wie bei ihrer Abfahrt. Bud kommt schläfrig die Treppe hinuntergewackelt; sie wuschelt ihn ein wenig, ruft dann in der Dunkelkammer an. Nichts. Danach hört sie ihren Anrufbeantworter in der Praxis ab. Er ist leer, keine Patienten, keine Taylor. Schließlich ruft sie widerwillig in MarySarahs Büro an, falls Taylor dort ist und bis tief in die Nacht arbeitet, was sie manchmal tut, wenn die Layout-Fristen in bedrohliche Nähe rücken.

»Mary« – so ziemlich das einzige Vergnügen bei einem Gespräch mit MarySarah ist, so zu tun, als habe man die geballte Extravaganz ihres Namens nicht begriffen – »hier ist Christine Snow. Ich versuche Taylor zu erreichen und dachte, daß sie vielleicht vergessen hat, mir zu sagen, daß sie mit dir arbeitet.«

»Christine?« sagt MarySarah, als durchsuche sie in fliegender Hast ein gewaltiges Adreßbuch von Bekannten, wobei sie mit dem Finger über die Cs, dann die Ss fährt. »Ach natürlich. Nein, Schatz. Habe deine Süße den ganzen Tag nicht gesehen. Aber reg dich ab. Ich bin sicher, sie kommt bald heim.« Die Art, wie sie »heim« sagt, hat eine ganz bestimmte Färbung, läßt es zur Küche im goldenen Glanz eines Herdfeuers werden. Ein Teller warmer Schokoladenkekse auf dem Tisch neben Chris, die wartet, während Taylor fort ist und ein richtiges Leben führt. Ein Gespräch von fünf Sekunden Dauer mit MarySarah – egal worüber, sie sind alle so furchtbar wie dieses – und Chris spürt leichte Mordlust in sich aufsteigen. Sie sagt nicht einmal auf Wiedersehen, bevor sie aufhängt.

Sie weiß nicht, was sie jetzt tun soll. Sie möchte nicht allein hier sein, weiß nicht, wohin sie gehen könnte. Muß aber irgendwohin. Sie zieht ihre abgewetzte Bomberjacke an, fährt sich mit den Fingern durch das Haar, was sie an den neuen, schlechten Schnitt erinnert. Sie geht ins Badezimmer und streicht mit der nassen Bürste

über die wirbelige Stelle, was sie nur zum Leben zu erwecken scheint, etwas wie ein komprimierter Schwamm. Seit einiger Zeit bemerkt sie so viel Grau anstelle des ursprünglichen Hellbrauns, daß sie vermutlich langsam an eine Tönung denken sollte. Vielleicht Chanteuserot.
Sie nimmt Bud mit. Er sitzt auf dem Beifahrersitz, blickt starr geradeaus, als habe er eine unverzichtbare Funktion, eine Haltung, die Taylor Möchte-Gern-Navigator nennt.
Sie fährt auf den Parkplatz des 7-Eleven und kauft eine Packung Marlboro. Sie hat vor einigen Jahren das Rauchen aufgegeben, aber extreme emotionale Belastungen treiben sie immer noch zur rot-weißen Schachtel. Sie sitzt am offenen Fenster, inhaliert versunken, bläst dann den Rauch in den nächtlichen Nebel hinaus. Und sie denkt dabei: *Das würde ich ihr niemals antun.*
Sie fährt bei Leigh vorbei, dann am Haus ihrer Freundinnen Jane und Tina, sucht Taylors Cherokee, aber vergebens. Sie sieht bei einem Apartmenthaus nach, wo eine Frau wohnt, mit der Taylor vor zwei Jahren kurz etwas hatte. Sie weiß sogar, nach welchem Fenster sie sehen muß, weil sie hier ein bißchen herumgepirscht ist, als Taylor die Affäre hatte. Sie kann den Cherokee nicht finden, aber bei der Frau brennt Licht. Was nichts bedeutet. Sie begreift eigentlich nicht, was diese ganze Tour soll.
Sie prescht leere Straßen entlang, sie empfindet – zwischen Angst und wachsender Verrücktheit – Momente purer Rauschhaftigkeit, als spielten sie und Taylor eine Art kosmischen Versteckens. Und dann, ebenso unvermittelt, verliert sie jedes Gefühl dafür, daß Taylor dort draußen ist, daß überhaupt etwas da draußen ist, was am anderen Ende des Seils zieht, und sie ist erdrückend, unaussprechlich allein.
Inzwischen ist es fast ein Uhr. Sie schaut über den Parkplatz des Paris Dance. Sie weiß nicht, was sie tut. Sie gehen praktisch nie in Bars. Taylor trinkt fast nicht, haßt Zigarettenrauch. Chris wird sie nicht finden, da drinnen, ein Wodka-Tonic in der Hand, mit dem Fuß zu »I Will Survive« wippend. Das weiß sie, aber plötzlich ist es sehr wichtig, etwas zu tun, egal was.

Daher fährt sie nach Belmont, parkt im Halteverbot vor der Berlin Bar. Drinnen ist vor das Chicago der neunziger die Kulisse Deutschlands der dreißiger Jahre geschoben. Alles ist im höchsten Maße Weimarer Republik, die Mädchen Neuauflagen von Sally Bowles, die Haare frisiert statt gestylt. Weißblonde Bürstenschnitte und schwarze Kleidung beherrschen den Raum. Wunderschöne neue Tätowierungen.
Die lesbischen Stripperinnen sind heute abend ausgesprochen publikums-interaktiv. Chris bestellt ein Glas Rotwein, steht neben einer, die oben ohne bäuchlings auf der Bar liegt und die Oberfläche vögelt. Eine andere ist von der winzigen Bühne in die dichtgedrängte Menge heruntergekommen, dort kniet eine massige Butch und versucht, mit den Zähnen einen Fünfdollarschein von oben in den G-String der Stripperin zu schieben.
Diese Bar ist ein Ort für Mädchen, die noch keinen bestimmten Weg eingeschlagen haben (oder das nie tun werden). Frauen, die an einem Freitagmorgen nichts erwartet, das so dringlich wäre, daß sie nicht einen Donnerstagabend mit dem Versprechen auf Abenteuer zubringen können. Zwischen ihnen ist ein brütendes Flirten, die Luft hat eine erregende, säuerliche Reife, die gewisperte Aussicht auf Sex.
Chris schiebt sich auf einen Hocker und holt ihre Zigaretten hervor, zündet sich ein Jahrzehnt in der Zeit zurück. Das Streichholz brennt noch, als zwei Hände ihre Schultern wie Schraubzwingen umfassen. Sie dreht sich um. »Teresa.«
Teresa ist eine bedrohliche Gestalt mit einer Grace-Jones-Frisur, gewaltigen Armen und Schenkeln, die ihre engen Jeans mit Mühe zusammenhalten. Sie ist ein Ungetüm in einer lila Satin-Baseball-jacke. Sie sieht aus wie ein Rausschmeißer, obwohl sie bei Tag, im Hemdblusenkleid, an einem Gemeinde-College in einem der westlichen Vororte Shakespeare unterrichtet. Wichtiger ist, daß sie eine alte Freundin jener Person-über-die-sie-immer-noch-nicht-sprechen-kann ist, auch wenn es jetzt so aussieht, als würde sie das müssen.
»Wie geht's?« ruft Teresa in die Luft neben Chris' Ohr.

Chris nickt als Antwort. Die Musik klingt wie ein übertouriger Motor. Konversation muß gekürzt werden, in neue Kanäle geleitet, damit ein Minimum an Bedeutung herüberkommt.
Teresa nickt zurück und sieht fort, in Richtung der Tanzfläche. Chris hofft, daß sie weitergeht, aber sie bleibt einfach stehen, wakkelt den Kopf ein wenig im Takt, nippt an ihrem Glas. Schließlich beugt sie sich herüber und fragt: »Noch mit der Fotografin zusammen?«
»Ja«, Chris bemüht sich, emphatisch zu klingen, auch wenn ihr, als sie das sagt, bewußt wird, daß ihre Antwort im Augenblick nur bedingt stimmt.
Sie wartet, bis Teresa diese Information verdaut hat, sich wieder vorbeugt. »Sie würde dich gern sehen«, sagt sie, um dann, unnötigerweise, hinzuzufügen, »Renny.«
Chris spürt sich ein wenig zusammenzucken, unter dem Brustbein ein winziges, einschnappendes Stückchen Knorpel. Sie benutzt den Namen nie, erträgt kaum, ihn zu hören, und ist auf diese Neuigkeit wirklich nicht vorbereitet. Bis sie eine Antwort gefunden hat, hat sie, wie sie weiß, viel zu lange gebraucht, Teresa gezeigt, daß diese Information Bedeutung ist, die sicherlich übermittelt werden wird.
»Ich glaube kaum, daß das so eine gute Idee wäre«, sagt sie schließlich.
Teresa nickt wie Brando als Pate, von so viel Wissen bedrückt. Sie zuckt die Achseln, dann ist sie fort.
Chris bleibt entsetzt zurück. Sie fragt sich, angstvoll, ob neben ihr bereits ein leerer Platz ist, wo Taylor sein sollte, eine Leere, die Teresa erfassen konnte. Ihre ganze Vergangenheit und Gegenwart voller Frauen stürzt auf sie herab wie weiche, schwere Mäntel aus der Gepäckablage eines Zuges, eine Lawine aus Frauen – aber keine von ihnen hier, in diesem Moment, an diesem Ort voller Frauen.

Sie trinkt in kurzer Zeit drei Gläser Wein, so viel hat sie schon lange nicht mehr an einem Abend getrunken. Der Wein wird begleitet von noch mehr Marlboros, der Hocker neben ihr ist vorübergehend von einer schwitzenden Stripperin belegt, dann länger von einer Frau, die nur wenige Jahre älter ist als Chris, Jahre allerdings, die offenbar länger und härter waren. Ihr Haar ist schmutzigblond und von einer nahezu versiegelten Stumpfheit, das Ergebnis mißlungener Versuche, ihre natürliche Farbe – wie immer sie gewesen sein mag – zu kopieren. In praktisch jeder anderen Hinsicht hingegen bemüht sie sich offenbar gar nicht, was seinen Reiz hat. Ihr Gesicht sieht aus wie weichgespült. Mit ihr läßt sich auf Bar-Art gut reden. Sie nimmt Taylors Verschwinden nicht ernst.

»Gibt Freundinnen, die kommen abends nicht gern nach Hause. Jedenfalls nicht jeden Abend.«

Obwohl sie begreift, daß diese Frau durchaus aus einem sozialen Umfeld stammen könnte, das der Dauer keine so große Bedeutung beimißt, fühlt Chris sich getröstet bei der Vorstellung einer ganzen Horde von Geliebten, einem Rudel wilder, streunender Frauen, die abends nicht gern nach Hause kommen. Sie sieht sie vor sich, mager, in schwarzen Lederjacken mit Reißverschluß, wie sie in Nachtlokale einfallen, auf Parkplätzen in vollbesetzten, rauchigen Autos sitzen und leise Gespräche führen, bei laufender Heizung, während die Abgase träge aus dem Auspuff schweben. Oder wie sie in verlassenen, engen Straßen ihre Harleys kickstarten, in einer langen Schlange die Stadt verlassen. Sie stellt sich Taylor als Teil dieses Clans vor.

Als Chris vom Hocker rutscht und der Barfrau ein Zeichen macht, daß sie zahlen will, zieht die Fraue einen Stift heraus und schreibt ihre Telefonnummer in ein Streichholzheftchen.

»Falls du mal abends keine Lust mehr hast, auf sie zu warten.«

Der Hund hat tief geschlafen, während sie in der Bar war. Er bewegt sich, das Fell zerzaust, die Augen glasig, steht auf und dreht sich ein paarmal auf dem Sitz, läßt sich dann wieder fallen, schließt die Augen und beginnt seine tiefe, rasselnde Atmung, während sie durch das letzte Teilstück dieser Nacht fährt.

Sie hatte um drei und dann noch einmal um halb vier vom Münztelefon im Club zu Hause angerufen, daher schockiert es sie zumindest nicht, ins Haus zu kommen und es immer noch leer vorzufinden. Sie streckt sich aufs Sofa und schläft einige Stunden, aber furchtbar, als sei sie mit hoher Geschwindigkeit von einem Blinden herumgefahren worden. Kaum schließt sie die Augen und beginnt zu dösen, schreckt sie hellwach auf, hat das Gefühl, als rase das Auto auf eine Wand zu.

4

Sie steht am nächsten Tag – Freitag – um sieben endgültig auf, schleppt sich vom Sofa, um Bud hinauszulassen. Als sie in die Küche geht, spürt sie, daß ihr die Fußsohlen weh tun, der untere Rücken schmerzt. Eine Schicht unter Tage wäre ebenso erholsam gewesen. Duschen hilft, ein Loch in das empfundene Grau zu reißen. Kaffee löst die Watte in ihrem Kopf auf. Das ist besser, denkt sie und muß sich praktisch sofort auf einem Stuhl im Eßzimmer hinsetzen, völlig erschlagen.
Sie hat heute tagsüber und am Abend sieben Termine – um neun, zehn, elf, zwei, drei, sechs und acht. Sie muß einfach gehen. Sie beginnt, indem sie Socken sucht, sie anzieht, erst an den einen, dann an den anderen Fuß.

»Hey«, sagt Daniel, als sie hereinkommt. Er schreibt Rechnungen. Sie gibt ihre Abrechnungen seit letztem Jahr weg, nachdem sie Monate im Verzug gewesen war. »Hat sich gestern alles geregelt?«
»Oh«, sagt sie, es dauert einen Moment, bis sie versteht, daß er annimmt, Taylor sei nach Hause gekommen. Ihr erster Impuls ist, ihm die Wahrheit zu sagen, aber sie unterdrückt ihn. »Der Streit ging eigentlich um nichts, wie ich dir sagte. Alles bestens.« Sie kann sich nicht erinnern, ihn jemals belogen zu haben, sie weiß nicht, warum sie es jetzt tut.

»Hast du einen Moment Zeit?« fragt er. Für ihn ist es ein ganz normaler Arbeitstag.

»Eigentlich nicht«, sagt sie. Das ist die Wahrheit.

»Es geht um James Sanford.« Dieser Patient bereitet ihm seit einiger Zeit Sorgen. Er ist Anfang Vierzig, macht zwanghaft einsamen Frauen den Hof, die er meist in den Literaturkursen der Newberry Library kennenlernt. Er belagert sie einige Monate. Meist spielt Geld eine Rolle, seine Schulden werden bezahlt. Oder er erhält große Geschenke – teure Urlaube, einmal ein Boot. Dann, wenn die Verlobung verkündet wurde, manchmal kurz davor, oder auch unmittelbar nach einem Besuch bei ihrer Familie, beendet er die Beziehung auf brutale Weise, meist mit einem kurzen Brief. Der Grund ist immer, wie er Daniel erklärt, daß er an der Geliebten einen unverzeihlichen Fehler entdeckt hat. Einmal hat er Daniel gestanden, daß er die Briefe auf dem Computer schreibt und den vorherigen als »Vorlage« benutzt.

»Ich fühle mich langsam wie der Therapeut von Charles Manson. Oder Mengele. Du weißt schon. Ich sitze hier und stelle alberne Fragen wie ›Und welche Verbindung sehen Sie zwischen Ihrer Arbeit für die Nazis und Ihrer weiteren Karriere als Arzt?‹ Ich meine, diese armen Frauen. Ich stelle mir vor, wie sie ihr Hochzeitskleid im Secondhandladen abliefern und die Einladungen über Wasserdampf halten, um die Briefmarken abzulösen.«

»Glaubst du, er ist ein Heiratsschwindler? Mein Vater hatte einen Freund, der Maniküren ausnahm. Offenbar schaffen die alles auf die hohe Kante. Stinkreich, was man gar nicht meinen sollte.« Sie versucht, ihm zu helfen, obwohl sie sich heute morgen kaum konzentrieren kann; sie durchkämmt ihr Gedächtnis, versucht sich zu erinnern, was Daniel ihr schon über James Sanford erzählt hat.

»Nein, ich glaube nicht, daß es wirklich um das Geld und die Geschenke geht, das sind für ihn nur Bestätigungen, wie geschickt er ist. Ich glaube, es ist schlicht und einfach ein Machttrip. Und natürlich ist er ein Frauenfeind, wie er im Buche steht. Er hat mit seiner Mutter zusammengewohnt, bis sie vor zwei Jahren starb. Er

behauptet, er habe sie angebetet, aber langsam frage ich mich, ob er ihr nicht Strychnin in den Kakao gerührt hat.«
»Er sieht nicht, daß das immer gleich abläuft? Andere Probleme?«
Sie weiß, daß sie lediglich die allerbanalste Analyse unterbreitet.
»Nur die Sache an seiner Arbeitsstelle, wie ich dir schon sagte. Er fühlt sich dort mißverstanden. Bei Beförderungen übergangen. Ungerecht beurteilt. Darüber ist er meistens sehr wütend.«
»Vielleicht solltest du ihn dazu bekommen, über die Frauen zu sprechen?«
»Oh, das tut er nur zu gern. Über all ihre Fehler und Nachteile. Wie aussichtslos es heute für einen Mann ist, eine wirklich charaktervolle Frau zu finden. Er schläft nicht einmal mit ihnen, weißt du.«
»Das hast du nie erwähnt«, sagt Chris. »Wie kann es sein, daß du das ausgelassen hast?« Einen Augenblick lang hat er ihre volle Aufmerksamkeit.
»Ich bin sicher, daß ich dir das gesagt habe.«
»Was macht er?«
»Sie schmusen, wie er es nennt. Er ist katholisch. Er wichst nicht einmal. Ich habe gefragt.«
»Hat das nicht üble Folgen für den Schwanz von einem Kerl?«
»Christine. Das erinnert mich an meine Teenagergespräche im Umkleideraum der High-School!«
»Na ja, ungefähr damals habe ich das Interesse an Schwänzen verloren. Ich habe ja nur gefragt.«
Daniel setzt sich aufs Sofa, sieht aus, als zerbreche er sich den Kopf über das Problem.
»Du könntest ihn vielleicht dazu bekommen, darüber zu sprechen, wie er mit Mädchen angefangen hat, bis dahin, wie er sich fühlt, wenn er sie abserviert hat. Guck mal, ob du ihn dazu bekommst, über den Kick zu reden, den er kriegt, wenn er sie fallenläßt. Zwinge ihn, sich dem zu stellen. Irgendwie mußt du die Mauer durchbrechen, sonst bleibt ihr ewig in dieser Sackgasse.«
Er nickt. Sie merkt, daß er sich abgelehnt fühlt, aber ein anderer

Rat fällt ihr nicht ein. Außerdem hat sie keine Zeit mehr. Sie hat vor ein paar Minuten ihren Neun-Uhr-Termin kommen hören.
»Wir reden später weiter. Rufe mich zu Hause an, falls wir uns hier nicht mehr sehen, bevor wir gehen.«
Er nickt wieder, aber das Nicken ist nicht überzeugend. Sie sorgt sich, daß sie ihn im Stich läßt, was sie unerträglich findet. Dieses Mal noch schlimmer als sonst, weil sie ihn auch belügt. Sie schützt jemanden, aber wen – Taylor oder sich selbst, oder ein Bild von ihnen als glückliches Paar?

Es ist unmöglich, an ihren eigenen Sorgen festzuhalten, wenn sie einen ganzen Tag lang denen ihrer sieben Patienten und Patientinnen zuhört, eine davon ist neu. Sie heißt Clarissa Sims, und Chris hatte aufgrund dieses Namens erwartet, daß sie direkt von der Greyhound-Station kommt, gerade mit dem Bus vom Land angekommen, mit Pappkoffer, Kattunkleid und Blume am Hut. Statt dessen ist sie geradezu die Karikatur einer Butch, drahtig, Mitte Zwanzig, mit Rasiermesserspuren auf der Innenseite ihrer Arme, über die sie sich ausschweigt. Chris setzt Menschen nicht gern unter Druck. Sie hat viel Zeit an Pokertischen verbracht, hat gelernt zu warten, bis andere zeigen, was sie auf der Hand haben. Und das sind nicht immer die Karten, die sie erwartet.
Nachdem Clarissa fort ist, fragt Chris den Orakelball, ob Taylor heute zurückkommt, und bekommt SEHR FRAGLICH.

Während einer Pause in der Mittagszeit ruft Chris' Mutter an. Ausnahmsweise ist es eine Erleichterung, sie am anderen Ende zu hören. Ihre Mutter erwähnt Taylor nie, also muß sie weder lügen noch ausweichen.
Sie möchte sich mit Chris zum Essen und zum Theater verabreden. Genauer gesagt denkt sie an *Tommy: Die Rockoper* (so nennt sie sie). Chris hält im Gespräch einen Moment inne und versucht, sich den Abend vorzustellen. Wie sich zeigt, hat ihre Mutter das Stück schon gesehen. »Maury und ich haben die Tourneetruppe im Parker Playhouse gesehen.« Dieses Theater liegt in der Nähe

ihrer Winterwohnung in Florida. »Wunderbar. Wir haben uns in Rock'n'Roll wirklich geirrt, wenn alles so ist wie Tommy.«
See me, feel me, touch me, hear me, denkt Chris. »Klingt gut«, sagt sie.
Während sie ihrer Mutter höflich zuhört, wird ihr klar, daß sie sich exakt am Schnittpunkt von Tragik und Groteske befindet. Hier sitzt sie mit einem derart ungeheuren Problem, daß alles deswegen mit Fug und Recht sofort zum Stillstand kommen müßte, während es in Wirklichkeit nichts auch nur verlangsamt. Sie muß immer noch Pläne für *Tommy* machen, sich während der noch ausstehenden Behandlungstermine des Tages konzentrieren. Den Hund füttern. Einkaufen gehen und ihre Sachen zur Reinigung bringen. Taylors Verschwinden entläßt sie aus nichts.

Bis sie nach Hause kommt, hat Erschöpfung ihre Angst und Niedergeschlagenheit gedämpft. Sie füttert Bud, geht mit ihm spazieren, sieht nach, daß sie für den nächsten Tag etwas Sauberes zum Anziehen hat, ißt zu Abend – kalte Reste und was sie sonst noch im Kühlschrank findet – und bleibt dabei vor der offenen Kühlschranktür stehen. Sie hört den Anrufbeantworter ab. Es sind drei Nachrichten drauf, alle für Taylor. 1. MarySarah wundert sich, daß Taylor ihre Verabredung nicht eingehalten hat. Sie bezeichnet sie als »Rendezvous«. 2. Diane sagt, daß Bud zur Tollwutimpfung muß. Ihre Stimme ist knapp, ganz geschäftsmäßig, was, wie Chris weiß, die Tatsache überspielen soll, daß sie Taylor augenblicklich zurücknähme. 3. Eine Frau mit ausdrucksloser Stimme ruft aus einem Geschäft namens Scharfblick an, Taylors Brille sei fertig. Als das Band zurückspult, fällt Chris auf, daß sie nicht wußte, daß Taylor eine Brille braucht.

Sie schläft problemlos ein und hat einen wunderbaren Traum voller Farben. Eine Party auf einer Terrasse in Italien, mit Blick über das Meer. Beim Aufwachen aber stürzt sie mindestens zehn Meter tief. Sie weiß in der ersten Minute, daß sie es nicht schafft, einen weiteren normalen Tag durchzustehen, einen Tag, an dem sie tun muß, als sei er normal. Es ist Samstag. Sie hat nur zwei Stunden am Morgen und ruft an, um sie abzusagen, schiebt Zahnschmerzen vor. Sie verläßt das Bett nur, um zum Klo zu gehen und Bud zu versorgen, und der Tag geht vorbei, als sei er aus der realen Zeit herausgehoben.

In der ersten Tageshälfte versinkt sie in dem Gefühl von tiefster Demütigung – wie in einem Schlammbad, das schwer und rund um sie herum hervorquillt. Taylor hat sie verlassen. Wie wird sie damit fertig? Wie wird sie es ihren Freundinnen sagen? Welche Pose wird sie finden können, die es ihr erlauben wird, auf einem Fest zu erscheinen und zu tun, als bemerke sie das Getuschel nicht? Und wann wird sie nicht mehr darauf warten, daß Taylor zurückkommt?

Aber etwas an dieser Sicht ist grundsätzlich falsch, und am Nachmittag ist sie mit dem Suhlen in den Phantasien von Ablehnung und unerwiderter Liebe am Ende. Was bleibt, als sie fort sind, ist härter, kälter; die Wahrheit ist, daß sie in ihren Kalkulationen zu Taylors Verschwinden nicht viel von sich selbst finden kann. Sie begreift immer noch nicht, was es mit Taylors Abwesenheit auf sich hat, aber langsam scheint es, als gehe es nicht um sie. Gestern war Taylor erst nicht wie üblich zu Hause, dann zu spät, dann kam sie gar nicht. Heute ist eine völlig andere Grenze überschritten. Chris geht auf die vordere Terrasse, in die Abenddämmerung hinaus, und dort begeift sie, daß Taylor fort ist. Damit schließt sich eine Tür, eine andere kann sich öffnen, und die läßt den ersten kühlen, klammen Hauch des Entsetzens ein.

Chris geht suchend duch das Haus. Vielleicht hat sie etwas Entscheidendes übersehen, eine Notiz vielleicht. Aber es gibt nichts. Alles ist normal und alltäglich. Taylors schmutzige Wäsche als Haufen auf dem Boden ihres Schranks, Sonnenöl ragt aus der Öffnung ihrer Kosmetiktasche, die auf dem Toilettenspülkasten steht. Eine Ausgabe von *Die Wellen* liegt offen, der Rücken gebrochen, auf dem Boden neben ihrer Seite des Betts. Außer Taylors Auto und ihrer Kameratasche fehlt, soweit Chris sieht, nur ihre Secondhand-Gabardinejacke. Ihre Schlüssel. Chris sieht die Umrisse dieser Dinge vor sich – gepunktete Linien um geformte Stückchen

Luft. Es dauert einen Augenblick, bis sie begreift, was sie tut: Sie schafft ein Bild von Taylor, als sie ging. Entwirft eine Beschreibung.
Sie ruft an. Sie sagen ihr, sie solle aufhängen und warten, jemand von der Vermißtenstelle werde sie zurückrufen. Dies geschieht binnen Minuten. Die Frau auf der anderen Seite hat ein Formular vor sich. Chris spürt es zwischen ihnen liegen, ein Trost, denn es bedeutet, daß das, was ihr, was Taylor passiert, so gängig ist, daß es ein Standardformular gibt, um das zu bearbeiten. Sie braucht eine Beschreibung, einen Namen.
Sie zögert einen Augenblick, versucht, alles noch ein winziges Stückchen Zeit aufzuhalten, dort zu belassen, wo es war, in der ungewissen Sphäre eines Bevor. Dann überquert sie die Schwelle. »Taylor Heyes«, sagt sie und überlegt, wo sie beginnen soll, um den ersten aus einer Myriade von Punkten zu nennen. Jeder einzelne ist unzulänglich, daher wählt sie irgendeinen. »Sie ist groß.«

5

Chris übergibt sich – die Pizza, die Leigh am früheren Abend für sie bestellt hat, und offenbar den überwiegenden Teil des Kaffees, den sie den Tag über getrunken hat. Sie kann sich nicht erinnern, daß sie sich seit ihrer Kindheit übergeben hätte; wie ein Blitz überfallen sie Erinnerungen an die Grippe, die Hand ihrer Mutter, erst auf ihrer Schulter, dann hebt sie die feuchten, verfilzten Locken von Chris' Nacken. Das gelb gekachelte Badezimmer, der minzgrüne Keramikfisch, drei goldene Keramikblasen hängen auf ewig über seinem friedlichen Fischgesicht. Sie hat so wenige Erinnerungen daran, bemuttert worden zu sein, daß mit dieser Erinnerung ein dünner Streifen Glück durch ihr Elend zieht. Dann dreht sich ihr wieder der Magen um.
Sie preßt die Wange an das kühle Porzellan der Toilettenschüssel.

Nach einiger Zeit steht sie langsam auf, testet ihre Standfestigkeit, spült. Einen kurzen Moment lang, sie balanciert wie eine Balletttänzerin an der Handtuchstange, fühlt sie sich dramatisch besser, gereinigt. Dann steigt der Kopfschmerz wieder auf, eine innere Flut. Neigt sie den Kopf, überspült sie diese Seite des Kopfes; sie muß sich sehr ruhig halten. Sehr.
Ein gewaltiges Klopfen dröhnt von der anderen Seite der Badezimmertür, ungeduldig und fordernd, ein Besucher in schwerem Unwetter an der Tür eines alten Landsitzes. Sie versucht zu bestimmen, welchen Anteil an dieser Lautstärke ihr eigener innerer Verstärker hat, und kommt zu dem Schluß, daß das Klopfen vermutlich nur ein normales Klopfen war, vielleicht sogar ein höflicher, vorsichtiger Knöchel auf dünnem, altem Holz.
»Alles in Ordnung da drin?« Leigh spricht mit forscher Stimme, die Verkäuferin vor der Umkleidekabine in der Abteilung für reduzierte Sportartikel. Sie ist, zum Glück, ohne Tiffany, die heute abend Vorstellung hat.
Chris öffnet die Tür. »Nein.«
»Mmm. Riecht gut. Und *du* siehst auch gut aus.«
»Ich habe schon ein paarmal solche Kopfschmerzen gehabt. Es hat wohl mit Streß zu tun. Oder zuviel Kaffee.«
»Es ist Migräne«, sagt Leigh nüchtern. »Was du hast, ist eine klassische Migräne. Ich habe ein Pülverchen, das damit fertig wird.« Leigh hat für alles, das einen plagt, etwas. Eine ihrer Freundinnen ist eine Apothekerin mit weit ausgelegter Berufsethik, eine andere eine Stewardeß, die Medikamente hat, die kaum zu beschaffen, aber in anderen Teilen der Welt frei verkäuflich sind. Eine Bekanntschaft mit Leigh ist, als habe man eine erstaunlich mitfühlende Ärztin, die genau weiß, was man braucht, und es in den Tiefen ihrer Handtasche auch zufällig gerade dabeihat.
Chris erwartet, daß das Pülverchen eine Tablette ist, und weicht etwas zurück beim Anblick von etwas, das wie ein Marker aussieht. Leigh stützt einen Fuß auf den Badewannenrand und lädt das Ding mit einer winzigen Spritze.
»Was ist das?«

»Halt den Mund«, sagt sie, preßt die Spitze des Markers fest gegen Chris' Oberarm und feuert.

Leigh hat eine etwas überholte Art von Kaltschnäuzigkeit, die sie nicht älter wirken läßt, sondern so, als entstamme sie einer anderen Zeit. Sie erinnert Chris an Eve Arden. Jetzt klappt sie den Toilettensitz herunter. »Bleib eine Minute hier sitzen. Ich sage unserem Meisterdetektiv, daß du gleich kommst.« Sie meint den Polizisten, der im Wohnzimmer wartet.

Chris tut, was ihr gesagt wurde, wartet, an die Wand gelehnt, mit einem merkwürdigen Summen im Kiefer, aber die Kopfschmerzen lassen tatsächlich nach.

Aufgrund mehrerer Telefonanrufe am frühen Abend hat sich das Haus gefüllt, brachte erst Leigh, dann Daniel hierher. Ihn anzurufen fiel ihr fast so schwer wie der Anruf bei der Polizei. Die beiden erzählen einander alles (etwas, das Taylor furchtbar geärgert hat; einmal, im Bett, als sie gerade eine abenteuerliche Technik an Chris ausprobierte, hielt sie inne und sagte: »Ich frage mich, wie du das Daniel beschreiben willst.«). Sie sind seit der Universität eng befreundet. Direkt danach haben sie zusammen eine Praxis eröffnet, konsultieren sich bei ihren Fällen, auch bei den Fällen, die sie selbst sind. Ihre Intimität basiert darauf, daß sie sich das Schlimmste erzählen, einander ihre verletzlichste Unterseite zeigen. Als Daniel einen Bandscheibenvorfall hatte, saß Chris bei ihm, wohnte vier Tage lang bei ihm, leerte das Mayonnaiseglas, in das er hineinpinkelte, bevor er den Weg zwischen Bett und Bad zurücklegen konnte. Er blieb in der Nacht nach ihrer dubiosen Mammographie bei ihr, bevor die Ärztin mit einer Nadel in den Tumor hineinstach und feststellte, daß er flüssig und nur eine harmlose Zyste war.

Sie haben einander bei Liebeskummer beigestanden. Niemand anderem als ihm hätte sie je gestehen können, daß sie einmal idiotischerweise jemand für eine Nacht aus einer Bar mit nach Hause genommen und morgens schlafend in ihrer Wohnung gelassen hatte, weil sie einen Acht-Uhr-Termin hatte, um dann im Laufe der folgenden Tage festzustellen, daß ihr einige Schmuckstücke und eine Lederjacke fehlten.

Daher ist es ein trauriger Wendepunkt, daß sie Taylors Verschwinden verschwiegen hat. Er kam sofort, nachdem sie angerufen hatte, und sie weiß, daß er seine Verletztheit beiseiteschieben und tun wird, was immer Freundschaft von ihm verlangt, aber das sanfte Gefüge ihrer Freundschaft ist aus der Balance geraten.
Während sie im Bad war, saß Daniel im Wohnzimmer mit dem Polizisten zusammen, der gekommen war, um die Untersuchung aufzunehmen. Dieser Polizist ist ein Typ im Anzug und mit Fünfziger-Jahre-Bürstenschnitt, der nicht wie die angesagte Retro-Variante, sondern eher wie das ernstgemeinte Original aussieht. Er klopft sich aus einer kleinen Plastikschachtel winzige Pfefferminzkugeln in den Mund. Auf den Schultern seines Jacketts liegen Schuppen. Er ist Detective Sikora. Ted.
Zuerst fragte er nach schlichten Informationen, eine nüchterne Katalogisierung von Taylor. Alter, Größe, Beruf, Namen ihrer direkten Angehörigen, und ob sie wissen, was sie trug, als sie das Haus verließ? Wenig später allerdings veränderte sich das, und er wurde offensiver. Probleme bei der Arbeit? Wirkte sie in letzter Zeit niedergeschlagen? Hier mußte Chris aufstehen und sich übergeben, auch wenn ihr die Verbindung zwischen Bulle und Übelkeit nicht ganz klar war. Jetzt brennt zwar ihre Speiseröhre, aber ihr Gesicht ist geschrubbt und sie frischer, bereiter, sich seinen Fragen zu stellen.
»Ihre Freundin. Hat sie einen Partner oder so etwas?« fragt er.
»Ich würde sagen, der so etwas bin ich«, sagt sie und bringt ihn damit nur den Bruchteil einer Sekunde aus dem Konzept.
»Haben Sie irgendwie Streit?«
»Nichts, was so etwas hätte auslösen können«, sagt Chris.
»Wie steht es mit Drogen, gibt es da Probleme? Hohe Schulden? Feinde?« Er sieht sie an, während er spricht, aber seine Hände haben Notizblock und Stift hingelegt und liegen sanft um Buds Kopf, die Daumen kraulen ihn hinter den Ohren. Sie hat eine Schwäche für Leute, die den Hund mögen. Dabei weiß sie natürlich, daß dieses Hundekraulen vielleicht nur zu der »Die Polizei dein Freund und Helfer«-Fassade gehört.

Sie möchte nicht mit jemandem über Taylor sprechen, der sie nicht kennt. Das läßt Taylor bedenklich neben der Spur erscheinen. Warum kann nicht Leigh diesen Teil übernehmen? Sie ist den Umgang mit Polizisten gewohnt, vor allem an Schauplätzen eines Verbrechens, wo sie atemlos ankommt, ihre Ton- und Kameraleute im Schlepptau. Sie und Sikora kennen sich sogar flüchtig. Diese Bekanntschaft erweist sich allerdings heute abend nicht als sehr hilfreich. Leigh macht ihn nervös, weil sie eine bekannte Medientante ist, die ihm aus der Nähe dabei zuschaut, wie er seinen Job macht. Er hingegen macht sie nervös, weil er mit einem brennenden Feuerzeug in der Hand eine Kiste Dynamit durchwühlt. Leigh lebt ihre Homosexualität vollkommen versteckt. Sie hat sogar eine Fassade, einen Verlobten, einen Banker namens Frank Weiss. Sie sind seit Jahren »verlobt«.

Weder sie noch Leigh noch Daniel sind heute abend in bester Verfassung. Sie alle sind wie Schauspielschüler, die nach einem Weg suchen, sich eine unvertraute Rolle anzueignen. Daniel hat sich entschieden, pragmatisch, ruhig, verhalten zuversichtlich zu sein – wie er mit einem mutlosen Patienten wäre. Zusammen – sie drei und der Polizist – sind sie bereit, sich der Situation zu stellen und sie zu bewältigen. Als sei Taylors Verschwinden eine geringfügige Fehlplanung, ein überzogenes Bankkonto, mit ein paar Telefongesprächen, der richtigen Einstellung zu beheben.

Bevor Sikora gekommen war, hatte Daniel die Hände wie ein Schultrainer gefaltet, der sich auf ein Volleyballspiel vorbereitet, und gesagt: »Als erstes müssen wir Listen machen.« Als ergäbe das Sammeln von Freunden oder von Büchern, die Taylor gelesen hat, von Bewegungsmustern aus ihrem alten Filofax ein Hologramm, 3-D und fast lebensecht, das sich dann in Taylor selbst verwandeln würde. Diese forsche, geschäftsmäßige Vorgehensweise vermochte Chris' Stimmung nicht zu heben, sondern hat sie nur in eine kleine, nihilistische Ecke gedrängt.

Leigh ist auf andere Art nutzlos. Ihre Strategie ist Indignation, sie benimmt sich gereizt, wie nach zuviel Kaffee. Als könne ihr hochgradiges Genervtsein über Taylor und deren Abwesenheit alles umgehend ins richtige Lot pressen, als sei die Situation lediglich heikel und lästig. Chris hatte gehofft, daß Leigh eine Stütze sein würde, immerhin sind Tragödien ihr tägliches Geschäft, aber das sind natürlich die Tragödien anderer. (»Hier in Aurora sind die Bewohner entsetzt darüber, was in ihrem bisher verschlafenen, friedlichen Städtchen geschehen ist.«) Hier in diesem kleinen Wohnzimmer ist Leigh ihre Stimme, ihre Beherrschung der Katastrophe abhanden gekommen. Bisher hat sie nicht mehr zustande gebracht, als schrill verärgert herumzuballern.

»Wieso habe ich das Gefühl, daß hier nichts *getan* wird?« sagt sie zu Chris, aber in Wirklichkeit zu Sikora, der ihnen gegenübersitzt. »Wieso habe ich das Gefühl, daß dieser Plausch der Sache nicht die Art Priorität gibt, die sie hätte, wenn jemand Bekannteres verschwunden wäre – Sharon Stone oder Oprah oder der Papst? Gerade sitzt der Papst noch im Straßencafé beim Cappuccino und – pfffft – ist er weg!«

Chris findet eigentlich, daß die Polizei ziemlich schnell und direkt reagiert hat. Sie will sie nicht verärgern. Sie sieht inzwischen allerdings auch, was Leigh will – Genervtsein als eine Möglichkeit, die Tür aufzuhalten, durch die Taylor mit einer halbwegs plausiblen Erklärung kommen kann. *Ihr werdet nicht glauben, was passiert ist*, wird Taylor noch sagen können, während Leigh, Chris und Daniel die Augen gen Himmel schlagen, laute Bühnenseufzer ausstoßen, und ebenso erleichtert wie verlegen darüber lachen werden, daß sie so überstürzt reagiert und die Polizei geholt haben. Leighs Taktik ist eine Art, die Angst abzuwehren, eine Art, ihr in diesem Raum keinen magischen Platz zuzugestehen. Sie versucht selbst jetzt noch, den Schein zu wahren, daß das, was sie hier abwarten, lediglich eine vermasselte Situation ist, die problemlos zu einer Anekdote zusammenschnurren wird, sobald sie sich klärt, was nun jede Minute geschehen wird.

Chris selbst sehnt sich nach einem Moment der Ruhe. Sie möchte, daß Daniel sich entspannt, Leigh und der Polizist aufhören zu kämpfen, der Polizist aufhört, all diese verqueren Fragen zu stellen.

»Taylor ist keine Irre.« Sie versucht, es für ihn zu vereinfachen. »Sie ist kein eigenartiger Mensch mit dunklen Geheimnissen. Sie sind auf der falschen Spur. Sie verfolgen die ›Ungelöste-Rätsel‹-Spur.«

Er nickt, drückt die Kulimine rein und raus. »Ein Mensch, der verschwindet, verschwindet aus einem, wie es scheint, normalen Leben. Das heißt, daß ihm entweder etwas Eigenartiges widerfahren ist oder daß sein Leben in Wahrheit nicht so normal war. Es würde uns helfen, wenn wir wüßten, um welche der beiden Situationen es sich hier handelt.«

»Sie meinen, ob Taylor bei der Chorprobe gekidnappt wurde«, fragt Leigh, die das Gespräch immer weiter zuspitzt, »oder ob sich herausstellen wird, daß im Keller des süßen Geschenklädchens, das sie im Shopping-Center hatte, regelmäßig satanische Rituale stattfanden?«

»Etwas in dieser Art. Wissen Sie, ob sie ein Adreßbuch hatte? Vielleicht einen Terminkalender? Alles in dieser Richtung würde uns sehr helfen.«

»Ja, hat sie«, sagt Chris, »aber sie hat es immer in der Handtasche, und die ist mit ihr verschwunden. Ich kenne ihre Familie. Ich rufe sie an.«

»Selbst ein altes wäre gut.« Er beißt sich an dem Adreßbuch fest. »Vielleicht liegt irgendwo eins, an das Sie jetzt nicht denken.«

»Ich kann Ihnen die Nummer aller Leute geben, die sie kennt.«

»Vielleicht«, sagt er auf eine Art, die Chris nicht gefällt. »Und während Sie suchen, können Sie uns schon einmal helfen, indem Sie alle anrufen, die Ihnen einfallen.«

Sie ist inzwischen von bestimmten Bildern wie besessen. Sie bedauert alle Fernsehspiele, die sie gesehen hat, all die Irren mit Pferdeschwanz, die ziellos durch Wüstenlandschaften fahren, den Kofferraum voller gefesselter Frauen, vom Parkplatz eines Einkaufszentrums fortgeschnappt, Frauen, denen Stoffetzen tief in den Rachen geschoben, der Mund mit Paketband verklebt wurde. Wenn Taylor verschwunden ist und nicht anruft, ist sie vielleicht irgendwo, von wo sie nicht anrufen kann. Das ist sowohl die wahrscheinlichste Erklärung für Taylors Abwesenheit als auch die, die Chris am wenigsten bedenken möchte. Gleichwohl drängen sich ihr diese Bilder auf. Ihr inneres Auge hat kein Lid, um sie fernzuhalten.

Sie versucht sich vorzustellen, in einem Kofferraum zu sein. In einem Keller eingesperrt. Sie hält still und kann einen holperigen Feldweg unter den Reifen schlagen hören. Oder, als Alternative, ein Tropfen in der Ecke eines fernen, ländlichen Kellers, hinter einem Wasserboiler, der gelegentlich mit einem kleinen, explosiven Seufzer anspringt. Trockenes Laub raschelt an der zugenagelten Fensteröffnung vorbei. Sonst gibt es nichts als reglose Luft, die darauf wartet, daß das plötzliche Geräusch von Schritten auf der Treppe sie durchschneidet.

Sikora beugt sich vor, das Pistolenhalfter unter seinem Jackett knirscht. Er ist schlank und langgliedrig, hat vermutlich auf der High-School Basketball gespielt. Jetzt aber, Anfang Fünfzig, hat er abfallende Schultern, ein kleiner, hart wirkender Bauch stößt gegen den gürtellosen Bund seiner synthetischen Hose.

»Ich möchte gern helfen«, sagt Chris. »Das heißt, ich möchte natürlich, daß Sie sie finden. Aber es ist schwierig, dieses ganze Stochern, wer sie ist.«

»Jetzt brauche ich nur noch ein Foto«, sagt er, »und dann bin ich verschwunden.«

Chris dreht sich um und zieht eins von der Kühlschranktür. Ein Magnet in Form eines Krabben-Sushis knallt auf den Boden. Sie reicht ihm das Bild.

Chris hat es aufgenommen. Es zeigt Taylor in einem Adirondack-Liegestuhl, obwohl es keineswegs in den Adirondacks aufgenommen ist, sondern in Door County, nördlich von Chicago, wo sie im vergangenen Sommer eine Woche lang im Three Sisters Resort eine Hütte gemietet hatten. Es war der einzige Ort, den sie finden konnten, wo auch Bud akzeptiert wurde.

Sie sind oben am See, dem mit der Hütte und den Adirondack-Liegestühlen. Es ist ein Abend im August, wärmer, als es so weit nördlich, in einem Land der Kiefernwälder und tiefen Wasser möglich scheint.
Sie fahren in die Stadt, um gebackenen Fisch zu essen, spazieren danach die Hauptstraße entlang, sehen sich Schaufenster von Läden an, die bedruckte T-Shirts, Toffees, bemalte Wetterfahnen verkaufen. Dann weiter, vorbei an dem kleinen Rathaus. Dahinter steht eine alte Schule, eines jener bedrohlich wirkenden Gebäude aus den zwanziger Jahren aus dunklem Backstein und mit kleinen Fenstern, entworfen, könnte man meinen, um kleinen Kindern Angst zu machen.
Dahinter liegt ein Spielplatz, ein Sammelsurium aus ziemlich mitgenommenen Wippen, einem verrosteten Reck, einer Rutsche, blankgerieben von Millionen aufgeregten Talfahrten.
Sie setzen sich nebeneinander auf die splitternden Holzsitze zweier Schaukeln. Anfangs sitzen sie nur, reden ein wenig, dann aber verfallen sie in schweigendes Schaukeln, jede sinkt in ihre eigenen Mädchenjahre zurück. Stoßen sich ab in den rissigen Staubfurchen unter sich, lehnen sich in der Luft zurück, strecken sich nach vorn, die Hände um die schweißnasse Metallkette geklammert.
Chris schaut hinüber und sieht Taylors Füße, groß und kindlich in ihren Teva-Sport-Sandalen, die Sohlen streben dem Nachthimmel entgegen. Und dann berührt sie mit diesen Sohlen den Boden, leicht bei jedem Abschwingen, bis sie sich genug abgebremst hat, um auf das Gras vor ihnen zu springen. Sie fällt fast, fängt sich, dreht sich um – Siegerin in einem privaten Wettkampf – und strahlt Chris aus der Tiefe ihrer Seele an.
In diesem Moment begreift Chris, daß sie Taylor noch nie so glücklich gesehen hat, diese Art von glücklich. Das bedeutet, daß es irgendwo in ihr eine durch und durch fröhliche Taylor geben muß, einen Menschen, dessen Bekanntschaft Chris noch nicht gemacht hat.

▪ ▪ ▪

Jetzt sieht Chris, daß Taylor auf dem Foto *Die Glasglocke* liest, und sie denkt, wer über neunzehn liest noch Sylvia Plath? Überall sucht sie jetzt nach etwas Dunklem in Taylors Wesen, das ihr entgangen sein könnte, das sie nicht hatte sehen wollen.
Auch Sikora starrt das Foto an, als werde er bei einer Polizeifortbildung dazu geprüft. Chris betrachtet es nochmals, mit seinen Augen, und sieht schon Taylors breites Lachen, die Zähne in dem unterbelichteten Gesicht zu weiß, auf Handzetteln in Briefkästen oder an Hauswänden.
»Vielleicht fängt sie einfach irgendwo von vorn an«, sagt er. »Das kommt manchmal vor.« Jedes seiner Worte ist wohlüberlegt, betont.
Chris versucht, sich das vorzustellen – Taylor in einem Motel, über Stellenanzeigen gebeugt, sie frühstückt in einer Raststätte am Straßenrand, scherzt mit der Kellnerin, atmet den zischenden Speckgeruch ihres neuen Lebens ein, jetzt, da sie alles Alte hinter sich gelassen hat – aber es gelingt ihr nicht. Taylor braucht nicht noch einmal anzufangen, sie entwirft sich jeden Tag ein bißchen neu. Sie braucht nicht irgendwo in einem abgelegenen Hotel unterzutauchen; sie reist ständig. Wie könnte jemand, die sowieso ständig abhaut, eine unerfülle Sehnsucht danach haben, zu verschwinden?
Und wenn es bloß darum gegangen wäre, daß sie Chris über hatte, hätte sie nur sagen müssen, daß sie geht, und dann gehen, wie früher schon mit anderen Frauen. Warum sollte sie Chris auf schlimmere Weise verlassen müssen?
»Vielleicht bekommen wir sofort einige Antworten für Sie, aber manchmal dauern solche Sachen ein wenig«, sagt Sikora an der Tür. Chris hat keine Ahnung, was er wirklich denkt, obwohl er bestimmt irgend etwas denkt. In ihrer Phantasie ist er bereits zu einem Mann geworden, der in seinen Berufsjahren zuviel gesehen hat und inzwischen in seiner Arbeit nur noch knallharten, scharfkantigen Eingebungen folgt. Sie würde ihn gern fragen, ob er den Eindruck hat, daß Taylors Verschwinden eine besonders schlimme Variante von Verschwinden ist, aber da es nur eine Antwort gibt, die sie ertrüge, kann sie es nicht wagen.

»Er ist wirklich in Ordnung«, sagt Leigh und nickt zu ihm hin, während er in seinen Zivilwagen steigt, einen kastigen braunen Chevy.
»Niemand ist in Ordnung«, sagt Chris und löscht das Licht auf der Veranda, als er losfährt.
Daniel geht nach oben, um im Gästezimmer zu schlafen. »Ich habe mir gedacht, ich schlafe hier. Nur um dazusein. Für alle Fälle.« Chris kann aus dem Blickwechsel an ihr vorbei sehen, daß er und Leigh das in ihrer Abwesenheit besprochen haben. Sie umarmt ihn, um ihm zu zeigen, daß sie über seine Freundlichkeit froh ist, seine Anwesenheit, obwohl sie nicht sicher ist, ob es ihr nicht lieber wäre, wenn die beiden sie allein ließen. Sie wird es langsam leid, von so viel Jovialität aufgepäppelt zu werden.
Um höflich und dankbar zu wirken, bleibt Chris in der Küche, sitzt am Tisch und sieht zu, wie Leigh aufräumt, alles ganz sorglos in den Mülleimer wirft; Recycling hat noch nicht den Weg in ihr Bewußtsein gefunden. Sie wirft ihren Abfall beim Fahren raus – Tüten voller Hamburger-Schachteln und kalten Pommes fliegen aus dem offenen Fenster, jene Sorte ungehemmter Umweltverschmutzung, die niemand mehr macht. Chris sorgt sich, daß sie der globalen Müllkippe etwas Größeres als einen abgeschnittenen Fingernagel hinzufügen könnte.
Während Leigh die wenigen Teller spült, erzählt Chris ihr von dem Kofferraum, in den sie Taylor gezwängt sieht. »Manchmal ist es ein Keller. Ich sehe es völlig klar. Ganz genau.«
»Ja, und das ist der Grund, warum du nicht Wahrsagerin von Beruf bist und warum deine Telefonnummer nicht in esoterischen Blättchen steht, denn in Wirklichkeit siehst du gar nichts. Du braust dir nur deine Version vom Allerschlimmsten zusammen.«
Chris wischt sich Augen und Gesicht mit einem Stück Küchentuch und setzt die Brille wieder auf. »Und was wäre das *Beste*?« fragt sie.
Leigh bleibt ruhig stehen und denkt lange nach, von gelben Gummihandschuhen tropft es auf den Holzfußboden. Erst jetzt bemerkt Chris, daß Leighs Nasenlöcher rot umrandet sind und daß

sie bräunliche Schatten unter den Augen hat. Ihr war nicht der Gedanke gekommen, daß Leigh, wenn sie allein ist, die Haltung verlieren und wegen Taylor weinen könnte.

Generell gesprochen gehört Leigh nicht zu den Menschen, die Chris besonders schätzt. Ein bißchen zu aggressiv, ihre Urteile ein bißchen zu pauschal. Wäre es nicht Taylors wegen, sie wären wohl kaum befreundet. Doch selbst wenn sie von Leigh im Moment ausgesprochen genug hat, ist sie zutiefst dankbar, daß sie heute abend hier ist. Und sei es nur, weil sie und Daniel dieser Situation Gewicht verleihen, die droht, völlig aus den Fugen zu geraten.

»Ihr habt euch gestritten«, konstruiert Leigh ihre bestmögliche Version. »Du sagst, es war nicht schlimm, aber vielleicht war es das für sie. Schlimm genug.«

»Schlimm genug für so etwas?«

»Herzchen, sie hat sowieso immer gepackt. Sie ist es gewohnt, fortzufahren. Und zurückzukommen. Und sie kommt zurück. Sie hat sogar mich einmal verlassen.« Es ist deutlich, daß Leigh glaubt, sie entwerfe da eine ganz und gar außergewöhnliche Variante.

Chris lebt bei der Vorstellung eines Präzedenzfalles auf. »Wie lange?«

»Ach, ein paar Tage, soweit ich mich erinnere.«

Chris nickt erleichtert, als Leigh hinzufügt: »Allerdings hat sie damals angerufen. Sie war bei meiner Schwester, was mich maßlos geärgert hat.«

»Dann war es überhaupt nicht das gleiche«, sagt Chris. »Das, was jetzt passiert, ist nicht das gleiche wie irgend etwas anderes.«

»Vielleicht nicht«, räumt Leigh ein. Ihr Piepser geht los. Sie blicken beide auf die alte Budweiser Kneipenuhr an der Wand. Es ist nach Mitternacht. Sie hebt den Hörer des Wandtelefons ab, ruft den Sender an und erfährt, daß es einen spektakulären Mord gegeben hat. Ein Halbwüchsiger und seine Schwester haben in Kenilworth ihre Eltern und ihre Großmutter mit einer 9-mm-Halbautomatik umgepustet, die sie in der Schule einem Freund abgekauft hatten.

»Ich hoffe, die Eltern sind keine Therapeuten«, sagt Chris. »Das geht mir immer besonders auf den Geist.«
Leigh schüttelt den Kopf. »Er ist in der Werbung. Stinkreich. Jedenfalls muß ich subito hin. Bevor sie die Leichen herausbringen. Das ist das entscheidende Bild – der Sack auf der Trage. Wirst du etwas schlafen können?«
»Schlaf interessiert mich immer weniger«, sagt Chris. »Verstehst du?«

Früh am nächsten Morgen sitzt sie immer noch im Wohnzimmer, in einem Sessel am Fenster, reglos. Bud klettert auf ihren Schoß, obwohl eigentlich nicht genug Platz für beide ist.
»Du bist ein großes Baby, weißt du. Für so einen alten Hund.«
Ein Auto hält vor dem Haus. Einige Sekunden lang ist sie sicher, daß es Taylors Cherokee ist, und plötzlich bricht alles, was sie konstruiert hat, zusammen – dieses Gerüst um ihre Angst – alles ist unnötig.
Aber dann sieht sie, daß es nicht Taylors Cherokee ist, es ist überhaupt keine Cherokee, nur ein kleiner Lieferwagen. Sie erkennt den Mann, der aussteigt, als einen ihrer Nachbarn von der anderen Straßenseite. Er ist kompakt, muskulös, trägt ein Grateful-Dead-T-Shirt und lädt jetzt ganze Steigen mit Fleißigen Lieschen für seinen Garten aus. Sie empfindet Haß für ihn, weil er so mühelos über einen völlig normalen Sonntag verfügt.
Als Daniel endlich aufwacht, muß er sich beeilen, um rechtzeitig zur Kirche zu kommen. Er ist seit kurzem Unitarier, hat sich einer progressiven Gemeinde in Evanston angeschlossen, weil, wie sie vermutet, dies eine weitere Möglichkeit ist, passende Frauen kennenzulernen. Jedenfalls haben sie ihn zum Küster gemacht, und nun muß er zu den Gottesdiensten da sein.
Er sagt, er könne später wiederkommen; er denkt daran, Taylors Kleider, Bücher und Papiere zu durchsuchen, um somit vielleicht die Leerstellen füllen zu können, herauszufinden, was sie mitgenommen hat, um daraus Schlüsse zu ziehen, was für eine Reise sie geplant hat. Chris sieht darin überhaupt keinen Sinn. Was hat sie

davon? Wenn Taylor nichts mitgenommen hat, liegt sie im Kofferraum eines Psychopathen. Wenn sie ihr Auto bis unters Dach vollgepackt hat, hat sie Chris auf eine so furchtbare, so grausame Art verlassen, daß sie nie mehr zusammenkommen können.
»Oh. Es wird dir zuviel, oder?« sagt er in einem Gespräch-mit-der-betagten-Tante Ton. Über die Jahre haben sie beide professionell aufrichtige Tonlagen entwickelt, und sie weiß, daß sie Manifestationen echter Aufrichtigkeit sind. Gleichwohl erträgt sie sie immer weniger, vor allem, wenn sie an sie gerichtet sind.
»Um die Wahrheit zu sagen, ich habe etwas vor«, sagt sie in einem Versuch, die Ebene des Gesprächs ein oder zwei Loch tiefer zu hängen. »Ich bin heute abend mit einer Neuen verabredet.«

Sie hat Leigh alle Telefonnummern gegeben, die ihr eingefallen sind. Sie selbst muß nur die wählen, die sie am wenigsten anrufen möchte, Taylors Familie – ihre Mutter und ihre Schwester Desta. Die Anrufe reduzieren sich auf einen, als Desta sagt, daß sie Ardith, ihre Mutter, anrufen wird. Das sei besser so, versichert sie Chris.
»Wissen wir überhaupt, was los ist?« Desta ist Kinderzahnärztin. Sie benutzt häufig das zahnärztliche »wir«, wie in: ›Und jetzt gucken wir mal gaaanz da hinten nach.‹ Wenn Chris das richtig einschätzt, steht hinter dieser Frage nicht der Verdacht, daß sie, Chris, Taylor in einem Gartenhäuschen an ein Rohr angekettet haben könnte, sondern daß sie etwas Schäbiges oder Grausames getan hat, etwas, das jeden Menschen forttreiben würde, der so anständig ist wie Taylor.
»Ich glaube, sie war in letzter Zeit ein bißchen niedergeschlagen«, sagt Chris. Sie hört, wie ihre Stimme kippt, und findet es furchtbar, daß sie sie nicht kontrollieren kann. Sie macht eine Pause und versucht, alles so unspektakulär wie nur möglich zu formulieren. »Sie ist noch mehr als sonst gereist, wegen des Marokko-Buchs. Es strengt sie an. Die Zeitverschiebung. Es bringt sogar ihre Periode durcheinander. Führt zu Stimmungsschwankungen. Es gibt Untersuchungen darüber bei Stewardessen …«

»Ich bin sicher, die sind hochinteressant. Hast du dich mit jemandem in Verbindung gesetzt?«
»Wie bitte?«
»Hast du einen Detektiv eingeschaltet?«
»Oh, die Polizei macht das alles.«
»Ich kann mir nicht vorstellen, daß von ihnen mehr kommt als die absolut nötige Routine. Ich spreche mit Ardith.«
Die Heyes halten sich für künstlerisch und progressiv. Ardith war Malerin, als sie jünger war. Sie hat die mehr oder minder Berühmten porträtiert. Einige Governors. Einige Figuren der Gesellschaft. Zwei von Taylors Brüdern schreiben, der eine ist Dichter, der andere Dramatiker. Aber nach Chris' Dafürhalten sind sie im Grunde recht konventionell. Das Geld für die künstlerischen Bestrebungen stammt von Maschinen – Maschinen, die Taylors Vater herstellte und die andere Maschinen reparieren. Taylor hat einmal versucht, es Chris zu erklären. Der Vater verdiente das Geld, war großzügig damit und tätschelte die altklugen Köpfe von Gattin und Kindern. Und die wußten, daß sie gewisse Grenzen nicht verletzen durften. Keine Stücke mit Nackten. Keine gotteslästerlichen Skulpturen. Der Dichterbruder hat zwei schmale Bändchen mit inspirierenden Gedichten veröffentlicht, Gereimtes, das den Beladenen hilft, so manchen schlechten Tag zu überstehen. Der Dramatiker hat sich auf historische Theaterstücke über Walfang spezialisiert. Chris hat keines gesehen. Sie hat das ganze Familienunternehmen als ganz und gar durchschnittlich abgetan und findet nur sehr gelegentlich, daß es etwas versnobbt ist, so zu denken. (Und weil sie sie liebt, ist Taylor für Chris natürlich die Ausnahme der Familie, die einzige wahre Künstlerin, die aus diesem ganzen Getue hervorgegangen ist.)
Sie versucht immer geduldig zuzuhören, wenn Taylor in Erinnerungen über ihre verrückte Kindheit schwelgt. Wie sie und ihre Geschwister alle auf freie Schulen gingen, bei Tisch singen, mit den Fingern die Wände bemalen, ihre Eltern beim Vornamen nennen durften. Desta ist irgendwie noch die bodenständigste von diesem Verein. Sie hat ihre beginnende Nichtkarriere am Pianoforte aufgesteckt und wurde schnurstracks Zahnärztin.

»Wir melden uns wieder bei dir«, sagt sie zu Chris. »Ich muß vielleicht hochkommen.« Sie seufzt, um auf die vielen kleinen Patienten hinzuweisen, deren Termine verschoben werden müssen, auf die Zeit, die ihr mit ihrer Familie gestohlen wird. Aber es muß sein. Die Situation verlangt nach der festen Hand einer Erwachsenen.

»Ich glaube, wir hier oben machen das ganz gut«, sagt Chris und setzt ihr ein eigenes »wir« entgegen.

»Christine. Wir sind ihre Familie. Das sind *Familien*entscheidungen.«

Chris hängt auf, was sie nicht im entferntesten ausreichend findet. Sie sehnt sich nach einem Telefonservice, der ihr hilft: Telefonbombe.

Sie fühlt, wie sie in einen Strudel von Hell und Dunkel hineinrutscht. In hellen Augenblicken zieht es sie in die Gesellschaft anderer. Das Großartige an Menschen ist, denkt sie, wie sie reden und sich bewegen, wie sie die Fenster schließen, wenn es kalt wird, die Lampen anmachen, um das dichter werdende Grau der Dämmerung zu zerstreuen, eine CD auflegen, um die Stille zu bezwingen. Das alles ist tröstlich, eine Zeitlang. Doch dann ist es furchtbar, wenn sie plötzlich drängend mit sich allein sein muß, amorph, aquatisch sein, auf einem Meeresboden treiben. Das ist der einzige Ort, wo sie Taylor noch bei sich haben kann.

Taylors Dunkelkammer liegt im gleichen ehemaligen Lagerhaus wie die Redaktion der Zeitung, hat aber einen eigenen Eingang auf der Rückseite, wo früher die Kähne beladen wurden. Chris hat einen Schlüssel, weil Taylor ihren regelmäßig verliert, ebenso wie Portemonnaies, Sonnenbrillen und Notizbücher. Handschuhe im Theater.

* * *

Fast alles, was ich je besessen habe, ist fort, in einem gottverdammten schwarzen, bodenlosen Loch verschwunden«, sagt Taylor zu Chris, nachdem sie erfolglos zwei große Koffer und eine Überseekiste nach ihrem High-School-Abschlußbuch durchsucht hat. »Wo sind all meine wunderbaren Langspielplatten? Eine

Mamas und Papas und Jefferson Airplane – die vor Starship. Und meine Peggy-Lipton-Platte, von ›The Mod Squad‹, ein Juwel. Natürlich liegt es an meiner Achtlosigkeit, aber auch an den vielen Umzügen, Kisten, die ich bei Freunden in der Garage untergestellt habe, aber jetzt weiß ich nicht mehr, wer sie waren. Diese ausgeflippten Jesus-People-Umzugspacker, die immer die Schränke nur halb ausgeräumt haben. Und die gräßliche Trennung von Janine, wo ich meinen Kram nicht mehr herausholen konnte.«

»Es gibt eine alte Volksweisheit dazu, daß man auf dem Weg durchs Leben Sachen verliert«, sagt Chris darauf. »Benjamin Franklin oder so jemand hat gesagt, dreimal umgezogen ist wie einmal abgebrannt.«

»Ich komme mir vor, als sei ich siebenmal umgezogen«, sagt Taylor, korrigiert sich dann. »Nein. Eher wie siebenmal abgebrannt.«

▪ ▪ ▪

Chris fummelt mit dem Schlüssel in dem widerspenstigen Zylinderschloß, und als sie endlich drin ist, findet sie den Lichtschalter nicht gleich. Sie versucht sich zu erinnern, ob sie jemals ohne Taylor hiergewesen ist.

Hier herrscht absolutes Chaos. Es gibt zwei Räume – weiter hinten die Dunkelkammer, vorn ein kombiniertes Arbeits-Wartezimmer, auch wenn es eigentlich keine Kunden gibt, die warten. Dennoch gibt es ein Sofa (das Chris wegen seines Mangels an strikt beruflichem Raison d'être immer etwas Sorgen bereitet hat, einladende Kissen sind die Innenarchitektur des Teufels) und einen niedrigen Tisch, vollgestellt mit geöffneten Getränkedosen, fettfleckigen Pizza-Deckeln, dazwischen unerledigte Post. Überall sind flache gelbe Kartons mit Abzügen gestapelt, numeriert und mit dickem Filzgekritzel beschriftet. Hinter dem oberflächlichen Durcheinander steckt eine Ordnung, das für Fotografen lebensnotwendige Katalogisieren, das den Zugriff auf Tausende von winzigen Vierecken mit Licht und Dunkel, auf Kontaktbögen und Negative, auf Unterlagen für Urheberrechte und Abdruckgenehmigungen gewährleistet, auf das dringend benötigte Eine inmitten

von allem anderen. Taylor sagt, das Fotografieren sei der einfache Part.
Chris sinkt auf das verknautschte Sofa und ist völlig überrascht, als es einen leichten Hauch von Taylors Geruch ausströmt, eigentlich kaum wahrnehmbar, aber genug, um sie aus dem Gleichgewicht zu bringen. Tränen laufen ihr über das Gesicht. Zum ersten Mal verschiebt sie den Schwerpunkt von Taylor auf sich, sieht sich selbst als Leidende, so furchtbar allein gelassen, eine Anhalterin auf einer unbefahrenen Straße, ohne jede Ahnung, ob sie jemals Scheinwerfer sehen wird.
Jemals. Niemals. Das Vokabular ihrer Gedanken operiert nur noch mit Absoluten.
Sie geht in die Dunkelkammer. Alles deutet darauf hin, daß Taylor die Filme ihrer letzten Marokko-Reise entwickelt und abgezogen hat. Negative hängen an Klammern über den Wannen. Kontaktabzüge mit Reißzwecken an der Korkwand. Bilder, die Touristen anlocken sollen: offene Lastwagen, hochbeladen mit öligen Oliven; Medina-Stände, kaum groß genug für den Besitzer und seine Waren – Gläser voller bunter Knöpfe, konische Türme aus Gewürzen. Sie blättert durch die Kontaktabzüge, findet nichts Ungewöhnliches. Sie will gehen, als es ihr plötzlich auffällt. Sie kehrt zu dem letzten Kontaktbogen auf der rechten Seite zurück. Er hat nur vier Negativstreifen. Alle anderen Bögen haben sechs. Es gibt keinen Grund, Negative fortzulassen, es sei denn, sie sind so schlecht – über- oder unterbelichtet –, daß es sinnlos wäre, einen Abzug zu machen. Entweder das, oder es waren keine Aufnahmen vom farbenflirrenden Marokko, sondern von etwas, das Taylor nicht an einer Klammer hängen haben wollte, selbst an diesem persönlichen Arbeitsplatz nicht.
Chris beginnt, die Ordner mit den Negativen durchzusehen.
Es dauert nicht sehr lang; was sie sucht, ist in dem mit »Merzouga« beschrifteten Umschlag, zusammen mit dem restlichen Film. Es ist eine Serie von dreizehn Fotos, schnell hintereinander aufgenommen, eins unterscheidet sich kaum vom nächsten, mit dem Winder heruntergerissen.

Sie zeigen eine Frau. Chris legt los. Sie holt die Flaschen mit Entwickler, Fixierer und Stopbad unter der Arbeitsfläche hervor, gießt sie in Wannen, schaltet den Vergrößerer an. Die Grundschritte hat sie von Taylor gelernt. Das gehörte zur Hitze ihres Anfangs. Sie fotografierten sich beide zusammen – im Bett natürlich, aber auch sonst, entwickelten dann die Filme und machten Abzüge. Auch das eine Art, im Dunkeln zusammenzusein.

Zwei Stunden später steht sie in rotes Licht gebadet. Vor ihr, an Klammern zum Trocknen aufgehängt, sind dreizehn feuchte, sich wellende Abzüge, die sie in den Wahnsinn treiben können.

Die Frau ist älter als Taylor, oder hat zumindest ein Gesicht, das mehr Falten angesammelt hat. Sie sieht auf fremdländische Art interessant aus. Ihr Ausdruck hat eine Intensität, den die typische Amerikanerin nicht erreicht. Ihre Züge sind aus weiten Ebenen geschnitten. Die Augen sind so dunkel, daß man, jedenfalls auf dem Foto, Pupille nicht von Iris unterscheiden kann. Sie hat hängende Mundwinkel, wie Julie Christie oder Jeanne Moreau. Und das ist tatsächlich das Entscheidende an ihr. Sie sieht aus wie die wirkliche Ausgabe eines Vamps aus den Filmen der sechziger Jahre. Wie jemand mit einer großen Vergangenheit und einem Gesicht, das sie sich verdient hat. Sie ist überrascht, blickt mit jenem Ausdruck von Erstaunen und Verletzlichkeit über die Schulter, der deutlich macht, daß sie in die Fotografin verliebt ist.

Was auf den Negativen ein nicht auszumachendes Durcheinander war, hat sich auf den Abzügen in einen klaren Hintergrund verwandelt – eine azurblaue Mauer, an einigen Stellen ist der Putz abgefallen, darunter zerbröckelndes Mauerwerk. Über der Frau, oben rechts, hängt ein Coca-Cola-Schild in arabischer Schrift.

Die Frau auf den Bildern ist, mehr als alles andere, die, die Chris nicht ist. Was Chris' persönlichen Alptraum nährt, nicht wegen etwas zu verlieren, was sie tut, sondern einfach wegen der, die sie nicht sein kann. Dies also ist ihr fleischgewordener Alptraum, diese Nichtmarokkanerin, Nichtamerikanerin, die dennoch in Marokko ist. Dies ist das Problem, das Taylor hinterlassen hat, das ist es, was sie sah, wenn sie ihren Blick nach innen richtete.

Keller und Kofferraum verschwinden ebenso wie das Bild einer weißgewandeten Taylor, die auf der Suche nach Erleuchtung den Himalaja durchwandert, als Chris' Ängste beginnen, vertrautere Wege zu nehmen.

6

»Ich wußte nicht, wohin ich sonst hätte gehen können.« Chris ist besorgt, daß es ein Fehler sein könnte, etwas zu öffnen, das sorgfältig, professionell beendet und abgeschlossen wurde.
»Entschuldigungen sind unnötig«, sagt Myra und wedelt sie fort. »Die brauchen wir nicht. Konventionen sind für den normalen Gang der Dinge. Aber Sie – Sie stecken in dieser unglücklichen Situation.« Aus der untersten Schreibtischschublade zieht sie einen Stapel aufgeplusterter Notizbücher mit verknickten Enden hervor und beginnt, sie durchzublättern. »Wie lange ist es her? Seit wir uns das letzte Mal gesehen haben?« Chris bemerkt Flecken auf den Seiten, verkrustete Reste so mancher allein verbrachter Mittagspausen zwischen Behandlungsstunden. Suppen aus Thermosflaschen mit weitem Hals.
Etwas über fünf Jahre. Sie versucht sich daran zu gewöhnen, wie alt Myra in dieser kurzen Zeit geworden ist. Wie viel älter. Sie war schon alt, als Chris das erste Mal zu ihr kam, und das muß vor acht oder neun Jahren gewesen sein. Jetzt wirkt sie greisenhaft. Ihr Gesicht ist um den Mund in tiefe, lange Falten eingefallen. Hellbraune Flecken bedecken ihre Handrücken. Ihre Bewegungen sind mühevoller geworden, sichtbare Abläufe von Druck-, Hebel- und Zugbewegungen.
Sie hat Tee für sie gemacht, zwei Tassen mit einem Beutel. Die Tassen sind alt, angestoßen und nicht richtig sauber. Myra stellt sie ab, eine auf den niedrigen Tisch neben ihrem Stuhl, die andere auf der breiten, abgewetzten Armlehne des Sessels, in dem Chris sitzt.

Der Stoff ist mit konzentrischen Ringen Hunderter einstweilig dort abgestellter Tassen befleckt, darunter sicherlich Tätowierungen von Tassen, die sie selbst in früheren Stunden in diesem Raum getrunken hat.

Ein scharfes Plustern und Flattern, die Luft zittert von lauter kleinen Schreien, dem folgt ein gedämpfteres Plappern von Myras Kakadu (Tiffany Nummer zwei), der am Rande eines Bücherregals über Myras Schulter entlangbalanciert.

»Sie ist betrunken«, sagt Myra und versucht den Vogel mit einem Finger herbeizulocken, was Tiffany mit einem koketten Auf- und Abwippen des winzigen Kopfes zurückweist. »Sie leckt das Sidolin von den Lampen, sobald die Reinmachefrau da ist. Es macht sie voll.«

Tiffany hat sich auf der Kappe von Chris' Joggingschuhn niedergelassen und beginnt, auf den Bändern herumzuhacken. Chris versucht, sich die Reinmachefrau vorzustellen, mit nichts als einer Flasche Sidolin bewaffnet, angesichts des unglaublichen Durcheinanders in dieser Praxis, Tiffanys Kot und den Körnerspelzen, den viel zu vielen Sesseln, den vollgestopften und durchhängenden Bücherregalen, dem Teppichboden, auf dem mehrere Navajo-Teppiche übereinanderliegen. Jetzt machen sie beide das Zimmer noch voller. Sogar die Luft ist überbelegt, dick vor Rauch, der ebenso zu dem Zimmer gehört wie die Möbel, Myra sitzt in ihre eigenen Exhalationen gehüllt wie Jabba the Hutt in Star Wars. Sie hat bereits eine Pall Mall angesteckt, um in die Gänge zu kommen, läßt das Streichholz in einen kupfernen Stehascher fallen, der aussieht, als sei er aus der Lobby eines billigen Hotels hier hereinspaziert.

»Also«, sagt sie. »Erzählen Sie mir, wie es mit ihr war, bevor sie fortging. Manchmal erkennt man, wenn man sich den ersten Akt eines Stückes ansieht, schon die Umrisse des zweiten.« Myras Verbindung zu Chris lag vor Taylor, daher kennt sie sie nicht. Aber ihre Frage ist zu umfassend, und Chris sieht nicht gleich, wie sie sie in kleinere Teile zerlegen könnte.

»Nun, es war natürlich schwierig«, beginnt sie, »als versuche man,

Rauch festzuhalten.« Sie öffnet und schließt eine Hand in der Luft. »Oder als wolle man nach Wasser greifen. Mit jemandem wie ihr gibt es kaum mehr als die Hoffnung, daß sie sich wohl genug fühlt, um zu bleiben. Das, und immer ein gewisses Maß an Nervosität.«
Myra denkt darüber einen Moment nach. »Ich vermute, daß Sie das anstrengend fanden.«
»Eigentlich ist es genau umgekehrt. Ich war die ganze Zeit aus dem Gleichgewicht, natürlich, aber es fasziniert mich auch, welche Macht sie über mich hat. Sie ist erst mein zweites Wagnis in Sachen Nachgeben. Es gab ... nun, Sie wissen ... die Person-über-die-ich-immer-noch-nicht-sprechen-kann ...«
»Renny.« Myra hat wenig Verständnis für die Anbetung von Liebesobjekten.
»Ja. Und jetzt Taylor.« Sie lauscht. »Hören Sie auch ein Geräusch, so ein kleines Pling-Pling?«
»Mmmm. Hörgerät«, sagt Myra, hebt eine Strähne farbschweren Haares hoch (wo findet sie überhaupt noch jemand, der es in diesem furchtbaren Gefängniswärterinnenton färbt?) und zeigt ein hautfarbenes Stück Plastik, das sich in ihre linke Ohrmuschel schmiegt. Sie sieht Chris' Lächeln. »Ich weiß, es ist wie ein Witz. Der blinde Chirurg, der gehörlose Beichtvater. Aber es funktioniert wirklich wunderbar. Macht sogar alles besser.« Sie klopft glücklich drauf, wie in einem Werbefilm. »Ich hoffe, daß es meine Praxisjahre ins Unendliche verlängern wird.« Sie hält einen Moment inne, mit geschlossenen Augen, sagt dann. »Ich frage mich, wie das mit ihrer Glätte, ihrer Ungreifbarkeit für Sie war. Diese nicht faßbare Geliebte. Haben Sie sich nicht manchmal, ich rate, gewünscht, sie würde verschwinden, nur damit Ihr Warten darauf, daß sie es tut, endlich aufhört?«
»Ja, natürlich, jetzt quälen mich Hunderte von Gedanken. Alles war so kompliziert. Jetzt ist nichts mehr kompliziert. Das alles ist jetzt weit entfernt, jenseits dieser breiten Kluft. Jetzt besteht sie nur noch daraus, daß sie fort ist. Und ich bestehe daraus, daß ich warte. Ich warte. Und sie fehlt mir. Es ist eine extrem reduzierte Situation.«

Sie erwähnt die Fotos der Frau in Marokko. Sie denkt, daß diese Enthüllung wie eine Bombe einschlagen wird, aber Myra zuckt nur die Achseln.

»Vielleicht wichtig, vielleicht nicht. Sie könnte ebensogut eine kleine Ablenkung gewesen sein.« Diese Möglichkeit hatte Chris nicht bedacht – daß es diesen anderen Menschen am Bildrand geben *und* daß das Wissen um seine Existenz keine sehr große Bedeutung haben könnte. Diese Theorie gefällt ihr gar nicht, aber sie weiß, daß Myra recht haben könnte. Sie ist selbst schon zu der Einsicht gekommen, daß Taylors gelegentliche Untreue unwichtig sein könnte, nichts als eine Art, ihre Ruhelosigkeit zu bezähmen und doch in einer festen Beziehung zu leben oder jedenfalls immer wieder zu ihr zurückzukehren. Dennoch hatte sie fast gehofft, daß diese Frau, dieses eine Mal, wichtig ist. Es beruhigt, eine Zielscheibe für ihre Ängste zu haben, eine Schurkin.

Myra nimmt einen Tabakkrümel von der Zunge, zieht sich den dünnen, bunten Schal um die Schultern. Draußen ist es stürmisch, hier drinnen abwechselnd klamm oder, sobald das Heizgerät anspringt, stickig. »Ich denke jetzt laut, und meine Frage richtet sich ebenso an Sie als Kollegin wie an Sie als meine Patientin. Wir versuchen mit Verlust fertig zu werden und Trauer zu mildern – darin besteht ein großer Teil unserer Arbeit. Aber vielleicht sind das Gefühle, die auf gefährlich falschen Annahmen beruhen. Sie wissen schon, Annahmen wie die, daß der andere immer und ewig dasein wird, daß dies das Normale sei, das, worauf sich das Glück gründen sollte. Während in Wirklichkeit alle irgendwann gehen, und zwar eher früher als später.«

»Aber was wäre dann eine angemessene Hoffnung?«

»Nun, da haben Sie es. Eine gute Frage. Und ich bin nicht sicher, wie die Antwort lautet. Vielleicht die, in einer Folge authentischer Augenblicke zu leben?«

Chris empfindet plötzlich Ungeduld. »Ach, Myra. Emotionen sind nicht daran interessiert, in Erwartung des passenden Augenblicks Schlange zu stehen oder vorsichtig zu sein. Alle wollen, daß sich Liebe, eine große Liebe, bis zum Horizont erstreckt. Was für eine

Rolle spielt es, daß diese Erwartung bescheuert ist, daß wir alle auf T-Trägern oder unter herabstürzenden Panzerschränken entlanggehen, daß Probleme auf uns warten? Wenn man jemanden liebt, will man, daß sie bleibt, und wenn man noch so genau weiß, daß kosmisch alles dagegenspricht.«

»Ja, natürlich«, sagt Myra. »Ich will Sie nur dazu bewegen, ein wenig darüber nachzudenken, daß man ein gewisses Maß an Machtlosigkeit akzeptieren muß. Ich weiß, daß das in Ihrem Alter schwierig ist. Wenn man etwas älter ist, kann man sich mit diesem Gedanken ein bißchen besser anfreunden. Jetzt, nachdem ich zwei Ehemänner und eins meiner Kinder verloren habe, werde ich fast philosophisch. Aber da sind Sie noch nicht. Das können Sie auch nicht erwarten. Sie wollen, daß sie zurückkommt, und wir müssen hoffen, daß das geschieht. Und uns zugleich ... zugleich, so gut es geht, auf die Möglichkeit vorbereiten, daß sie es nicht tut.«

»Ich schlafe zur Zeit nicht viel«, sagt Chris. »Es gibt viele Stunden am frühen Morgen, die ich mit Gedanken füllen muß oder mit Lesen. Ich bin Daniels Bücherregale durchgegangen. Er hat ungeheuer viele Bücher über Verlust und Trauer. Aber was ich dort lese, kommt mir nur vor wie ein Stapel Löschpapier, den man in einen gewaltigen Wasserfall wirft, in meinen Niagara aus Angst und Kummer.« Sie schweigt, spürt, wie sie selbst genauso zurückscheut wie ihre eigenen Patienten, wenn sie gegen eine Mauer prallen. »Plötzlich finde ich es lächerlich, hierzusitzen. Als hätten wir hier einen kleinen, idiotischen Salon. Sie halten mir ein Tablett mit kleinen, blöden Canapés hin, während ich verhungere und in Wirklichkeit Brot und Wurst brauchte. Etwas Handfestes.«

Myra nickt, beugt sich über die Distanz zwischen ihnen und nimmt Chris' Hand. »Mein Liebes, etwas können die Bücher nicht schreiben. Es gibt furchtbare Zeiten, in denen Wissen nicht Macht ist und in denen es Sie nicht rettet, daß sie psychisch stabil sind. Sie stehen in tiefster Nacht im tobenden arktischen Meer auf einem brennenden Schiff, das explodiert ist. Vielleicht kann ich Ihnen helfen. Ich werde es versuchen. Aber vielleicht kann ich Ihnen gerade jetzt auch nur das Gefühl geben, daß Sie an Deck nicht völlig allein sind.«

In der Eingangshalle von Myras Praxisgebäude macht Chris von einer Telefonzelle aus Anrufe – erst ruft sie die Patienten an, die am stabilsten, am wenigsten bedürftig sind, um die Stunden für diese Woche abzusagen. Sie ist zerrissen, einerseits möchte sie keinen von ihnen im Stich lassen, andererseits hat sie Angst, daß der Versuch, sowohl mit allem fertig zu werden, was gegenwärtig um sie herumschwirrt, als auch all ihre Stunden einzuhalten, dazu führen könnte, daß sie auseinanderfällt, etwas Unangemessenes tut, mitten in einer Stunde zusammenbricht, das Chaos ihres Lebens in den kontrollierten weißen therapeutischen Raum einbrechen läßt. Das hat sie in den Jahren der therapeutischen Arbeit stets vermieden.

Sie wählt Rosarios Nummer.

»Hören Sie«, sagt Chris, sobald Rosario abhebt. »Ich muß die nächste Stunde absagen. Es ist etwas dazwischengekommen.«

»Was?«

»Darauf kann ich nicht näher eingehen«, sagt Chris.

»Sie und Ihre Grenzen«, sagt Rosario vernichtend. Sie findet, daß Chris zu viel Getue um Professionalität macht. Im vergangenen Jahr konnte sie nicht verstehen, warum sie nicht mit ihr eine Kreuzfahrt unternehmen konnte, eine Reise, die Rosario bei einem Radiosender gewonnen hatte.

»Rosario?«

»Hm?«

»Hier ist gleich Schluß«, lügt Chris, »ich habe kein Kleingeld mehr.«

»Sie sollten sich ein Handy besorgen. So ein kleines wie ich habe. Dann müssen Sie den Mund nicht an öffentliche Bakterien pressen.«

»Stimmt. Hören Sie, wir sehen uns nächste Woche, zur üblichen Zeit. Okay? Und wenn etwas passiert, rufen Sie mich an.« Mit Verspätung denkt sie daran zu fragen: »Wie geht es?«

»Okay. Meine Schwester ist im Krankenhaus und bekommt ihr Kind. Es gibt zwei Väter, habe ich Ihnen das erzählt? Sie sind beide im Krankenhaus, die Lage ist sehr angespannt.«
»Wie kann es zwei Väter geben? Da habe ich im Sexualkundeunterricht in der Schule genau aufgepaßt.«
Rosario kichert mädchenhaft, ein ganz anderes Lachen als ihr übliches selbstbewußtes, kehliges Sexbombenlachen.
»Also, beide glauben, sie seien der Vater. Man sollte meinen, daß sie blitzschnell das Weite suchen, aber beide wollen der Vater sein. Falls es ein Junge ist, natürlich. Sagen Sie mal, Ihr Problem, ist es etwas Schlimmes?«
Chris merkt, daß Rosario sich an das Gespräch klammert. Sie hat Angst, Chris mit dem harten Klickton des Aufhängens verschwinden zu lassen. Chris weiß, daß sie großzügig sein sollte. Die Beziehung zwischen Patientin und Therapeutin ist eigen und zerbrechlich, ein nicht ausgebrütetes Ei. Patienten müssen auf Abwesenheiten vorbereitet werden, selbst wenn sie kurz und absehbar sind. Chris muß die Tür zu ihrem Inneren aufstoßen und lange genug herauskommen, um sich um Rosario zu kümmern.
»Ich erzähle es Ihnen, sobald ich kann«, versucht sie. »Aber sorgen Sie sich meinetwegen nicht. Mir geht es gut. Passen Sie gut auf sich auf, und vergessen Sie nicht, daß ich an Sie denke.« Und das Erstaunliche ist, daß sie das wirklich tun wird, trotz ihrer eigenen, gegenwärtig furchtbaren Lebensumstände.

Sie ruft Sikora an, weil sie wissen möchte, ob er Taylors Paß überprüft und herausgefunden hat, ob sie ihn in den Tagen – inzwischen etwas über eine Woche – benutzt hat, seit sie fort ist. Fort. Chris sagt nicht gern »vermißt«, nicht einmal zu sich selbst.
Aber die Überprüfung hat nichts ergeben.
»Wir sind die Neuaufnahmen in Krankenhäuser durchgegangen, auch die Totaufnahmen, außerdem laufen Anfragen bei all ihren Kreditkartenfirmen«, sagt er. »Es ist heute ziemlich schwierig, fröhlich seiner Wege zu ziehen, ohne sie zu benutzen. Also verlie-

ren Sie nicht den Mut. Wir suchen nach dem Auto. Der Cherokee ist jetzt unsere Trumpfkarte.«

»Was meinen Sie mit jetzt?« Alles, was er sagt, wirkt auf sie in einer Art bedeutungsschwer, die sie nicht ganz begreift.

»In dieser Phase der Ermittlung«, sagt er und taucht in den Unwägbarkeiten der Bürokratie unter.

»Wie viele Phasen gibt es?«

»Das hängt davon ab, wie viele wir brauchen.«

Sie versucht, mit ihrem Schweigen Standfestigkeit auszudrücken, etwas, womit er nicht spielt. Die Gespräche mit ihm machen sie nervös. Sie ist der Affe in dem alten psychologischen Experiment, der angeschnallt ist und Geschwüre kriegt, während der glückliche Affe neben ihr jederzeit den Knopf drücken kann, der die Stromstöße beendet.

»Hey«, sagt er. »Kopf hoch. Wir finden sie. Wir finden neunundneunzig von hundert. Vermißt ist ein Ort, wo man kaum auf Dauer bleiben kann. Irgendwann benutzen sie eine Kreditkarte, brauchen ihre Sozialversicherungsnummer. Bekommen einen Strafzettel. Selbst wer untertaucht, kann kaum leben, ohne einen Schwanz von Formularen hinter sich herzuziehen.«

»Sie nehmen also an, daß sie lebt?«

»Wir nehmen gar nichts an. Wir hoffen, wie Sie. Aber selbst wenn sie nicht mehr lebt, finden wir sie vermutlich. Auch die Toten verschwinden heute nicht mehr so leicht.«

»Daran kann ich noch nicht denken«, sagt Chris.

»Das verstehe ich«, sagt Sikora. »Aber hören Sie, ich mache diesen Job seit Jahren, und darum will ich Ihnen etwas sagen. Die Situation, in der Sie jetzt sind, ist die furchbarste. Selbst die schlimmste Nachricht ist einfacher, als nichts zu wissen.«

»Sie denken, daß ihr etwas Furchtbares zugestoßen ist.« Chris fühlt sich unwiderstehlich gedrängt, am Schorf herumzukratzen.

»Ich denke gar nichts. Ich habe noch nicht genug Informationen, um etwas zu denken. Sie auch nicht. Und es gibt einiges, was Sie leichter in Erfahrung bringen können als wir. Haben Sie schon ihre Familie angerufen? Ihre Freunde?«

»Die ruft Leigh an. Ich habe mit Taylors Schwester gesprochen. Sie redet heute mit den Brüdern der Mutter. Die Mutter hatte im vergangenen Jahr einen Schlaganfall, und sie wollen sie nicht unnötig aufregen. Danach wird sie sich mit den Brüdern in Verbindung setzen. Sie haben drei Brüder. Ich kenne sie nicht so gut, aber Taylor hat mit allen Verbindung. Die Familie hält zusammen, geradezu krankhaft.«

»Krankhaft?«

»Nichts, was für Sie genug hergäbe. Kein Drama, nur die üblichen kaputten Strukturen.«

»Hey«, sagt er, bevor er auflegt. »Versuchen Sie daran zu denken, daß ich auf Ihrer Seite bin.«

Chris hört per Fernabfrage ihren Anrufbeantworter ab; es haben viele Freundinnen angerufen. Audrey, die sagt, sie werde einen Auflauf vorbeibringen. Sie stammt aus einer Kleinstadt, was sich hin und wieder bei merkwürdigen Gelegenheiten zeigt. Sie kommt ohne Voranmeldung vorbei, wenn sie in der Gegend ist, sie geht zu Kirchenbasaren und Haushaltsauflösungen, sagt Sachen wie »Mache es dir richtig gemütlich«. Manchmal wirkt das alles ein bißchen zu sehr wie Unsere Kleine Stadt, aber heute ist Chris gerührt von dem in Aussicht gestellten Auflauf und ihrem Taktgefühl, keine neugierigen Fragen zu stellen.

Die anderen – die Freundinnen, die Leigh angerufen hat – sind extrem neugierig. Schon jetzt müssen sie alles wissen. »Hat die Polizei schon eine Spur?« fragen sie, schließlich haben sie Millionen Krimis gesehen. Daher wissen sie, daß man eine Spur braucht. Und außerdem Verdächtige. Ein Phantombild nach den Angaben von Augenzeugen. Eine .45er Halbautomatik. Ein verlassenes, aus dem Schlamm gehievtes Auto. Ein Schlüssel zu einem Bahnhofsschließfach. Geheime Kontakte zu Drogenbaronen, Sklavenhändlern. Flecken, Lippenstift und Blut.

Chris drückt die Löschtaste und läßt das Band diese ganze Neugier auffressen. Ruft sie die Fragenden zurück, bleibt ihr nur, zusammen mit Taylor, die Rolle des Opfers von bislang unsichtbaren äußeren Kräften. Dabei ist sie möglicherweise in Wirklichkeit nur jemand, die auf etwas dramatischere Weise als üblich verlassen wurde. Oder vielleicht wissen ja diese Freundinnen alle schon von der Frau in Marokko. In diesem Fall würde deren Wissen in den Tiefen eines jeden Gesprächs lauern, davon würde ihr nur noch übler.

Sie kramt in ihrer Jackentasche nach mehr Kleingeld und ruft Leigh an. Die mit rauchiger Stimme antwortet, als könne sie sich nur unter Mühen aus einer sexuellen Trance lösen.

»Ich muß mit dir reden«, sagt Chris.

»Ich habe deine Nachricht bekommen. Ich wollte dich gerade anrufen.« Chris weiß, daß Leigh lügt, daß sie gerade mit etwas beschäftigt ist. Etwas, das mit ihr gemacht wird, lautlos, von einer Pantomime. Wie kann sie nur? Wie kann sie an Sex auch nur denken? Wie kann sie jetzt schon ihr normales Leben wieder aufgenommen haben?

»Bist du noch da?« Leigh unterbricht Chris' innere Tiraden. »Hast du mit dem Polizisten gesprochen?«

»Nichts. Sie wissen nichts. Worüber ich mit dir sprechen muß, ist etwas, was ich allein herausgefunden habe. Das will ich nicht am Telefon machen. Ich muß deine Augen sehen, wenn du versuchst, sie mit Lügen zu decken.«

»Aber natürlich, Liebes«, sagt Leigh mit einer Stimme, als rede sie mit einer Frau, die sich ein Dutzend Dynamitstangen um den Oberkörper gebunden hat. »Ich muß allerdings gleich zur Arbeit. Komm heute abend vorbei. Ich bin spätestens um sieben zu Hause. Wir kochen für dich.«

»Ich esse nicht.«

»Natürlich nicht. Das solltest du aber. Tiff kennt sich mit Vollwertkost aus. Sie macht besonders gute Eintöpfe aus Zweiglein und Disteln. Aua!«

»Ich komme wahrscheinlich später«, sagt Chris. »Ich habe bis acht Klienten.« Sie blickt auf ihren Filofax. Sie hat in Wirklichkeit nur einen Termin, um sieben. Die Stunden dazwischen braucht sie, um allein zu sein. Sie sieht sich selbst, wie sie sich in eine Schublade hineinlegt, die Schublade von innen zuzieht, alles in der Welt ausschließt, was zu verständnislos ist.

Bud wartet, als sie zu ihrem Auto kommt, das in einem unglaublich teuren Parkhaus unweit von Myras Praxis steht. Er sitzt auf dem Fahrersitz, blickt ernst aus dem Seitenfenster, hält nach ihr Ausschau. Sein Ausdruck verändert sich nicht, als er sie sieht, aber seine Ohren stellen sich gerade auf.

»Hunde auf den Rücksitz«, sagt sie und rutscht auf den angewärmten Sitz. Das Wageninnere riecht wie ein Wolfsrudel.

Sie nimmt von der Innenstadt, dem Loop, den Lake Shore Drive nach Norden. Der See ist metallgrau, stampft sich durch das Frühjahr. Sie hat praktisch ihr ganzes Leben in dieser Stadt verbracht, kennt die Wasserfläche in Hunderten von unterschiedlichen Farbtönen. Für sie ist der See nichts Festes, nichts Unveränderliches, sondern eher etwas sehr Emotionales.

Sie nimmt die kleine Ausfahrt zwischen Belmont und Irving Park, die direkt in den Park führt. Es ist ein nasser Tag, Dunst belebt die Luft. Die Parkplätze am Tennisplatz bei Waveland sind leer, abgesehen von zwei Männern in zwei Wagen, die spazierenfahren, vielleicht auf einen Dealer oder einen Kunden warten, geschäftliche Nebenfunktionen des Parks.

Die Plätze sind zu naß zum Spielen, obwohl die Netze schon gespannt sind. Kleine, zitronenfarbene Blätter bedecken die Plätze. Chris zieht das schwere, verrostete Maschendrahttor auf. Und während Bud auf dem Platz herumschnüffelt, setzt sie sich in eine Ecke, in einiger Entfernung zu dem Kehricht, der sich angesammelt hat – noch mehr Laub, durchweichte Tennisbälle, Öffnungsringe von Getränkedosen. Sie schließt die Augen und hört das Zischen.

▪ ▪ ▪

Chris steht an der Linie, befestigt ein Band an ihrer Sonnenbrille. Die Sonne liegt auf dem späten Vormittag wie ein schweres, transparentes Tuch. Taylor zieht ihren Schläger aus der Hülle und schlägt ihn Chris leicht auf den Po.

»Dieser Hintern«, sagt sie. »Ich werde ihn über den Platz fegen.«
»In Ordnung«, sagt Chris, schaut zu, wie sich die winzigen Muskeln über und unter dem Knie ihrer Geliebten bewegen, als diese auf die andere Seite des Netzes geht, stellt sich einen Augenblick lang eine Zunge vor, die sie nachziehen. Sieht kleine Bißmale. Als sie sich vorbeugt, um Taylors Aufschlag zurückzugeben, bemerkt sie, daß sie zwischen den Beinen ein wenig feucht ist, der Endpunkt dieser kleinen Phantasie. Ihre Konzentration ist dahin, sie hört das gewaltige Rauschen ihres Schlägers, als sie den einfachen Ball, der zuvorkommend direkt auf sie gespielt war, völlig verfehlt. Sie hört Taylors wunderbares Lachen herüberwehen und denkt: ›Sie kennt nur den halben Witz.‹

▪ ▪ ▪

Chris und Bud fahren zusammen nach Hause. An Ampeln schauen aus den Autos, die neben ihnen halten, Menschen herüber und lächeln – sie wissen nichts von ihrem gemeinsamen Kummer.

7

Sie rollt sich aus der Embryostellung, um zu ihrem Sieben-Uhr-Termin in die Praxis zu fahren, Laura Wheeler, Ende Zwanzig, die im Moment eine harte Zeit durchlebt, nach einer üblen Trennung im Herbst. Ihre Freundin hat sie wegen einer anderen verlassen. Bis dahin hatte Laura angenommen, daß zwischen ihnen alles in bester Ordnung sei, eine Beziehung mit solider Basis. Und nach allem, was Chris darüber hat erfahren können, war die Beziehung offenbar wirklich gut und schützend, jedenfalls von Lauras Seite. Die Freundin hatte sich einfach Hals über Kopf verliebt; Laura hatte einfach die schlechteren Karten. Manchmal sind es keine Kindheitstraumata, chemische Unvereinbarkeiten oder falsche Interaktionsmuster. Manchmal sind es schlechte Karten, keine Bildkarten, keine Asse, man hat nichts als Schrott.
Zudem hat Laura nicht die besten Voraussetzungen, um wieder auf

die Füße zu kommen, weil sie und ihre Ex, Marcie, Krankenschwestern in derselben Notaufnahme sind. Fünf Nächte pro Woche arbeiten sie Seite an Seite, helfen Ärzten, die aussetzenden Herzen alter Männer wieder zum Schlagen zu bewegen, brutalen Ghetto-Kids Kugeln aus dem Bauch zu holen. Und dann, um sieben Uhr früh, geht Marcie durch die Tür und zum anderen Ende des Parkplatzes hinüber, wo ihre neue Geliebte, die im Immobiliengeschäft ist – etwas älter, viel reicher, beruflich ehrgeizig, eine für Laura völlig unverständliche Wahl – mit heißem Kaffee in ihrem laufenden Saab wartet.

Chris findet, daß Laura unter ihrer Verunsicherung im Grunde gut zurechtkommt, stabil ist. Sie wird durchkommen. Zeit ist ihr größter Verbündeter. Chris' Funktion besteht vor allem darin, einfach da zu sein, Kleenex und Mitgefühl bereitzuhalten und in den Augenblicken telefonisch erreichbar zu sein, wenn sie ausflippt.

Heute aber weiß sie, daß sie dicht, direkt unter der Oberfläche des mitfühlenden Blicks, mit dem sie Laura anzusehen versucht, ihre Patientin um die Belanglosigkeit und die klaren Konturen ihres Problems beneidet: Eine Freundin, die sichtbar und nachweislich in einem schwedischen Mittelklassewagen auf und davon ist.

Die Stunde ist mäßig. Chris will Laura davon überzeugen, daß es gut für sie wäre, wenn sie im Krankenhaus eine andere Schicht übernähme und sich so die tägliche Belastung ersparte, Marcie so nah zu sein. Als Reaktion bekommt sie von Laura nur komplizierte Begründungen, warum das nicht geht. Das wäre schlecht für ihren schon jetzt gestörten Schlafrhythmus. Sie mag das Team dieser Nachtschicht. Die Leiterin der Tagesschicht ist ein alter Drachen. Die Ausreden addieren sich, Stein um Stein, zu einer unangreifbaren logischen Festung. Chris erkennt hinter diesen Bausteinen die Wahrscheinlichkeit, daß Laura diese Nähe beibehalten möchte, daß sie in einem weiteren Kontakt ihre beste Chance sieht, ihre Geliebte zurückzubekommen.

Doch in dieser Stunde geschieht etwas, das Chris nicht recht definieren kann. Laura scheint Chris gegenüber eigenartig befangen oder Schlimmeres. Distanziert, etwas nervös.

Erst danach, in der Toilette, sieht Chris sich im Spiegel und erfaßt den möglichen Grund für die Schwierigkeiten. Sie hat sich in den vergangenen Tagen nicht umgezogen, nicht gekämmt, nicht geduscht. Sie trägt noch den Pullover, die alte Jeans – inzwischen mit tiefen Falten in der Kniekehle und vorne ausgebeult – und das T-Shirt, das ihren Geruch angenommen und sich der Form ihrer Schultern angepaßt hat, die sie trug, als sie die Polizei anrief. Seither hat sie ihre Kleidung nur insofern verändert, daß sie vor dem Schlafengehen alles außer T-Shirt und Slip abgelegt hat. Und jetzt wird sie so bei Leigh auftauchen. Sie hat keine Zeit, um nach Hause zu fahren und sich frisch zu machen. Aber warum auch? Sich gut anziehen, duschen, die Haare bürsten gäbe diesem Abendessen den völlig falschen Anstrich eines sozialen Ereignisses, während es sich doch um eine Mission handelt, die ein Höchstmaß an Informationen erbringen soll.
Außerdem wäre es selbst unter normalen Umständen völlig sinnlos, Leigh beeindrucken zu wollen, die modisch in einer völlig anderen Liga spielt. Chris' Stil – der im wesentlichen darauf basiert, daß sie gute Haare hat und schlank ist – besteht im Grunde aus viel Schwarz, engen Hosen, einer Lederjacke, einigen Secondhand-Hemden aus den vierziger Jahren. Sie möchte nicht aussehen, als gäbe sie sich besonders viel Mühe. Leigh und Taylor hingegen lesen *Vogue*, kennen die Namen einiger Supermodels. Sie haben bestimmte Kombinationen, die sie zu Vernissagen tragen, mehrere Sonnenbrillen, aus verschiedenen Jahrzehnten (vierziger und fünfziger) und Lieblingsorte (Deutschland und L. A.). Sie verstehen viel von Accessoires, ein Wissen, das Chris so komplex und undurchdringlich findet wie einen Zweig der Naturwissenschaften. Zum Glück wird von ihr nicht erwartet, daß sie da mitmacht. Sie haben ihr gesagt, sie solle sich deswegen keine Sorgen machen, ihr mangelndes Interesse an all dem mache sie auf andere Weise interessant.
Gegenwärtig wird von ihr nicht einmal interessant erwartet, und das ist gut so, denn damit könnte sie nicht dienen. Selbst die geringfügigsten Vorbereitungen, die nötig sind, um das Haus zu ver-

lassen, schafft sie kaum. Alles erscheint ihr jetzt unendlich schwierig, so, wie ihre depressiven Patienten die Abläufe beschreiben, einen Tag, eine Stunde zu schaffen. Ihre Arbeit verrichten, das natürlich, aber selbst belanglose Sachen strengen sie an. Die Suche nach den Schlüsseln, die jetzt fast immer fort sind, wenn sie sie braucht, wächst sich zu einer ermüdenden Hausdurchsuchung aus. Bud füttern und mit ihm um den Block gehen, kommt ihr vor wie eine Expedition zum Südpol, die Bezwingung der Eiger-Nordwand.

Als sie ihre Praxis verläßt, bemerkt sie (wie vermutlich Laura Wheeler auch) einen verkrusteten Fleck auf dem Knie ihrer Jeans. Er hat etwas von einem Erkennungszeichen, als sei sie Jackie Kennedy, die einen langen Tag, der in Dallas begann, im selben blutbefleckten rosa Kostüm absolvierte. Immer häufiger muß sie sich bei solch melodramatischen Gedanken zur Ordnung rufen, sich daran erinnern, daß diese Tragödie sie nicht im entferntesten so sehr betrifft wie Taylor.

»Sie versteht, daß wir miteinander reden müssen«, sagt Leigh im höhlenartigen Foyer ihrer riesigen Wohnung zu ihr und nickt in Richtung Küche, wo R. E. M. und Tiff »What's the Frequency, Kenneth?« singen. Gitarren beben hinter ihnen. Sie kocht und karaokt dabei mit dem Radio. »Aber sie möchte für dich kochen. Sie möchte etwas tun, das dir guttut, und ist nicht sicher, was das Richtige wäre.«

Chris nickt und fühlt sich mies und versucht die Einstellung abzulegen, mit der sie hereinkam, eine Einstellung mit geschürzter Unterlippe, die sagte, ob sie es bei allem, was sie im Moment durchmachte, nicht verdient hätte, wenn ihr der gesellschaftliche Umgang mit Tiffany vorübergehend erspart bliebe?

Als sie in die Küche kommen, sagt Tiffany hallo, blickt aber kaum auf. Sie ist nicht unhöflich, das Schneiden der Karotten beansprucht einfach jedes Molekül ihrer Aufmerksamkeit. Sie wirkt bekifft, wie das Mädchen in dem Naturkostladen, das fünf Minuten brauchte, um ein Stück Vollkornpizza einzupacken, das Chris als

Mittagessen mitnehmen wollte. Neben ihren ordentlich aufgehäuften Karottenstückchen liegen ausgehöhlte Kürbishälften auf der Arbeitsfläche, die mit einer komplizierten, neu ausgedachten Mischung aus Karotten, Nüssen und Spinat gefüllt werden sollen. Chris sieht Maiskolben in einer Schüssel, einen Berg geriebenen, orangefarbenen Käse. Ihr ist aufgefallen, daß sie in letzter Zeit anders sieht, intensiver. Manchmal gefrieren Szenen zu Stilleben; bestimmte Teile drängen reliefartig nach vorn.

Sie sieht beispielsweise, daß unter dem hellen Licht der Spots Staubkörner durch die Küchenluft schweben. Tiffany trägt eine schwarze Hose und ein militärgrünes Trägerhemd. Ein Hemd, verblichene gelbe Baumwolle, wurde ausgezogen und hängt jetzt über der Lehne eines Stuhls am Eßtisch. Am Herd ist es heiß, auf Tiffanys Rücken liegt ein leichter Schweißfilm, der die Tätowierung auf ihrer rechten Schulter betont, ein Muster in Schwarz und hellem Farngrün, vage asiatisch. Ying und Yang kommen drin vor. Außerdem vermutlich tonnenweise Tiefere Bedeutung, aber das wird Chris nie erfahren; sie möchte keine Unterhaltung mit Tiffany anfangen, die sich darum dreht, was ihre Tätowierung bedeutet. Dann fällt ihr ein, daß das genau das Gespräch wäre, das Taylor mit Tiff führen würde, wenn die beiden allein in diesem Raum wären, dabei würde Taylor mit dem Finger ganz leicht die Umrisse der Tätowierung nachzeichnen.

Leighs Beitrag zu diesem Abendessen besteht darin, sich vor das Weinregal zu knien und dort in der Hocke schwierige Entscheidungen zu fällen. Als Chris Leigh kennenlernte, empfand sie sie als jene spezielle Variante peinlicher Lesbe, die man Heterosexuellen, falls diese nur eine oder zwei kennenlernen sollten, lieber nicht als typische Lesbe präsentieren möchte. Nicht so haarsträubend peinlich wie jene Frau aus einer der Kneipenmannschaften in Taylors Softball-Liga, die bei einem Spiel im vergangenen Sommer mit ihrer Freundin an der Leine auftauchte. Leigh wirkte auf alltäglichere Weise peinlich – ein Kerl im Schafspelz, die Imitation eines ausgesprochen kitschigen Klischees in der heterosexuellen Welt. Sie wählt meist jüngere Frauen, ziemlich naive Mädchen, inve-

stiert zwei arbeitsintensive Wochen, um sie zu verführen, dann eine weitere, um sie dazu zu überreden, bei ihr einzuziehen. Der Job, den diese Mädchen machen, ist nie besonders wichtig, ihr Gehalt nicht im entferntesten das, was Leigh beim Fernsehen verdient. Und es dauert nicht lange, bis sie ihre Rolle in dem Theaterstück aufgeben oder nur noch auf Stundenbasis als Beraterin bei was auch immer arbeiten, und den überwiegenden Teil ihrer Zeit damit verbringen, Geburtstagsgeschenke für Leighs Mutter zu kaufen, für Gäste zu kochen, von den sechs Mietern des Wohnhauses, das Leigh in Belle Plain beim Friedhof besitzt, die Miete zu kassieren. Leigh ihrerseits trägt die Last, eine mittlere lokale Berühmtheit zu sein, im Haus die Rolle des Hausherrn zu spielen, die Weine auszuwählen, einen BMW-Cabrio zu fahren und endlose Telefongespräche mit ihrem Anlageberater zu führen.
Aber erst als Chris Leigh lange genug kannte, um diesen Ablauf mehrere Male mit angesehen zu haben, erkannte sie, daß Leigh sich in diese Frauen wirklich verliebt, begeistert ist von ihrer Unerfahrenheit in den Dingen des Lebens, ihrem Mangel an Vergangenheit, Bitterkeit oder schlechten Erfahrungen. Meist wird diese sehr direkte Zuneigung nicht uneingeschränkt erwidert. Häufig zeigt sich, daß die Geliebte Leighs Geld attraktiv fand oder ihren Bekanntheitsgrad. Wenn die Beziehung nicht funktioniert, verfällt Leigh in tiefen Kummer über den Verlust dieser Liebe, die perfekt hätte werden sollen. Chris hat inzwischen begriffen, daß bei diesen Konstellationen Leigh die unglaublich Naive ist und ihr Glaube an deren Möglichkeiten immer wieder ungebrochen, selbst wenn die Geliebten rasch gehen, härter und klüger werden.

Dieses Abendessen, vor dem Chris graute, erweist sich überraschenderweise als die erfolgreichste Aneinanderreihung von Augenblicken, die sie hatte, seit alles anfing, seit der Boden unter ihren Füßen nachgab. Während des langen Essens gibt es zwei oder drei Minuten am Stück, in denen es ihr gelingt, nicht an Taylor zu denken.
Die gefüllten Kürbisse sind nur eine Beilage. Im Mittelpunkt von

Tiffanys Menü steht ein Fischfondue, das so danebengeht, daß selbst die Köchin lachen muß. Obwohl sie den Spirituskocher auf höchste Stufe stellen, wird das Öl nicht richtig heiß, und so sitzen sie und halten drei lange Gabeln mit schlaffen Schnappbarsch- und Seezungenstreifen, die warm und fett, aber nicht gar werden. Tiffany ist so unbefangen, sich bei der Arbeitsfläche an Chris zu lehnen, den Kopf aus Scham über den Fisch auf Chris' Schulter zu legen, daß es unmöglich ist, sie weiterhin zu verachten. Vielleicht war das, was sie an jenem Abend zwischen ihr und Taylor sah, als Taylors Hände tief in all diesem Haar vergraben waren, Tiffanys Zähne mit leichtem Biß Taylors Daumen umschlossen, nichts als ein normaler Reflex zwischen zwei Menschen mit ungezwungener Körperlichkeit, unbekümmerten Reaktionen. Sie kann jetzt großzügig sein, wo so vieles, was wichtig schien, nicht mehr wichtig ist.

Das ganze Essen über behandeln Leigh und Tiffany Chris mit großer Wärme, als sei sie ein heimatloses Kind, das ein Bad und eine Decke braucht, warme Milch, eine Wärmflasche, die sie in diesen furchtbar einsamen Nächten umarmen kann. Als Chris die Fürsorglichkeit ihres Umgangs begreift, beginnt sie, lautlos auf ihren Berg schlapper Fischstückchen zu weinen. Leigh und Tiff warten ruhig, bis sie aufhört.

»Es tut mir leid wegen neulich«, sagt Tiffany, als Leigh zur Toilette gegangen ist und sie und Chris kurz allein am Tisch sitzen. Sie zieht sich mit den Zeigefingern Tränen über die Wangen, Pantomimensprache. Aber weil sie sagt, was Chris hören möchte, springt Chris nicht über den Tisch und würgt sie. »Es war idiotisch«, fährt sie fort. »Es hat gar nichts bedeutet. Es war nur ein blödes Rumgefummele. Seit Tagen denke ich schon, Tiffany, was *soll*-te das?«

Chris spricht sie von jeder Verantwortung frei, indem sie ihr, wie sie hofft taktvoll, erklärt, daß Taylors Verschwinden keinen so nichtigen Grund haben kann.

Nach dem Essen bleibt Tiffany in der Küche, während Leigh und Chris sich, wie Gentlemen, zu Zigarren und Cognac ins Wohnzimmer zurückziehen, mit seinen zweitstöckigen Fenstern, die auf einen Teil von Clybourn gehen, der noch nicht dem architektonischen Raubbau zum Opfer gefallen ist, und immer noch aus Fabriken und Lagerhäusern besteht. Von Leighs Prachtexemplar von einem Sofa und zur richtigen Stunde sind die durch die riesigen Fenster gerahmten Sonnenuntergänge und der unendlich weite Blick nach Westen atemberaubend. Als Chris das zum ersten Mal sah, war es wie ein Schauspiel nur für sie.

▪ ▪ ▪

Sie trinkt einen besseren Chardonnay, als sie ihn sich leisten könnte. Vor ihr eine kunstvoll arrangierte Auswahl von Kleinigkeiten, die man zum Cocktail serviert – Senfbrezeln, gebackene Chinese peas, Tekkamaki. Diese Umgebung läßt sie über Geld und Wein und Aussichten nachdenken, über die Macht, diese dramatische Palette von Ocker, Siena und Umbria kaufen zu können, die in der sterbenden Sonne metallisch aussehen. Im Gegensatz zu dem kleinen, mickrig bepflanzten Gärtchen, auf den ihr eigenes Wohnzimmer hinausgeht, oder dem Blick aus ihrer Küche, der auf eine andere Küche in einer Wohnung im Nachbarhaus geht – von besonderem Interesse aufgrund der älteren, übergewichtigen Frau, die dort wohnt und oft mit nichts als einem Büstenhalter und einem erstaunlichen, altmodischen Hüftgürtel bekleidet kocht.

Diese langsame Gedankenkette bricht ab, als ein Körper über die Sofalehne neben ihr purzelt. Taylor. Sie sind erst seit ein oder zwei Wochen zusammen – genauer gesagt, zusammen ohne das Gespenst Diane am Horizont. Chris wurde zu Leigh gebracht, das weiß sie, damit Leigh sieht, wie wunderbar sie ist. Ein Standardritual in Beziehungen, Geliebte wird bester Freundin zur Inspektion dargebracht. Aber seit sie da sind, telefoniert Leigh mit Jessica Ann, ihrer gegenwärtigen Freundin, die Telefonmarketing macht, wie Leigh es ausdrückt. Was im Klartext heißt, daß sie per Telefon Zeitschriftenabonnements verkauft. Laut Taylor wird sie in Kürze hinausgeworfen, weil sie während der Arbeit so viel Zeit damit zubringt, diese Abonnements angeblich an Leigh zu verkaufen. Die Abteilungsleiter überprüfen die Telefongespräche und haben

Übung darin, die durchsichtigen Codes von Verliebten zu knakken.
Taylor kehrt von einem erfolglosen Versuch zurück, Leigh von dieser Unterhaltung mit Jessica Ann loszueisen, und fällt auf Chris' Schoß, zieht Chris dann auf sich, sie strecken sich auf dem Sofa aus, hören dabei mit einem Ohr auf Leighs entfernte Stimme am Telefon. »Mann, vor dir hatte ich nicht einmal eine Ahnung, weißt du das?« sagt sie, dann drückt sie die Zähne fest gegen Chris' Brustwarze und hinterläßt auf der Vorderseite ihrer Seidenbluse eine nasse Stelle. »Nicht mal annähernd. Das ist viel, viel mehr, als ich mir vorstellen konnte.«
»Was konntest du dir denn vorstellen?«
»Wohl etwas, wo ich die Grenzen sehen konnte, wo ich wußte, was das Bild ist, wo es aufhört und wo der Rahmen anfängt. Das mit dir sprengt einfach jeden Rahmen.«
»Wird es dadurch besser?«
Taylor antwortet nicht gleich; sie liegen schweigend zusammen und hören auf Leighs leises Lachen, das von ihrem Telefongespräch in der Küche hereintreibt. Schließlich sagt Taylor: »Wenn ich mit dir zusammen bin, finde ich es besser. Wenn ich allein bin, macht mir diese Dimension manchmal angst.«
»Dann bleib doch einfach bei mir«, sagt Chris, von neuer Liebe benebelt, das Hörvermögen für die hohen Frequenzen der Warnsignale etwas vermindert.

▪ ▪ ▪

Heute zieht Leigh Chris neben sich auf das Sofa, und das sehr viel gesitteter. Der heutige Sonnenuntergang ist schon lange vorüber, die Lichter der Stadt sind bereits ausgegangen, leuchten vor einem königsblauen Himmel.
»Wann kommt Desta? Sie ist so ein wunderbarer, wertvoller Mensch. Ich bin sicher, sie wird dir in der Stunde der Not eine große Stütze sein.« Sie können beide Taylors Familie nicht ausstehen.
»Morgen«, sagt Chris. »Glaubst du, ich schaffe es noch, nach Tibet umzuziehen, bevor sie da ist?«

»Was, meint sie, kann sie tun, was wir noch nicht tun?«
»Ich denke, sie will sich ein bißchen wichtig machen. Der Heyes-Clan muß immer auf allem seinen Daumenabdruck hinterlassen. Sie und Ardith sind übereingekommen, daß die Polizei bei ihrer Verfolgung der Sache nicht genug Energie aufbietet. Keine halsbrecherischen Autojagden. Sie haben im Haus keine DNA-Proben genommen. Es würde ihnen gut in den Kram passen – so wie sie denken –, wenn es sich herausstellte, daß ich Taylor mit einem Waffeleisen blau und grün geprügelt und dann im Abstellraum verstaut habe. Und wenn ich nicht schuldig bin, bin ich auf jeden Fall inkompetent. Also müssen sie jemanden anstellen, der herumschnüffelt. Sie fühlen sich immer gleich besser, wenn sie für etwas Geld bezahlen. Dann sind sie sicher, daß es Wert hat. Ich ertrage den Gedanken nicht, daß sie sich in die Suche einmischen, von einem unsterblichen Detektiv ganz zu schweigen. Jetzt schon verletzt alles alle Grenzen, und nun beginnen auch sie noch, sich hereinzudrängen, wo Taylor sich immer so bemüht hat, sie rauszuhalten.«
»Schaffst du das?« fragt Leigh. »Allein, meine ich?«
Chris lacht. »Ich weiß es nicht. Ich konnte mit Taylors Familie schon unter normalen Umständen nicht umgehen. Jetzt kommt es mir vor, als seien sie nur ein Horror mehr, darauf kommt es nicht mehr an.«
Leigh krault Chris' Hinterkopf, als sei sie ein kleiner Hund. Leigh ist auf solch beiläufige Weise sehr sinnlich. »Also. Du bist auf ein Geheimnis gestoßen, und wir müssen darüber reden«, sagt sie. Chris kann in ihrer Stimme nicht die Spur einer Überraschung erkennen. Das gibt ihr das Gefühl, daß Taylor von einem ganzen Universum von Geheimnissen umkreist wird und sie nur auf eines davon gestoßen ist.
»Warte mal«, sagt Chris und steht auf, um die Fotos zu holen. Als sie zurückkommt, fächert sie sie auf dem Wurzelholz des Couchtischs auf. Die Frau, die vor der Wüstenmauer steht, blickt sie über die Schulter an, dann direkt, über die Hälfte des Erdballs hinweg, eine plötzlich wichtige Fremde in ihrer Mitte. Chris erwar-

tet, daß Leigh darum herumreden wird, aber sie nickt nur und sieht die Fotos lange an, als seien sie lediglich faszinierend, nicht furchtbar.
Tausend Jahre verstreichen in völliger Stille. Chris fühlt sich erheblich älter, als Leigh schließlich nickt und sagt: »Nun, sie heißt Stéphane Michaud.«
»Ja?«
»Nun.« Leigh dreht die Handflächen nach oben, lächelt aus Nervosität.
»Bitte. Und jetzt erzähle mir, daß sie nur eine reizende Angestellte in der Touristeninformation von Marrakesch ist. Die Stewardeß, die Taylor half, als plötzlich die Klimaanlage auf ihren Sitz tropfte. Erzähle mir«, sagt sie und dreht die Position um, die sie bei Myra vertrat, »daß sie bloß eine von Taylors lästigen kleinen Flirts ist.«
Leigh legt sich die Worte zurecht, bevor sie spricht, aber Chris hört sie schon, noch bevor sie sagt: »Ich denke, Stéphane war ein wenig mehr als das. Aber sie ist verheiratet. Zwei halbwüchsige Kinder, ein besitzergreifender Ehemann.«
»Und das heißt?«
»Das heißt, daß nichts daraus werden konnte.«
»Na, das ist ein echter Trost.« Chris durchläuft blitzschnell einige Szenarien, aber was ihr einfällt, ist alles ziemlich unwahrscheinlich. Schließlich ist sie gezwungen, geradeheraus zu fragen. »Französin und sexy, wie hat sie sie überhaupt kennengelernt? Ich meine, tragen nicht alle Frauen da drüben Tschador oder sind mit einem Mann verheiratet, der drei weitere Ehefrauen hat?«
»Soweit ich weiß, gibt es eine große französische Gemeinde, Überreste der Kolonisation. Stéphane und ihr Mann haben ein kleines Hotel am Rande der Wüste. Sie ist offenbar eine alte Freundin von Jacques.« Jacques Aumont ist Taylors Kumpel dort drüben, ein Schwuler, der in einem der Filmstudios in Ouarzazate im Labor arbeitet. Er überläßt ihr eine Dunkelkammer, wenn sie in der Gegend fotografiert. Chris hat ihn nie kennengelernt, sie kennt ihn nur aus Taylors Beschreibungen, und die sind überschwenglich. Sie sieht ihn als verwandte Seele, der völlig unkon-

ventionell und meist isoliert lebt. Er hat ein kleines Haus mit einer marokkanischen Toilette und einen Gasherd, einen winzigen Innenhof, in dem er Pflanzen züchtet, die in extremer Dürre überleben. Kaum Besitz, kaum Freunde. Ein Asket. Obwohl (vielleicht weil) Taylor ihn verehrt, hatte Chris immer den Eindruck, daß sie ihn unerträglich fände. Jetzt verfestigt sie diese Meinung mit der neuen Information, daß er Taylor obendrein mit exotischen Freundinnen versorgt.

»Hörst du, was ich dir sage. Es ist nichts Ernstes«, wiederholt Leigh. »Taylor glaubt das im Moment, aber das stimmt nicht. In Wirklichkeit ist es das nicht.«

Chris schaffte es kaum, in der Luft dieses plötzlich viel zu kleinen Zimmers genug Sauerstoff zum Atmen zu finden. »Mann, warum fühle ich mich nicht prima, nach so viel beruhigenden Neuigkeiten? Taylor ist fort, und da ist diese Vamp-Tante in Marokko, von der man schon meinen könnte, sie sei ein Problem, es sei denn, jemand redet mit dir und bringt dir bei, daß sie überhaupt kein Problem ist, weil ihr Ehemann sich dazwischenwerfen wird und weil du sowieso Taylors Zukunft aus dem Kaffeesatz lesen und sehen kannst, daß diese Stephanie –«

»Stéphane.«

»Okay. Da nicht vorkommt.«

»Stop.« Leigh legt eine Hand auf Chris' Arm. »Vielleicht habe ich gelogen.«

»Eine Lüge könnte wenigstens originell sein. Was du mir erzählst, ist so langweilig, so jämmerlich. Taylor verliebt sich in eine Heterofrau. Findest du nicht, daß es für solche Kinderkrankheiten ein bißchen zu spät ist?«

Leighs Mund wird klein, wenn es ernst wird. Noch kleiner. Er ist schon klein, wie ihre Gesichtszüge überhaupt. (Sie sagt, das sei sehr gut fürs Fernsehen, das ja im wesentlichen deinen Kopf in eine Kiste steckt.)

»Ist Taylor dorthin?« Schließlich fällt Chris diese Frage ein. »Um bei ihr zu sein?«

Leigh schüttelt den Kopf. »Ich habe angerufen.« Sie klopft sich mit

den Knöcheln an die Stirn. »Idiotisch. Ich habe nur erreicht, daß sich noch jemand Sorgen macht.«
»Oh, es tut mir so leid, daß ihre kostbare Ruhe gestört ist«, sagt Chris. »Aber jetzt, wo sie sich schon aufregt, könnten wir ja alle zusammen eine Selbsthilfegruppe gründen.«
Leigh nimmt Chris in den Arm.
»Ist das Marokko-Buch in Wirklichkeit nur – nur eine Entschuldigung, um alle paar Monate wegen ein bißchen femme und fatale dorthin fliegen zu können? Warum weiß ich, daß sie eine rauchige Stimme hat? Von den vielen Gauloises.« Chris spürt, wie die aschblond gefärbten Haare in Leighs Nacken ihre Lippen berühren, während sie spricht.
»Ich glaube, es ist umgekehrt«, sagt Leigh und lehnt sich zurück. »Sie hat sich in das Land verliebt, diese Frau gehört zu diesem Land, darum hat sie sich auch in sie verliebt.«
»Ich dachte, sie sollte in *mich* verliebt sein.«
»Darum geht es nicht.« Leigh blickt einen Moment lang an Chris vorbei, plant ihre Antwort offensichtlich. »Was Taylor tut, tut sie, um sich besser zu fühlen. Ich glaube, du verstehst das nicht, weil du dich schon besser fühlst.«
»Weißt du, wo sie ist? Du mußt mir nicht sagen, wo, nur ob du es weißt.«
Leigh schüttelt den Kopf. »Das würde ich dir nie antun.«
»Aber du weißt mehr als ich, oder?«
»Ich denke, ich weiß vielleicht mehr als du – wo Taylor in ihrem Kopf ist. Ich weiß einfach nicht, wo sie in der Welt ist.«

Einige Tage später, in dem Einkaufszentrum, in dem auch ihr Sportstudio liegt, läuft Chris Alan Browning über den Weg, ihrem Exehemann. Allerdings liegen zwischen dieser Blitzehe, eine studentische Liaison, die auf einer falsch eingeschätzten Identität beruhte (von Chris falsch eingeschätzt, es war die Zeit, als sie schon angefangen hatte, mit Frauen zu schlafen, aber noch nicht angefangen hatte, sich als Lesbe zu sehen), so viele Jahre und so viele Begegnungen, daß sie eigentlich nie auf diese Weise an ihn denkt,

sondern eher wie an einen alten Bekannten. Was ihn zu einem aus einer kleinen Legion von Leuten macht, denen sie im Moment unter allen Umständen aus dem Weg gehen möchte.
»Hallo«, sagt er. Er kommt aus einem Laden namens Bad Boys und sieht ziemlich genauso aus wie das letzte Mal, als sie ihn zufällig traf, was, wie ihr jetzt einfällt, etwa zwei Jahre her sein muß. Er unterrichtet Philosophie an der Circle University, ist Buddhist, Vegetarier, in Frieden mit sich, und diese ganze Abgeklärtheit bewahrt ihn davor, älter zu werden oder auch nur vom Leben gegerbt oder abgeschliffen auszusehen. »Wie geht's?«
Die Frage ist ohne jeden Unterton. Sie hegen keinen Groll gegeneinander. Im Grunde hegen sie auch nichts füreinander. Daher sagt sie ihm, es gehe ihr großartig.
»Biegst du den Leuten immer noch die Seele zurecht?« fragt er, und sie erzählt ihm, daß sie mehr zu tun hat denn je. Sie erfährt, daß er wieder geheiratet hat, ein weiteres Mal. Als sie sich das letzte Mal trafen, war er gerade wieder geschieden. Dieses Mal ist es eine Frau, die in seinem Ashram lebt, daher ist er zuversichtlicher, daß es gutgehen wird. Sie wußte nicht, daß er in einem Ashram lebt, denkt einen Augenblick darüber nach, über Erwachsene, die einen Glauben und einen Toaster teilen. Das hat seinen Reiz.
»Und du ... bist du ... ich weiß nicht ... mit jemand zusammen?« fragt er. »Gab es da nicht jemand, als wir das letzte Mal miteinander redeten? Eine Fotografin?«
Sie hat angefangen zu begreifen, daß einer der schlimmsten Aspekte ihres Lebens jetzt der ist, daß es zu einer Abfolge von Ereignissen geworden ist, die sie nicht in Gang setzt, sondern die ihr zustoßen. Die Situation mit Taylor hat sie ihres Status als Handelnde beraubt und in einen Menschen verwandelt, dem etwas Schlimmes zugestoßen ist. Sie ist jemand, die von flüchtigen Bekannten bedauert wird, und das ist unerträglich. Daher versucht sie, sich nichts anmerken zu lassen, bevor sie, statt ihm alles andere zu erzählen, nur sagt: »Nein. Im Moment niemand Festes.«

Die anderen Mitglieder in Chris' Sportclub sind zwanzig Jahre jünger als sie. Er besteht im wesentlichen aus Neon, Spiegel, Teppichboden in Pink und Weinrot, eine veritable Gesundheitsdisco.

In diesem künstlichen Ozon, in dieser Atmosphäre des unbekümmerten Narzißmus, bessert sich ihre Laune immer. Sie beobachtet gern, wie die Schwulen in Grüppchen zusammenstehen, auf verschwitzte, karikiert-männliche Weise, die sie, wie sie annimmt, schlußendlich miteinander ins Bett bringen wird. Sie belauscht auch gern die Gespräche von den beiden Telefonen im Damen-Umkleideraum, meist Anrufe bei Agenten wegen Model- oder Schauspieljobs. Sie hat gelernt, daß alles im Leben von Schauspielerinnen und Models wichtig, extrem wichtig ist. Schauspielerinnen, Models und Frauen, die Immobilien verkaufen.

Sie ist in den Tagen, seit Taylor fort ist, nicht mehr hiergewesen und hofft, daß ein Training sie eine Stunde lang von ihrem Schmerz abkoppeln wird. Sie zieht schwarze Radlerhosen und das zerknautschte T-Shirt aus ihrer Sporttasche an. Sie setzt den Walkman auf, in ihren Ohren läuft Taylors Band, ein Geschenk aus der Anfangszeit ihrer Beziehung, lauter alte Lieblingslieder. Dolly Parton singt »Single Bars and Single Women«. Das Lied dehnt sich in ihrem Kopf und verschlingt sie völlig.

▪ ▪ ▪

Sie sind im Park, sitzen auf einer Bank, die Räder an die Knie gelehnt.

»Phantasierst du mit jemandem?« sagt Taylor, beiläufig, früh, als Chris ihr alles gesagt hatte, was sie wissen wollte.

»Was meinst du?«

»Ich weiß nicht, ein Filmstar zum Beispiel?«

»Das ist wirklich peinlich.«

»Komm schon.«

»Dolly Parton.«

Taylor zieht die Sonnenbrille nach unten, schaut über den Rand.

»Sie hat so etwas. Sie ist wie eine Butch im Secret Service. Es ist etwas um die Augen.«

»Aber was würdest du mit ihren Haaren machen? Verstehst du, man hat den Eindruck, als gäbe es Dolly und dann noch ihr Haar. Sie sehen doch aus, als hätten sie nichts miteinander zu tun, oder?«

»In der Phantasie ist es naß. Sie kommt gerade aus der Dusche, darum ist auch ihr Make-up ganz abgewaschen. Sie ist *au naturel* und sexy, auf diese kesse Art, die sie hat.«

»Ihr habt Sex, und danach will sie mit dir über den Wochenumsatz von Dollywood reden.«

»Sie ist sehr klug«, sagt Chris. »Das weiß ich.«

Taylor schiebt die Sonnenbrille zurück, holt einen halben alten Schokoriegel aus dem Rucksack, reißt das Papier auf. »Sobald es um ihre persönlichen Pornos geht, fehlt den Leuten jeder Sinn für Humor.«

▪ ▪ ▪

Chris absolviert mechanisch die Abfolge der Geräte. Die festgelegte Abfolge hilft ihr, solange sie hier ist, nicht denken, sondern nur tun zu müssen. Sie trainiert im Club, joggt bei gutem Wetter, spielt ein bißchen Tennis, aber ist in allem mittelmäßig. Zum einen interessiert es sie nicht zu gewinnen, sich mit anderen zu vergleichen. Es genügt ihr, in Form zu bleiben und sich ein paar Tagträume auf diesem Gebiet zu erlauben. Sie hätte zum Beispiel gern tolle Arme. Etwa wie die von Sigourney Weaver, wenn sie in einem ihrer *Alien* Filme den riesigen Raumtransporter lenkt, den Vorwärtsgang, den Rückwärtsgang reinrammt. So tolle Arme, daß Chris in die mieseste Spelunke spazieren könnte, mitten im Sommer, in einem Trägerhemd, und jedes Gespräch ersterben würde. Starke Arme, die in der Realität, wie sie weiß, außerhalb des Möglichen für jemanden liegen, die unter Zeitdruck ist und als Therapeutin praktiziert, ein Beruf, der viel eher zu einem starken Hintern führt.

Während sie schwitzt, Bankdrücken und am Graviton Klimmzüge macht, ist sie die ganze Zeit in Taylors Band. Dolly Parton geht in

Shawn Colvin, in Michael Stipe über, die harte Wirklichkeit weicht langsam zurück. Die eingeübten Bewegungen, die ihr Erleben in Wiederholungen und feste Abläufe aufteilen, stimulieren die Muskelerinnerung, die in diesem klar abgegrenzten Zeitabschnitt stärker wird als Schmerz und Ungewißheit.
Als sie in den Umkleideraum kommt und Taylors wunderbaren Rücken in die Duschen verschwinden sieht, die langen, schmalen Hüften in ein dickes grünes Handtuch gehüllt, zögert Chris nicht und ruft sie auch nicht. Ihre Schritte folgen dem sicheren, beständigen Hämmern ihres Herzens, und sie reißt, als sie zur Duschkabine kommt, den Vorhang mit einer Geste der Wiedervereinigung zurück, der Sicherheit, daß alles gleich wieder in Ordnung sein wird.
Die Frau in der Dusche ist durch das Wasser in den Augen erst verwirrt, dann rastet sie aus. »Hey!« ruft sie im Ton einer Absolventin eines Selbstverteidigungskurses.
»Oh«, sagt Chris. »Es tut mir leid. Es tut mir so leid.«
Sie zieht sich nicht um, stopft ihre Straßenkleidung in die Tasche, obwohl es zu kalt und regnerisch ist, um in Radlerhosen und T-Shirt hinauszugehen. Sie vermutet, daß sie die Grenze des Akzeptablen und Gesellschaftsfähigen zu überschreiten beginnt. Sie wird jetzt in ihrem Kummer wunderlich werden, ihn dazu nutzen, sich schlecht benehmen zu dürfen, oder schlimmer noch, nicht einmal zu bemerken, daß sie sich schlecht benimmt. Sie ist zur Ausnahme von den Regeln aller normalen Menschen geworden, die immer unter der Prämisse handeln, daß ihr Morgen ziemlich genauso aussehen wird wie ihr Heute. Direkt hinter der Stelle, wo sie sich selbst anwidert, meldet sich ein ganz klein wenig Hochgefühl über diese ungezügelte Traurigkeit, eine Befreiung, die mit diesem Sturz in Vakuum und Leere einhergeht.

8

Sie hat gewissenhaft versucht, zu ihrem normalen Tagesablauf zurückzukehren, die Termine mit ihren Patientinnen und Patienten einzuhalten (auch wenn sie keine neuen annimmt, um jene zu ersetzen, die, wie Laura Wheeler nach der glanzlosen Stunde, nicht mehr kommen). Sie hat versucht, das Haus in Ordnung zu halten, Bud pünktlich zu füttern und mit ihm hinauszugehen. Sie spricht mit ihm in der fröhlichsten Stimme, die sie hinkriegt. Sie hält sich gut, sagt sie sich, bis sie das nächste Mal in eine getarnte Löwengrube stürzt.

Sie weiß nie, wo eine lauert. Alle Selbsthilfe-Bücher über Verlust und Trauer, die sie von Daniel ausgeliehen hat, sagen ihr, daß es Schlüsselsituationen gibt, in denen man den verlorenen Menschen vermißt. Jahrestage, Ferien, Sonntage. Abends, wenn man allein zu Bett geht. Wie sich zeigt, ist sie auf diese einfachen Gruben zu gut vorbereitet, als daß es für sie die schlimmsten wären. Sie braucht mehr. Alleinsein fällt ihr nur in den allerschwärzesten Nächten schwer. Das Telefon kann einen ganzen Sonntagnachmittag und -abend nicht klingeln, und sie ist froh, daß sie nicht beim Lesen von Artikeln, beim Herumwirtschaften im Haushalt unterbrochen wurde.

Die Anlässe, bei denen ihr Taylor am schmerzlichsten fehlt, erweisen sich als viel kleiner und praktisch nicht vorhersagbar. Ein Witz oder eine Anspielung, den nur sie beide verstehen, zum Beispiel. Sie bastelten an einer Tour der Skurrilitäten, die sie auf ihren Streifzügen durch die Stadt fanden. *The Sanitary Fish Market. Germ-Proof Cleaners. The Très Ambiance Beauty Parlor.* Einige Läden, die Taylor als »Häh??« zusammenfaßte – mit staubigen Schaufensterauslagen voller Kamingerätschaften und Avon Produkten, alten Schuhkartons, schlafenden Katzen. Was wird da verkauft? Worin besteht die Vermarktungsstrategie? Diese Woche war Chris in Belmont unterwegs gewesen und hatte eine weitere Adresse für ihre

Tour gesichtet – drei aneinandergrenzende Schaufenster, alle proppenvoll mit Gerümpel aus Kellern und Speichern – *Itchy's Stop-n-Scratch Flea Market.*

Ihr Herz machte einen Sprung, und in der nächsten Stunde brach sie so völlig zusammen, schluchzte plötzlich so heftig, als fahre sie durch einen Wolkenbruch. Sie mußte auf einem Parkplatz warten, bis sich um sie die Ionen der Normalität neu formiert hatten.

Taylor mochte mitunter zurückgezogen, letztlich verschlossen gewesen sein, und sie war gewiß keine hingebungsvolle Partnerin in irgendeinem landläufigen Sinne, aber sie und Chris bewegten sich doch auf eine Weise zusammen durch die Welt, die, wie Chris erst jetzt erkennt, ihre Erfahrung des Lebens entscheidend prägte. Chris fürchtet, daß sie ohne Taylor, mit der sie über den kosmischen Witz lachen kann, das Gefühl dafür verlieren wird, daß es überhaupt einen gibt.

Im Moment wünscht sie sich verzweifelt, daß Taylor da wäre, um Jon Folan kennenzulernen, den Detektiv, der versuchen soll, sie zu finden. Zusammen fänden sie ihn zum Schreien komisch. Allein schafft Chris nur, verächtlich und abweisend zu sein. Sie hat ihn völlig abgeschrieben, obwohl sie erst seit zwanzig Minuten in seinem Büro ist. Sie kann sich nicht vorstellen, daß durch ihn etwas Nennenswertes herauskommen wird, und hat es schon über, ihm gegenüberzustehen und sein Cologne zu riechen. Sie ist auch schon an das Ende ihrer anfänglichen Faszination für sein Haar gelangt, dramatisch erstarrt wie bei den Schauspielern in den Vormittags-Seifenopern, Haare in Aspik. Schon bedauert sie die pastetengesichtige Ehefrau und die Kinder in dem Eichenrahmen auf seinem Schreibtisch, jenes Grüppchen Menschen, das Jon Folan jeden einzelnen Tag hat.

Wichtiger aber ist, daß er, obwohl er Desta vierhundert Dollar am Tag plus Spesen berechnet und einen Eintausend-Dollar-Anzug trägt, nach Chris' Meinung nichts herausfinden wird, was die Polizisten mit ihren billigen Trenchcoats und Messerschnitten nicht umsonst fänden. Daher hat sie Folan der vorsätzlichen Überflüssigkeit schuldig gesprochen, ihn auf den elektrischen Stuhl ihrer

Phantasie geschnallt, ihm noch einen Moment gegeben, um sich zu winden, bevor sie, ganz genüßlich, den Schalter umlegt. Diese Vorstellung hat sie gerade genug beschäftigt, um nicht auf das zu achten, was er sagte. Das ist nicht schlimm, da der überwiegende Teil seiner Konversation sowieso an Destas Adresse gerichtet ist, Inhaberin des Scheckbuchs und legitime nächste Verwandte. Da Chris nicht einmal zur entferntesten Familie gehört, begrenzt sich ihre Funktion in diesem Zimmer offenbar auf die einer Übersetzerin.

»Hat Ihre Schwester – hat sie einen Ort, wohin sie sich zurückzieht?« fragt Folan. »Sie verstehen. Wenn sie einfach einmal von allem fort will?« Als Desta diese Frage mit einem Achselzucken an sie weitergibt, wendet Chris sich an Folan und sagt, daß sie das nicht wisse.

Obwohl Chris begreift, daß Marokko durchaus ein solcher Zufluchtsort sein könnte, und obwohl sie den Namen von jemandem dort kennt, die über entscheidende Informationen verfügen könnte, sieht sie sich nicht veranlaßt, in diesem Büro das Land, Nordafrika im allgemeinen oder Merzouga im besonderen zu erwähnen, sondern überläßt Jon Folan einem kleinen Vortrag über Verstecke. »Sie werden es nicht glauben, aber wir hatten schon zahlreiche ›Vermißte‹« (wenn er etwas, das er sagt, in Anführungszeichen setzt, was ziemlich oft geschieht, wedelt er mit zwei Fingern winzige Häkchen in die Luft) »die einfach nur zum Angeln gefahren waren.«

»Taylor hat nicht geangelt«, sagt Chris und bemüht sich um einen Blick, der ernst und zuvorkommend wirkt.

Desta hat sich offenbar eine entgegengesetzte Meinung über Folan gebildet. Während er die Grundzüge der Vermißtenarbeit erklärt und ihre Antworten auf einem langen, häufig rätselhaften Fragebogen notiert (Ist Taylor Rechts- oder Linkshänderin? Welche Art Musik mag sie?), sieht sie ihn unverwandt an. Sie hat Angst, das merkt Chris, ist ebenso ratlos wie Chris selbst. Aber Desta wäre niemals so schwach, sich das anmerken zu lassen. Statt dessen hat sie ihre panische Angst mit eisernem Griff in den Glauben verwandelt, daß sich das Problem lösen wird, indem man es einem Fachmann überträgt.

»Faszinierend, wie Sie Detektive die Puzzlestücke eines Menschen zusammensetzen können«, sagt sie, mit geradezu säkularer Anbetung. Aber Chris kennt Desta gut genug, um zu wissen, daß ihr primäres Interesse nicht der Macht eines anderen, sondern ihrer eigenen gilt. Sie will Folan dazu benutzen, das Kommando in dieser Sache zu übernehmen. Zusammen greifen die beiden geschmeidig nach der Kontrolle; Chris kann förmlich sehen, wie sie durch den Raum transferiert wird, von ihr fort.

Leigh hat ihr eingeschärft, auf Anzeichen zu achten, daß die Familie versuche, sie aus dem Weg zu schieben, dergleichen geschehe sehr häufig mit Lebenspartnern, wenn Homosexuelle krank würden, und es könne ebenso in dieser Situation passieren. Aber in Wahrheit hat sie kein besonders Interesse daran, zu diesem Familienkreis zu gehören. Obwohl sie weiß, daß Taylor auch ihren Verwandten fehlt, wirkt deren Verlust schal und schematisch im Vergleich zu ihrer eigenen, bodenlosen Leere.

Desta ist etwas jünger als Taylor, etwa Mitte Dreißig, und hat bereits ein Regal voller Lebenstrophäen. Ihre lukrative Zahnarztpraxis. Einen ersten Ehemann (Investmentberater), mit dem es nicht klappte und der durch einen älteren, aber reicheren ersetzt wurde. Drei Kinder, die entweder erfolgreich Privatschulen besuchen oder sich in Sportarten hervortun, die auf der anderen Seite des Atlantiks erfunden wurden. Sie ist sehr aktiv in der Burlingtoner Junior League, außerdem leitete sie ein Komitee, das alljährlich ein Thanksgiving-Essen für Bedürftige ausrichtet, und organisiert an Weihnachten eine Bescherung für schwerkranke Kinder – gute Werke, die keinen direkten Kontakt mit Armen oder Kranken erfordern.

Sie hat engstehende Augen, die vage auf einen Punkt in einiger Entfernung blicken, Lippen, die sich leicht öffnen, wenn sie entspannt ist. Für Chris ist sie eine dämliche Frau auf der Höhe ihrer dämlichen Macht. (Erst als sie über die sorglose Ignoranz von Taylors Familie nachdachte, mußte Chris einräumen, daß Taylor,

wenn auch der Einstein des Clans, möglicherweise nicht wirklich genial ist.) Die Arroganz der Heyes basiert auf ihrem Geld, geht aber darüber hinaus. Taylor trägt sie mit Stil und Charme. An Desta wirkt sie kompakter, weniger anmutig, tyrannischer.
Chris entschuldigt sich und geht zur Toilette. An dem Schlüssel, den die Sekretärin ihr reicht, hängt ein kleines Fernglas.
Sie hat versucht, mehr auf ihre Kleidung zu achten, was bedeutet, daß sie daran zu denken versucht, jeden Tag etwas Frisches anzuziehen, aber sie sieht, daß andere Bereiche der Pflege zu wünschen übrig lassen. Ihr Haar ist, wie sie trotz des schmeichelnden, pfirsichfarbenen Lichts im Spiegel feststellt, ziemlich fettig, die Locken fallen einzeln auseinander, wie Puppenhaar. Die Brillengläser sind staubig und mit Fingerabdrücken verschmiert. Sie hält sie unter das laufende Wasser, reibt die Gläser mit einem Papierhandtuch ab, was die verpappte Oberfläche lediglich mit Papierfusseln paniert. Sie denkt daran, sich mit der flüssigen Seife aus dem Wandspender schnell die Haare zu waschen, bremst sich aber (sehr rechtzeitig, wie sie findet), weil sie einsieht, daß das jene Art unangemessen umfänglicher Körperpflege wäre, wie man sie in den Damentoiletten der Greyhound-Stationen beobachten kann.
Als sie zurückkommt, versucht sie neben der dicken Kumpanei, die Desta und Folan geschmiedet haben, noch Platz zu finden. Der Fragebogen ist fertig, jetzt sonnen sie sich in einer Art mildem Nachglanz, besprechen Folans Plan für seine, wie er es nennt, »unabhängige Untersuchung«. Chris schaltet sich ein, sagt, daß ihrer Meinung nach die Polizei den Fall aktiv verfolgt und sie ihnen nicht unbedingt auf die Zehen treten möchte.
»Die Chicagoer Polizei könnte ihre Zehen nicht einmal finden«, sagt Folan. »Mit beiden Händen.« Er streckt schnell ein Handgelenk aus dem Jackettärmel. Sowohl die zart cremefarbene Baumwolle seiner Manschetten als auch sein Uhrenarmband sind so flach, daß sie kaum von der Haut abstehen. Chris lehnt sich in ihren Sessel zurück und stellt sich vor, daß Jon Folan die Last einer traurigen, teuren Perversion zu tragen hat, einen festen Termin am Donnerstag nachmittag mit einer gelangweilten Hure, die in einer

Badewanne auf ihn pißt, und das in einem der Sex-Motels am nördlichen Ende des Lincoln Drive, wo hinter großen Fenstern im Stil der sechziger Jahre immer lichtundurchlässige Vorhänge vorgezogen sind.

»Wir sprechen uns übermorgen wieder«, sagt er, steht auf, um anzudeuten, daß der Termin vorüber ist, beugt sich vor und streicht die Knie seiner Hosen glatt, damit keine Falten bleiben. »Es sei denn, wir erfahren etwas, natürlich. Was sein kann. Was sehr gut sein kann. Verschiedene Aspekte dieses Falls sind, soviel kann ich sagen, äußerst vielversprechend.«

Chris bekämpft den Impuls, ihn zu fragen, welche Aspekte genau er meine.

»Wir haben uns gefragt«, wendet er sich ihr zu, »ob Sie Zugang zu Ms. Heyes Dunkelkammer haben?« Damit überrumpelt er Chris ein wenig. Sie sieht, daß sie dies offenbar mit einem fragenden Blick beantwortet hat, denn Desta greift hilfreich ein: »Er meint, ob du einen Schlüssel hast?«

»Oh«, sagt Chris. »Nein. Nein, habe ich nicht.« Taylor scheint in ihrer Abwesenheit verletzlich, schutzbedürftig. Chris wird sie keinem auf dem Silbertablett überreichen. Schon gar nicht diesen Idioten.

Gerade als sie glaubt, sie habe sich einigermaßen gefangen, inmitten dieser Lawine ein Eckchen zum Festklammern gefunden, wird alles plötzlich, überwältigend schlimmer, und alles nur in ihr. Sie stürzt im freien Fall. Zu Hause wächst sie mit ihrem Sofa zusammen. Sie bemüht sich, daran zu denken, Bud zu füttern und hinauszulassen, die Lampen anzumachen, wenn es draußen dunkel wird. Sie empfindet die Bewältigung dieser Aufgaben als Leistung. Sie versucht, alles sehr klein, klar begrenzt zu halten. Blickt sie weiter, sieht sie nur Nichts. Auch wenn sie weiß, daß das rational absurd ist, scheint keine Zukunft zu existieren, wenn Taylor nicht Teil davon ist. Alle ihre Pläne sind gestrichen, die kleinen Anker in der vor ihnen liegenden Zeit – Filme, die sie sehen, und der billige Urlaub auf Nassau, den sie machen wollten, der asiatische Kochkurs, für den sie angemeldet waren – wurden weggeschnipst und haben nichts als eine riesige, öde Ebene hinterlassen, die ohne Orientierungspunkte, ohne Rastplätze vor ihr liegt. Und sie wird diese endlos lange Strecke allein bewältigen müssen.

Manchmal, wenn Chris aufwacht – meist etwa um vier – hat sie eine kurze Atempause, einige Minuten leichten Nebels, in dem sie sich täuscht, glaubt, daß alles in Ordnung sei, so, wie es war. Sie dreht sich auf die Seite, will ein Bein über Taylors Bein legen, bemerkt dann mit einem Sturz in zehn Meter Tiefe, daß sie allein im Bett liegt, daß nichts mehr in Ordnung ist. Der Fall endet auf dem Fahrersitz eines Autoscooters, der durch ein Vakuum kurvt. Angst braust wie eine Springflut in ihr auf, elektrische Übelkeit, losgelöst von jedem konkreten Gedanken oder Kummer, und daß sie keinen Brennpunkt haben, macht sie nur peinigender. Um sieben hat sie es geschafft, sich vom Bett zu lösen, zu duschen und in die Praxis zu kommen, wo sie sich äußerste Mühe gibt, in der Rolle einer Gesunden zu überzeugen.

Da sitzt sie und versucht sich auf das zu konzentrieren, was ihre Patienten sagen. Während sie auf den nächsten wartet, geht sie im Zimmer auf und ab, bricht oft ohne Vorwarnung in Tränen aus. Das Bedürfnis wegzukommen, irgendwohin, ist plötzlich übermächtig, aber dieses Irgendwohin ist fort von sich selbst, der einzige Ort, den sie nicht verlassen kann.

Nach einigen Tagen verloren und allein auf diesem Gewaltmarsch überrascht Daniel sie, indem er spät eines Abends bei ihr vorbeikommt.

Er sitzt im Lotussitz auf einem der Thekenhocker in Chris' Küche, die Beine wie die Glieder einer Wurstkette umeinandergeschlungen. Für einen molligen Mann ist er erstaunlich beweglich, die Folge vieler Jahre Yoga. Sie versteht nicht, warum er immer noch keine neue Frau kennengelernt hat. Jeder Yogakurs, den sie je besucht hat, war voller alleinstehender, heterosexueller Frauen. Alleinstehende, heterosexuelle Frauen mit Rückenproblemen, aber gleichwohl.

Sie stellt ihm einen Becher Tee hin. Dessen Zubereitung war, angesichts ihrer gegenwärtigen Ebbe, ein kulinarischer Sieg. Sie mußte Wasser kochen und in den Schränken nach Tee suchen, Kamille, also Kräuter und kein richtiger. Dann mußte sie, weil der Tee lose war, unter dem ganzen Zeug im Korb mit den Küchengerätschaften ein kleines Bambussieb hervorkramen. Jetzt, wo sich diese ganzen Mühen in einer Tasse warmer und bleicher Flüssigkeit zusammengefunden haben, hat sie das Gefühl, einen ungeheuren Gipfel der Gastfreundlichkeit erklommen zu haben – Fernsehköchin Martha Stewart serviert eine Torte, verziert mit detaillierten Marzipanreplika der großen Ereignisse im Leben des Jubilars.
Als sie die Tasse triumphierend vor ihn hinstellt, treffen sich ihre Blicke über der Theke. Sie weiß nicht, was er denkt. Aber er denkt etwas. Sie weiß, daß er in letzter Zeit in der Praxis ein Auge auf sie gehabt hat. Sie sind beide außerordentlich eigenständig, und es war für ihre Freundschaft wichtig, daß sie immer wußten, wieviel Raum sie einander lassen mußten. Er weiß, daß sie übertriebene Aufmerksamkeit selbst in einer Krise erdrückend fände. Wenn er also heute abend vorbeikommt, dann läßt das vermuten, daß sie wirklich in sehr schlechter Verfassung ist. Sie spürt, daß er sie gleich überraschen wird, ist aber dennoch verblüfft, als er vom Hocker hüpft, sagt: »Komm doch mal mit« und mit ihr in den ersten Stock geht. Als sie im Bad sind, holt er eine Flasche Shampoo aus der Dusche und sagt: »Ich möchte dir die Haare waschen.«
»Das klingt, als ob diese Partnervermittlung nicht all deine Bedürfnisse befriedigt.«
»Versteh mich nicht falsch ...« Er sitzt auf dem Badewannenrand.
»Oh, Scheiße. Sätze, die so anfangen, finde ich zum Kotzen.«
»... aber du wirkst ein bißchen unfrisch. Am liebsten würde ich dich in die Badewanne stecken, aber das paßt irgendwie nicht zu uns.«
»Nein. Das paßt viel besser in einen alten Western, wo die Frau des Ranchers von einem Stinktier besprüht wird und der Cowboy die Zinnwanne vors Haus schleppen und die arme Frau einweichen

muß.« Tränen quellen ihr in die Augen, sie sagt zu ihm: »Laß mich in Ruhe.«
»Nein. Du wirst baden, und ich werde dir die Haare waschen. Bitte. Ich möchte das für dich tun. Kann ich dafür diesen Schlauch nehmen?« Er liegt auf den Knien unter dem Waschbecken und hält einen Schlauch mit Duschkopf hoch. »Nehmt ihr das zum Haarewaschen?«
»Nein. Wir sind keine Fabrikarbeiterinnen im Nachkriegsengland. Wir duschen. Den nehmen wir, um Bud zu baden.« Sie steht da, weiß, daß sie albern aussieht, daß sie beide albern aussehen, gibt nach. »Okay. Ich gehe unter die Dusche, aber ich finde nicht, daß das mit den Haaren nötig ist. So schlimm ist es noch nicht.« Der Stolz gebietet, sich wenigstens ein bißchen zu wehren.
Sie sehen sich an, sie schaut als erste weg. Er hat gewonnen.

»Ich habe jemand Neues kennengelernt«, gesteht er, auf dem geschlossenen Toilettendeckel sitzend, während sie duscht und sich die Haare wäscht.
»Jemand Neues?« ruft sie und verweigert sich damit dieser Neuigkeit einen Moment lang. »Wo? Diese Mittagessen-Geschichte?«
»Nein. Das war die totale Überraschung.« Er muß auch schreien, um das Geräusch des laufenden Wassers zu übertönen. »Ihre Mutter ist im gleichen Pflegeheim wie meine. Ich sehe sie manchmal, wenn ich zu Besuch bin, und ich fand sie immer attraktiv, aber sie trägt einen Ring und … na ja, jetzt stellt sich heraus, daß es der Ehering ihrer Großmutter ist, ein Familienerbstück. Sie ist ledig. Geschieden.« Er schweigt plötzlich, bricht dann in ein kleines, explosives Lachen aus.
Chris zieht den Duschvorhang zurück, um festzustellen, warum er nicht weiterspricht. »Was ist?« Sie dreht das Wasser ab und nimmt das Handtuch, das er ihr hinhält. »Was ist daran komisch?«
»Na ja, ich glaube, es verblüfft mich. Daß ich eine so wunderbare Frau ausgerechnet an so einem Ort kennenlerne. Ausgerechnet. Verstehst du, ein Altenheim wäre der letzte Ort auf der Welt, wo ich etwas, du weißt schon, etwas Romantisches erwartet hätte.«

Sie beginnt mit ihm zu lächeln, aber es verwandelt sich fast sofort in Weinen.
»Was?« sagt Daniel. »Was ist los?«
»Wie kannst du einfach so weitermachen?« sagt sie. »Wie kann irgend jemand einfach so weitermachen? Ich weiß, daß ich unvernünftig bin, aber es scheint so wichtig, daß ihr alle aufhört, bis Taylor wieder da ist. Damit sie nicht so schrecklich viel verpaßt.«

Als sie sauber, trocken, in ihren alten Chenille-Morgenmantel gewickelt ist und beide tief im Sofa vergraben nebeneinandersitzen, schiebt Chris das Band mit der *Flowbee* Werbung ein. Taylor hat es vor längerer Zeit aufgenommen, um Chris aufzuheitern. In letzter Zeit sieht sie es sich gern an. Auf diese Weise können sie sich immer noch zusammen über etwas amüsieren.
»*Früher habe ich ein Vermögen für teure Haarschnitte aus dem Fenster geworfen. Mit Flowbee kann ich jetzt meiner ganzen Familie zu Hause die Haare schneiden*«, sagt eine geistesgestört gutgelaunte Frau mit einem Grinsen wie eine Hyäne, während ihr langes Haar auf der einen Seite in die durchsichtige Plastikhülse des Flowbee-Handgeräts hineingesogen und dessen Spitzen abgeschnippst werden.
»Mit dem Flowbee könnten wir dich richtig hübsch trimmen«, sagt Chris zu Bud. Sie streichelt ihm mit den Händen durch das Fell. »Einen Pudelschnitt machen.«
»Es tut gut, dich so entspannt zu sehen«, sagt Daniel. »Nicht so überdreht. Ich finde, du schaffst es wirklich gut, mit deinen Gefühlen umzugehen.« Derartige Bemerkungen, das weiß sie, hat er aus einem Buch oder einem Seminar. Dieser betont muntere Tonfall entspricht nicht seinem normalen, zurückhaltend ernsten Wesen. Er hat mit ihr andere Krisen und schwere Zeiten durchgestanden und niemals diesen Ton benutzt, daher vermutet sie, daß er dieses Mal meint, sie sei nicht nur niedergeschlagen, sondern verrückt, und brauche professionellen Beistand.
Sie ist wütend. Was sie von ihm jetzt möchte, ist einfach Freundschaft, keine Therapie. Sie möchte, daß er den Mund hält, für sie da ist und über ihren gegenwärtigen Zustand nichts äußert,

bei dem zwischen den Silben ein »Ich habe es dir gleich gesagt« mitschwingt. Jetzt, wo ihr eigener Zorn verraucht ist, erträgt sie keine Kritik an Taylor. Wie kann sie gegen jemanden wüten, die von einem solch tiefen Kummer – was sonst könnte der Grund dafür sein – getrieben wurde, ihr gesamtes Leben aufzugeben und mit einer Kameratasche und einem Cherokee das Weite zu suchen?

Und weiter: Wie kann sie irgendwelche tiefen Gefühle für sich selbst aufbringen, wenn sie offenbar Teil dieser Gleichung gewesen ist, die für ihre Geliebte überhaupt nicht aufging? Sie muß (ohne sich dessen bewußt zu sein, was es schlimmer macht) völlig versagt haben, war weder die Stütze noch der Rettungsring, die Partner füreinander sein sollten. Nicht nur konnte sie Taylor nicht halten, sie hat nicht einmal gesehen, daß sie kippte. Und obwohl sie ihren Patientinnen und Patienten sagt, daß sie für das Glück der Menschen um sich letztlich nicht die Verantwortung tragen, kann sie sich das selbst nicht anziehen. Irgendwo in dieser Situation ist Schuld, ein Teil trifft sie, und unter der Last sinkt sie zu Boden. Tiefer. Sie spürt nicht mehr, wo der Boden sein könnte.

»Ich meine, ich verstehe natürlich, daß dich das in Wirklichkeit alles furchtbar aufwühlt«, lockt Daniel.

»Nein«, lügt Chris. »Wirklich. Ich habe mich ziemlich beruhigt. Ich meine, im Moment knalle ich nur mit dem Kopf gegen eine Betonwand. Tut nicht so weh, wenn ich es lasse.«

Daniel nickt verständnisvoll. Er kann nicht anders, das weiß sie. Es ist eine Begleiterscheinung der Jahre im Therapeutensessel; nach einiger Zeit nickt man ehrlich empfunden zu allem, was jemand sagt. Die Nervenbahnen sind kurzgeschlossen; jemand beginnt zu reden, und du beginnst zu nicken. »Du kannst dir nicht vorstellen, wie es mich erleichtert, daß du so redest. Ich hatte ein bißchen Sorge, du könntest etwas Verrücktes tun.«

»Zum Beispiel?«

»Ich weiß nicht. Aber als ich neulich mit dir telefonierte, hattest du so eine Startblock-Nervosität in der Stimme. Als stündest du am Start, um gleich mit einem Sprung in Aktion zu hechten. Die Angelegenheit in die Hand nehmen. Ich weiß nicht, was ich mir vorgestellt habe. Ist ja auch egal, jetzt sehe ich, daß du an einem ganz anderen Punkt angekommen bist.«

Um ihn an weiteren Erklärungen zu hindern, an welchem vorgestanzten Punkt sie seiner Ansicht nach wohl angekommen ist, sagt sie: »Weißt du, das glaube ich auch«, dann gähnt sie und streckt in dem viel zu großen Mantel die Arme, versucht, ganz klein und ganz müde auszusehen.

»Ich kann gern bleiben, bis du eingeschlafen bist«, sagt er.

»Nein, das ist in Ordnung. Ich bleibe noch ein bißchen auf, lese ein paar aufbauende Gedichte, bevor ich schlafen gehe.« Er zeigt ihr den Finger, aber sie sieht, daß er zufrieden ist, daß er das so gut hinbekommen hat und es ihr jetzt so viel bessergeht.

Als er seinen panzergleichen Volvo rückwärts aus der Einfahrt fährt, fällt ein heftiger Frühjahrsregen vor seinen Scheinwerfern herab, Chris steht am Fenster und winkt. Sie sieht sich ihren Terminkalender für die restliche Woche an. Um über das Wochenende fortzukönnen, müßte sie vierzehn Stunden absagen, fünf davon mit Patienten, denen sie bereits in den ersten Tagen nach Taylors Verschwinden abgesagt hatte. Doch sie weiß, daß sie es tun wird.

Sie klappt den Kalender zu, holt ihre Brieftasche aus dem Aktenkoffer, nimmt die Visa-Karte mit dem höchsten Limit und blättert im Telefonbuch nach der Reservierungsnummer der Royal Air Maroc. Es ist ebenso ängstigend wie aufregend, als auf der anderen Seite jemand abhebt, selbst zu so später Stunde, und sie für den nächsten Nachmittag einen Flug buchen kann, New York, dann Casablanca und von dort noch einen kleinen Sprung nach Ouarzazate, am Rande der Sahara.

9

Sie ist keine zurückkehrende Einheimische und zu wenig vorbereitet, um Touristin zu sein. Obwohl sie im Flugzeug einige von Taylors alten Reiseführern gelesen und dabei immer wieder eine Landkarte hinzugezogen hat, die so zerfleddert ist, daß die Falze gerissen sind, ist sie unter den Passagieren dieses Fluges dennoch eine Ausnahme – weder kehrt sie an einen Ort zurück, an den sie sich genau erinnert, noch reist sie einem entgegen, der von Sehnsucht und Phantasie geprägt ist. Sie ist im Transit gefangen, zum einen durch ihre Besessenheit, Taylor zu finden oder vielmehr herauszufinden, wer sie war – sie strebt einem Menschen zu, keinem Ort; zum anderen ist sie hermetisch abgeschlossen in den Teflon-Gängen der Flughäfen, den klimatisierten, mit grauem Teppich ausgelegten Räumen von O'Hare, den exakten Kopien in Kennedy, dann Casablanca.

Erst als die Maschine auf dem Inlandflug nach Süden den Hohen Atlas überflogen hat und zur Landung in Ouarzazate ansetzt – einem völlig rechteckigen Gitter aus gedrungenen, lehm- und kittfarbenen Gebäuden, zusammengedrängt auf einem Plateau aus Fels und Buschwerk, im Schatten einer drohenden Bergwand –, und sie von ihrem Fensterplatz nach unten schaut, wird ihr schlagartig bewußt: Jetzt begibt sie sich auf fremdes und unbekanntes Terrain.

Der Flugplatz Taorirt birst vor Aktivität, aber auf unerreichbare Weise. Hier scheint mehr zu passieren als an einem vergleichbaren Ort in Amerika. Männer in Gewändern und Frauen mit tätowierter Stirn über einem halben Gesichtsschleier eilen durch die Flure oder stehen in Gesprächen zusammen, die mit vielen Gesten akzentuiert werden. Kommen, Stehen, Gehen in einem geschmeidigen Fluß, mit Strömungen und Unterströmungen.

Sie begreift sofort, daß sie diesem Tempo nicht gewachsen ist, keinem Tempo. Sie hat auf der Ozeanüberquerung etwas geschlafen, unruhig und unbequem, und fühlte sich durch den Orangensaft, den Kaffee und das belebend pfeffrige Aftershave, mit dem sie sich auf der Toilette bespritzt hatte, fast erfrischt. Aber jetzt, wo sie gelandet ist und sich bewegen kann, fühlt sie sich im Nebel feststekken, grau (und riecht, wie sie bemerkt, wie die Jungen, mit denen sie in der High School ausging), der steil aufragenden Wand von Aufgaben, die sie erwartet, ganz und gar nicht gewachsen.

Die erste besteht darin – mit nichts als ihrem schlechten Französisch, einem arabischen Reise-Sprachführer und einer Visa-Karte – ein Auto zu besorgen, das sie nach Merzouga in Stéphane Michauds Hotel bringen wird. Der Mann von der Autovermietung ist jung, hat ein pummelig attraktives Gesicht und eine beginnende Glatze, wie viele Männer hier. Er spricht etwas Englisch, was sie erleichtert, aber er benutzt es auf aggressive, kämpferische Weise. Sie hatte an ein normales Auto gedacht, aber er verspottet sie deswegen. Um über die Dünen hinter Erfoud zu kommen, sagt er zu ihr, brauche sie einen Vierradantrieb, einen Landrover, der teurer ist, natürlich, und auch schwieriger zu fahren. Er beäugt sie, als wolle er abschätzen, ob sie würdig ist, ein solch einschüchterndes Gefährt zu mieten. Sie fühlt sich dabei wie ein Teenager, als wolle sie den Jeep nicht mieten, sondern ausleihen, und das ohne Führerschein. Er schüchtert sie dermaßen ein, daß sie es versäumt, den Preis mit der Wechselkurstabelle zu vergleichen. Erst als er eine endlos scheinende Folge von Formularen mit Durchschlägen ausfüllt, beginnt sie sich zu sorgen, daß die Dirham der Rechnung sich in viele, viele hundert Dollar übersetzen könnten, einen Betrag, der eher ein angemessener Kaufpreis für den Wagen wäre.

Obwohl er kein sehr geeigneter Verbündeter für ihr Abenteuer zu sein scheint, ist er bislang ihr einziger Bekannter in Ouarzazate, daher fragt sie ihn nach einem guten Hotel. Er blickt vom Ausfüllen der Formulare auf, sie kann sehen, wie hinter seinen Augen ein erneutes Abschätzen beginnt. Amerikanerin bedeutet Geld. T-Shirt und Jeans bedeutet jung und mittellos. Alter annulliert jung, paßt aber nicht zu Jeans. Diese Berechnungen addieren und subtrahieren sich nach etwas längerer Pause zur Empfehlung des

Berbere Palace. Er skizziert auf einem Papierfetzen einen kleinen Stadtplan.
»Es ist ganz nah«, sagt er, und sie fragt sich einen Augenblick, ob der fragliche Berber wohl sein Schwager sein, das Hotel über einer Gerberei liegen, die Zimmer nach DDT riechen und der Frühstücksporridge voller Rüsselkäfer sein könnte, wie in den Hotelspeisesälen von *Der Himmel über der Wüste*, nimmt aber den Zettel dennoch, gerade jetzt sind ihre Wahlmöglichkeiten hierin und in allen anderen Dingen ernstlich eingeschränkt.
Der Landrover erweist sich als unverwüstlicher Kriegsveteran. Irgendeines Krieges, vor sehr langer Zeit. Er war vermutlich einmal hellbraun, jetzt, schon lange verblichen und sandgestrahlt, ist er weiß gesprenkelt. Die Sitze sind aus rissigem Leder, passen zu der Bomberjacke, die sie mit ihrer Reisetasche auf den Rücksitz wirft. Bei den ersten Drehungen des Schlüssels gibt der Anlasser entmutigenderweise nichts als ein Klickgeräusch von sich, dann aber springt er an, und sie fährt mit krachendem Getriebe los.
Trotz Sonnenbrille muß sie die Augen mit der Hand beschatten, um in den Feuerofen des blauen Mittagshimmels zu sehen, ausgebleicht und transparent von der beherrschenden Sonne. Sie fährt durch Ouarzazate, das gleichermaßen zeitlos wie bar jeder menschlichen Geschichte zu sein scheint. Die Hauptstraße wirkt nachlässig gebaut, Fertigbauteile, die Gebäude sind zweckmäßig, meist einstöckig, manche haben einen zweiten Stock, der aber ist oft ohne Dach oder Fenster, auf Dauer unfertig.
Um diese Mittagsstunde herrscht wenig Betrieb. Autos werden repariert. Verkäufer mit Turbanen lehnen in den Türöffnungen ihrer Läden, deren Eingänge mit Kelims verhängt sind, die im erbarmungslosen Licht dieses afrikanischen Sommers ausbleichen. Teppiche sind ausgestellt, um Touristen anzulocken, die im Hochsommer selten sind. Es gibt einen kleinen Lebensmittelladen, eine Bank. Ein Café, an den Tischen davor ausschließlich Männer.
Entgegen all ihren Erwartungen ist das Hotel, eine gewundene Straße hoch in die Ausläufer des Gebirges, aberwitzig luxuriös. Ein Pförtner übernimmt draußen den Landrover, und sie geht hin-

ein. Das Berbere Palace ist groß und rosa, die riesigen Eingangshallen pfirsichfarben, die Terracotta-Fußböden mit dicken alten Teppichen bedeckt, Bäume in Kübeln, hohe Doppeltüren, die die Sicht auf einen gewaltigen Pool freigeben, weiße Tische.
Ein livrierter Hotelpage läuft vorbei und läutet eine Glocke. Er trägt eine Tafel, die lautlos, in Kreide nach »M. Dustand. Chambre 322« sucht. Eine Kleinigkeit, ein wenig aufregend, wie eine Szene aus einem Film der vierziger Jahre, die plötzlich Realität geworden ist, wobei allerdings an dem Leben hier nichts real scheint.
Sie checkt an der Rezeption ein, übergibt ihre Visa-Karte und ihren Paß und wird über einen üppig bepflanzten Weg zu einigen kleinen Bungalows gebracht. Zu ihrem Zimmer führen einige geflieste Stufen hoch, es hat eine kleine Terrasse, einen Fernsehapparat, auf dem sie, nachdem der Hotelboy gegangen ist, Kanäle mit comic-artigen italienischen Fernsehshows und englischen Wetterkarten durchzappt, um schließlich bei einem Baseballspiel der Cleveland Indians gegen die Detroit Tigers zu landen. In ihrer Phantasie katapultiert sie sich in die Höhe, schwebt wie Cecil B. DeMille bei den Dreharbeiten eines Bibelschinkens hoch über dem Geschehen. Auf diese Weise sieht sie die ganze Welt wie eine Landkarte. Darauf ist sie ein Punkt, die Cleveland Indians sind ein anderer.

Es kostet einige Mühe, Jacques Aumont im Filmlabor zu erreichen. Erst wird Chris abgehängt, dann antwortet eine Frauenstimme, sie glaube nicht, daß er da sei, sie werde aber nachsehen. Es dauert etwas, bis ein Nebenapparat zu läuten beginnt und er abhebt: »Aumont.«
Ihm stockt der Atem, als sie sagt, wer sie ist und wo sie ist. Sie kann sich nicht erinnern, dieses Klischee jemals buchstäblich ausgelöst zu haben.
Er erholt sich, aber nur, um zu fragen, ob es etwas Neues gebe. Sie begreift, daß er dachte, ihr Anruf bedeute etwas, etwas Endgültiges. Etwas Schlechtes. Daß sie mit einer Botschaft gekommen sei.

»Nein«, sagt sie. »Es gibt nichts. Ich komme mit leeren Händen, ich mache nur eigene Nachforschungen.«
»Glauben Sie mir, ich bin ebenso betrübt wie Sie. Ich habe einen Anruf von ihrer Freundin Leigh erhalten. Danach habe ich hier herumgefragt. An Orten, wo Taylor sein könnte. Ich habe nichts gefunden. Hierher ist sie nicht zurückgekommen, das kann ich mit Sicherheit sagen.«
Sie will das Gespräch nicht auf dieser Ebene fortführen. Sie hat nie angenommen, daß Taylor in Marokko ist, deutet als weitere Bestätigung dafür, daß sie nirgends in der Luft ihre Schwingungen spüren kann, keine Präsenz den harten Boden erbeben läßt. Solche Gedanken bedeuten, wie sie weiß, daß sie jetzt zu den Leuten gehört, die derart wenig faßbaren Vorstellungen Glauben schenken, daß sie das noch vor wenigen Monaten lächerlich gefunden hätte.
»Ich bin nicht deswegen hier«, sagt sie zu Jacques Aumont, wartet ein wenig, ob er etwas sagt. Als er das nicht tut, fährt sie fort: »Ich würde lieber mit Ihnen persönlich sprechen.«
»Ah«, sagt er, ausweichend, sie spürt es. »Aber ich bin wirklich kein Mensch für Live-Begegnungen, es tut mir leid.« Er bekräftigt diese Bemerkung mit einem Kichern.
»Ja, schon, aber es wäre eine furchtbare Enttäuschung, wenn ich den weiten Weg komme und dann telefonieren wir nur. Sie waren ihr Freund. Es würde mir sehr viel bedeuten, Sie kennenzulernen.«
»*Alors*, ich bin natürlich sehr geschmeichelt«, sagt er, spricht aber keine Einladung aus. Sie kann nicht wissen, was hinter seinem Widerstand steckt. Vielleicht ist er nur kokett. Alles, was er sagt, ist von einer gewissen Koketterie grundiert. Sie verliert die Geduld und möchte nicht, daß er das bemerkt.
»Bitte«, sagt sie.

Weil Taylor ständig erzählte, welch ein Asket Jacques sei, erwartet Chris, daß er durchgeistigt und mit einem Leintuch bekleidet vor einem Schälchen Reis sitzt. Daher ist sie ausgesprochen verblüfft, als er sie an der Tür seines unscheinbaren Hauses begrüßt, ein normaler, einstöckiger Lehmbau mit schmiedeeisernen Gittern vor den kleinen Fenstern. Er ist massig, wiegt mindestens dreihundert Pfund. Er sieht aus wie das Abziehbild eines altmodischen, homosexuellen Schurken, das Haar gelichtet und zurückgeklatscht, der Schnurrbart zu gepflegt. Der doppelzüngige Kunsthändler, der seine Feinde *en passant* erdrosseln läßt, sich als Hobby Taranteln hält, denen er, während er sie auf dem Schoß hat, den Pelz streichelt und Kosenamen gibt.

Er trägt eine weiße Djellaba, was an einem Europäer zwar affektiert wirkt, aber, wie sie einräumen muß, ganz sicher bequemer, weniger beengend ist als europäische Kleidung. Die Ausstattung des Wohnzimmers, in das er sie führt, ist spärlich. Ein tiefes, durchgesessenes Sofa, auf einem Zementboden eine Ansammlung von Kelims. An einer Wand Bücherregale. Keine Stereoanlage, kein Fernseher; das Telefon ist ein alter Apparat mit Wählscheibe, stumpfschwarz und offenbar schwer, der Hörer wie eine Hantel. In der Eßecke steht ein Tisch, aber er ist ein Arbeitsplatz, mit einer kleinen manuellen Schreibmaschine, Stapeln von Aktendekkeln.

In ihr entsteht das Bild eines Menschen, der selten Besuch bekommt, kaum ein soziales Leben hat. Vielleicht ein Sexualleben, und sie denkt sofort an exzentrische Pornographie. Bezahlte Begegnungen mit äußerst speziellen Vorgaben. Es ist ein Therapeutentick, sich die größten Intimitäten jener vorzustellen, die man gerade kennengelernt hat.

Was, fragt sie sich, fand Taylor an diesem Kerl so charmant? Er scheint kaum mehr zu sein als ein trauriger Anachronismus, die Sorte Schwuler, über den inzwischen alle hinaus sind. Aber es muß verborgene Pluspunkte geben; Taylor ist überaus eigen darin, mit wem sie ihre Zeit verbringt, sie hat viel weniger Freunde als Chris.

Aber Chris wird niemals erfahren, worin Jacques Aumonts Charme besteht. Dieses kurze Treffen, das weiß sie, wird der einzige Schnittpunkt ihres Lebens bleiben. Sie hat kein Interesse, sich den Stapel Blossom-Dearie-Platten anzuhören, die sie neben einem alten, tragbaren Plattenspieler sieht. Sie werden nicht bis in den späten Abend zusammensitzen, vertrauensvoll über ihre Zuneigung zu Taylor sprechen. Ihr bleibt nur Rücksichtslosigkeit. Nur drei Tage, dann muß sie wieder bei ihren Patienten sein, sie muß also weiter. Sie ist nicht hier, weil sie Freundschaft oder einen Verbündeten möchte, sondern eine winzige Information. Und zwar unter allen Umständen.

»Bitte«, sagt er und deutet auf einen Sessel, während er sich selbst auf das Sofa setzt. »Nehmen Sie Platz. Ich fürchte, ich kann Ihnen nichts anbieten, ich nehme all meine Mahlzeiten im Café ein.« Er wartet, wirkt bequem in dieser Haltung. Sie bekommt den Eindruck, als könne er eine Stunde lang so dasitzen, geduldig warten, bis sie aufgibt.

»Es geht darum, daß ich sie kennenlernen möchte.« Sie fürchtet, er werde kokett oder albern reagieren, tun, als wisse er nicht, wen sie meint.

Statt dessen schweigt er weiter, aber nicht mehr wartend. Schließlich fragt er: »Wozu?«

»Nun, das ist eine schwierige Frage, nicht wahr? Ich bin mir nicht sicher. Ich versuche ein Bild zusammenzufügen, ein Puzzle. Ich glaube, es fällt mir so schwer, weil noch zu viele Stücke fehlen. Sie ist eines.«

»Stéphane legt großen Wert auf ihr Privatleben.«

»Ich will sie nicht für eine Boulevardzeitung interviewen«, sagt Chris, versucht dann, zu einem weniger aggressiven Ton umzuschwenken. »Ich lege auch Wert auf mein Privatleben. Wir teilen etwas Privates.«

»Vielleicht stimmt sie einem Rendezvous nicht zu.«

»Ich bitte nicht um ein Empfehlungsschreiben, sondern um eine Adresse. Wenn sie nicht mit mir sprechen möchte, kann sie mir das selbst sagen. Sie brauchen nicht zu erwähnen, daß ich komme«, fügt sie hinzu, obwohl sie natürlich, als er seufzt und zum Tisch hinübergeht, einen Stift sucht, sich vorbeugt, um die Wegbeschreibung zu notieren, schon sieht, wie er, kaum daß sie durch seine Tür zum Wagen geht, den Hantel-Hörer des alten Telefons abhebt und ein Gespräch für die Auberge in Merzouga anmeldet.

Am folgenden Morgen wird Chris früh geweckt, vor Sonnenaufgang, von einem durchdringenden Lied, das durch die zurückweichende Dunkelheit schwebt – der erste Ruf des Muezzin vom Minarett der Moschee, in dieser Stadt von einem so blechernen Lautsprechersystem ausgestrahlt, daß das Singen klingt, als werde es auf einer zerkratzten 78er Schallplatte abgespielt, tauche aus der Vergangenheit auf, schwebe aus den vierziger und fünfziger Jahren herbei, ein Ruf zu Gebeten, die Allah schon lange gehört hat.
Sie zieht ihren Badeanzug an, nimmt den Frotteemantel, den das Hotel bereitgelegt hat, und geht zum Pool hinunter, bricht mit flachem Sprung die Oberfläche des völlig stillen, stark gechlorten Wassers. Einmal in Bewegung, fühlt sie sich stark, als könne sie viel besser schwimmen, als es tatsächlich der Fall ist. Am Vortag hatte sie sich durch ihre Erschöpfung gekämpft, war bis acht Uhr wach geblieben und dann schnell eingeschlafen, obwohl in der Nähe Trommeln und Pfeifen lärmten, eine Folklore-Show vor dem Speisesaal des Hotels. Zur Belohnung schlief sie die Nacht durch und fühlte sich heute morgen in der Lage, es mit dem Tag aufzunehmen, ihre innere Uhr auf Ortszeit umgestellt.
Danach hat sie einen Bärenhunger. Das große Frühstücksbuffet ist mit Cornflakes, Croissants, pockigen Crêpes und wässrigen Rühreiern in Warmhaltewannen auf den Geschmack ausländischer Touristen zugeschnitten. Aber hier und dort findet sie etwas, das ein afrikanisches Gericht sein könnte. Dicke, feuchte Pfannkuchen, rauchig vom Grillen. Sie möchte fragen, wie sie heißen; inzwischen faszinieren sie die Details dieses Ortes, aber sie muß ihre Neugier bekämpfen, die meisten Fragen ungestellt lassen. Sie hat keine Zeit, sich in so viel Verschiedenheit hineinzubegeben, sie sich irgendwie anzueignen. Sie muß hier hindurch, ohne sich zu verfangen. Sie wird den ganzen Tag brauchen, um nach Merzouga zu kommen, und das ohne Pausen für Sehenswürdigkeiten, Interessantes am Wegesrand, Souvenirs.

Die Straße aus der Stadt heraus ist unheimlich neu und glatt, mondgleiches Anthrazitschwarzes schneidet durch hellen, splittigen Sand, endloses Geröll, dazwischen hin und wieder eine Kasbah neben der Straße, Sandburgen in Menschengröße, Türme mit riesigen Storchennestern. Manchmal passiert sie in dieser endlosen Weite von nahezu Nichts ein schwarzes, niedriges fledermausartiges Zelt, oder es taucht eine einzelne Gestalt auf, geht über die weite Ebene, auf dem Weg von irgendwo nach irgendwo.
Die morgendliche Hitze nimmt zu, das Schwarz der Straße wird flüssig, absorbiert die Sonne und beginnt zu köcheln, mit dem weiten Himmel durch einen Streifen welliger Luft verbunden, die aussieht, als könne in ihr alles verpuffen, mühelos jedenfalls ein so rachitischer Blechberg wie dieser uralte, keuchende Landrover, in dem Chris durch das Tal von Dadès fegt, am Rande der Sahara. Obwohl es auf dem Armaturenbrett Knöpfe für die Klimaanlage gibt, kommt aus dem Gebläse nichts als heißer, staubiger Wind.
Sie passiert Skoura, die erste Palmenoase nach Ouarzazate, die überall erstaunlich wäre, inmitten dieser unfruchtbaren, von einer zweijährigen Dürre noch stärker ausgetrockneten und verstaubten Landschaft wirkt sie wie ein Wunder, eine Fata Morgana; üppige Palmen, Tausende Bäume voller junger Datteln, aber auch Mandel- und Olivenbäume. In einiger Entfernung, hinter der Oase, liegt eine verfallene, jahrhundertealte Kasbah. Von dort durchquert sie El Kelâa des Mgouna, wo, kaum zu glauben, auf Feldern persische Rosen angebaut werden. Kleine Läden am Straßenrand bieten »eau de rose« an. Vor dem Geschäft, an dem sie hält, verkaufen Buben an wackligen Ständen Fossilien, Trilobiten und Ammoniten; sie erkennt sie nach den Geologiebüchern ihrer Kindheit. Und Spielkarten. Sie kauft welche, zerreißt das Zellophanpapier um das dünne Spiel. Die Karten ähneln Tarot, sind aber offenbar zum Spielen gedacht. Sie würde die Spiele gern kennenlernen.

Nach drei oder vier Stunden im Auto fühlt Chris sich verbrannt, staubig und etwas verspannt, auch ein wenig euphorisch, da sie die Last der Sorgen abgelegt, einen zeitweiligen Dispens bekommen hat, um diesen absurden Trip zu machen. Sie ist frei von Angst, unbedroht von den Männern, die vor den Cafés hocken, wo sie anhält und fast kalte, beißend süße Colas kauft, oder dem bedrohlichen Terrain entlang der Sahara.

Was könnte sie noch entsetzen? Welcher schwarze Mann könnte noch unter der Kellertreppe hervorspringen? Sie ist eine Frau, allein an einem ihr äußerst fremden Ort, eine Frau, deren Geliebte verschwunden ist, jemand, deren Welt zusammengestürzt ist. Sie hat vierzehn Termine abgesagt, ihren Hund in Pflege gegeben, das Abendessen mit ihrer Mutter verschoben, gleichlautende Nachrichten auf den Anrufbeantwortern ihrer Freundinnen hinterlassen. Sie hat allen gesagt, sie verreise für einige Tage, aber nicht, wohin. Daniel wird Leigh anrufen, und sie wird sich alles schon zusammengereimt haben.

So wurden die Türen ihres Lebens hinter ihr zugezogen. Der geringste Windstoß könnte sie für immer schließen, und sie wäre ebenso verschwunden wie Taylor. Die jüngsten Ereignisse haben ihr vor Augen geführt, wie endlich das Leben ist, wieviel ähnlicher einem flüssigen oder gasförmigen Zustand als einer festen Materie. Diese Erkenntnis hat sie mutiger werden lassen. Wenn es keine wirkliche Sicherheit, keinen wirksamen Ballast gibt, warum nicht alles über Bord werfen und mit leichtem Gepäck reisen?

Kurz hinter Tinerhir hält sie an einem Berbermarkt. Etwa tausend Menschen und halb so viele Esel drängen sich auf einem großen Platz. Sie braucht Wasser in Flaschen, und obwohl sie es an einem Stand weit vorn findet, wird sie von den Gezeiten der Menge hineingezogen. Üppig aufgehäufte Oliven – Pyramiden in Schwarz, Grün und Rosa. Hochgetürmte Kegel aus Gewürzen und Puder – dunkelbraun, korall und gelb, dunkelrot. Wirbel einkaufender Frauen im Tschador. Esel, mit unsäglichen Lasten beladen, einmal ein komplettes Sofa. Einiges von dem, was verkauft wird, ist einfach zu erkennen, Seifenstücke, beispielsweise, oder Plastikgeschirr. Fleisch, wenn auch anders portioniert als in amerikanischen Supermärkten. Fliegenübersäte Gerippe, an Haken aufgehängt. Schafsköpfe mit Haaren und Augen, auf einer Theke aufgereiht, daneben Vorderbeine eines Tieres, das nicht zweifelsfrei zu identifizieren ist. Vieles andere ist schlicht rätselhaft und überaus verlockend. Was ist von einem Mann zu halten, der hinter einem Klapptisch sitzt, auf dem menschliche Zähne und eine Zange liegen? Oder von jenem, der auf einer Decke kniet, aus einem großen Ei (Strauß? Storch?) dessen pudrigen Inhalt löffelt, dann die Krümel mit grellbunten und mattfarbenen Pudern aus Gefäßen neben sich mischt, die Mischung in Zeitungspapiertütchen abfüllt, nach denen rasende Nachfrage herrscht, etwa zwei Dutzend Menschen umdrängen ihn, warten darauf, an die Reihe zu kommen?

Chris fühlt sich nicht fremd, sondern in das Geheimnis hineingezogen. Statt im Widerstreit mit der Normalität zu sein, wie in letzter Zeit zu Hause – wenn alle anderen auf übliche, vorhersehbare Weise ihrer Wege gehen, während ihr eigenes Leben völlig zum Stillstand gekommen ist – ist sie hier nur eine minder große Merkwürdigkeit, ein Partikel in einem viel größeren, tieferen Teich.

Bis zu diesem Augenblick geißelte sie – neben ihrer furchtbaren Angst um Taylor – die Vorstellung, dieses Verschwinden habe sie zu einer Exzentrikerin gemacht. Sie hätte eine Auszeit bekommen sollen, einen Dispens. Nachdem sie die Eigenwilligkeiten ihrer Kindheit überlebt hatte, hätte das Schicksal ihr gestatten sollen, ihr restliches Leben auf durchschnittliche, vorhersehbare Art zu führen. Sie findet es ungerecht, daß sie sich so lange bemühen mußte, Kontrolle über ihr Leben zu erlangen, nur um jetzt in diese Zentrifuge geworfen zu werden, wo sie keine hat. Dies ist die Zeit in ihrem Leben, wo es ihr erlaubt sein sollte, normal zu sein, ein angenehm ereignisloses mittleres Alter zu beginnen. Ihre Sorgen, wenn sie welche hat, sollten wie die Sorgen aller sein, vorhersehbare Kümmernisse über langsamen Verfall – Knieprobleme und Gedächtnisverlust. Hitzewallungen. Vielleicht Krebs im Frühstadium oder ein plötzlicher Herzinfarkt in einem Restaurant. Nichts, was so furchtbar außerhalb des Normalen liegt, so sehr einem Spätabendfilm im Fernsehen gleicht, wo Ehemänner sich als Spanner oder Serienmörder entpuppen, wo Kinder entführt wer-

den und jeder einen Privatdetektiv braucht. Eine harte Welt, in der die Hauptfiguren machtlos sind gegen die Launen eines bösen Schicksals.
Hier ist eine Atempause, eine emotionale Oase, wo das Schicksal die Karten in der Hand hat und oft von unten austeilt. In einer Kultur, die so verschleiert ist, einem Gefüge, das so okkult und entbehrungsreich ist, in einem Volk mit so geringen Möglichkeiten, dürfte eine Frau, die ihre Geliebte verloren hat, mühelos unterzubringen sein.

Am späten Nachmittag hält Chris an einem Lokal am Straßenrand, ißt geschmortes Huhn mit Oliven und trinkt schnell hintereinander drei Cola. Sie ist zu dieser ungewöhnlichen Stunde der einzige Gast, dennoch ist die Bedienung langsam. Aber da ist nichts zu machen, hier gibt es keinen McDonald's. Keine Selbstbedienung. Als sie an eine Tankstelle gefahren war, stand rätselhafterweise ein Esel an der Pumpe. Sie mußte warten, bis sein Besitzer kam und ihn fortführte.
Die Hitze übersteigt inzwischen all ihre Erwartungen. Ihre Baseballkappe ist ein Witz als Schutz gegen diese gnadenlose Sonne. Als sie schließlich vom Himmel verschwindet und Chris durch die Dämmerung in die Nacht fährt, wird die Luft leichter und kühlt dramatisch ab. Sie hält an, um ihre Jacke aus der Tasche zu ziehen.
Sie fährt langsam durch Erfoud, auch dies ein zusammengewürfeltes Tor zur Wüste dahinter, folgt dann einer Abzweigung nach rechts Richtung Merzouga. Erst fährt sie auf einer richtigen Straße, die aber binnen einer halben Stunde zur unbefestigten Piste wird, so daß Chris tiefen Furchen im Sand folgen muß. Danach weicht jede Art von erkennbarer Straße einer Vielzahl parallel laufender Spuren von Fahrzeugen, die vor ihr hier waren, und sie muß sich an den Telefonmasten orientieren, um den Kurs zu halten. Einmal lassen sie sogar die überdimensionalen Reifen des Landrovers im Stich und fressen sich fest. Sie bekämpft einen Panikanfall, schaukelt den Wagen so lange vom Vorwärts- in den

Rückwärtsgang und zurück, bis er freikommt und sie weiterfahren kann. Kurz darauf tauchen die gewaltigen, wunderbaren Dünen auf – Erg Chebbi –, hinter denen der Horizont und der Nachthimmel verschwinden.

Sie fährt an einigen kleinen Hotels vorüber, aus denen Lichter schimmern, einem Café, eine sandverwehte Stadt (eigentlich mehr Sand als Stadt), direkt hinter dem Ortsausgang ein Schild für die Auberge Lyon, und dann das Hotel, als habe man es direkt aus der französischen Provinz hierhergebracht. Zweistöckig, die Wände hellblau mit weißen Läden an kleinen Fenstern, ein Kinderspielzeug, an einem riesigen Strand vergessen. Sie versucht, sich Taylor hier vorzustellen, sich vorzustellen, wer sie war, wer sie wurde, wenn sie ein ums andere Mal hier ankam.

Es ist fast zehn, als Chris ankommt. Sie sorgt sich zunächst, daß ein so kleines Hotel bereits geschlossen oder voll sein könnte und sie mitten in der Wüste ohne Übernachtungsmöglichkeit wäre.

Aber die Lobby ist schwach erleuchtet, ein Portier macht an einem Schreibtisch an der Rezeption Abrechnung, begleitet vom abgehackten Surren einer Rechenmaschine. Es ist das einzige Geräusch in einer schlafenden Lobby. Als sie näher kommt, erkennt sie, daß er gut aussieht, mit dichten grauen Locken, einer teuren Schildpattbrille, einem Leinenanzug, dessen Hellgrau fast das der Haare hat.

»Ah«, sagt er und erhebt sich mit einem charmanten Lächeln, das er, wie sie vermutet, über viele Jahre bei der Begrüßung von Fremden kultiviert hat. »Da sind Sie ja. Wir haben ein Zimmer für Sie reserviert.« So. Jacques Aumont hat sie angekündigt. Natürlich.

»Ist Madame Michaud denn da?« fragt sie.

»Meine Frau hat sich bereits zurückgezogen, leider«, sagt er. Er ist also ihr Ehemann. Chris war noch nicht soweit gediehen, ihn sich als realen Menschen vorzustellen. »Sie wird bei Sonnenaufgang einige unserer Gäste zum Erg Chebbi begleiten. Wenn Sie möchten, würde sie sich freuen, wenn Sie mitkämen. Wegen dieser Dünen kommen die Leute hierher.« Er macht eine Pause, ergänzt dann, mit leichtem Nicken in ihre Richtung: »Normalerweise.« Sie hat keine Ahnung, wieviel er über seine Frau und Taylor weiß.

»Wann dämmert es?« fragt Chris und sieht auf ihre Uhr. Sie ist erschöpft, fühlt sich keinerlei Aktivitäten gewachsen, ganz zu schweigen von komplizierten emotionalen Interaktionen vor Sonnenaufgang.

»Nun, die Abfahrt ist natürlich vorher. Sinn des Ausflugs ist es, den Sonnenaufgang zu sehen. Sie sollten um halb fünf unten sein.«

Chris nickt, kann keinen Gegenvorschlag unterbreiten. Für das Treffen wird sie Madame Michauds Bedingungen akzeptieren müssen.

»Wir werden Sie telefonisch wecken.«

Das Zimmer ist klein, eine Nonnenzelle mit einem weißbezogenen Bett. Ein schlichter Kleiderschrank. Schwere Spitzenvorhänge vor dem Fenster, ein Krug und eine Schüssel auf einem Waschtisch. Das *könnte* in Lyon sein.

Sie duscht sich den langen Tag ab, zieht frische Unterwäsche und ein T-Shirt an, liegt im Dunkeln, die Vorhänge zurückgebunden, die Läden zur Wüstennacht geöffnet. Während sie darauf wartet, daß der Schlaf sie überkommt, sinkt ihre Stimmung rapide. Bisher war die kurze Zeit hier eine Unterbrechung ihrer Machtlosigkeit. Als ihre Fußsohle auf dem Gaspedal vibrierte, sie durch eine aufregend fremde Landschaft brauste, handelte sie in der Annahme, es sei sehr wichtig, diese Frau zu besuchen, es werde wichtige Informationen erbringen. Die Stunden auf dem Weg zu dieser Auberge waren die ersten seit Taylors Verschwinden, in denen sich Chris als Handelnde in ihrem eigenen Drama empfand. Sie hatte sich irgendwie in der Täuschung gewiegt, daß sie – physisch oder metaphysisch – Hals über Kopf zu Taylor hinbrauste.

Jetzt aber ist sie erneut machtlos, ohne Handlungsstrategie, am Rande dieser großen Wüste, Rommel, aus dem Jeep katapultiert. Jetzt kann sie nur auf morgen warten. Die geöffneten Fenster heben die Geschlossenheit des Hotelzimmers auf, so daß Chris in ihren transparenten Träumen nicht in einem engen Bett, sondern draußen auf dem strudelnden Sand liegt, dessen Gezeiten keinem Mond folgen und in dem es von hartgepanzerten Lebewesen wimmelt.

Sie wacht zwei Stunden später auf, ebenso erschöpft wie aufgedreht, kramt nach einer Zigarette, zündet sie an und setzt sich in der Dunkelheit auf den Fußboden, lehnt sich an die Wand gegenüber dem Bett, versucht, sich auf die Begegnung mit der Geliebten ihrer Geliebten vorzubereiten. Es gibt einige naheliegende Tonarten, die sie vermeiden möchte. Eine ist Eifersucht, eine zweite Konfrontation. Wenn Taylor an dieser Frau etwas betörend fand, muß Chris das als Möglichkeit ernst nehmen, ihre Partnerin zu verstehen, die sie, wie es immer mehr scheint, offenbar vollkommen falsch eingeschätzt hat. Das erste Mal war Taylor in dieses Hotel gekommen, um die nahen Dünen zu fotografieren. Sie und Chris waren damals noch so neu zusammen – etwa ein Jahr –, daß Chris die Trennung als harte Strafe empfand, ein besonders trüber Februar, danach Taylors impulsives, atemloses Wiederauftauchen, das Chris als den Beginn ihres Fortgleitens benennt.

■ ■ ■

Du siehst aus, als hättest du Gott gefunden«, sagt Chris. »Etwas schon«, räumt Taylor ein. Sie sind im Bett. Taylor widmet sich dem Nagel des großen Zehs ihres linken Fußes. Sie hat sich vor einiger Zeit einen Pilz zugezogen, als sie, vor Marokko, am Amazonas Bilder vom Regenwald gemacht hatte.

»Dieser Nagel hat ein Ziel im Leben«, sagt sie und reibt mit einer riesigen Diamantfeile über die Oberfläche des Nagels. »Er will fünf Zentimeter dick sein. Er will ein Huf sein. Mit viel Arbeit kriege ich ihn so dünn und so hingeformt, daß er fast normal aussieht, aber in der Nacht fängt er wieder von vorn an.« Sie blickt auf und grinst albern. Sie strahlt.

»Gott oder Sex«, sagt Chris und führt das Gespräch in der Richtung weiter, die sie mehr interessiert als Taylors Nagel. »Als ob du gerade eben Sex entdeckt hättest.«

»Sex nicht. Sex habe ich mit dir gefunden. Mit all den anderen Mädchen habe ich nur Briefmarken angeschaut.«

»Ich denke, mit einigen hast du auch Doktor gespielt. Aber erzähle mir davon. Erzähle mir, was da drüben passiert ist. Du führst dich auf wie jemand mit einem glückseligen Geheimnis.«
»Ich weiß nicht, was ich sagen soll«, sagt Taylor. »Es ist, als könnte ich ruhiger sein, weil ich weiß, daß sie da sind – die Dünen, immer da sein werden. Jetzt habe ich etwas in Reserve.«

▪ ▪ ▪

Als Chris die noch dämmrige Lobby betritt, ist Madame Michaud bereits geschäftig, sie weist die Touristen für die Wüstentour verschiedenen Landrovern zu. Als sie fertig ist, kommt sie, ohne daß es den Eindruck gemacht hatte, als habe sie Chris auch nur bemerkt, zu ihr hinüber, um sie zu begrüßen.
Sie hinkt ein wenig, zieht das linke Bein leicht nach, was ihre Attraktivität eher steigert als mindert. Die Verbrauchtheit ihres Körpers hat etwas Sexuelles. Die Fotos haben ihr, wie sich herausstellt, geschmeichelt; sie ist älter, als Chris erwartet hatte, etwa fünfzig, vielleicht ein Dutzend Jahre älter als der Ehemann in der Lobby, zehn Jahre älter als Taylor. Aber die Fotos waren auch nichtssagend, ja fade insofern, als sie sehr wenig von ihrer Aura einfingen, ein schweres Moschus, das die Luft um sie erfüllt. Sie ist groß für eine Französin, schlank, aber mit großen Knochen. Ihr üppiges Haar, von fast schwarzem Braun, fällt als Vorhang vor eine Gesichtshälfte, wird zurückgestrichen, fällt erneut. Sie ist vermeintlich schlicht gekleidet,.die elegante, koloniale Variante von Wüstendurchquerung – zum Knöchel eng zulaufende Jeans, Seidenhemd, schmeichelnde Lederjacke und weiche Stiefel.
O Mann, denkt Chris. Diese Frau ist nicht schön, so einfach ist es nicht. Selbst ihre Art, spektakulär zu sein, ist nicht nur attraktiv. Die Nase ist zu groß, die hohen Wangenknochen betonen nur die tief eingefallenen Wangen darunter. Die Augen sind groß und müde. Ihre Androgynität, ihr Alter und ihre Make-up verbinden sich zu einem Eindruck beiläufiger Travestie, extrem, wenn auch eigenartig sinnlich, und noch verstärkt dadurch, daß sie etwas verblüht wirkt, als verweise das auf Glamour, Wissen und Kenntnis, die sich darunter verbergen. Chris bemerkt, daß sie eingeschüch-

tert und erregt zugleich ist. Ein Bild huscht über die weiße Leinwand ihrer Phantasie. Taylor im Bett mit dieser Frau, dem Befehl nach einem Dienst nachkommend.
Sie ist in keiner Weise Taylors Typ. Das heißt, sie gleicht in nichts all jenen Frauen, von denen Chris weiß und die Taylor erlegen sind. Diese Frau ist eine völlig andere Kategorie, sie ist die Verführerin der Verführer. Sie bekommt vermutlich, wen immer sie will.
Als sie näher kommt, spielt sich hinter ihren Augen ungeheuer viel Leben ab; sie ist sofort interessant. Es ist auch klar, daß sie Chris erkennt, worauf Chris eigentlich nicht vorbereitet war.
»Madame Michaud«, sagt Chris und erwartet als Antwort, sie solle sie Stéphane nennen. Was nicht geschieht. Statt dessen nickt Madame lediglich, schweigend abschätzend.
»So. Sie haben eine sehr weite Reise gemacht. Ich fürchte allerdings, Sie werden enttäuscht sein, nicht zu finden, was Sie suchen«, sagt sie, die Stimme rauh, wie Chris es sich vorgestellt hatte, ohne Zweifel aufgrund einer langen Vergangenheit voller Zigaretten. Ihr Duft ist ein Gemisch aus Rauch, holzigem Cologne, dem Stoff ihrer Kleidung, Minze. Da ist noch mehr, aber Chris kann es im Moment nicht erkennen. »Aber möchten Sie nicht dennoch mitfahren? Das sollten Sie nicht versäumen, wenn sie schon von so weit kommen.«
Madame Michaud geht vor, sie treten zusammen in die blauschwarze Nacht hinaus. Hier ist keine Stadt, die ihre Lichter in den Himmel wirft, wo sie von den Wolken reflektiert werden. Hier sind keine Wolken, nur harte, ferne Sterne. Madame Michaud dreht sich um und sagt: »Sie sehen genauso aus, wie ich es erwartet habe.«

Sie sind allein in Stéphanes Range Rover, folgen der Touristengruppe in den anderen Wagen. Der Motor, das Gebläse der Heizung machen ein Gespräch unmöglich. Während sie durch die Dunkelheit holpern, huschen vor ihren Scheinwerfern kleine Wüstentiere davon. Als sie am Fuß der Dünen ankommen, erkennt Chris in dem kleinen schrägen Café den Hintergrund der Fotos, die sie in Taylors Dunkelkammer entwickelt hat. Davor ruhen

Kamele, die Beine ordentlich unter den Körpern zusammengefaltet, wie riesige, fellbezogene Kartentische.
Stéphane verhandelt ein wenig mit den Berber-Reiseführern, weist Touristen Kamele zu, bedeutet Chris, auch eins der Tiere zu besteigen, steigt dann hinter ihr auf das gleiche Tier und legt, als das Kamel sich erhebt, leicht den Arm um Chris' Taille. Chris spürt einen heißen Blitz, fast eine sexuelle Erregung. Beim nächsten Herzschlag weiß sie, daß sie fühlt, was Taylor gefühlt haben muß, als die gleiche Geste ihr galt.
Es dauert etwa eine halbe Stunde durch die Dunkelheit, die ersten leichten Steigungen der Dünen hinauf. Als es zu steil wird, helfen ihnen die Führer beim Absteigen, nehmen dann jede Frau bei der Hand, führen sie die restliche Strecke bis zum höchsten Punkt. Die Touristengruppe hat andere Führer, wird zur nächsten Düne geführt, fort von Stéphane und Chris. Ob diese Trennung zufällig oder von Stéphane arrangiert ist, vermag Chris nicht zu sagen. Auf jeden Fall entsteht nach und nach eine Situation, die Störungen ausschließt, eine Situation, in der ein Gespräch stattfinden wird.
Als sie auf einer schmalen Sandebene oben auf der Düne ankommen, sagt Stéphane zu Chris: »Und jetzt warten wir. Auf die Sonne«. Sie deutet in die Ferne. »Dort wird sie aufgehen. Über der algerischen Grenze.«
Die Führer wurden fortgeschickt, sie sitzen in einiger Entfernung. Chris sitzt schweigend. Madame Michaud bestimmt das Spiel; sie kann die Karten austeilen, mit denen sie spielen werden.
Sie hält inne, als erinnere sie sich an etwas Auswendiggelerntes. »Als erstes muß ich Ihnen sagen, daß ich in keine Polizeisache oder Suche verwickelt werden kann. Ich bedaure, daß es Schwierigkeiten gibt, die dergleichen nötig machen, aber ich kann wirklich nicht helfen. Außerdem bin ich sicher, daß ich nichts weiß, was von Nutzen sein könnte. Ich kannte sie auf eine so begrenzte Weise. Was wir hatten, war eine private Affäre. Eine *affaire d'amour*, verstehen Sie?«
Bis jetzt war Chris dieser Frau gegenüber distanziert gewesen. Sie schien so entrückt, auf einem anderen Kontinent als dem, wo Tay-

lors wahres Leben ist, das natürlich mit Chris stattfand. Jetzt allerdings, jetzt, da Chris auf Madame Michauds Kontinent ist, nah genug, um ihr Parfüm einzuatmen und den herablassenden Ton in ihrer Stimme zu hören, stellt sie plötzlich fest, daß sie an eine kleine Wüsten-Gewalttat denkt.

Sie versucht, ihre Gefühle in den Griff zu bekommen. »Ich muß fragen. Haben Sie mit ihr gesprochen, seit sie hier war?«

»Einmal. Ein kurzes Telefongespräch. Kurz nach ihrer Abreise.«

»Was hat sie gesagt?«

Stéphane wirft ihr einen Blick zu, der eine französische Entsprechung von Das ist doch nicht Ihr Ernst ist, sagt dann: »Nun, das können Sie sich sicher denken. Was man bei solchen Gesprächen eben sagt. Lange Pausen und vorsichtige Bemerkungen, sehr vorsichtig. Von beiden Seiten. Niemand ist in Hochform, wenn Schluß ist. Sehen Sie, als sie das letzte Mal hier war, mußte ich dem, was zwischen uns gewesen war, ein Ende setzen. Ich denke, mein Mann wurde dieses Intermezzos überdrüssig. Er findet dergleichen nur bis zu einem bestimmten Punkt amüsant. Was als schwerelose Affäre begann, wurde schwer, wurde zur Last für mich. Taylor begriff nicht, daß sie diese Last für mich wurde.«

Chris zuckt zusammen, als sie das Bild zu erfassen versucht, das sich ihr jetzt bietet: Taylor als serviles Hündchen dieser selbstverliebten französischen Idiotin. Sie schlägt einen anderen Kurs ein. »Haben Sie bei diesem Telefongespräch oder als sie hier war, ein Gefühl dafür bekommen, wo sie, generell gesprochen, zur Zeit war, was in ihrem übrigen Leben mit ihr passierte? Vielleicht kannte sie Menschen, von denen ich nichts weiß. Vielleicht irgendwelche Schwierigkeiten, in die sie hineingeraten ist. Ich weiß nicht.«

»Wonach fragen Sie?«

»Nun, ich frage mich nur, wohin sie entführt worden sein könnte.«

Madame Michaud wirkt verblüfft. »Aber was meinen Sie mit diesen anderen? Ich denke, daß das natürlich alles in Taylor passiert. Sie versteckt sich irgendwo, um sich zu schützen. Oder ... oder, ich möchte Sie nicht verletzen, aber Sie haben sicher selbst schon daran gedacht. Was ich meine, ist, daß es nicht so unwahrscheinlich ist, daß sie irgendwohin gefahren ist, um ein Ende zu machen.«

»Nein«, sagt Chris mit Nachdruck. Auch wenn sie diese weite Strecke zurückgelegt hat, weil sie auf Enthüllungen hoffte, muß es doch Bereiche der Spekulation geben, die verbotenes Terrain sind.

Nach langer Zeit sagt sie: »Schützen wovor?«

Madame Michaud holt tief Luft. »Ich sagte Ihnen, daß sie unseretwegen enttäuscht war, wir waren an einem toten Punkt angelangt, aber sie war schon vorher traurig. Von Anfang an. Anfangs war diese Traurigkeit attraktiv. Ich glaube, damit hat sie mich verführt.« Hier gestattet sie sich ein kleines reuiges französisches Lachen. »Aber ich erzähle Ihnen wohl nichts Neues. Sie wissen ja wohl Bescheid über diese *tristesse*. Als ihre Geliebte, und als *psychologue*.«

Chris überlegt, daß tatsächlich das Gegenteil wahr sein könnte, daß möglicherweise die kopfhängende Parade von Leid und Jammer, die jede Woche durch ihre Praxis marschiert, eine Barriere errichtet haben könnte, die sie daran hinderte, die Nöte ihrer eigenen Geliebten zu sehen. Aber sie will ihre Fehler jetzt nicht erforschen. Daher sagt sie, um das Thema zu wechseln: »Sie sehen den Grund der Krise allein darin, daß sie Liebeskummer hatte? Ihretwegen?« Sie will wirklich nicht beleidigend sein, obwohl das durchaus ein kleiner Pluspunkt wäre.

»Nun, und ihr Alter natürlich. Was das angeht, war sie überhaupt nicht europäisch. Für Taylor war Altern wie ein Tod. Ihre Macht ist Jugend und Schönheit. Alle bekommen, die sie wollte, sofort, mit kleinen codierten Botschaften. Jetzt muß sie sich mehr Mühe geben. Bald noch mehr. Sie sah, was vor ihr lag. Die Codes würden komplizierter werden müssen. Sie würde arbeiten müssen, wo es früher nur ein Spiel war. Verstehen Sie?« Sie betont das, indem sie den Handballen in den zuckrigen Sand preßt, dann mit einem Finger vor dem Abdruck Punkte macht, die Bewegungen wiederholt, falsche Fußabdrücke eines nichtexistenten Wüstentiers macht. Ein nutzloses Kinderspiel.

Stéphane seufzt, schaut dann hoch. »Verzweiflung«, sagt sie, »läßt niemanden besonders gut aussehen.« Sie fügt ein kleines Lächeln des Bedauerns hinzu, darüber, daß es ihr nicht möglich war, Taylor so sehr zu lieben, wie Taylor sie liebte. Was seinerseits, implizit, nicht ganz so sehr ist, wie Chris Taylor liebt.
Chris will sich unter keinen Umständen für diese Frau verletzlich machen, zumal sie sich schon im Nachteil befindet, denkt dann aber, daß es kaum etwas ausmache, wenn sie hier, auf diesem Sandhügel am Ende der Welt, ihre Karten auf den Tisch legte. Vor allem, wenn sie dadurch etwas sehr Wichtiges erfährt.
»Wie hat sie über mich gesprochen, könnten Sie mir das sagen? Wo kam ich in all dem vor?«
»Oh«, sagt Stéphane Michaud, plötzlich recht ernst, als habe sie sich gerade hingesetzt, die Schultern gestrafft, während sie sich tatsächlich keinen Millimeter bewegt hat, »Sie waren sehr wichtig. Ein Ziel. Sie sagte, ihre größte Hoffnung sei, der Mensch zu sein, der Sie verdienen würde.«
»Und während sie sich die Nahrungskette von unten nach oben hocharbeitete, hatte sie ein Verhältnis mit Ihnen.«
Madame Michaud zuckt die Achseln. »Sie war Taylor.«
Das Gespräch hat einen anderen Ton bekommen. Stéphane hat Taylor genommen und bis auf weiteres vorsichtig auf ein Regalbrett gestellt. Erst versteht Chris nicht, warum, versteht nicht, was an ihre Stelle treten könnte. Und dann flackern Madame Michauds Augen kurz auf, und Chris atmet scharf ein, unbeabsichtigt. Aha. Da ist schon jemand anders an Madames Horizont. Mehr möchte Chris nicht wissen. Sie spürt schon jetzt eine beißende Traurigkeit, als rausche Lauge durch ihre Adern, wenn sie daran denkt, daß Taylor durch die Zurückweisung eines Menschen, dessen Gefühle für sie so vage, so leicht in andere Bahnen zu lenken waren, so tief getroffen werden konnte.
»Ah«, sagt Madame Michaud plötzlich, als seien sie füreinander nicht mehr als Touristin und Reiseleiterin. »Sehen Sie.« Die Sonne ist über den Horizont gestiegen, teilt die Welt scharf in schwarzen Sand und orangefarbenen Himmel – in diesem Augenblick besteht

das Universum aus nichts anderem, und sie beide, Touristin wie Reiseleiterin, werden ein Teil davon.

Chris erreicht ihren tiefsten Punkt am Flughafen von Casablanca, wo sie umsteigen und zu viele Stunden totschlagen muß. Sie sitzt am äußersten Punkt in einem Konstrukt von weder hier noch dort, ein zollfreier Spießrutenlauf aus Schokolade und Alkohol, Restaurants und Schuhputzständen, alle da für eine Horde von Vorüberziehenden, genau festgehalten zwischen Herkunft und Ziel. Chris sitzt in einem gegossenen Plastikstuhl in einem leeren Bereich am äußersten Ende einer Wartehalle.
Wie hatte sie so wenig von Taylor sehen, so viel übersehen können? Wenn Taylor einen Schatten warf, der für andere so deutlich sichtbar war, sich Chris aber immer nur zeigte, wenn die Sonne direkt über ihr stand, ohne jede Dunkelheit um sich, welche Lösung ist dann noch denkbar? Auch wenn Taylor zu ihr zurückkehrt, das weiß Chris jetzt, wird sie dennoch allein sein.

10

»Hübsche Bräune«, sagte Myra trocken. Chris hatte ihr nicht gesagt, daß sie nach Marokko fahren würde, sondern war in der letzten Woche einfach nicht zur Stunde erschienen.
»Ich konnte es Ihnen nicht sagen«, sagt Chris. »Ich wollte nicht, daß jemand mich davon abbringt.«
»Weite Reise für ein Gespräch mit einer Idiotin.«
»Nun, es war lehrreich. Und ein ziemlicher Dämpfer.«
»Sie sollten die Information dieser Frau – es sind schließlich bloß ihre selbstgefälligen Eindrücke, oder? –, Sie sollten alles, was sie Ihnen gesagt hat, mit einer großen Prise Salz nehmen. Bedenken Sie, daß sie tatsächlich ein Idiot ist. Hat ihr vielleicht gefallen, Sie auf ihre privilegierte Situation hinzuweisen.«

Chris fegt das beiseite. »Aber was sie mir gesagt hat, war eine Warnung, es war lehrreich. Ich sehe jetzt, daß ich Taylor so zusammengesetzt habe, wie ich sie wollte. Ich ging nur von dem aus, was sie mir von sich zeigte. Ich sehe jetzt, daß ihre Selbstdarstellung äußerst selektiv war. Obendrein habe ich nur manches wahrnehmen wollen. Jetzt kommt es mir vor, als ginge das Licht an. Ich hätte sehen müssen, daß sie durchgeknallt war, daß sie weder an den richtigen Stellen noch auf angemessene Weise reagierte. Sie war beispielsweise sehr gut als Fotografin, aber sie tat das meist ab. Ich habe ihr zugeredet, eine Ausstellung zu machen, sie hat Galeristen als Freunde. Aber ihr Interesse war nie ernsthaft genug, um sich dieser Mühe zu unterziehen. Sie hätte als Fotografin in allen möglichen Bereichen arbeiten können. Ich glaube, sie hat diese Reisegeschichte nicht angefangen, weil das Thema sie besonders faszinierte, sondern weil sie diese Fotos anderswo machen konnte, fort von ihrem Leben, von mir, von Diane vor mir. Es erleichterte sie.

Beziehungen – das gleiche. Sie lebte mit mir zusammen, wir waren ein Paar, aber ich frage mich, wieviel Raum ich in ihrem Leben überhaupt einnahm. Inzwischen glaube ich, daß ich für sie eine spezielle Funktion hatte, meinetwegen konnte sie sich nämlich als normale Frau mit einer normalen Freundin sehen, nicht als Gestalt in der Wüste, allein auf einem Pfad von Nirgendwo nach Nirgendwo.«

Myra sagt nichts, folgt aber Chris mit dem Blick, als diese sich abwendet. Myra läßt ihre Klienten keine Sekunde aus den Krallen.

»Welch eine Falle«, sagt Chris. »Ich habe geglaubt, daß unsere Beziehung wichtig und real ist und daß wir, wo sie in die Phantasie abdriftete, uns dies gemeinsam ausdachten. Wir haben einander von Anfang an aufgepumpt, im Rückblick kann ich das sehen. Unser Potential ließ uns übermütig werden. Aber in Wahrheit habe ich das ziemlich ernst genommen. Alles schien nur Gutes zu verheißen – Sie wissen schon, alles wirkte, als seien da riesige Säle, in die wir nur hineinzugehen brauchten.«

Sie sitzen in Taylors Cherokee, an einem verlassenen Uferstück am See nördlich der Stadt geparkt, außer Reichweite, wie sie hoffen, von Dianes Radar.
Sie haben einen Großteil ihrer heimlichen Stelldicheins in solch diagonalen Haltungen verbracht, im Winkel zueinander, Beine über den Spalt zwischen den Sitzen drapiert, nervöse Finger am Bund der Jeans, der weiten Khaki-Shorts der anderen. Reden, oder nicht. Über sie beide reden, über das Dilemma, das sie sind. Dann wieder über alles, nur darüber nicht. Sehr viel Quatsch mit todernstem Gesicht, aber es ist wunderbar, und sie genießen es.
»Etwas, was ich an dir liebe, ist, daß du mit mir dramatisch sein kannst, daß du das begreifst – daß es lächerlich ist und dabei doch wichtig«, sagt Taylor zu ihr. »Und mit dir ist es so ernstlich dramatisch, und gleichzeitig ist es Kitsch und Voodoo. Und ich will mehr. Ich sehe alles, wonach ich mich gesehnt habe, als ich, sagen wir mal, siebzehn war. In meinem Schlafzimmer rumschwärmen. Du weißt schon, Schmuckstücke mit tiefer Bedeutung austauschen. Anspielungen, die nur wir verstehen.«
»Blutrituale«, sagt Chris.
»Unbedingt Blutrituale. Und gleiche Tätowierungen, die wir einander im Klo mit Tusche stechen.« Sie streckt die Hand aus und legt sie um Chris' Nacken, drückt sie. »Ich möchte dir furchtbare Gedichte schreiben, mich zum Narren machen. Falls ich berühmt werde und jemand meine Biographie schreibt, dann soll drin stehen, das ist die Frau, wegen der sie den Verstand verloren hat.«

▪ ▪ ▪

Myra sieht sie jetzt prüfend an, von der anderen Seite einer professionellen Kluft. »Und als die Beziehung dann lief, nachdem Sie sich lange genug an ihrer Wichtigkeit geweidet haben, was hat Taylor Ihnen gegeben, das Sie so verzweifelt festhalten wollten? Können Sie das beschreiben?«
Chris überlegt. Sie hat sich das nie gefragt, obwohl sie selbst genau diese Frage jedem Klienten in einer schwierigen Beziehung stellen würde.
»Ich denke, es war das Gegenteil von Festhalten. Es ging darum,

daß ich sie nie bekommen hatte. Selbst nachdem sie meinetwegen Diane verlassen hatte – vielleicht weil sie meinetwegen Diane verlassen hatte –, dachte ich, ich hätte Probezeit. Daß sie Zweifel hatte und an ihnen festhielt, ein kleiner Stapel Pokerchips neben ihrer rechten Hand, gut sichtbar, damit ich nie vergaß, daß sie noch unschlüssig war, ob sie sie eintauschen sollte. Selbst nachdem ich sie bekommen hatte, hatte ich nur Teile. Sie entzog sich weiterhin, deswegen dachte ich wohl, dahinter sei noch so viel mehr, und daß es jedesmal, wenn sie mir ein bißchen mehr zeigte, ein Zeichen dafür war, wie sehr sie mich liebte.

Und dann passierten Ausbrüche, sie überfiel mich mit immenser Heftigkeit. Kroch auf mich, krallte mein T-Shirt in der Faust, starrte mich unverwandt an. Sie drängte mich raus, zwang mich, Stellung zu beziehen. Und wenn das passierte – ich weiß, es klingt nicht nach viel, aber es war, als hätte ich mein ganzes Leben lang auf diese Erlösung gewartet.

Aber was für eine furchtbare Diskrepanz – sie drang immer weiter in mich ein und hielt mich gleichzeitig auf Armeslänge von sich fort. Ich hatte meine Meisterin getroffen. Ich verstehe es ausgesprochen gut, meine Karten nicht auf den Tisch zu legen, immer zu wissen, was auf jeder Seite des Tisches vorgeht. Wenn man betrügt, ist man in solchen Momenten natürlich angenehm überlegen. Aber manchmal gerät man in eine Situation, an einen Tisch, an dem mehr als ein Falschspieler sitzt, und die Lage kann trügerisch werden und aufregend. Man kann nicht sicher sein, welche Komplikationen sich ergeben. Das alles unterscheidet sich zu sehr von einem normalen Spiel, um noch die übliche Kontrolle haben zu können. Der andere kann immer ein verstecktes As im Ärmel haben, das alles durcheinanderbringen wird – entsetzlich, aber auch unglaublich aufregend. Und das war es, glaube ich. Sie war die zweite Falschspielerin.«

Tiffany, der Kakadu, kreischt durch die Luft über ihnen, völlig in ein persönliches Vogeldrama versunken. Sie warten, bis er sich auf ein Bücherregal gesetzt hat.

»Ich möchte, daß der Schmerz aufhört«, sagt Chris, plötzlich der

Analyse müde. »Ich möchte nur einen Tag, an dem ich mich normal fühle, einen Morgen, an dem ich nicht aufwache und es mir vorkommt, als knallte mich jemand gegen eine Stahlwand.«

»Wenn Sie möchten, kann ich Sie zu Ralph McPherson schicken, wegen Antidepressiva. Das ist keine Schande. Es könnte Ihre Stimmung etwas aufhellen, für kurze Zeit.«

Chris denkt über Myras Vorschlag nach. »Ich weiß nicht. Vielleicht sollte ich das. Aber im Moment habe ich das Gefühl, daß ich weiter versuchen muß, mittendurchzufahren, um zu sehen, wohin mich diese Emotionen führen. Wenn ich einen Nebel drüberlege, sehe ich nichts als meinen Scheinwerferkegel. Wenn ich das durchstehe und da ankomme – wo immer da ist –, weiß ich vielleicht besser, wer ich bin.«

»Recht so«, sagt Myra.

Chris wartet verzweifelt auf Anzeichen des Fortschritts. Sie hatte gehofft, daß Marokko einen Bruch bedeuten würde und daß die Rückkehr zum normalen Tagesablauf, ihrem Stundenplan mit Patienten, die Zubereitung kleiner Mahlzeiten, das Abholen ihrer Sachen von der Reinigung, ihre aufgepeitschte Ruhelosigkeit dämpfen würde. Aber sie ist immer noch so aus dem Gleichgewicht und hat dabei so genug von der Tragödie, davon, zuzugukken, als stehe sie direkt neben sich selbst, wie ihre Gefühle banal werden. Sie sieht, daß ihr überaus persönlicher, ihr berauschender und strahlender Kummer weitestgehend von den Seifenopern vereinnahmt worden ist. Das Leben mit dieser Ungewißheit und diesem Leiden ähnelt immer mehr einer Hauptrolle in »Eine schrecklich nette Familie«. Ihre kleinen Momente des Hochgefühls und ihre plötzlichen Weinanfälle, die mit erstarrten, tränenlosen Tagen abwechseln, führen dazu, daß sie sich wie jemand namens Mary-Lon fühlt, eine Frau mit längerem Haar und einer Kosmetikerin.

Sie möchte die Aufmerksamkeit nicht, die die Situation ihr beschert. Die Nachrichten drängen sich auf ihrem Anrufbeantworter, Freunde und Freundinnen, die sich natürlich um Taylor sorgen, die aber auch wissen wollen, wie es Chris geht, und sie begreift, daß sich dahinter der Wunsch verbirgt, zu erfahren, durch sie zu erfahren, wie sie sich selbst verhielten, wenn ihre Welt über ihnen zusammenstürzte. Sie möchte kein Testfall sein, nicht der Kanarienvogel im Horrorszenario aller möglichen Leute.

Das Telefon klingelt. Chris hat sich mit der Maschine Anrufe vom Leib gehalten, aber es ist Samstag abend, den sie und Taylor immer füreinander freigehalten hatten, und wie es manchmal passiert, ist sie plötzlich voller Hoffnung. Ein Bild von Taylor taucht auf, so deutlich wie im Kino: sie steht in einer Telefonzelle neben einer Tankstelle an einer unbekannten Schnellstraße. Sattelschlepper peitschen die Luft auf, verursachen einen kleinen Wirbelsturm, der wie Geisterfinger durch ihr wunderbares Haar fährt. Sie streicht es mit einer Hand zurück, bedeckt das freie Ohr mit einer Hand, um besser hören zu können, wenn auf der anderen Seite abgehoben wird, wenn Chris abhebt und sagt:

»Hallo?«

Hoffnung macht Bruchlandung, es ist nur Audrey. Das Baby wimmert unweit des Telefons.

»Horace hält mich sowieso wach, da dachte ich, ich rufe an, höre mal, wie es geht.« Audrey und ihr Mann haben das Kind nach seinem Vater getauft. Der neue Horace hat erbarmungslose, rotgesichtige Koliken; bislang ist es das, was ihn auszeichnet. Audrey hat Chris gestanden, daß sie einige wenige, sofort bereute Impulse hatte – die sie meist überfielen, nachdem sie in drei Nächten zwei Stunden geschlafen hatte –, in denen sie daran gedacht hat, ihn aus dem Schlafzimmerfenster zu werfen.

»Nicht viel Neues«, sagt Chris. Sie kann das inzwischen sehr gut sagen, egal, was wirklich los ist. Nichts an ihrer Situation scheint anderen leicht mitteilbar. Sie hat Angst, daß alles, was sie sagen könnte, eigenartig klingen, zwischen ihr und wem auch immer Befremdlichkeit säen, die Kluft vergrößern statt überbrücken würde. Sie hat jetzt ein Leben, das all ihre Kraft absorbiert, sie fasziniert, aber jedes Gespräch mit allen, die nicht von dieser Obsession befallen sind, todlangweilig werden ließ.

Wie sich zeigt, läßt sich Audrey leicht täuschen. Sie möchte eigentlich gar nicht über Chris sprechen, sie steckt zu tief in ihrem eigenen Drama. Sie ist verrückt vor Liebe.

»Ich wollte keinen Umsturz. Ich wollte etwas Nettes für nebenbei. Sie hatte schon eine Freundin, also dachte ich mir, es sei ... sicher. Aber dann hat das mit uns richtig angefangen, sie haben sich getrennt, und jetzt will sie ein richtiges Leben mit mir. Sie beschreibt das so genau, als ob es schon da wäre und wir nur noch hineinspazieren müßten.«

»Von dem kleinen Problem abgesehen, daß du schon ein Leben hast«, sagt Chris.

»Ach, Liebes, ich habe einfach furchtbare Angst. Ich bin überhaupt nicht darauf vorbereitet, alles vor die Hunde gehen zu lassen.«

»Also wirst du dich rausziehen.«

»Nein. Es ist nicht zu fassen, aber ich glaube, ich mache es. Ich werde alles aufgeben, weil sie geht, wenn ich es nicht tue, und ich ertrage den Gedanken nicht, sie nicht zu haben.«

»Mann«, sagt Chris. Sie ist von dem, was ihr jemand erzählt, nicht oft überrascht, aber von Audrey hätte sie ein solches Engagement nie erwartet, sie hatte sie bereits klar in die Kategorie Hosenscheißer eingeordnet.

»Muß aufhören«, sagt Audrey mit knirschender Stimme, was bedeutet, daß ihr Mann in der Nähe ist. Sein plötzliches Auftauchen unterbricht so viele ihrer Telefongespräche, daß Chris sich inzwischen fragt, ob er absichtlich herumschleicht, mißtrauisch.

»Und was ist mit dir? Ißt du genug?« fragt Audrey. Sie war vor einigen Tagen auf dem Weg zum Kinderarzt bei Chris in der Praxis vorbeigekommen und hatte bemerkt, daß Chris abgenommen hat.

»Wenn ich daran denke«, sagt Chris. In letzter Zeit stellt sie auch fest, daß sie nichts gegen ein wenig Selbstdramatisierung hat.

»Avocados«, sagt Audrey. »Selbst wenn man auf nichts mehr Lust hat, auf die immer. Ich weiß das aus der ersten Zeit meiner Schwangerschaft.«

Chris hört nicht, was Audrey weiter sagt.

»Du hörst mir überhaupt nicht zu«, sagt sie schließlich, aber eigentlich nicht vorwurfsvoll. Niemand in Chris Bekanntenkreis ist so unendlich lieb und verständnisvoll wie sie.

»Aber ich bin froh, daß du angerufen hast«, sagt Chris, und das ist nicht ganz gelogen. »Ich weiß, daß ich zur Zeit nicht einfach bin. Aber ich weiß es zu schätzen. Wirklich.« Sie schnippt die winzige Kappe eines Elvis-Gasfeuerzeugs auf, das sie für einen Dollar im Supermarkt gekauft hat, und steckt sich eine Zigarette an.

»Du *rauchst* doch nicht etwa?« sagt Audrey.

»Zünde nur eine Votivkerze an.«

»Oh, Liebes.«

Chris muß aufhängen. Sie fühlt sich gegen den Stapel Kissen gedrückt, die früher ihre und Taylors Kissen waren, aber nach und nach alle auf ihre Seite des Bettes herübergewandert sind. Sie blickt die wenigen Meter zur offenen Tür von Taylors Schrank hinüber, die sich plötzlich als Portal präsentiert.

Sie beendet das Telefongespräch; ist ziemlich sicher, daß sie sich von Audrey verabschiedet hat, bevor sie auflegt. Sie hüpft vom Bettrand, tritt fast auf Bud, der sich durch den Schlaf eines betagten Hundes hindurchkeucht, eine Pfote auf einem Spielzeugbriefträger aus Gummi.

Sie öffnet die Tür ganz, fällt auf die Knie, hebt eine Jeans, Unterwäsche, eine Socke und schließlich ein T-Shirt auf, das Taylor zum Joggen getragen und praktisch nie gewaschen hat. Sie preßt ihr Gesicht in das Fleece auf der Innenseite, ist ekstatisch; Freude rieselt wie kleine geölte Kügelchen durch sie hindurch. Sie hat einen ungehobenen Schatz gefunden. Dabei war er die ganze Zeit da, wartete auf seine Entdeckung. Hier, immer noch hier, mikrokosmisch, sind diese zurückgebliebenen Atome, ist eine Schattenexistenz. Diesen Schuß Taylor kann sie noch haben.

Etwa um drei Uhr morgens wird sie wach, weil Bud auf und ab geht. Ein Gewitter zieht herauf, angekündigt von stürmischem Wind, der bereits durch die Fensterläden peitscht. Kurz darauf kracht Regen auf das alte Dach, strömt über alle Fensterscheiben. Um fünf steht Chris oben auf der Kellertreppe und blickt auf einen halben Meter Wasser. Verschiedene Gegenstände aus ihrer Vergangenheit und Gegenwart treiben in ihr Blickfeld und wieder hinaus. Ihre Winterstiefel. Ein Kupferkessel, an den sie sich überhaupt nicht erinnern kann.

Sie wartet darauf, daß Clyde vom Klempner-Notdienst zurückruft, beruhigt sich mit einer Zigarette. Sie muß einräumen, daß sie wieder raucht. Die Beweise sind zwingend. Die Tricks, zu schnorren und gelegentlich mal ein Päckchen zu kaufen, funktionieren nicht mehr. Jetzt besitzt sie ein Feuerzeug. Das Innere ihres Wagens hat inzwischen etwas von einem Aschenbecher. Bei ihrer letzten Stunde hat sie einfach mit Myra mitgeraucht.

Sie hat immer nur in Krisensituationen geraucht, aber jetzt ist die Krise offenbar zu einer Lebensform geworden. Sie schiebt den Gedanken fort, daß sie es irgendwann wird aufgeben müssen – ein Pflaster tragen, in einer keuchenden, geständnisfrohen Selbsthilfegruppe sitzen, das Video »Deine Lunge« ansehen, ihre Kippen in einem Schraubglas mit sich herumtragen, zusehen, wie sie sich in Wasser auflösen, als Aversionstherapie. Außerdem ist Taylor allergisch gegen Rauch. Wenn sie zurückkommt, wird Chris mit diesem Unsinn aufhören müssen.

Blitz und Donner knallen wie Fäuste genau über ihr aufeinander. Bud springt in die Luft, wirft den Kopf zurück, heult. Chris schaut die Treppe hinunter, sieht eins ihrer Fotoalben vorbeischwimmen und flippt aus. »Nein!« ruft sie den Fluten und auch Taylor zu, die sie nicht nur verlassen, sondern mit einer endlosen Reihe kleinerer Katastrophen im Stich gelassen hat, mit denen sie zu zweit kaum zurechtkamen. Allein wird sie das niemals schaffen.

Clyde ruft zurück. Sie und Taylor haben ihn, wie die meisten ihrer Handwerker, durch eine Karte in ihrem Briefkasten gefunden. Sie mußten ihn bisher zweimal rufen, um ihre Abflüsse und Siphons von beträchtlichen Mengen Fett und Haaren zu befreien, die ihnen, aber auch den Herbsts gehörten, deren Erhaltungsarbeiten am Haus jedes vorstellbare Minimum unterschritten. (Sie hatten keine Dusche, nur eine Badewanne. Als ein Elektriker, den Taylor engagiert hatte, die Wände aufklopfte, um stärkere Stromleitungen zu

legen, stellte er fest, daß an manchen Stellen Lücken mit Verlängerungsschnur überbrückt worden waren.) Er wird erst in zwei Stunden kommen können.
»Christine«, sagt er. Er betont es, als werde es Krysteen geschrieben und als stammten sie beide aus einem sehr entlegenen Landstrich im Grenzgebiet von Texas und Arkansas. »Wenn es so regnet und die ganze Stadt verstopft ist, dann kriegen Sie ein bißchen Wasser mit.«
»Es ist nicht ein bißchen. Ich könnte hier unten Motorboot fahren. Außerdem kommt es auch durch die Wand in der hinteren Ecke. Als sei die Wand ein kleiner Brunnen. Das kann doch nicht in Ordnung sein.«
»Ich komme. Bis dahin warten Sie einfach, bis es aufhört, dann fangen Sie an zu schöpfen.«

Er kommt viel schneller als angekündigt, kann aber den Schaden im Fundament erst reparieren, wenn das Wasser abgeflossen ist. Er zieht einen Riesenknäuel Blätter aus dem Abfluß direkt vor der Kellertür, was dazu beiträgt, daß der Wasserstand zu sinken beginnt, aber das Wasser hinterläßt ein furchtbares Chaos. Sie versucht zu entscheiden, wann es an einem Sonntagmorgen spät genug ist, um Daniel anzurufen. Sie sieht auf die Küchenuhr, es ist 6:32. Fast sieben. Nur wenige Stunden bis Mittag, wenn man es mal so sieht.
Natürlich schläft er den tiefen, friedlichen Schlaf der Trockenen. Er bewohnt eine Eigentumswohnung im siebzehnten Stock eines Apartementhauses bei Belmont, mit Blick auf den See. Seine technischen Krisen regelt er alle durch einen raschen Anruf beim Hausmeister, Ulf, ein nadeldünner, unrasierter Mann, der im Keller ein undurchsichtiges Leben führt und aussieht, als bestehe sein soziales Leben im wesentlichen aus Anrufen bei Nummern, für die im Spätabendprogramm geworben wird. Wenn es in Daniels Keller eine Überraschung gibt, dann ist Ulf derjenige, der naß wird.
Als Chris ziemlich zu Beginn der recht einseitigen Unterhaltung das Gewitter erwähnt und Daniel »Welches Gewitter?« sagt,

könnte sie ihn umbringen, aber sie schiebt diesen Drang beiseite, um durch die Leitung jenes Gefühl von Freundschaft und Notlage zu transportieren, das ihn herholen wird, damit er ihr hilft. Was sofort gelingt.
»Mann, Überschwemmung. Damit habe ich überhaupt keine Erfahrung, aber ich komme sofort. Ich habe Camille übers Wochenende, ich bringe sie mit. Wir bringen ein paar Schwämme mit.«
Sie ist nicht sicher, ob er Spaß macht.

Schließlich hört der Regen auf, und sie können anfangen, einiges zu retten, was fast den ganzen Morgen dauert. Manches an dieser erzwungenen Aufräumaktion befriedigt sie durchaus, zum Beispiel das Wegwerfen von Taylors Zeitschriftenstapeln, die hoffnungslos durchweicht sind. (»Wir mußten für dich entscheiden. Du warst nicht da.«) Aber Kisten mit Chris' Spielzeug müssen auch weggeworfen werden, was sie sehr deprimiert.
»Ach, jetzt komm«, sagt Daniel. »Versuche dir den Tag vorzustellen, wenn für dich alles so trist geworden ist, daß du Lust hast, Memory zu spielen.«
Chris nickt. Camille, eine berüchtigte Abstauberin, sichtet die Beute, stellt ein Kästchen zu einigen anderen Sachen, die sie mitnehmen will. Bud schnüffelt eine Zeitlang an diesen Sachen herum, als enthielten sie einen lange vergessenen Cheeseburger.
Daniel war zuvor zu einem Heimwerkermarkt gefahren und hat einen Industriestaubsauber gemietet, was ihre Arbeit beschleunigt. Inzwischen fällt ein leichter Sprühregen – wie das Zeug, das im Supermarkt den Salat befeuchtet – auf alles, was sie zum Trocknen hinters Haus gestellt haben, auf improvisierte Regale aus Brettern und Kisten. Chris kramt Plastikplanen und ausgediente Duschvorhänge hervor, die sie darüberwerfen. Daniel und Chris gehen nach drinnen, um ein verspätetes Frühstück zusammenzusuchen, während Camille ihre Schätze zum Auto trägt.

Chris ist vornübergebeugt, den Kopf im Kühlschrank, als Daniel eine Bemerkung über den vorhergehenden Abend mit Rachel

macht, der Frau, die er im Pflegeheim seiner Mutter kennengelernt hat, und plötzlich dämmert es Chris.
»Ich bin doch hoffentlich heute morgen in nichts reingeplatzt, oder?« Der Gedanke kommt ihr erst jetzt. Sie ist so an Daniel als Single oder alleinerziehenden Vater gewöhnt, der mit Camille »Saturday Night Life« sieht, Popcorn macht, rund um die Uhr verfügbar ist.
»Nein. Wir haben uns gestern abend eine Tanzaufführung angesehen, danach habe ich sie nach Hause gebracht.« Daniel, das ist ihr bereits verschiedentlich aufgefallen, hat die Interessen eines Schwulen Tanz, vor allem Ballett, und unbekannte, ältliche Cabaret-Sängerinnen. Publikumssportarten sind ihm verhaßt. »Sie will das so – noch keinen Sex. Sie findet, die Leute werden zu schnell intim.«
»Da hat sie vermutlich recht«, sagt Chris und fragt sich, wie alt die Eier sein könnten, die sie im sibirischen Hinterland des Kühlschranks gefunden hat. »Wenn ich an all die phantastischen Frauen denke, mit denen ich mich jetzt zu fesselnden, intellektuell inspirierenden Mittagessen treffen könnte, wenn ich nicht schnurstracks an der Ausfahrt Freundschaft vorbeigebraust wäre und dabei noch fröhlich gewunken hätte, als ich weiterdonnerte, um mit ihnen zu schlafen. Aber seid ihr wirklich völlig keusch? Ich meine, fummelt ihr?«
»Das ist eine ziemlich persönliche Frage.«
»Ach, komm schon! Ich habe dich jahrelang mit den schaurigsten Details versorgt. Also wage es nicht, mir auszuweichen. Küßt ihr euch wenigstens?«
»Sozusagen.«
Sie versucht sich zu überlegen, was das bedeuten könnte, beschließt dann aber schnell, den Kurs zu wechseln und das Thema fallenzulassen. Sie möchte nicht in etwas wirklich Trostloses hineinrennen.
»Ich würde sie gern kennenlernen«, sagt sie statt dessen, und das ist wahr. Sie erwähnt nicht, daß sie sich eigentlich schon eine Meinung gebildet und Rachel vor allem kennenlernen möchte, um

ihre schlimmsten Erwartungen bestätigt zu sehen. Sie weiß von Daniel, daß Rachel »stattlich« ist, was Chris als hochgewachsene Variante von dick übersetzt. Sie vermarktet Software und hat daher, wie Chris vermutet, ein Wesen, das durch peppige Verkaufsseminare geprägt wurde. Sie streut bei Gesprächen vermutlich häufig den Namen ihres Gegenübers ein. Sie ist in ihrer Kirche aktiv, irgendeine farblose Konfession. Presbyterianer. Methodisten. Sie spielt Klavier, aber aus Rücksicht auf ihre Nachbarn benutzt sie ein Keyboard mit Kopfhörern. Chris stellt sich vor, wie sie massig auf dem Klavierschemel sitzt und ein lautloses »Für Elise« herunterhämmert. Sie weiß, wie abscheulich ihre Gedanken sind.

»Du siehst gut aus, seit du zurück bist«, sagt Daniel.

»Falls du glaubst, daß das bedeutet, daß es mir bessergeht, irrst du dich. Ich bin wie Hans Castorp, der gerade von der Terrasse hereinkommt, gesund aussieht, aber immer noch fiebert, immer noch im Sanatorium ist.«

»Was sagt Sikora?«

»Nichts. Es gibt nichts. Nichts auf ihren Kreditkarten. Kein Strafzettel. Keine Anrufe auf ihrer Telefonkarte. Sie hat sich um keine Stellen beworben. Es gibt, wie er es ausdrückt, bei ihrer Schnitzeljagd nicht einen Fitzel Papier.«

»Was heißt das? Ich meine, ich frage mich, ist das gut oder schlecht?«

»Sie sagen nichts, aber wie soll das etwas Gutes bedeuten?«

Später, Daniel beantwortet einen Anruf auf seinem Piepser, setzt sich Camille neben Chris auf die hintere Treppe.

»Ich habe noch nie jemanden verloren«, sagt sie. »Sogar meine Großeltern leben noch. Ich hatte einmal in der fünften Klasse ein trauriges Erlebnis mit dem Hamster, der der Klasse gehörte, aber das ist wohl nicht das gleiche, überhaupt nicht.«

»Du darfst trotzdem mit mir reden«, sagt Chris und legt den Arm um Camilles Schulter. »Obwohl du keinen Kummer vorzuweisen hast.«

»Trotzdem. Irgendwie kommt es mir vor, als ob es besser wäre, wenn ich dir irgendeine richtige Katastrophe bieten könnte, die mir zugestoßen ist.«

»Es kann alles noch gut ausgehen.«

»Zum Beispiel?« Camille wirkt tief verwirrt, als habe sie nicht verstanden.

»Na ja, in Fernsehfilmen sieht man immer wieder einmal einen armen Kerl mit Amnesie, der seit Jahren in Baltimore lebt, aber keine Ahnung hat, wer er ist oder wie er dahin gekommen ist, während sich seine Familie in Seattle zu Tode grämt. Und am Ende der Sendung sind alle wieder vereint und glücklich. Mehr oder weniger.«

Lange Zeit vergeht, während Camille, die sich offensichtlich für Chris schämt, fortschaut, in die Richtung von nichts besonderem, und schließlich mit einem »Ich hole die Küchenrolle und wickele sie um die Zeitschriften, um sie zu trocknen« das Weite sucht.

Sie sieht hinter Camille her, die durch die Tür geht, ihre Mädchenfigur mit den gleichen rechtwinkligen Hüften gepolstert wie ihr Vater, eine winzige Laune ihrer DNA.

Chris fragt sich, wohin sie gehen wird, um Verständnis dafür zu finden, daß sie sich vom streng Rationalen verabschiedet hat. Wo wird sie Gleichgesinnte finden, die nicht in der entscheidenden Mitte eines Gesprächs mit ihr aufstehen und gehen? Sie war immer stolz darauf, nüchtern, bodenständig zu sein. Wird sie in Zukunft im Mandala-Buchladen herumhängen und Wochenendseminare belegen müssen, in denen sie lernt, die Farbe ihrer Aura zu bestimmen? Sich auf die Suche nach anderen leicht abgedrifteten Typen begeben, die das Leben in einem etwas steileren Winkel als üblich angehen? Oder wird sie es sich mit Bud einrichten, ihm besondere Abendessen aus Hühnerleber kochen, ihn bei unfreundlichem Wetter mit kariertem Hundeplaid und Pfotenstiefeln Gassi führen?

Nachdem Daniel und Camille gegangen sind, setzt sich Chris allein an den Tisch im Eßzimmer, um ihr gemeinsames Wohnkonto zu überprüfen und sicherzustellen, daß der Scheck gedeckt ist, den

sie Clyde am Morgen gegeben hat. Sie holt von der Anrichte die viereckige Servierschüssel aus den Vierzigern, in der sie ihre Rechnungen sammeln, zieht den letzten Bankauszug sowie den Taschenrechner heraus, mit dem Taylor jeden Monat die Abrechnung macht, eine weitere Aufgabe, die Chris übernehmen muß.
Sie sieht sich die Auszüge nie an, sie gibt Taylor am Monatsanfang einfach einen Scheck für ihren Anteil an den Kosten, und einen zweiten, falls es am Ende nicht gereicht hat. Sie hat immer angenommen, daß Taylor das auch tut, daß sich das Konto jeden Monat auffüllt und wieder leert. Daher erstaunt es sie, daß es ein Guthaben von fast achttausend Dollar aufweist. Sie überprüft die Gutschriften und sieht, daß es nach einer ersten monatlichen Gutschrift über fünfzehnhundert Dollar am dritten eine weitere über sechstausendzweihundert Dollar gab, am 28. April, dem Tag, nachdem Taylor aus Marokko zurückgekommen ist.
Erst weiß Chris nicht, wie sie das deuten soll. Einen kurzen Augenblick lang durchschießt sie das Glücksgefühl der Gauner. Dieser Betrag kann nur einer jener unglaublich seltenen Computerfehler sein, die zu ihren und nicht zu Gunsten der Bank ausschlagen. Sehr schnell aber begreift sie, daß es eine Überweisung ist, sie erkennt die Kontonummer nicht, erfaßt aber sofort, daß es Taylors Ersparnisse sein müssen. Sie starrt auf die harten Zahlen auf der Seite, bis sie verschwimmen. Dieses bißchen Druckfarbe bedeutet etwas, auch wenn sie nicht weiß, was. Soweit sie weiß, sind Taylors Finanzen die einer halbwegs erfolgreichen, mäßig geschäftstüchtigen Künstlerin, was heißt, daß sie wenig mehr als kläglich sind. Sechstausend Dollar sind vermutlich der Großteil ihrer Ersparnisse. Und so könnte diese Überweisung die schuldbewußte Opfergabe einer Frau sein, die ihre Partnerin mit einer Last allein zurückläßt, die sie sich gemeinsam aufgeladen hatten. Dann aber begreift sie mit einem Anfall von Übelkeit, daß es auch die letzte Kontobereinigung eines Menschen sein könnte, der keine Zukunft mehr sieht und daher kein Geld braucht, um eine zu finanzieren. Dieser Auszug räumt mit ziemlicher Sicherheit die schlimmste Möglichkeit aus, die Taylor-in-einem-Kofferraum-Möglichkeit. Sie ist aus eigenem

Antrieb gegangen, hat ihre Abreise vorbereitet. Nur ihr Schicksal ist jetzt noch ungewiß.
Sie weiß nicht, was sie mit diesem Wissen anfangen soll. Sie sollte es auf jeden Fall Sikora mitteilen. Daniel und Leigh. Jetzt aber muß sie erst einmal allein sein. Sie liegt bewegungsunfähig auf dem Sofa. Bud ist im Garten, sie muß sich also nicht einmal um ihn kümmern.
Sie starrt durch die Jalousien auf den Himmel, sieht, wie der Nachmittag nach dem Gewitter geradezu absurd sonnig wird. Als es langsam dämmert, klingelt es an der Tür. Sie sieht auf die Uhr, es ist halb sechs. Ihr Erinnerungsvermögen setzt schlagartig wieder ein.
Ihre Mutter. Sie sind für *Tommy* verabredet. Chris kann sich nicht vorstellen, wie sie das Musical durchstehen soll, ohne schreiend zum Ausgang zu rennen. Selbst wenn sie in Hochform wäre, wäre dieser Abend eine Anstrengung, und sie ist alles andere als in Hochform. Sie liegt stocksteif auf dem Sofa und erwägt die Möglichkeit, einfach nicht zu öffnen.

»Du bist nicht fertig.« Ihre Mutter steht in der Tür, erfaßt die Situation.
»Wir hatten eine Überschwemmung«, sagt Chris und hofft, daß das als Erklärung dafür ausreicht, daß sie hier in alten Tennisschuhen, Bermuda-Shorts und zwei Sweatshirts übereinander steht. Un-*Tommy* gekleidet. Während ihre Mutter, ausgestattet mit taupe-farbenem Kostüm, in der Hand eine Lederhandtasche in der Form eines winzigen Koffers, für den Anlaß vorzüglich gerüstet ist.
»Ich brauche nur eine Sekunde«, sagt Chris. »Ich hole dir ein Glas Wein, damit du nicht allein warten mußt.« Sie geht zur Küche, um sich so schnell wie möglich aus dem Dunstkreis des Parfüms ihrer Mutter zu entfernen, der etwa zwei Meter beträgt.
Ihre Mutter, erinnert sie sich, glaubt, daß sie in einen normalen Sonntagnachmittag in Chris' Leben hineinspaziert. Chris hat ihr von Taylors Verschwinden nichts erzählt. Taylor und Chris' Mutter

haben sich, durch geschicktes Umgehen ihrer Mutter, nicht einmal kennengelernt, warum sollte sie es ihr also erzählen? Ihre Mutter interessiert sich im Grunde nicht für Chris' Leben und hat sich statt dessen, wie Chris vermutet, ein fiktionales, negativ exotisches Szenario ausgedacht, das sich etwa an *Cabaret* orientiert. Etwas mit Nachtclubs und ungewisser Geschlechterzugehörigkeit, durch Verkleidungen betont. Um dubiose Details zu umgehen, hat ihre Mutter für Chris zudem eine Deckperson konstruiert, die zu gleichen Teilen aus Sozialarbeiterin und munterer Junggesellin besteht. Jemand mit Beruf und ohne Partner, daher muß sich das Gespräch um ihre Arbeit drehen, ihre Aktivitäten. Chris findet, daß es angesichts dieser Kunstwelt, in der ihre Geliebte nicht vorkommt, egal ist, ob sie da ist oder nicht.

Ihre Mutter und sie haben durchaus nichts gegeneinander. Sie sind einfach so sehr verschieden, daß sie schon vor langer Zeit die Suche nach Gemeinsamkeiten aufgeben mußten und einander nur von entgegengesetzten Horizonten zuzwinkern können. Ihre Mutter hat vor vielen Jahren wieder geheiratet, einen Anwalt, der als Vermögensberater arbeitete, bevor er sich zur Ruhe setzte. Sie ist jetzt Jüdin; sie ist Maurys wegen konvertiert. Sie wohnt in Highland Park, besucht Bildhauerkurse und versucht, kulturell auf dem laufenden zu bleiben.

Die beiden erinnern einander an ihre Unfähigkeit, eine Familie zu sein. Nach der Scheidung hatten Chris und ihre Mutter ein Leben in unauffälliger Armut geführt, mit der Hoffnung auf einen Mann, der kommen und sie retten würde. Aber als Maury schließlich auftauchte, war, wie sich zeigte, in dem Rettungsboot kein Platz für Chris. Er war mit Kindererziehung fertig; seine eigenen waren schon verheiratet. Chris wurde sanft ins Internat abgeschoben.

Im Haus von Chris' Mutter hängt zwischen all den vielen Fotos dieser Söhne und ihrer Ehefrauen kein einziges Bild von Chris. Sie wurde unter den Teppich der Wohlanständigkeit gekehrt, Teil der wenig erfolgreichen ersten Gehversuche im Leben ihrer Mutter, jener Übungsehe mit Übungskind, die sie absolvierte, bevor sie wußte, wie man es richtig macht.

Chris' Mutter würde sagen, daß sie ihre einzige Chance genutzt hat, daß sie erst Chris so viel gab, wie sie konnte, und dann für sich nahm, was übrig blieb. Sie weist Chris' Groll zurück. Sie findet vielmehr, daß Chris *sie* betrogen hat, weil sie Tom Snow nachschlägt und ein verantwortungsloses Leben am Rand der Gesellschaft führt, wobei dieser Rand für sie allerdings der Lesbianismus ihrer Tochter ist.

Davon, daß Chris in den Schulferien und Sommerurlauben um Geld gespielt hat, weiß sie kaum etwas. Sie möchte nicht mehr wissen, als sie weiß. Daher kann sie auch nicht wissen, wie hart für Chris der Rückzug aus jener durchaus verführerischen Welt der Kriminalität war, die direkt jenseits der Grenzen einer gesetzestreuen und geordneten Gesellschaft beginnt.

Diese Reise hatte Chris allein machen müssen. Ihre Noten waren so gut, daß sie in ein kleines geisteswissenschaftliches College in Minnesota aufgenommen wurde. Ihr Hauptfach war klassische Sprachen. Sie kam nach Chicago zurück, um an der University of Chicago in Psychologie zu promovieren. Therapeutin wurde sie aus einem Impuls der Wiedergutmachung, um auf irgendeine Weise etwas von dem zurückzuerstatten, was sie und ihr Vater gestohlen hatten.

Chris' Patienten versuchen, einer nach dem anderen, sich selbst zu verstehen, indem sie herausfinden, welche Schurken oder Helden ihre Eltern in ihren frühesten Dramen wirklich waren. Chris' eigene Eltern sind als Problem subtiler. Gewiß raubte ihr Vater ihr den letzten Rest Kindheit, indem er sie an die grünen Filztische setzte, aber er gab ihr auch eine frühe Dosis Glamour. Ihre Mutter, davon abgesehen, daß sie Chris für einen Ehemann verkauft und ihr nie besonders viel Zuneigung gezeigt hat, gibt unter dem Schurkenaspekt wenig her. Sie scheint vielmehr zu sein, wer sie auf den ersten Blick ist – Maurys Ehefrau, von förmlicher Mütterlichkeit für seine beiden Söhne und deren fast erwachsene Kinder. Dieses Ambiente scheint ihr vollauf zu genügen, dort sitzt sie zufrieden, ohne Schatten.

Praktisch gesehen ist die wohlwollende Entfremdung zwischen

Chris und ihrer Mutter durchaus sinnvoll. Diese Abende, durch die sie sich etwa zwei- oder dreimal im Jahr hindurchzwingen, sind für beide eine Zumutung. Sähe sie ihre Mutter häufiger, würde das noch mehr öden Small talk bedeuten, der wie staubige Dominosteine zwischen ihnen auf dem Restauranttisch liegt. Um sich näherzukommen, müßte sie sich in Maurys große, warmherzige, golfverrückte Familie aufnehmen lassen, und das wäre in Chris' persönlicher Infernovorstellung der sechste oder siebte Kreis der Hölle.

Gefühle kennen natürlich keine praktischen Erwägungen, und Chris erlebt Phasen, in denen ihre Tagträume von kitschiger Glückseligkeit triefen. Sie ist auf einer normalen Schule, sie ist Schulsprecherin, lädt zu Pyjamaparties ein. Oder jünger, ihre Mutter bringt sie in den Stepkurs, wo sie sofort ein kleiner Star ist. In anderen Träumen winkt ihre Mutter, sie solle zu ihr auf ein großes, samtbezogenes Sofa kommen, wo sie ihre Arme um sie legt, die im Unterschied zur Realität ausgesprochen drall sind, um dem platten Zweck des Traums zu dienen. Es war ihr immer peinlich, mit dergleichen bei Myra anzukommen.

Alternativ dazu verbannen ihre Phantasien ihre Eltern völlig, mildern ihre Verlegenheit, aus so kleinen Verhältnissen zu stammen. Sie dachte sich ein langweiliges, freundliches Paar aus, dem ihre Entwicklung wichtig war, das wollte, daß sie im Leben vorankam. Später ließen solche Sehnsüchte nach, tauchten als Bemühungen wieder auf, sich selbst als jenen Mensch neu zu erschaffen, zu dem sie mit den Stepkursen und der abgöttischen Liebe geworden wäre. Das Vorbild für diese viel aufregendere Variante ihrer selbst war bis vor wenigen Wochen Taylor.

Heute abend sind ihre Mutter und sie, wie immer, in Un Grand Café gegangen. Die Dynamik des Restaurants hilft sehr, die reglose Luft zwischen ihnen zu füllen.

Chris ist unkonzentriert, überlegt unablässig, was die Überweisung bedeutet, welche der möglichen Bedeutungen ihr am liebsten wäre. Erst findet sie es am schlimmsten, wenn Taylor dieses Geld, bevor sie sich selbst umbrachte, fürsorglich überwiesen, es Chris stillschweigend zugeschoben hat, damit es zwischen ihr und den Heyes' keine postumen juristischen Rangeleien geben kann. Dann aber malt sie sich das andere Szenario aus – daß Taylor mit dem Geld ihre Schuldgefühle beruhigen will, Chris auf derart rüde Art verlassen zu haben. Wenigstens, denkt Chris (so kindisch, daß sie sich sofort zutiefst schämt), hätte sich Taylor, falls sie sich das Leben genommen hat, von allem abgewandt, nicht nur von Chris.

Chris benimmt sich, wie es bei einem Abendessen angemessen ist, eine Schauspielerin in einem Stück. Sie spricht darüber, was sie im Garten plant, über Bud und seine Genesung von einer Gelenkoperation im letzten Jahr. Ihre Mutter spricht ebenfalls über ihre Hunde – kleine, nervtötende Terrier – und über die fett- und cholesterinarme Diät, die sie seit Maurys Bypass-Operation für ihn zubereitet, über ihr Bewegungsprogramm, das in diesem Winter im wesentlichen aus flotten Spaziergängen durch ein Einkaufszentrum in ihrer Nähe bestand.

»Wir haben beide einen Walkman auf«, sagt sie bei einem eleganten Salat, der aussieht wie Vegetation, die unter harten Bedingungen über der Baumlinie gezüchtet wurde. »Ich lege in beide das gleiche Band. *Tony Bennett: Unplugged.* Julio Iglesias. So etwas. Dann marschieren wir im gleichen Takt.«

Während sie auf den Nachtisch warten, beginnt Chris, Migräne vorzuschützen, die sofort nach dem Kaffee ihren Höhepunkt erreichen wird.

»Du hättest nicht dieses Roquefort-Zeugs nehmen sollen«, sagt ihre Mutter. »Oder den Rotwein. Beides ist Gift für Migräne.«

»Ich habe Tabletten zu Hause«, lügt Chris. »Meinst du, daß wir vor *Tommy* noch genug Zeit haben?«

»Jetzt sei nicht albern. Du kannst nicht mit Migräne ins Musical gehen«, sagt ihre Mutter (Gott schütze sie), als gehörten Musicals, Schimmelkäse und Cabernet zur gleichen Kategorie. Chris ist ziemlich sicher, daß sie hinter dem besorgten Gesichtsausdruck ihrer Mutter noch etwas anderes sieht. Natürlich. Auch sie ist erleichtert, daß der Abend früher als geplant zu Ende geht.

Chris hat die Haustür hinter sich geschlossen, lehnt mit dem Rükken dagegen und hört den Camry ihrer Mutter aus der Parklücke fahren, Richtung North Shore. Sie sucht in den Taschen einiger Mäntel und Jacken, die auf dem Kleiderständer hängen, bis sie sie in der linken Innentasche ihrer Bomberjacke findet – die Telefonnummer der netten, überraschungslosen Frau im *Berlin* an dem Abend, als Chris unterwegs war, um Taylor zu suchen.
»Du kannst dich sicher nicht mehr an mich erinnern«, sagt Chris, als sie sie wenige Minuten später am Apparat hat.
»Ich erinnere mich sehr gut«, sagt die Frau. Sie heißt Loretta, das steht über der Nummer. »Ich gebe etwa alle fünf Jahre mal jemandem meine Nummer. Und – ist deine Freundin wieder aufgetaucht?«
»Also, um die Wahrheit zu sagen, nein.«

Sie wohnt in einer renovierten Fabrik an der Racine Avenue, Anzeigen bezeichnen dergleichen als »Soft Loft«, weil es außer einem großen Wohnraum mit hoher Decke, großen Fenstern und mehreren Pfeilern, eine richtige Küche, ein Schlafzimmer und ein Badezimmer gibt, dessen Ecken abgerundet sind. Es wohnen auch Katzen hier. Chris erkennt es an dem leichten Geruch ihres Urins, dann sieht sie eine blitzartig im Schlafzimmer verschwinden. Sie ist allergisch, was sich als ein ziemlich ernstes Handicap für Romanzen erwiesen hat, da Lesben im großen und ganzen ausgeprägte Katzenliebhaberinnen sind und meist nicht eine, sondern mehrere besitzen.
Loretta führt sie herum, gibt mit dem Apartment an.
»Ich hatte Glück, daß ich an eine phantastische Scheidungsanwältin geraten bin. Mir hätte es gereicht, einfach nur aus dieser grauenhaften Ehe herauszukommen, aber sie hat ihm echte Knete aus der Tasche gezogen. Das war ausgesprochen klasse.«
»Ich sollte heute abend mit meiner Mutter in *Tommy: The Rock Opera* sein«, erzählt Chris Loretta, die hübscher ist, als Chris von jenem Abend im *Berlin* in Erinnerung hat.
Loretta nickt, als wäge sie verschiedene Faktoren oder Aspekte ge-

geneinander ab. Und sagt schließlich: »Das hier wird amüsanter.«
Als Chris ihr durch das Apartment folgt, wird ihr schnell klar, daß das Loft-Potential der Wohnung – jene bei Einrichtungszeitschriften so beliebte Kombination von spärlicher Möblierung und großformatigen Kunstwerken – Lorettas Sache nicht ist. Sie hat die Wohnung statt dessen mit kleinen, zerbrechlichen, munteren Dingen vollgepackt – ein chintzbezogenes Zweiersofa und einen passenden Sessel im Wohnbereich, einen Flickenteppich, einen Eßtisch im Landhausstil. Überall gerahmte Bildchen von Berglöwenjungen und Sonnenuntergängen am Strand, jene Art Wandschmuck, die man in Kaufhäusern erstehen kann, um auf einen Schlag alle neuen Wände eines jüngst umgekrempelten Lebens zu bedecken.
Chris denkt, nachdem sie etwa eine halbe Stunde da ist, daß Loretta vermutlich zu den Frauen gehört, die in lesbischen Kontaktanzeigen als Lieblingsbeschäftigungen lange Spaziergänge im Regen und Kuscheln vor dem Kamin angeben. Sie hat diese Art Weichheit, in ihrem Verhalten und ihren Erwartungen an das Leben. Keine Ecken, an denen man sich stieße.
Manchmal wünscht sich Chris, daß Lesben ein bißchen mehr wie schwule Männer wären, offener sexuell. Das ist genau, wonach sich Chris heute abend sehnt. Sie findet diese Frau attraktiv, denkt, daß es nett sein könnte, mit ihr im Schlafzimmer am anderen Ende des Lofts nackt zu sein. Statt dessen sitzt sie in der Ecke des chintzbezogenen Zweiersofas, nachdem sie Loretta vage von der Arbeit mit ihren Patienten berichtet hat. Im Austausch bekam sie das Loft gezeigt, hat ein wenig über Lorettas Reisen in alle fünfzig Bundesstaaten gehört. Jetzt versucht Chris, aufmerksam einer Chronik hochkomplizierter persönlicher Interaktionen in dem Büro zu folgen, in dem Loretta Abteilungsleiterin ist.
»... und sie piesackt mich ständig, gnadenlos, legt mir Berge von Arbeit hin, wenn sie um fünf geht, denn sie weiß, daß sie sich das leisten kann, weil sie mit Bill schläft und er bei einem Krach immer auf ihrer Seite sein wird.«

Chris versucht, interessiert auszusehen, merkt aber, daß es ihr nicht gelingt, denn Loretta lächelt verlegen und sagt: »Es tut mir leid. Ich weiß, daß das nicht ein Hundertstel so interessant ist, wenn man nicht vierzig Stunden die Woche in dieser Zentrifuge steckt.«
»Und da mußt du in ein paar Stunden wieder hin. Ich denke, ich gehe besser, damit du genug Schlaf bekommst.«
Loretta blickt auf die gedrehten Wülste des Flickenteppichs zu ihren Füßen und nickt. Dann sagt sie mit einer Stimme, die viel kleiner ist als die, mit der sie die Vorgänge in ihrem Büro erzählt hat. »Du könntest auch bleiben.«
Chris direkte Antwort ist ein Niesanfall. Seit einer Stunde etwa spürt sie es schon, dieses Anzeichen von Katzenallergie – ein Kitzeln in der Nase, als habe sie Paprika eingeatmet.
»Hast du Antihistamine da?« fragt Chris.
»Ich glaube, ich habe Contac.«
»Wenn ich das nehme, kann ich bleiben.«

Chris weiß, daß sie hier ist, weil sie sich einen Weg in das allgemeine Gedränge der normalen, glücklichen Welt zurückzuboxen versucht. Weder ihre besorgten Freunde noch Taylors hyperaktive Verwandte oder die Polizei, die diesen Fall abschließen will, waren ein wirklicher Trost für Chris, sie haben sie nur weiter hinausgeschubst, ihr zu Bewußtsein gebracht, wie allein sie ist. Aber diese Frau, Loretta, mit ihren Caravan-Urlauben und ihrer Verstricktheit in ihre Bürointrigen, weiß nichts von Chris' Problemen und war so höflich, den ganzen Abend nicht eine einzige Frage zu dem Thema zu stellen. Mit ihr wird sie, hat Chris geglaubt, daher ein paar Stunden lang die Freude haben können, auf eine Weise mit einem Menschen nackt zusammenzuliegen, die nicht auf Intimität hinausliefe.
Es geht aber nicht. Sie fängt praktisch sofort an, einem Menschen an die entblößte Schulter zu weinen, dessen Aufgabe es nicht sein sollte, sie zu trösten.
»Es tut mir leid«, sagt sie, vielleicht ein paarmal zu oft, bis sie sich

endlich angezogen hat, im Dunkeln, wobei ihr eine Katze um die Fesseln streicht. »Es ist wohl zu früh.«

»Es geht nur mit ihr«, rät Loretta.

»Das ist es nicht einmal. Man sollte denken, daß es das ist, aber das ist es nicht. Der Grund ist, daß ich zu tief in mir selbst stecke, und im Moment schaffe ich es offenbar nicht, herauszuklettern.«

»Ich möchte dich nicht verletzen«, sagt Loretta und steht nicht auf, um Chris zur Tür zu bringen, »aber ich glaube, es wäre besser, wenn du nicht wieder anrufst. Da, wo du gerade bist, diese ganze Sache, wirklich, das ist mir ein bißchen zu heavy.«

11

Sikora sieht aus, als bereite ihm das Sofa tiefstes Unbehagen. Er ist definitiv nicht der Typ, der auch nur im Traum an eine Therapie dächte. Chris merkt, daß ihm schon der Besuch in ihrer Praxis zu dicht dran ist, um wirklich entspannt sein zu können, als sorge er sich, daß alles, was er hier sagt, so ausgelegt werden könnte, daß er seine Mutter haßt.

Chris setzt sich neben ihn und reicht ihm die Kontoauszüge. Als sie ihn anrief, war sie vage geblieben. »Ich möchte das nicht am Telefon besprechen«, hatte sie ihm gesagt. Sie wollte, daß er zu ihr kommt. Sie wollte seine Reaktion sehen. Jetzt beobachtet sie ihn, während er den Ausdruck anschaut. Die Zeit dehnt sich. Wolken ziehen draußen vor die Sonne, das plötzliche Verdunkeln des Raumes wirkt wie ein Wandel, nicht nur des Lichts, sondern der Jahreszeit. Chris schaut weg, in ihre riesige, formlose Zukunft.

»Das ist nicht gut, oder?« sagt sie.

»Vermutlich nicht. Wohin sie auch gegangen sein mag, falls sie plante, irgendwohin zu fahren, hätte sie Geld gebraucht. Vor allem, wenn sie von vorn anfangen wollte. Es ist daher wahrscheinlicher, daß sie ihr ... ihr Ableben vorhersah.« Als Chris nichts sagt, sagt er: »Es tut mir leid.«

»Aber ist es nicht möglich, daß sie Schuldgefühle hatte, mich mit allem sitzenzulassen, und das ein wenig abfedern wollte, daß das Geld ein Geschenk war, um mich zu beschwichtigen?«

»Möglich ist alles. Ich kenne sie nicht. Ich weiß nicht, wie das mit Ihnen beiden war. Ich verstehe knapp, wie das mit Männern und Frauen ist, und ich verstehe überhaupt nicht, wie es mit zwei Damen ist.« Er räuspert sich. Jetzt ist ihm wirklich unbehaglich. Er klopft sich einige Minzdragees auf die Hand, als habe er durch die Übermittlung so viel schlechter Nachrichten einen betrüblich schlechten Mundgeruch bekommen. Die Stille im Raum erzeugt ein Vakuum, in dem sie hören kann, wie er die Drops mit seinen Backenzähnen zermalmt.

»Was soll ich jetzt tun?«

»Tun?« Er ruckelt unbehaglich in seiner Lederjacke. Weil sie nah bei ihm sitzt und weil es für Leder eigentlich ein wenig zu warm ist, kann sie, in einem gelegentlichen Schwall, schwach das Tier riechen, aus dem das Kleidungsstück gemacht wurde.

»Gebe ich einfach auf?« fragt sie. »Hoffe ich weiter? Ich sehe Leute im Fernsehen, die Fotos ihrer Kinder hochhalten, die in einer Raststätte verschwunden sind. Oder von ihrem Ehemann, von dem sie seit Vietnam nichts mehr gehört haben. Oder diese Leute in Oklahoma City, die wochenlang warteten, bis die letzten Betonbrocken hochgehievt waren, und die ganze Zeit über versucht haben, sich eine Realität zusammenzubasteln, in der ihr Angehöriger nicht im ersten Sekundenbruchteil der Explosion in tausend Stücke gerissen wurde. Und ich muß immer denken, wie herzzerreißend sie sind mit ihrem Häufchen Hoffnung, als hielten sie Staub in der Hand. Und jetzt gehöre ich auch dazu, oder?«

»Es wird mehr ans Tageslicht kommen.« Er spricht, als schlage er jedes Wort aus einem Stein heraus. Dafür, daß er das schon sein ganzes Berufsleben lang macht – Überbringer schlechter Botschaften zu sein –, verhält er sich erstaunlich ungeschickt. »Nur wenige Menschen verschwinden wie Jimmy Hoffa spurlos in einer Rauchwolke. Zum Beispiel werden wir sicher ihr Auto finden. Und wir finden vermutlich auch sie irgendwann. Und es gibt immer noch die Chance – da haben Sie recht –, daß sie lebend wieder auftaucht. Aber Sie sollten versuchen, Ihr Leben möglichst normal weiterzuführen. Warten sollte nicht das einzige sein, was Sie tun.«

Chris nickt. Lauscht auf das Knirschen seiner Lederjacke. Haßt ihn.

Als er fort ist, versucht sie sich zusammenzureißen, aber es scheint, als reiche das verfügbare Rohmaterial dafür nicht aus. Sie reagiert fast nur noch auf das, was unmittelbar geschieht. Sie kann nur warten, was passiert oder nicht passiert. Sie ist unfähig, eigenständig Tage zu planen, die sie dann mühelos hinter sich bringt. Zeit dehnt sich vor ihr aus wie ein hinterhältiger Feind, endlose Sümpfe des Schmerzes, die mit Schlaf umschifft werden müssen, der jetzt häufig der Hilfe von Valium bedarf, das Chris im Arzneischrank gefunden hat – Taylor nahm es, um auf transatlantischen Flügen schlafen zu können. Chris versucht, vorsichtig zu sein, hebt die Tabletten für die schlimmsten Nächte auf, wenn vor dem wirklichen Schlaf die entsetzlichen Träume einsetzen und ihn unmöglich machen. Sie beschränkt sich auf eine halbe blaue Tablette, liegt dann im Dunkeln und wartet darauf, daß sie in Watte fällt.

Der Schlaf, den sie sich wirklich ersehnt, ist jener tiefe, komagleiche Kälteschlaf, den Sigourney in ihrer grauen *Alien*-Unterwäsche schläft, während das Raumschiff jahrelang zur nächsten Mission unterwegs ist. Chris möchte aus dieser Phase heraus, möchte etwas Neues, egal was.

Sie sucht Erlösung in ihrer Arbeit, Ablenkung im Kummer ihrer Patienten. Solange sie ihre Aufmerksamkeit eng begrenzt, laserartig, kann sie ihre eigenen Sorgen vielleicht an die Peripherie zwingen.

Heute ist sie wegen Jerome Patt beunruhigt. Er scheint den Boden unter den Füßen zu verlieren. Die Medikamente halten seine Zwangshandlungen in Schach. Händewaschen und das Öffnen und Schließen der Fenster haben völlig aufgehört, aber die Erleichterung, die er darüber anfänglich verspürte – zu schweigen von der Zeit, die er sparte –, hat anderen Dämonen die Tür geöffnet. Die allerdings sind weniger klar umrissen, und Chris hat große Mühe, ihn zu einer Äußerung zu bewegen. Zudem hat sich der Liebhaber als nur vorübergehend erwiesen, und Jerome nimmt die Trennung viel schwerer, als nach einer so kurzen Beziehung angemessen scheint.

Er hatte Keith über eine Sex-Chat-Gruppe im Internet kennengelernt. Keith ist ein Bär, was heißt, daß er ein riesiger Mann mit starker Körperbehaarung ist, genau der Typ, der Jerome anturnt. Der Liebeskummer hat ihn in eine Selbstwertkrise gestürzt, die er jetzt nicht mehr mit Händewaschen entschärfen kann. Chris sieht, vielleicht etwas zu spät, daß sie seine Probleme, ihre Art und ihr Ausmaß, falsch eingeschätzt hat und zu einem früheren Punkt zurückkehren muß. Aber die Herausforderung tut ihr gut, sie ist bereit, mit dem echten, verschütteten Jerome zu kämpfen, jetzt, da sie zu erkennen beginnt, wer er ist. So benommen sie zur Zeit in ihrem eigenen betrüblichen Leben herumstapfen mag, für ihre Patienten ist sie immer noch – ungeheuer konzentriert – da.

»Was ist mit Ihren Freunden?« fragt sie ihn. »Gibt es jemanden, der Ihnen helfen kann in den Momenten, wenn Keith Ihnen fehlt? Können Sie sich zum Beispiel an Evelyn wenden und von ihr wirklich Hilfe bekommen?«

Jerome zuckt leicht zusammen, dann sagt er, höflich, als wolle er Chris mit der Frage nicht belästigen: »Wer ist Evelyn?«

Das Telefon klingelt, als sie zur Tür hereinkommt, sie versucht, Bud zu umgehen, der Willkommensachter dreht, ihr Vorwärtskommen behindert. Manchmal hat das Klingeln etwas deutlich Taylorsches, was sie, wider besseres Wissen, den Hörer abheben läßt. Es ist wieder Audrey. Chris schießt der Gedanke durch den Kopf, daß Audrey ein ähnliches Telefonkarma haben könnte wie Taylor. Dann gebietet sie sich Einhalt, da sie merkt, daß es von solchen Gedanken nur ein kleiner Schritt ist zum Termin bei einem

Numerologen, dazu, daß Rosario Delacruz eine Tante haben könnte, die sich mit der Interpretation von Telefonklingeln befaßt.
»Ich weiß nicht, ob du es schon weißt«, sind Audreys erste Worte. »Das mit dem Fernsehen.«
»Was mit dem Fernsehen?«
»Sie haben es für die Zehn-Uhr-Nachrichten angekündigt. Ein Sonderbericht über Vermißte. Sie haben auch ein Bild von Taylor gezeigt, ich nehme also an, daß sie dabei ist.«
»Etwa auf Channel 5?« fragt Chris und wittert Leigh hinter der Sache.
»Es fängt gerade an«, sagt Audrey. »Geh und schalte es ein.«

Beklommen nähert sich Chris dem Fernsehapparat. In letzter Zeit machen die Nachrichten ihr angst. Sie möchte keine Berichte über irgendwelche Leichen sehen, die man in einer Schonung ausgegraben oder neben einer Autobahn gefunden hat. Die Vermißten, auch wenn sie nicht Taylor sind, sind jene Bevölkerungsgruppe, zu der sie jetzt gehört, ihre Mitbürger im Nichts. Chris möchte nicht, daß man auch nur einen von ihnen in schlechter Verfassung auffindet.
Carol Marin kündigt den Beitrag an, reißerisch »In Luft aufgelöst« betitelt. Er beginnt mit Leighs Gesicht in Großaufnahme. Sie trägt eine Brille mit rotem Gestell, die Chris noch nie an ihr gesehen hat. Sie blickt tieftragisch, als habe ein Arzt ihr gerade gesagt, daß ihr Tumor inoperabel sei.
»Die Polizei von Chicago, die viel zu wenig Personal und viel zu wenig Mittel hat, widmet ihre Kraft vor allem der Suche nach verschwundenen Kindern, aber es ist eine traurige Tatsache, daß viele hundert Fälle von verschwundenen Erwachsenen ungelöst bleiben, monate- oder jahrelang, manchmal für immer.«
Leighs Gesicht verschwindet, es erscheint ein Weihnachtsschnappschuß von einem beleibten Elektriker, der im Februar zum Eisfischen nach Michigan gefahren und noch immer nicht zurück ist, dann ein lachendes Frauengesicht mit einem Geburtstagsparty-

Hütchen, eine Mutter von zwei Kindern aus Winnetka, die zum letzten Mal im März gesehen wurde, als sie in der Wäscheabteilung von Marshall Field's in Oakbrook einen Unterrock kaufte. Dann kommt Taylors Foto, das, was auf dem Umschlag ihres Buches erscheinen sollte. Haare kontrolliert zerzaust, lässig verknautschte Khaki-Fotografenweste.
»Über ein Monat ist vergangen seit dem rätselhaften Verschwinden von Taylor Heyes, einer Fotografin aus Chicago ...«
Chris möchte den Fernseher ausmachen, würde gern sagen, daß sie diesen Unsinn per Knopfdruck ausgeschaltet hatte, kaum daß er anfing, aber sie kann es nicht. Sie ist eine Schaulustige beim Anblick ihres eigenen Unfalls. Mit beängstigender Distanz sieht sie die wenigen Minuten zu, die das Fernsehen benötigt, um aus dem großen, formlosen Problem Taylor präzise gestückelte, fotogene Bildschnipsel zu machen.
Die anderen Fotos auf dem Bildschirm kennt sie nicht; sie müssen Leigh gehören. Taylor in Großaufnahme, breit lachend, Taylor albernd bei einem Grillfest. (War Chris dabei? Sie erkennt nicht, wo es gemacht wurde.) Dann Taylor auf einem Kamel auf den Dünen am Rand der Sahara, die Zähne strahlend gegen die gebräunte Haut. Vermißt seit April, verschwunden an einem scheinbar ganz normalen Tag. Spurlos. In Luft aufgelöst. Kein Klischee bleibt ausgespart. Freunde und Familienangehörige sind zutiefst besorgt. Chris wird bei diesem Feature zur besten Sendezeit nicht explizit genannt.
Dennoch beginnt das Telefon praktisch sofort zu klingeln. Binnen einer halben Stunde sammeln sich – sie zählt sie, während sie ankommen – siebzehn Mitteilungen von Neugierigen und Wohlmeinenden. Darunter Renny.
»Höre gerade von deinen Problemen. Würde gern helfen, wenn ich kann.« Wie der Geier, der einer angefahrenen Antilope neben der Wüstenpiste helfen will, denkt Chris, schreibt aber die Nummer auf. Manchmal kann sie sich selbst noch überraschen.
Als das Telefon wieder klingelt, nickt sie Bud zu, nimmt die Schlüssel, sie sind aus der Tür.

»Wie konntest du nur?« brüllt sie in Leighs Gegensprechanlage. »Wie, verdammte Scheiße, konntest du nur?«
Die Antwort ist das leise, brummende Summen der Haustür. Chris und Bud stürzen durch die Eingangshalle, die Treppe hinauf. Leigh steht in der offenen Wohnungstür. Es sieht aus, als sei sie schon im Bett gewesen, sie trägt nur T-Shirt und Slip. Tiff ist nirgends zu sehen. Bud schlängelt sich an ihr vorbei ins Wohnzimmer, immer in Stimmung für einen kleinen Besuch.
»Du hast dich nicht einmal getraut, es mir zu sagen«, sagt Chris.
»Ich dachte, daß du vielleicht Schwierigkeiten machst.«
»Du hast gewußt, daß ich strikt dagegen sein würde, das hast du ganz genau gewußt, du verdammter Feigling. Du wolltest deine beste Freundin für irgendein reißerisches Wochenprogramm ausbeuten und hast dich nicht getraut, es mir zu sagen. Gerade sage ich noch dem Typ von der Polizei, daß ich es nicht ertrage, als Opfer, als Hinterbliebene oder sonst etwas in dieser Art dazustehen. Ich ertrage das nicht. Ich will mein normales Ich zurück. Und das kriege ich nicht, solange sich alle vor Mitleid mit mir bepissen. Ich dachte, du verstehst das.«
»Du bist, wenn ich das mal sagen darf, ein egoistisches Arschloch. Denk eine Sekunde an Taylor, falls du das hinkriegst. Hast du eine Ahnung, was diese paar Minuten bewirken? Weißt du, wie viele Reaktionen wir daraufhin bekommen werden?«
»Und von wem? Das kann ich dir sagen. Hobbywahrsager und eine Hausfrau in Harvey, die Taylors Gesicht auf ihrer Fliegentür entdeckt, oder ein Lastwagenfahrer, der gesehen hat, wie Taylor in einer Spelunke in Indiana neben Elvis sitzt und Pommes mit Mayo ißt. Und ich werde mich jetzt nicht nur vor allen verstecken müssen, die ich kenne, sondern auch noch vor allen, die jetzt, wo wir hier stehen, mein Telefon heißlaufen lassen. Und nichts wird helfen, Taylor zu finden.«
Chris weint jetzt, legt eine Hand an Leighs Schulter, um sich abzustützen, als sie ihr von dem Kontoauszug erzählt.
»O Mann«, ist alles, was sie dazu sagt, dabei umarmt sie Chris. Bud steht neben ihnen. Blickt sie mit dem Lächeln an, mit dem er im-

mer versucht, menschliche Ereignisse umzukehren. Später, im Bett, sitzt Chris mit gekreuzten Beinen an die Kissen gelehnt, fingert mit dem Zettel, auf dem Rennys Nummer steht, und versucht zu überlegen, ob es ihr nach diesem Anruf besser oder schlechter ginge. Sie möchte etwas, wodurch es ihr bessergeht, auch wenn es gewagt, auch wenn es nur ein wenig und für kurze Zeit ist.

Wenn sie anruft, wird es ihr erstes Gespräch in den Jahren, seit sie sich getrennt haben, genauer gesagt, seit Renny sie wegen einer großbusigen, schmollenden Copyshop-Bedienung fallengelassen hat. Das war eine bittere Lehre für Chris. Sie hat sehr schmerzlich gelernt, daß sich in der Liebe genau jene betörenden Eigenschaften, die man so eifrig pflegt, am Ende gegen einen wenden können. An diesem speziellen Ende wollte Renny weder Chris' Witz noch den großartigen Sex, noch all die vehement ausgefochtenen Machtkämpfe, die ihnen nach Chris' Meinung eine neue Qualität der Beziehung bescheren würden. Sie wollte Schmollmund, Oberweite und Kenntnisse in Spiralbindung.

Seither haben sie sich nur einmal gesehen, auf einer Party, die Chris wenige Minuten, nachdem sie Renny entdeckt hatte, verließ. Hätte man sie vor zwei oder drei Monaten gefragt, sie hätte gesagt, daß es mindestens noch einige Jahre dauern werde, bevor sie eine Begegnung mit ihr ertragen könnte. Aber nach allem, was in den letzten Wochen passiert ist, wird Renny in Chris keinen unberührten Punkt mehr finden, den sie noch verletzen könnte. Aus der Distanz von Chris' gegenwärtigem Schmerz wirken Rennys Taktiken fast wie harmlose, kleine, schäbige, durchsichtige Tricks. Tricks, die nur bei einer unschuldigeren Chris funktionieren konnten – einer Chris, die Taylor noch nicht erlebt hatte, aber auch einer Chris, die die wahre Renny noch nicht erlebt hatte.

Als sie die Telefonnummer auf dem Zettel zu wählen beginnt, merkt sie, daß sie sie eigentlich nie vergessen hat. Rennys Band läuft, sie hinterläßt eine Nachricht. Als sie sich schließlich, nach einigem weiteren Telefon-hin-und-Her, persönlich am Apparat haben, sagt Renny, sie fände es an der Zeit, daß sie miteinander redeten, direkt, statt auf dem Umweg über Freunde.

»Reden worüber?« sagt Chris. Sie ist stoisch. Diesen Satz hält sie seit Jahren bereit.

»Ich verstehe gut, wenn dir das zuviel wird«, sagt Renny, und Chris geht auf, daß sie keinen zweiten Satz parat hat. Sie erträgt den Gedanken nicht, daß Renny denken könnte, Chris sei ihretwegen immer noch zu verstört, um sich mit ihr treffen zu können, daß sie immer noch Macht über Chris hat (obwohl sie sie natürlich hat). Chris sorgt sich, daß sie den Bruchteil einer Sekunde zu lange gezögert haben könnte, und schlägt daher rasch und, wie sie hofft, lässig den folgenden Abend und ein Café vor, das gerade *in* ist; Renny kontert mit dem übernächsten Abend und einer Bar mit Restaurant namens Commodore Club im westlichen Loop, nicht weit von ihrem Arbeitsplatz. Sie kann schicke Restaurants nicht ausstehen, ihre Vorstellung von Atmosphäre sind Bars mit gedämpftem Licht. Ein Caffè macchiato würde bei ihr Brechreiz auslösen. Ihr Abscheu gegen Allüren gehörte anfangs zu ihren faszinierendsten, auf Dauer zu ihren lästigsten Eigenschaften.

Kaum hat Chris die ledergepolsterte Eingangstür des Commodore Clubs aufgestoßen, stolpert sie in höhlengleiche Dusterkeit, Erkennungsmerkmal anachronistischer Rendezvous-Lokale, wo mittlere Angestellte ihre Sekretärinnen zu verführen suchen. Eines jener Lokale, wo die Cocktails unglaublich stark und die Gerichte unglaublich schlecht sind, aber wen interessiert das? Es gibt keine Stühle, nur halbrunde Nischen mit flackernden Votivkerzen auf den Tischen. Wie findet Renny solche Dinosaurierlokale überhaupt? Und obwohl sie laut auflachen möchte, empfindet sie einen billigen Kick, als sie in die überklimatisierte Luft hineingeht.

Renny sitzt in einer Nische weit hinten. Sie hat sich nach der Arbeit umgezogen und trägt Jeans und eine weiße Bluse mit hochgerollten Ärmeln (sie ist absurd eingebildet auf ihre Arme). Falls sie in der klimatisierten Polarkälte friert, würde sie es sicher nicht zugeben. Ihre Füße ragen, in Cowboystiefeln, unter dem Tisch hervor, ihre langen, schwieligen Hände umfassen einen Wodka-Tonic.

Chris spürt den Schlag an mehreren Stellen – Herz und Knie,

beide bocken. Dieser Augenblick ist ein Chaos aus Schuldgefühl und Macht. Auf dem Weg durch den Raum weiß sie, daß ihr erhöhter Puls nichts mit der Anspannung zu tun hat, unter der sie in all diesen Wochen gelitten hat. Hier kommt zu einem alten wunden Punkt ein neuer hinzu. Taylor haßte Renny, genauer gesagt, haßte sie, weil sie sie nie kennengelernt hatte, Renny als Idee, haßte, daß jemals eine andere Macht über Chris gehabt hatte. Indem sie heute abend hierherkommt, begeht Chris den schlimmstmöglichen Verrat, sie begibt sich in Reichweite jener Versuchung, die Renny immer war, zahlt Taylor heim, daß sie sie verlassen hat, nicht nur dieses Mal, sondern auch, weil immer ein Verlassen darin lag, daß sie niemals zu Chris hatte kommen und bleiben können.
Renny sieht nach dieser langen Zeit aus wie immer und dabei ganz anders. Ihre Frisur ist neu, Bürstenschnitt, aber länger und nerzglatt. Und die Jahre haben Spuren hinterlassen, sie in ihre Härte hineinwachsen lassen. Ihr Gesicht hat Falten von den Sonnenbädern und dem Rauchen, das sie aufgegeben hat. Das Androgyne ihrer Jugend ist jetzt, da sie die Vierzig überschritten hat, der reinen Butch gewichen.

Renny gehört einer früheren Phase in Chris' Leben an, als sie in Bars herumhing, mit einer breiten Palette verschiedener Frauen nach Hause ging, wobei die Breite der Palette zum Kick gehörte. Eine Zeit, in der sie, wie sie sich erinnern kann, zu Daniel sagte: »Nicht gleich und gleich, sondern scharf und scharf gesellt sich gern.«
Jetzt war Chris mit Taylor zusammengewesen, eine wohlanständige Freiberuflerin, eine ganz konventionell passendere Wahl. Sie sprechen beide ein wenig Schulfranzösisch, inzwischen etwas eingerostet. Sie haben als Studentinnen ein Jahr in Montpellier verbracht, mit zwei Jahren Abstand. Sie gehören Berufsverbänden an, sind im Vorstand einiger Schwulen- und Lesbenorganisationen. Sie haben die *New York Times* abonniert, diskutieren manchmal über Artikel. Sie wählen seit langer Zeit die Liberalen. Zusammen haben sie eine recht solide klassische Bildung vorzuweisen. Sie ver-

stehen ein wenig von Weinen, von guter Küche. Sie sehen sich selbst gern als einzigartig, sind aber auch, wie Chris weiß, Töchter einer bestimmten Klasse und bestimmter Umstände.

Rennys Umstände sind andere. Sie ist FedEx-Fahrerin. Sie hat Rückenprobleme, legt sich lange in die heiße Badewanne, wenn sie abends von ihrer Tour nach Hause kommt. Sie war nie in einem Sportstudio und mochte besonders Chris' Beschreibung des Stair-Masters. »Hey, mein ganzer Tag ist ein einziges Sportstudio, und ich wußte es nicht. Ich sollte dafür bezahlen, daß ich arbeiten gehe.«

In der Badewanne las sie dicke Biographien von allen möglichen Leuten – Mutter Teresa, Alexander Graham Bell, Elvis, Gramci – und trank Rotwein aus dem laufenden Jahr, ein Überbleibsel aus ihren Tagen als Stahlarbeiterin (sie balanciert furchtlos auf T-Trägern). Wenn sie frei hatte, ging sie zur Rennbahn. Sie schlief, zu der Zeit, als Chris mit ihr schlief, mit einer .38er auf dem Fußboden neben ihrem Wasserbett.

Obwohl ihre Beziehung fast anderthalb Jahre dauerte, haben sie nicht zusammen gewohnt. Renny braucht viel Platz. Sie ist seriellmonogam, aber einige Frauen treten nur in ein oder zwei Episoden der Serie auf. Sobald eine Bindung anfängt, sie zu kratzen oder zu beengen, sucht sie sich jemand Neues, so hat Chris sie kennengelernt. Renny kam in Chris' Praxis, um eine Software anzuliefern, die Chris für ihren Computer bestellt hatte. Chris öffnete die Praxistür und sah Renny im Korridor stehen, eine Erscheinung nichtreligiöser Art mit einem Päckchen in den Händen. Sonnenbankgebräunt, vom linken Ohr baumelten mehrere fedrige Ohrringe, Giorgio stieg in Wolken aus ihrem Dekolleté, das unter dem aufgeknöpften, hochgestellten Kragen ihrer dunkelblauen Uniformbluse gerade noch zu sehen war. Chris weiß noch, daß ihr die Knie weich wurden.

Bei diesem ersten Besuch und bei weiteren Lieferungen an Chris (die viel häufiger 24-Stunden-Lieferdienste in Anspruch zu nehmen begann), lächelte Renny auf eine Weise, die nicht direkt professionell war, beugte sich etwas weiter vor als unbedingt nötig, um das Klemmbrett zu halten, während Chris die Lieferung bestätigte. Chris vermutet inzwischen, daß das ihre Standardtaktik ist. Zeigt sich das Objekt von Rennys Interesse ebenfalls interessiert – was vermutlich ziemlich oft der Fall ist –, kann die Angelegenheit sofort dort im Büro explodieren (wie bei Chris' fünfter oder sechster Lieferung), im leeren Sitzungssaal oder etwas später, nach der Arbeit. Und wenn die Frauen, denen sie nachsteigt, nicht interessiert sind, es danach bereuen oder allzu anhänglich werden, zieht Renny vergnügt weiter, hat neue Päckchen zuzustellen.

Rennys Stärke ist der Anfang, den sie zu einer Kunstform entwikkelt hat. Will man allerdings versuchen, mit ihr eine längere Beziehung zu führen, ist das komplizierter und erheblich anstrengender. Ein typisches Rendezvous begann nachmittags mit einem Anruf von Renny, ob Chris Zeit hätte, mit ihr zu Abend zu essen. Und bevor Chris durchschaut hatte, wie das ablief, sagte sie, natürlich, wie wäre es mit halb sieben, dann duschte sie, zog sich um, saß bis sieben oder viertel nach sieben auf ihrem Sofa und blickte auf das Tellerchen mit Ziegenkäse und Weizenkräcker, das sie bereitgestellt hatte.

Und dann rief Renny von einer Telefonzelle an, etwas Unwichtiges, aber Unaufschiebbares (und niemals Erläutertes) sei dazwischengekommen, sie werde sich etwas verspäten. Es folgte ein weiterer Anruf, vielleicht sollten sie sich gleich im Restaurant treffen. Wo Chris wartete, bis sie fast verzweifelte, nur fast, denn genau eine Minute früher rauschte Renny, Meisterin des Timings, herein, außer Atem und leicht in Schweiß aufgrund ihrer sicher nicht-ausreichend-geschätzten Anstrengungen, überhaupt zu kommen.

Dieses Motiv hatte zahllose Variationen. Verabredungen, die im letzten Augenblick abgesagt wurden. Romantische Abendessen zu zweit, zu denen sie unerwartet mit einer Freundin auftauchte oder mit ihrer Nichte aus New Jersey, deren Besuch sie zu erwähnen vergessen hatte.

Den absolut besten Tagen folgten zwingend Tage, an denen Renny Chris nicht zurückrief. Nach den Treffen mit Renny gab es nie Gezirpe, Geflirre, Geflöte – nur Rückschläge. Es war, als lebe Chris auf einer Käsereibe, und es kam soweit, daß sie sich schon, wenn sie in die glatte Richtung gezogen wurde, davor zu fürchten begann, in die andere Richtung gezogen zu werden.

Chris weiß immer noch nicht genau, was der Grund für Rennys Ambivalenz war. Mit der Zeit hatte sie keine Lust mehr, das zu ergründen, und solange es anhielt, merkte sie, wie sie zu einer schlechteren Ausgabe ihrer selbst wurde. Sie konnte das Zittern in ihrer Stimme hören, wenn sie anrief, nie sicher, welche Renny am anderen Ende sein würde. Sie fühlte sich wie jemand mit geringfügigen, unschicklichen Beschwerden, einer leichten Störung des Innenohrs, durch die sie immer ein wenig aus dem Gleichgewicht war, taumelnd und stolpernd, unfähig, einen sicheren Tritt zu finden. Ein weiteres Symptom war die Tendenz, Freunde und Freundinnen, die zuzuhören gewillt waren, mit den letzten Details von Rennys glühenden (und originellen) Liebeserklärungen zuzuschütten, um dann praktisch umgehend eine Woche lang für niemanden zu sprechen zu sein. Ein weiteres Symptom war Chris' idiotische Nervosität rund ums Telefon, ein hyperaktiver sechster Sinn, daß es gleich klingeln würde, natürlich mit Renny am anderen Ende. (Jetzt ist es Taylor, die nicht anruft.)

Renny stieß Chris zu, als sie die Dreißig bereits überschritten hatte, zu alt, um damit rechnen zu können, daß es für sie noch Erste Male geben könnte. Aber so verrückt es auch war, diese Beziehung war für sie eine Erfahrung, die sie unbestreitbar prägte, denn es veränderte die Form von Nähe, die zwischen ihr und einer anderen Person möglich war

Bis dahin hatte sie mit Frauen immer den einfachsten Weg eingeschlagen – kurze, unverbindliche Affären, dazwischen längere, gut kontrollierbare Beziehungen, die Gefühle präzise portioniert, Situationen, die sie immer mehr oder weniger zu kontrollieren schien. Bis dahin hatte sie gedacht, Leidenschaft sei vorübergehend und drehe sich vor allem um Sex, Beziehung vor allem um Bequemlichkeit. Und doch, obwohl Chris sie als nicht klug genug, nicht richtig genug und natürlich als viel zu verrückt abtat, war da

Renny, die direkt in Chris' Herz hineinmarschierte, mit den Fäusten gegen dessen Wände schlug.
Im Rückblick glaubt Chris, daß sie Taylor nur deswegen eingelassen hat, weil ihr das die Möglichkeit gab, wieder von der gleichen idiotischen Klippe zu springen, zu spüren, wie beim Fallen die Luft an ihr vorbeirauschte, ein Kick, nach dem sie offenbar beim ersten raschen Sturz mit Renny süchtig geworden war. Daher ist Renny indirekt nicht nur für die Schwierigkeiten verantwortlich, in denen Chris nach ihrer Trennung steckte, sondern auch für die Schwierigkeiten, in denen sie jetzt ist. Was der Grund sein mag, warum, als sie in die Nische ihr gegenüber gleitet, in Chris' erstem Gefühl von Aufregung, sie nach so langer Zeit zu sehen, gleichwohl ein Anflug von Zorn ist.

»Du siehst großartig aus«, sagt Renny, um sie zu entwaffnen. Sie hat das in letzter Zeit auch von anderen gehört. Sie vermutet, daß es an der verblassenden marokkanischen Sonnenbräune, dem Gewichtsverlust liegt.
»Ich führe alle an der Nase herum.«
Chris möchte nicht zu viel zeigen. Renny macht von Informationen nicht immer den besten Gebrauch.
»Solange ich dachte, daß du dein Leben lebst und alles in Ordnung ist, war das eine Sache. Aber als ich hörte, daß du so in der Klemme steckst, habe ich mir gedacht, du brauchst eine, die dich wirklich versteht.«
Objektiv sieht Chris, daß Renny sie auf die Probe stellt, sie in eine Position der Verletzlichkeit hineinmanövriert, sich dafür ihrer früheren Beziehung bedient. Keine ihrer kühlen Beobachtungen hat allerdings irgendeine Wirkung auf ihre Gefühle, die durcheinanderwirbeln wie Socken im Trockner. Sie beißt sich auf die Unterlippe, um die Tränen zu stoppen, die ihr in die Augen steigen, aber es nützt nichts. Binnen weniger Sekunden sitzt sie in diesem lächerlichen Restaurant – einer Frau gegenüber, auf deren Gesicht groß SPRENGSTOFF - LEBENSGEFAHR steht – und weint.

»Du liebst sie wirklich«, sagt Renny, als sei sie die Freundin, die sie nie war.
»Ich liebe sie wirklich, *und* es war schwierig zwischen uns«, stellt Chris klar.
Renny nickt, die breiten Schultern hängen ein wenig unter der angesammelten Last von Jahren mit Frauen. »Ich glaube, ich werde alt. Ich habe keine Lust mehr drauf, daß alles so kompliziert ist.«
»Was ist mit ...?« Chris putzt sich die Nase mit einer Cocktailserviette, die sie unter Rennys Glas hervorgezogen hat, und kramt in ihrem Gedächtnis nach dem Namen der Xerox-Freundin.
»Melanie? Weißt du, egal, was passiert, wir werden immer wichtig füreinander sein ...«
Chris erspart es sich, dem weiter zuzuhören, da es lediglich eine bunte Verpackung um die einzige interessante Information ist, und die ist, daß Renny sich von dem Mädchen getrennt hat und ungebunden ist, was Chris' momentanen und speziellen Bedürfnissen entgegenkommt. Und die sind, wie sie bemerkt, mit einem prüfenden Auge zu ihrer ehemaligen Geliebten zurückzukehren, deren Gefahren zu testen. Chris erkennt das schlagartig, so plötzlich, daß sie lächeln muß, was, wie sie dann an einem Flackern in Rennys Augen sehen kann, sie einen gewissen Vorteil kostet, den Vorteil der Überraschung.
»Hier ist es eiskalt, findest du nicht?« sagt Renny und rubbelt ihre dicken Trizepsstränge. »Vielleicht sollte ich zahlen, und wir gehen woanders hin.«
»Könnte woanders deine Wohnung sein?« rät Chris.
»Nur, wenn du möchtest«, sagt Renny, schafft die Illusion, daß sie Chris den Ball zuspielt, während sie in Wirklichkeit ihre Antwort bereits hat.

Die Wohnung beginnt mit einem langen Flur. Kaum haben sie die Tür hinter sich geschlossen, wird Chris von Nostalgie überfallen, dem Geruch von etwas Altem, Vertrautem. Die Grundnote von Giorgio, darüber Küchengerüche von früheren Steaks und Spaghettisoßen. Wachs auf den alten Holzböden, Zitronenölmöbel-

politur auf der Tischplatte (Renny kommt aus dem Arbeiterviertel der Chicagoer South Side; sie hält ihre Wohnung in Schuß). Und wie immer frische Blumen in Vasen im Wohnzimmer und in den anderen Zimmern, ein Detail, das Chris anfangs überrascht hat.
Renny lebt schon viele Jahre hier. Ihr Geruch hängt inzwischen in jeder Ritze der Wohnung. Diese Gerüche sind für Chris erotisch nostalgisch, denn sie hat zwar Steaks gegessen, die in Rennys Küche gebraten wurden, im Wohnzimmer Videos geguckt und einmal sogar am Eßtisch Canasta gespielt, ihre Hauptbeschäftigung in dieser Wohnung aber war großartiger Sex. Einmal hat sie versucht, Myra zu beschreiben, was zwischen ihr und Renny passierte, wurde aber rasch verlegen und sprachlos. Außerdem war es im Grunde nicht, was in Rennys Schlafzimmer (das sie am Ende von Rennys Flur erkennen kann, weil das Straßenlicht durch die Jalousien fällt) konkret passierte, nicht das »was« dessen, was sie taten. Vielmehr gab Renny Chris eine eng umrissene Art von Sicherheit. Sie galt nur für die Stunden, in denen sie nackt zusammen waren, dann aber konnte Chris sich in der Gewißheit fallen lassen, aufgefangen zu werden. Sie sehnt sich danach, diese Sicherheit wieder zu spüren, vor allem jetzt, und quält sich daher nicht mit der Frage, ob sie das Richtige tut. Mit Renny ist es nie das Richtige. Die einzige Frage, die Chris beschäftigt, hat nichts mit Vernunft zu tun, sondern nur damit, wie viele Präliminarien sie hinter sich bringen muß, um dorthin zurückzukehren, wo sie aufgehört haben.
Sie erhält die Antwort, als sie beginnt, im Dunkeln die Wand nach dem Lichtschalter abzutasten.
»Ich weiß noch, daß er hier irgendwo ist«, sagt sie und spürt dann eine Hand über der ihren, mit leichtem Druck.
»Ich glaube nicht, daß wir das brauchen«, sagt Renny, schließt die Tür mit dem Fuß, legt das Bein um Chris' Wade, hält sie fest, zieht sie dabei zu sich hin, Chris spürt Rennys ganzen Körper zugleich, und dann wird doch ein Schalter angeknipst, wenn auch nicht der für das Licht.
»Oh«, sagt Chris und errötet in der Dunkelheit, wo es nichts wert ist. »Ich bin so ...«

»Darum sollten wir uns kümmern«, sagt Renny zuvorkommend und führt Chris an der Hand durch die dunkle Wohnung ins Schlafzimmer. Der Vorteil alter Bekanntschaften: ohne fragen oder herumfummeln zu müssen, weiß Renny, was Chris von ihr will.

»Du magst das also noch«, sagt sie etwas später, in einem entscheidenden Augenblick. »So ein liebes Mädchen.«

12

Chris' Vater ruft oft spätabends an. »Ich habe das im Fernsehen gesehen«, sagt er dieses Mal. »Sie haben es nicht erwähnt, aber die Sache ist die, daß man sich ein neues Leben kaufen kann.« Er möchte sie an Fred Bonner erinnern, ein Betrüger, den sie während ihrer Kreuzfahrttage kannten. Als er bei den Bossen in Schulden geriet, nahm er, was er noch hatte, und besorgte sich damit einen erstklassigen Ausweistypen, einen guten, verschwiegenen Schönheitschirurgen und einen Mietvertrag für eine Reihenhaushälfte in Toledo.

»Das gehört dazu. Sie wählen eine Stadt, von der niemand glaubt, daß man freiwillig dorthin zöge«, sagt er. Sie versteht, daß er ihr helfen, ihr von einer Welt erzählen möchte, in der Verschwinden ebenso oft ein beruflicher Schachzug wie eine Tragödie ist.

»Danke, daß du angerufen hast, Dad«, sagt sie, kriecht ins Bett und stellt vorher das Telefon für die Nacht ab.

»Sie sehen nicht besonders gut aus«, sagt Rosario, mustert Chris prüfend von oben bis unten, sieht unter die Sonnenbräune, die die weniger Scharfsichtigen getäuscht hat. Sie schweigt, nachdem sie dieses Urteil abgegeben hat, um Chris die Möglichkeit zu geben, ihr Herz auszuschütten. Rosario läßt Chris häufig spüren, daß sie

ihre Beziehung als Freundschaft sieht, wenn auch eine, in der Chris oft enttäuschend wenig mitteilsam ist.
Chris verfährt so, daß sie ihren Patienten die grundlegenden Informationen über sich selbst gibt, falls sie neugierig werden. Daß sie Lesbe ist, mit einer Frau zusammenlebt, namenlos. Wenn sie in Urlaub fährt, sagt sie ihnen, wohin sie fährt (und ruft sie von dort an, wenn sie auf Band sprechen und sie brauchen). Größere, privatere Dinge, wie Taylors Verschwinden oder kleinere, wie der wenige Schlaf, den sie in den letzten Nächten in Rennys Bett bekommen hat, bleiben auf der anderen Seite des Vorhangs.
Üblicherweise begreifen die Patienten diese Grenzen mit der Zeit, und das schützt sie vor weiteren Nachfragen. Rosario hingegen lüpft ausgesprochen gern eine Ecke des Vorhangs, als sei Chris Nonne und Rosario wolle unter ihre Haube spähen, um zu sehen, welche Haarfarbe sie hat. Diese Neugier hat etwas Ungezogenes, als bemühe sie sich um den Status »geliebtes böses Mädchen / Lieblingsschülerin«.
Daher reagiert Chris auf diesen Vorstoß nicht, versucht statt dessen, Rosarios Prüfung in eine stärker therapeutische Richtung zu lenken. »Sie hingegen«, sagt sie zu Rosario, »sehen gut aus. Keine blauen Flecke. Strahlende Gesundheit, würde ich sagen.« Was stimmt. Sie nimmt ihren Platz auf Chris' Sofa ein, heute trägt sie die Nuttenversion eines strengen Kostüms – rot, der Rock so kurz, daß Chris an Sharon Stone in diesem Film denken muß, in dem sie einen Raum voller Polizisten um den Verstand bringt, indem sie ständig die Beine übereinander- und auseinanderschlägt.
Chris wendet den Blick ab; sie möchte nicht beim Gucken erwischt werden. Rosario ist von Chris' sexueller Orientierung, die sie als Kuriosum sieht, bereits ein bißchen zu sehr fasziniert. Chris ist die erste Lesbe, die sie kennenlernt, eine entfernte Cousine ausgenommen, die offenbar Herrenanzüge und Koteletten trägt. In diese Schublade konnte Rosario Chris nicht verstauen, daher stellte sie sie sich zunächst als eine Frau im Übergang vor. »Eines Tages«, sagte sie einmal zu Chris, »kommt ein richtiger Mann, der

läßt Sie das alles ganz anders sehen. Nicht, daß Männer so toll wären, das muß ich zugeben. Aber ich glaube trotzdem nicht, daß ich lesbisch sein könnte. Bei Frauen fehlt mir dieses ...« Zur Illustration leckte sie an einem Finger und machte ein *tssst*-Geräusch für elektrische Spannung.
»Und ich kriege das nicht mit Männern«, erklärte Chris.
»Ah«, sagte Rosario und begriff, seither wurde darüber keine Silbe mehr verloren.

Jetzt erwägt Rosario Chris' Kompliment über ihr Aussehen, das sie sowohl annimmt als auch ablehnt. »Aber dann täusche ich Sie nur. Die Wahrheit ist, daß es mir furchtbar geht.« Sie hat Tony, den dreschenden Liebhaber, fortgeschickt, aber jetzt dauert die Stille danach schon zwei Wochen, und langsam bereut sie es.
»Aber vielleicht entdecken Sie etwas an sich selbst, jetzt, wo Sie nicht mehr so stark mit ihm beschäftigt sind?«
Rosario denkt darüber nach. »Ich würde sagen, daß ich vor allem entdecke, daß er eine andere hat. Ein Miststück namens Luz mit blondiertem Haar. Maria hat sie am Samstag in einem Club gesehen, haben sich am Hintereingang zusammen Koks reingezogen. Sie hat sich an seinem Bein rumgerieben, Sie wissen schon ...« Sie senkt den Kopf und blickt hoch, um mit Chris einen Blick gemeinsamen sexuellen Wissens auszutauschen.
»Ich werde *morada* – purpurrot – vor Wut, wenn ich mir das vorstelle.«
»Dann«, sagt Chris, »denken Sie daran, wie die arme Luz noch am gleichen Abend blau und grün geprügelt wurde. Denn das dürfte doch wohl passiert sein.«
Rosario sieht sie an, nickt aber weder, noch sagt sie etwas, um Zustimmung anzudeuten. Chris geht innerlich in die Hocke, überlegt, wie sie es schaffen kann, Rosarios Fangarme vom erschöpften Thema der Beziehung zu Tony abzuklauben. Ein beträchtlicher Teil der Arbeit, die sie in diesem Raum tut, ist von dieser Art: ihre Patienten von dem fortzubugsieren, was nicht das Problem ist, hin zu dem, was es sein könnte.

»Versuchen Sie daran zu denken, wie Sie sich vor dieser ganzen Anspannung schützen, sich selbst in die Lage ...«

»Sie sollte überlegen, wie *sie* sich schützt, diese Luz-Schlampe. Ich habe eine Ahle genommen und in jeden ihrer vier Reifen Löcher gestochen. Die soll sich zehnmal überlegen, ob sie noch mal auf der Straße parkt, das ist meine Meinung dazu.« Und Chris denkt, nun denn, ein weiterer Meilenstein in der Geschichte der Psychotherapie.

Wenn sie in diesen Tagen morgens auf den sanften Wogen von Rennys Wasserbett aufwacht, fühlt sie sich wie eine willfährige Geisel. Ihre Glieder schmerzen, ihr Brustkorb ist schwach, die Atmung flach. Ihr Hals ist empfindlich, wenn sie mit den Fingerspitzen darauf drückt, daher weiß sie, noch bevor sie zu einem Spiegel kommt, daß die Kapillaren geplatzt sind und sie einen Knutschfleck hat.

Es ist früh, es dämmert kaum, noch nicht einmal sechs, aber Renny ist schon zu spät für ihre Tagestour. Der Wecker, der, wie Chris sich erinnert, in entfernter Vergangenheit geklingelt hat, wurde ausgestellt, und Renny ignoriert immer noch die harte Realität vieler nervöser, reizbarer Geschäftsleute, die Übernachtsendungen, Umschläge, Dokumente und Verträge, Rollen mit Architekturplänen und Muster neuer Produkte erwarten, während sie auf der Seite liegt, die rauhen Fingerknöchel über Chris' nackte Schulter, Arm, Hüfte, Schenkel streicht. Chris öffnet die Augen, um Renny anzusehen. Bud trippelt im Hintergrund, umschreitet die Grenzen des noch unbekannten Bettes. Sie zieht ihre Jeans an und geht über die hintere Treppe mit ihm nach unten, damit er auf der Gasse hinter Rennys Haus pinkeln kann. Als sie zurückkommt, beginnt Renny, ihr die Jeans aufzuknöpfen, zieht sie dann aufs Bett, bedeckt mit einer Hand Chris' Mund, hält mit der anderen ein Handgelenk sehr fest.

»Zwei Sachen muß ich mit dir machen«, sagt sie, den Mund an Chris' Ohr. »Sie dauern nicht lange.«

Zu Hause zieht Chris ein paar Shorts und ein T-Shirt an und nimmt ein Band aus ihrem Walkman, das Taylor ihr ganz am Anfang gemacht hat, mit verschiedenen Liedern, in denen es um ihre Leidenschaft für Chris geht. Vor einigen Wochen hatte sie es aus dem Handschuhfach ihres Autos gewühlt und es seither in einer, wenn auch verspätet, erwiderten Leidenschaft gespielt, nach jedem Strohhalm gesucht, Taylor in der Nähe zu behalten. An diesem Morgen ersetzt sie es durch Bonnie Raitt.

Sie fährt zum See, um zu joggen, will eine von denen sein, die da sind, eine der Frauen im Park. Manchmal ist es keine bestimmte Frau, die sie erregt. Im Grunde wäre jede konkrete Frau – selbst Renny, selbst heute morgen – nicht das, worum es geht; es gibt immer irgendeine konkrete Frau. In Momenten wie diesen freut sie sich an etwas, das größer und grundsätzlicher ist – ihre Verbindung zu allen Frauen, die Vorstellungen von ihnen als Spezies – wie Karibus in den Ebenen, die Erregung, die sie als Herde miteinander teilen, ihr Atem als Wolke in der nördlichen Dämmerung, Hufe scharren erwartungsvoll im verharschten Schnee.

Als sie zurückkommt, ist Leigh da, macht in der Küche Kaffee. Leigh hat jetzt einen Schlüssel, wenn sie kann, kommt sie vorbei, um mit Bud zu helfen und jenen Rhythmus zu erhalten, der für einen Zweipersonenhaushalt gedacht war. Die beiden haben seit der Sendung nicht mehr miteinander gesprochen, die – wie Chris vorhergesagt hat – nicht zu Taylor, sondern lediglich zu einer Menge unbeantworteter Anrufe auf Chris' Band und einem leichten Anstieg der Zuschauerzahlen für Leighs Sender geführt hat.

Chris sieht an der neuen Tüte Kaffeebohnen sowie den Bagels mit Lachs auf dem Küchentisch, daß Leigh gekommen ist, um das wiedergutzumachen. Aber die Wiedergutmachung geschieht nach Leighs Bedingungen.

»Nett«, sagt sie, als sie von der Kaffeemühle aufblickt und Chris' Hals sieht.

Chris weiß darauf nichts zu sagen, darum leistet sie schweigend Widerstand, indem sie Wasser für eine einsame Tasse Tee aufsetzt.

»Wir haben also beschlossen, daß die Zeit der Trauer vorüber ist, oder? Wir legen Schwarz ab und tragen Rot. Wer kann es nur sein? Triffst du Verabredungen, läßt du dich von Freundinnen verkuppeln, hängst du in Bars herum? Jemand aus deinem Sportstudio? Wirklich, ich möchte wissen, wie das geht.«
Chris fühlt sich schuldig genug, um sich von Leigh beschimpfen zu lassen; außerdem ist es aussichtslos, sie stoppen zu wollen. Ihre erbarmungslose, einschüchternde Art ist ein gut ausgebildetes berufliches Talent. Einmal hat sie eine hysterische Frau interviewt, nachdem ihr Kind von einem klapprigen Auto überfahren worden war, in dem ein Greis direkt vor der Schule einen Herzanfall bekommen hatte. Die Überreste des Jungen waren gerade mit dem Notarzt fortgebracht worden. Nach fünf Minuten besorgter Fragen und von Schluchzen erstickter Antworten stellte Leighs Kamerafrau fest, daß in der Videokamera keine Kassette war. Und Leigh brachte es fertig, diesen peinlichen Moment völlig zu ignorieren und die Mutter zu fragen, ob es ihr etwas ausmachen würde, das ganze Interview zu wiederholen.
»Also. Wer?«
»Renny«, sagt Chris. Es hat keinen Sinn, sie hinhalten zu wollen. Verschämtheit würde das Verhör nur herausziehen. Sobald sie es gestanden hat, bleiben beide einen Augenblick lang reglos stehen, zum Schweigen gebracht, bedenken sie aus ihren jeweiligen Blickwinkeln die Absurdität des Ganzen. »Ist das schlimm von mir?« sagt Chris schließlich. »Ich weiß es wirklich nicht. Ich habe beim Joggen darüber nachgedacht. Diese vielen Wochen. Die meiste Zeit habe ich neben dem Telefon gewartet, habe per Fernabfrage meinen Anrufbeantworter zu Hause und in der Praxis abgehört. Habe jede Schublade im Haus nach einem möglichen Hinweis durchwühlt. Habe sie in jedem Geschäft und in jedem Restaurant gesucht, in dem wir je zusammen waren. Ich habe vier Stunden die Nacht geschlafen, und das meist nur mit Valium. Ich habe alle Leute angerufen, die sie kennt, nach irgend etwas gesucht, was das erklären könnte. Ich bin nach Marokko gefahren, nur, um von einem französischen Arschloch gedemütigt zu werden.«

»*Con*«, springt Leigh ein. »Das ist Französisch für Arschloch.«
»Ich habe mich vermutlich nicht genug um meine Patienten gekümmert, obwohl ich denke, daß ich das langsam in den Griff bekomme. Ich habe die meisten meiner Freundinnen links liegengelassen. Jetzt habe ich etwas gefunden, das mich nachts ein wenig tröstet, manchmal denke ich, daß mir das zusteht, und manchmal bin ich deiner Meinung und finde, daß es mies und Taylor gegenüber treulos ist, daß ich immer noch nichts anderes tun sollte, als auf der Veranda vor dem Haus im Schaukelstuhl zu sitzen und die Straße nach ihr hinauf- und hinunterzusehen.« Sie weiß, daß sie Renny herunterspielt, das, was sie mit ihr tut, in ein mildes Licht taucht, aber sie kann sich nicht überwinden, Leigh zu gestehen, daß sie sich bis zu einem gewissen Grad sowohl an Taylor rächt als auch versucht, Distanz zu ihr zu bekommen. Ihre Motive sind inzwischen derart widersprüchlich, daß es ihr schwerfällt, sie sich selbst zu erklären, ganz zu schweigen von jemand anderem, ganz zu schweigen von Taylors bester Freundin.
Die sich sowieso schon über sie aufregt, jetzt hebt sie vom Küchentisch, als Beweis, einen Aschenbecher mit ein paar Kippen hoch. »Du vögelst eine Frau, die dich fast in die Klapse gebracht hätte. *Und* du rauchst. Herzchen, niemand raucht noch. Reiß dich zusammen. Mit dem Rauchen ist es vorbei. Und du wirst zu dünn. Du kennst den Satz der Herzogin von Windsor – daß eine Frau nie zu dünn oder zu reich sein kann? Ich denke, du kannst nur dann nicht zu dünn sein, wenn du schon zu reich bist. Wenn du in den mittleren Jahren bist und zur Mittelschicht gehörst, siehst du knochig und freakig aus.«
Zum ersten Mal denkt Chris darüber nach, daß sie in den mittleren Jahren sein könnte. Aber technisch gesehen ist es durchaus wahr. Zweimal neununddreißig ist achtundsiebzig, eine durchaus vernünftige Lebenserwartung.
»Was ist eigentlich los?« sagt sie zu Leigh. »Kotzt dich etwas anderes an und du fällst einfach über mich her, um dich abzureagieren?«
»Vielleicht. Es ist in letzter Zeit einfach zu viel. Erst Taylor. Und jetzt hat Frank eine Führungsposition angeboten bekommen.« Sie

spricht von Frank Weiss, ihrem angeblichen Verlobten. »Von einer Bank in Texas. Für ihn wäre es genau das Richtige. Ich kann wirklich nichts dagegen tun.«

»Kann er nicht woanders wohnen und trotzdem dein Vorzeigekerl sein? Kannst du nicht sagen, daß ihr eine Wochenendbeziehung habt?«

»Vermutlich. Eine Zeitlang. Aber das wichtigste an ihm ist seine öde physische Präsenz. Er ist so perfekt hetero, so perfekt Geschäftsmann, er erstickt jede Frage über mein Privatleben. Die Leute sehen ihn an, und plötzlich ist es ihnen egal. Er ist ein riesiger Eimer Wasser, den man über ihre brennende Neugier kippen kann. Wenn ich anfange, bei Abendessen und Partys allein aufzukreuzen, könnte das alle auf Gedanken bringen.«

»Könntest du das nicht alles lassen?« sagt Chris. »Sie würden dich doch nicht rausschmeißen, oder? Ich meine, kein direktes Coming-out ...«

Leigh sieht sie an, als habe sie es mit einem hoffnungslosen Deppen zu tun. Sie beide, sieht Chris, sind Welten voneinander entfernt. Chris bewegt sich irgendwo in der Mitte dieser Halbinsel offener Homosexualität. Das bedeutet, daß sie zwar nicht am Christopher Street Day barbusig bei den Lesbian Avengers mitmarschiert, aber bei allen dazu steht, die sich genug für sie interessieren, um das wissen zu wollen. Von dieser Position aus vergißt sie zuweilen, daß dieses versteckte Leben für einige ihrer Freundinnen noch auf gravierende Weise Realität ist. Audrey. Leigh. Das ist ein völlig anderes Leben, das nicht nur bedeutet, sich zu verstekken, sondern auch, die eigene Homosexualität exotisch zu machen. Egal, über wen sie gerade klatschen, Leigh fragt immer, ob sie eine »Schwester« sei oder »zu uns gehört«. Sie weiß, wie viele Wohnungen in ihrem Haus »Homo-Besitzer« haben. Sie hält ihre *Outlines*-Hefte immer gut versteckt, falls Arbeitskollegen überraschend zu Besuch kommen oder die Gedankenpolizei anrücken sollte, um sie zu konfiszieren. Es ist, als gehöre sie einem Geheimbund an, dessen Clubräume hinter einem Heizungskeller liegen. Diese ganzen Ausflüchte führen dazu, daß sie ihre sexuelle Orientierung immer wieder faszinierend finden kann; indem sie sich nie dazu bekennt, kann sie immer die Hochspannungsleitung ihrer Homosexualität berühren und sich einen Kick holen. Während für Chris die Tatsache, daß sie Lesbe ist, so eng zu ihren anderen Eigenschaften gehört – ihre Kurzsichtigkeit, ihr Bemühen um Freundlichkeit, ihre Neigung zum Spirituellen, ohne direkt religiös zu sein –, daß sie ihre Homosexualität nicht mehr als etwas besonders Dramatisches oder Interessantes empfindet.

»Ich werde einen anderen Kerl aufstöbern müssen, der einen Smoking, aber weder eine Freundin noch eine Beförderung in Aussicht hat. Vielleicht jemand aus unserem Team, der selbst etwas Tarnfarbe brauchen kann.« Leigh seufzt. »So sind die Zeiten. Alles um mich herum fällt lautlos in sich zusammen. Meine Infrastruktur erodiert. Wie Venedig.«

Chris hat lange genug Patienten zugehört, um das, was sie inzwischen als »Eingangsjammern« bezeichnet, zu erkennen, Ärgernisse, über die man leicht sprechen kann und die den Boden für das bereiten, was sie wirklich beschäftigt.

»Wie geht es mit Tiffany?« fragt Chris, ihre erste Vermutung.

Leigh legt das Messer hin, klappt den Bagel auf, den sie aufgeschnitten hat. Chris kann die gerösteten Zwiebelstückchen riechen. Bud liegt auf dem Linoleum, schmiegt sich aber an die Arbeitsfläche, um so seine Chancen auf einen Leckerbissen zu erhöhen.

»Oh, sie sagt, daß sie mich liebt«, sagt Leigh, »aber was bedeutet das für sie? Irgendwie vergesse ich immer, danach zu fragen, nach einer genaueren Definition. Sie sagt, sie wird anrufen, machmal macht sie das, aber in letzter Zeit macht sie es immer häufiger nicht. Und wenn ich anrufe, wollte sie natürlich im Moment anrufen, was heißt, daß sie es nicht wollte. Und sie freut sich so, von mir zu hören, was wohl heißt, daß sie sich nicht freut. Was ich nicht weiß, selbst nach so vielen Frauen nicht: foltern sie mich absichtlich, indem sie nicht anrufen, oder bin ich ihnen tatsächlich entfallen, ein Gedanke, den sie gestern hatten, aber heute denken sie an etwas anderes? In meinem ganzen Leben bin ich nie diejenige, die nicht anruft. Und diese Konstellation verfestigt sich offenbar immer mehr. Wenn ich mich richtig deprimieren will, denke ich an die Frauen, die mich nicht anrufen werden, wenn ich sechzig bin. Du bist Therapeutin. Was soll ich machen?«

»Gehe zu einer Therapeutin. Gehe zu Myra. Sie ist ein Genie.«

»Ich war ein paarmal bei ihr, weißt du noch? Nach dieser Sache mit Francine. Und du hast recht, sie ist klug, das stimmt. Aber dieser viele Rauch, und überall liegt Vogelscheiße.«

»Vielleicht«, sagt Chris, »investierst du zu viel in die Falschen. Überfrachtest sie, bevor du genug über sie weißt.« Chris fürchtet, ihr Rat könne schal klingen, wie ein Satz aus einem Buch für Teenager. Aber Leigh nickt nachdenklich, als habe Chris ihr verblüffend neue Informationen eröffnet, als sei sie ein Orakel, ihre Worte lichtdurchtränkt.

»Ja. Ich sehe wirklich, daß das bei den anderen gestimmt hat. Ich sehe dieses Muster ganz deutlich, jetzt, wo du mich darauf hinweist. Aber das hier ist anders. Tiff und ich haben so tiefe Berührungspunkte. Manchmal habe ich das Gefühl, daß wir zwei Kinder in einem geheimen Garten sind, daß wir uns in unserer Geheimsprache unterhalten.«

»Dann sagt sie dir vielleicht in eurer kleinen Sprache etwas, was du nicht hören möchtest.«

Sie sieht, daß sie Leigh verletzt hat, und bedauert das sofort. Sie weiß, daß man das menschliche Herz nicht mit rigorosen Normen messen, nicht verlangen darf, daß es Prüfungen in Logik und Geschicklichkeit besteht. Das Herz ist ein Trottel. Verliebt, ist es sogar ein kompletter Idiot. Sie hat einmal Einsteins Liebesbriefe gelesen, und er war völlig schwachsinnig. Warum also ist sie so hart zu Leigh? Welche Rolle spielt es, daß Tiffany eingebildet, oberflächlich und praktisch eine genaue Kopie von Leighs letzter Freundin ist? Oder daß Leigh sie in wenigen Monaten vergessen haben und in eine andere, ebenso flüchtige Liaison verstrickt sein wird? Es spielt nur eine Rolle, daß Leighs Schmerz in diesem Augenblick in dieser Küche in Chicago seine eigene, absolute Berechtigung hat.

Und weil Leigh sich in den vergangenen Wochen um Chris' Sorgen gekümmert hat, ist jetzt Chris dran.
»Wir rufen sie jetzt an«, lautet ihr Vorschlag.
»Nein. Sie sitzt morgens. Du weißt schon. Meditation.«
»Aber vielleicht sitzt sie heute morgen nicht. Irgendwie fühle ich, daß sie nicht sitzt. Irgendwie sehe ich sie herumlaufen. Wie ist ihre Nummer?« drängt Chris und hebt den Hörer ab. Leigh beugt sich vor und wählt, Chris gibt ihr den Hörer.
Wenige Minuten später ist Leigh wieder glücklich. So einfach ist das.
»Wie konntest du das wissen?« fragt Leigh, nachdem sie aufgehängt hat.
Die Wahrheit ist, daß sie immer angerufen werden wollen, selbst dann, wenn sie dich eigentlich nicht wollen. Außerdem sind Leigh und Tiffany zwar an dem Punkt, wo sich alles aufzulösen beginnt, aber sie müssen vermutlich noch einige Runden miteinander absolvieren, und warum soll eine davon nicht heute stattfinden, wo Leigh es so sehr braucht. Chris erwähnt all das nicht, sondern sagt bloß. »Nur so ein Gefühl.«
Als sie am Küchentisch sitzen und alle drei, auch Bud, ein Bagel essen, sagt Chris: »Hör mal. Vor einiger Zeit, als du mir erzählt hast, daß Taylor immer versuchte, sich besser zu fühlen ...«
»Nun, du mußt doch gespürt haben, daß sie in einem tiefen Loch hing.«
»Ich glaube, ich habe es gesehen und nicht gesehen. Wollte nicht sehen.«
Leigh schweigt eine Zeitlang. Chris wartet und sieht ihr fasziniert dabei zu, wie sie Frischkäse auf eine Bagelhälfte streicht. Sie macht unglaublich viel aus unglaublich wenig Käse, als seien sie in einer Hütte eingeschneit und müßten bis zur Schneeschmelze im Frühjahr mit dieser einen Packung auskommen.
»Sie hat das Schlimmste vor dir verheimlicht«, sagt Leigh schließlich. »Ihre Niedergeschlagenheit hatte auch damit zu tun, daß sie so begehrt war und anfing, diese Attraktivität zu verlieren. Die Schwierigkeiten in Marokko waren der letzte Fall, aber nicht der

einzige. Sie war dir so treu, wie sie nur konnte, ich würde sagen, treuer als sie irgend jemandem vorher gewesen ist, aber sie mußte es immer wieder testen, und das bedeutete, daß es immer wieder neue Testmärkte geben mußte. Wie hätte sie dir damit kommen können?

Abgesehen davon schien ihre ganze Situation hoffnungslos. Alles in ihrem Leben ging bergab. Morgen würde es schlimmer sein als heute. Liebes, ich weiß nicht genau, wie sehr sie das umgetrieben hat. Aber sie konnte sich mir ein bißchen mehr anvertrauen, glaube ich, weil sie mich als ähnlich empfand. Ich bin sicher, daß du vieles von dem, worüber wir sprachen, ziemlich oberflächlich gefunden hättest.

Du hingegen warst so etwas wie ein Ideal für sie, jemand mit einem wichtigen Leben. Ich glaube, ihre Verzweiflung war ihr peinlich, weil sie wegen Sachen vor die Hunde ging, von denen sie verstandesmäßig wußte, daß sie ziemlich lächerlich waren. Selbst ihr Beruf. Sie macht Bilder von fröhlichen Touristen, während du Menschen hilfst, seelisch wieder Boden unter die Füße zu bekommen.«

»Aber die Frauen-Reiseführer, das war ein ernstzunehmendes Projekt.«

»Die Herausgeber haben es gestoppt. Letztes Jahr.«

»Aber ... was hat sie denn in Marokko gemacht?«

»Ach, Liebes«, sagt Leigh und greift über den Tisch nach Chris' Hand.

»Was war das dann mit uns, eine Wohngemeinschaft?«

»Ich weiß, daß das bescheuert klingen wird, aber ich glaube, es war irgendwie ein Beweis für das, was sie für dich empfand. Ich glaube, sie konnte dir nur nah sein, weil du sie nicht wirklich kanntest. Ich glaube, der Mensch, den sie am meisten mochte, war die Taylor, für die du sie hieltest.«

13

Es ist spät, nach acht Uhr abends, auch wenn es an diesem langen Junitag noch hell ist. Daniel hockt auf ihrer Patientencouch. Sie vermutet, daß er gewartet hatte, bis ihre letzte Stunde zu Ende war, bevor er vorbeischaute. Irgend etwas beunruhigt ihn.

Sie ist selbst beunruhigt, weil er hier ist, Renny könnte vorbeikommen. Sie hat ein unheimliches Gespür dafür, wann Chris mit ihren Stunden fertig ist. Oder vielleicht hat sie Chris' Termine in ihren elektronischen Terminkalender kopiert, den sie mit sich herumträgt. Es ist schwer zu sagen, wie kalkulierend Renny unter ihrer sorgsam kultivierten Fassade von Nonchalance ist.

Sie kommt gern hierher und bugsiert Chris auf die Couch. Taylor mochte solchen Kitsch auch. Chris vermutet, daß es ein billiger Kick ist, etwa wie jemanden in Uniform zu vögeln. (»Kannst du die Pistole dabei anbehalten?« Chris erinnert sich, einmal eine Polizistin darum gebeten zu haben, die sie wegen unerlaubten Abbiegens aufgeschrieben, ihre Telefonnummer notiert und am gleichen Abend angerufen hatte.)

Sie legt keinen großen Wert darauf, daß Daniel und Renny sich begegnen. Sie will Rennys Anwesenheit in ihrem Leben nicht erklären müssen. Sie erfüllt nicht alle Kriterien für eine Partnerin. Nach all dem Kummer, den Chris ihretwegen durchlitten hat, sind ihre Gefühle für Renny dieses Mal merkwürdig gedämpft und unklar. Renny selbst scheint einen Gutteil ihres für sie bislang so typischen Draufgängertums eingebüßt zu haben, ihr Umgang mit Chris ist in dieser Runde nahezu scheu.

»Ich habe viel nachgedacht, seit wir uns getrennt haben«, sagte sie vor einigen Tagen zu Chris, als seien die dazwischenliegenden Jahre lediglich eine Pause gewesen. Und obwohl sie über eben diesen Satz von Renny in Momenten der Muße mehrfach nachgedacht hat, weiß Chris immer noch nicht, was sie mit dieser Information anfangen soll.

Renny scheint vor allem ein Übergang zu sein. Finge sie mit einer anderen etwas an, hieße das, eine Tür hinter Taylor zu schließen, aber dieses Zwischenspiel läßt sich als das Begleichen einer Rechnung abtun, ein nochmaliger Besuch der Vergangenheit, während man darauf wartet, daß die Gegenwart wieder etwas klarer wird.

Daniel, bemerkt sie, sieht irgendwie anders aus.

»Hast du dir die Haare gefärbt oder etwas in dieser Art?« fragt sie.

»Etwas in dieser Art«, sagt er, als sei das Thema damit erledigt.

»Es ist dein Gesicht.«

»Augenbrauen.«

»Was kann man mit den Augenbrauen machen?«

»Elektrolyse. Es war ihre Idee. Isoldes. Das Nasenbein klären. Meinen Blick offener machen.«

Chris glaubt nicht, daß Daniel in diesem Zusammenhang das Wort »klären« gewählt hätte; offenkundig hat er das Vokabular professioneller Kosmetikerinnen übernommen.

Er hat eine weitere Überraschung.

»Ich kenne eine richtig gute Hellseherin.« Bei der er schon einige Male war. Erst ist Chris erstaunt, dann versucht sie, diese Information in das Bild einzupassen, das sie von Daniel hat, stellt sich vor, wie er ernst in einem Kirmeszelt sitzt, vor ihm eine kaftanbekleidete Frau in Trance.

»Sie hat mir erstaunliche Dinge über mich erzählt. Dinge, die sie keinesfalls wissen konnte.«

Chris nickt ihm zu, was bedeutet, zum Beispiel?

»Zum Beispiel wußte sie, daß ich zwei Schwestern habe und mich mit der einen vertrage und der anderen nicht. Und daß ich als Kind schlimme Allergien hatte. Sie sah mich im Krankenhaus mit einem kleinen Sauerstoffzelt. Sie hat meine beiden Ehen gesehen. Sie weiß, daß Camille im Moment eine schwere Zeit durchmacht.«

»Aber das alles hast du schon gewußt.«

Er blinzelt, erst sagt er nichts und dann: »Aber du mußt zugeben, daß das ziemlich erstaunlich ist.«

»Gut möglich«, sagt Chris, in dem Versuch, höflich zu sein.

»Sie sagt, daß ich zu Geld kommen werde.«
»Das ist großartig«, sagt Chris, aber sie weiß, daß er hören kann, wie sie zu dem Thema eine Mauer um sich errichtet.
»Also«, sagt er, »ich habe einen Termin gemacht.«
»Ja?«
»Für dich.«
»Ach«, sagt sie und begreift. Tut, als begreife sie nicht. »Wozu?«
»Ich denke, sie könnte dir etwas sagen ... ich weiß nicht ... irgend etwas.«
»Über Taylor?«
»Na ja ...«
»Und das wäre? Daß sie jetzt mit Holiday on Ice tourt? Oder Serviererin in Albuquerque ist? Oder vielleicht sieht sie sie ja mit einer Harfe auf einem Wölkchen sitzen. Und dann kann ich anfangen, mich zu beruhigen?«
»Hör auf.«
»Okay«, sagt sie, weiß aber, daß sie von jetzt bis zum Termin jedesmal, wenn von dieser Wahrsagergeschichte die Rede sein wird, darüber herziehen wird. Und daß sie doch hingehen wird. Daniel ist ihr engster Freund. Er möchte ihr helfen, etwas tun, das ihm sinnvoll erscheint. Sie wird gehen müssen.

Die Hellseherin trägt, wie sich zeigt, weder einen Kaftan, noch arbeitet sie in einem Zelt. Sie wohnt in einem ranchartigen Backsteinhaus draußen in Bolingbrook, an der Peripherie der Großstadt. Sie brauchen im späten Berufsverkehr fast eine Stunde, bis sie da sind. Ihr Name ist Sheila, und sie öffnet die Tür in einem schlichten Baumwollkleid mit kleinem Druckmuster. Chris hatte das Kleid vor einigen Wochen bei Lord & Taylor gesehen, es gehörte zur American Woman Collection. Es ist ein Amish-Look – Kutschausflüge und Gänsefüttern – ein Look aus einer überschaubaren Zeit.
Sheila hat langes, hellbraunes Haar, im Nacken mit einer Spange zusammengefaßt. Sie führt sie durch ein holzgetäfeltes Wohnzimmer voller Kegeltrophäen, was Chris einen dazugehörigen Ehemann vermuten läßt. Sheila selbst wirkt nicht wie eine Keglerin.

Daniel setzt sich auf ein Kunstledersofa und öffnet eine der Fachzeitschriften, die er mitgebracht hat, um sich zu beschäftigen. »Meinetwegen braucht ihr euch nicht zu beeilen«, sagt er, klopft auf die Zeitschriften und setzt sich bequem zurecht. Chris hat das Gefühl, daß sie gleich weinen muß, weil er so lieb ist.
Sheila führt sie durch einen engen, mit einem Teppichboden gedämpften Flur in ein Arbeitszimmer. Der Computer ist mit einer vergilbten Plastikhaube überzogen, auf dem Fensterbrett stehen einige überzählige Trophäen. Sheila setzt sich hinter den Schreibtisch und bedeutet Chris, in einem der Sessel davor Platz zu nehmen.
Es gibt keinerlei Small talk. Sie schließt die Augen, als wolle sie sich innerlich sammeln, fängt dann sofort an. Chris hört, daß sie Einzelkind ist, ihre Eltern eine Enttäuschung für sie sind. Sie beobachtet Sheila aus professioneller Distanz. Schließlich sind sie in gewisser Weise Konkurrentinnen, beackern das gleiche Terrain aus Hoffnung und Verzweiflung.
»Ich sehe Menschen zu Ihnen kommen, das Herz schwer in den Händen«, sagt Sheila, als lese sie Chris' Gedanken ebenso wie ihre Zukunft. »Ich sehe Karten, Pik und Herz, Asse und Buben, Mischen und Austeilen. Geld und Geheimnisse.«
Trotz ihrer Skepsis läßt Chris sich einfangen. Sie versucht, ihr Interesse zu verbergen. »Aber Sie wissen doch, daß ich das alles schon weiß«, sagt sie.
»Ich öffne die Tür«, sagt Sheila. »Stelle die Verbindung her. Damit Sie wissen, daß es eine gibt. Daniel hat mir gesagt, daß sie einen geliebten Menschen vermissen und daß sie besorgt sind.«
»Ja.«
»Aber ich sehe schon davor Sorgen. Dieser Kummer ist nur eine Weiterführung, eine Brücke, die bei einem früheren Kummer beginnt.«
»Das ist wahr.«
»Der Buchstabe T. Bedeutet er etwas?«
»Taylor.«
»Sagen Sie nur ja oder nein. Sie müssen mir keine Namen nennen. Sie kommen von allein zu mir.«

»Aber der Name ist nicht das Wichtige.«
»Für mich schon, damit das Bild aufsteigen kann.«
»Welches Bild?« fragt Chris. »Was sehen Sie?«
»Bäume. Wälder. Verstehen Sie? Ein Ort im Wald? Und Wasser. Wenig. Nicht das Meer, vielleicht ein See.«
»Und Sie können sie dort sehen?«
»Das nicht. Ich spüre ihre Anwesenheit an diesem Ort. Der Ort ist sehr klar, aber sie nicht. Sie ist dort, aber undeutlich.«
»Was heißt das?« fragt Chris.
Sheilas Konzentration wechselt von innen nach außen, zu Chris hin. Sie schüttelt den Kopf. »Was ich sehe, kommt nur in Bildern. Sie haben keinen größeren Kontext. Manchmal ist die Bedeutung nicht sofort klar.«
Später, an der Zimmertür, greift Sheila hinter Chris, damit sie nicht die Tür öffnet, auf deren anderer Seite Daniel und Chris' weiterer Abend sowie, darüber hinaus, das ganze Leben außerhalb dieses Zimmers wartet.
»Wenn ich aus den Bildern, die ich sehe, Bilder machen könnte, die Sie sehen, wie Schnappschüsse, würden Sie den Ort vielleicht erkennen. Das kommt manchmal vor. Ich sehe etwas Bekanntes, das die Klienten erkennen würden, wenn sie es mit mir sehen könnten.«
Eine Frage entsteht in Chris' Kopf, aber jetzt hat Sheila Chris' Hand losgelassen, läßt sie die Tür öffnen, dann sind sie auf der anderen Seite, gehen den Flur entlang in Richtung Daniel und Trophäen, und die Frage verfliegt.
Er hat die Sitzung offenbar bezahlt, Geld wird nicht erwähnt. Im Auto sitzt Chris schweigend neben ihm, bis er sich räuspert und sagt: »Ich will nicht neugierig sein, aber ...«
»Nein«, sagt Chris. »Das ist okay. Es war ziemlich überraschend, aber du sagst, du vertraust ihr.«
»Ja. Wirklich.«
»Nun, sie hat gesagt, daß einer der Rolling Stones – sie glaubt Keith Richards, aber war sich nicht sicher – die Band verläßt und sie mich bitten werden, seinen Platz einzunehmen.«

Er blickt starr geradeaus und fährt weiter.
»Das wird mein Leben ziemlich verändern«, macht sie weiter, »aber ich werde damit einfach fertig werden müssen.«
Er sagt überhaupt nichts, nicht einmal, daß er sie dafür haßt. Sie fahren in einem stickigen Schweigen vorbei an Einkaufszentren und dem kitschigen chinesischen Restaurant, das ihnen auf der Hinfahrt aufgefallen war und wo sie hatten halten und furchtbare Frühlingsrollen essen wollen. Statt dessen fährt er weiter und biegt auf die Schnellstraße ein.
Sie weiß, daß sie sich ekelhaft verhält, kann aber nicht aufhören. Aufhören würde bedeuten, sich entschuldigen zu müssen, das wiederum würde Enthüllung erforderlich machen, und sie möchte die Bilder vom See nicht verraten. Sie geben ihr das Gefühl, daß sie nach dieser langen, langen Zeit unkontrollierbarer Leere endlich wieder ein vielversprechendes Blatt auf der Hand hat.

Desta ist auf dem Anrufbeantworter, als sie nach Hause kommt. Jon Folan hat die Überweisung entdeckt, nachdem er Taylors Bankauszüge angefordert hatte. Chris empfindet dies als Übergriff, aber was macht das schon? Sie ist ihnen meilenweit voraus. Der Kontoauszug ist Schnee von gestern. Jetzt weiß Chris vom See.
Das Bild, das sie sieht, ist Taylor in dem Adirondack-Liegestuhl an dem See, wo sie diese zwei Wochen Ferien miteinander gemacht haben. Taylor liest irgendeinen düsteren Roman. Dieses Mal nicht Sylvia Plath, eher *Der Zauberberg*. Sie pflügt sich durch und wird anrufen, sobald sie damit fertig ist. Von der Telefonzelle neben der leeren Landstraße. Chris' Visionen werden sich als richtig erweisen; es wird sich zeigen, daß sie selbst hellseherische Kräfte hat.
Es könnte natürlich ein anderer See sein. Sie waren gemeinsam an mehreren Seen, haben Freunde mit Ferienhäusern besucht. Es könnte natürlich jeder dieser Seen sein oder ein See aus Taylors Vergangenheit, oder ein ganz anderer, den sie allein gefunden hat. Aber in Chris' Vorstellung ist es der Deer Lake in Wisconsin, dort, wo Taylor auf dem Adirondack-Liegestuhl saß.
Sie würde sofort hinfahren, wenn nicht ihre Patienten wären. Sie

kann sie nicht schon wieder im Stich lassen. Aber eigentlich ist es gleichgültig. *Der Zauberberg* ist ein dickes Buch.
Sie möchte noch niemandem von dieser Vision erzählen, nicht einmal Daniel. Sie begreift, daß es ihr zwar ein Gefühl von Ruhe und seelischer Gesundheit geben mag, dieses Bild zu besitzen, es auf andere aber etwas durchgeknallt wirken könnte. Es beruhigt sie, daß sie das erkennt. Wenn sie weiß, daß sie ein bißchen verrückt ist, heißt das vielleicht, daß sie im Grunde normal ist. Dafür gibt es auch andere gute Anzeichen.
Sie reißt sich zusammen, hat die durchhängenden Zügel wieder aufgenommen. Sie duscht jeden Tag, wäscht sich die Haare, benutzt Zahnseide. Sie hat diese Woche Lebensmittel eingekauft, alles liegt im Kühlschrank bereit. Bald wird sie wieder anfangen zu kochen, sie hat einfach noch nicht die Zeit gefunden. Aber sie ist weit von jenem Abend vor zwei Wochen entfernt, als sie die Reste aus Buds Futterdose aß und dabei dachte, daß das ein wirklich grauenhaftes Corned Beef sei. Meilenweit ist sie davon entfernt.

14

Sie will übers Wochenende zum Deer Lake fahren. Sie ist gezwungen, eine Reihe materieller Elemente zusammenzufügen – sich selbst, der aus dem Fenster hechelnde Hund, Stahl und Gummi und Straße –, diese faßbaren Realitäten zu nehmen und nordwärts zu einem Phantombild zu rasen, jenem Standbild von Taylor, die in einem Sessel wartet. Eine Realitätsebene mit einer anderen verbinden, denn die Wahrheit ist, daß das Bild auf eigene Weise geerdet ist, daß es aufgrund seiner vielen Details Gewicht hat. Taylor ist sonnengebräunt. Sie trägt weite schwarze Shorts. Im Hintergrund ist eine Hütte. Drinnen ein altes Eisenbett, mit Quilts bedeckt. Sie gehen hinein und lieben sich wortlos. Nichts muß gesagt werden.

Natürlich fällt es ihr schwer zu leugnen, daß dieses Bild hinter seiner vermeintlichen Klarheit jeder Logik entbehrt. Das heißt, Chris ist sich nicht mehr sicher, wen sie sucht. Jetzt, wo sich herausstellt, daß der Mensch, den sie liebte, zu großen Teilen nur zu ihrer Zustimmung erfunden worden war, sind der Mensch, der ihr fehlt, und derjenige, den sie finden könnte, zwei völlig verschiedene Menschen.

Wenn sie jetzt zu ihren Erinnerungen zurückkehrt, wirken sie unecht, wie koloriert, um die Aufnahmen zu schönen – rosa auf den Wangen der bleichen Schulabgängerin, blau auf dem schlammigen See des heruntergekommenen Ferienortes. Auch wenn es ebenso charmant wie herzzerreißend ist, daß Taylor diese kolorierte Variante ihrer selbst erschaffen hat, macht es ihr vor allem schlicht angst. Es bedeutet, daß der Mensch, der sie verlassen hat – eine Frau mit offenbar gravierenden Fehlern, mit oberflächlichen, aber erdrückenden Sorgen –, viel realer sein könnte als der, der ihre Lebenspartnerin war. Käme Taylor jetzt durch die Tür, müßten sie und Chris, um sich wieder umarmen zu können, knietief durch die unzähligen Lügen und Mißverständnisse waten, die den Boden zwischen ihnen bedecken. Zu dem, was sie früher waren, führt kein Weg zurück. Früher ist unerreichbar geworden. Vielleicht, das macht noch mehr angst, war das »früher« in Chris' Gedanken schon unerreichbar, als es geschah.

▪ ▪ ▪

Es gibt keinerlei Show und keine Technik, wenn Chris und Taylor zusammen im Bett sind, wenig, das von ihren früheren Erfahrungen zeugt. Vielmehr taumeln sie zusammen in eine Schleuse der Selbstaufgabe. Oft macht etwas, das Chris als Grenzverletzung empfände, sie glücklich, wenn Taylor es mit ihr tut, genau wegen des Gefühls, daß es eine Grenzverletzung ist. Taylor scheint entschlossen, Chris alles zu geben und zugleich alles aus ihr herauszuholen. Dieser Austausch gibt eine große Kraft, wie der Bluttausch mit einem Vampir, und Chris spürt es oft noch Tage danach. Sie bemerkt allerdings seit einiger Zeit, daß Taylor ihre eigene Selbstaufgabe begrenzt. In diesem Augenblick sieht Chris ihr dabei zu.

Ein langer Sonntagnachmittag, den sie bis zur Neige ausgekostet haben; sie sind mit Freundinnen in einem Restaurant verabredet und schon spät dran. Chris bleibt noch einen Moment länger im Bett, während Taylor es verläßt, wie sie danach immer und unweigerlich aufsteht, vom Bett, Fußboden oder Sofa. Nach mehreren Jahren Tai Chi führt sie diese anmutigen Abwehrbewegungen jedesmal aus, wenn sie sich von Chris abwendet, blickt auf die Wand, aus dem Fenster – ohne etwas zu sehen, vermutet Chris –, während sie die Kleider anzieht, steht absolut still, faltet sich in sich selbst zurück.

▪ ▪ ▪

Vielleicht braucht Chris diese Wisconsin-Pilgerreise nur, um das Gefühl zu bekommen, daß sich etwas bewegt. Der Wind braust über ihre Hand, die aus dem Autofenster baumelt, Tankstellen und Raststätten fliegen vorüber, die ländliche Landschaft verschwimmt hinter ihrer Geschwindigkeit.

Sie kauft eine Straßenkarte, als sei Taylor ein unsichtbarer Punkt auf der Seite, ein nicht markiertes Ziel. Um das Unternehmen weiter voranzutreiben, läßt sie den Reifendruck überprüfen, das Öl wechseln, kauft ein halbes Pfund Geflügelsalat, eine Tüte Chips. Sie durchsucht den Schrank nach einer Thermosflasche für Buds Wasser. Sie ist fertig, bereit.

Und wird sofort gestoppt. Freitag nachmittag kommt sie nach Hause und findet eine Nachricht auf ihrem Anrufbeantworter vor, ihre Mutter mit ihrer strammen Stimme, immer ein schlechtes Zeichen. »Wir haben ein kleines Problem. Ruf mich an, sobald du kannst. Ich lasse mir Strähnchen machen, bin aber um drei fertig.« Wenn sie zum Friseur geht, kann es nicht zu schlimm sein, kein Leck im Bypass ihres Mannes.

»Ich gehe zum Telefon in der Küche«, sagt sie als erstes, als Chris zurückruft, was heißt, daß sie das Problem von Maury, seiner labilen Herzfunktion und seinem hohen Blutdruck fernhalten möchte. Irgendwo im Zimmer kann sie Maurys Fernseh-Börsennotierungen hören, die den ganzen Tag laufen, die ständige Tikkerton-Begleitung ihres gemeinsamen Lebens im Ruhestand. »Er

hat offenbar irgendwelche Schwierigkeiten in einem Golfclub. Weißt du etwas davon?«
Christ verneint. Es ist eine einfache Lüge.
»Es ist Glen Ellyn. Forest Glen. Irgendwo im Westen. Ich habe es notiert. Sie wollen ihn eigentlich nicht anzeigen, sie wollen keine Publicity, aber es geht um Geld. Es würde ihnen reichen, wenn sie es zurückbekämen und er verschwindet.«
»Wieviel?«
»Na ja, genau können sie es natürlich nicht sagen. Sie haben es diskutiert und versucht, es aufzuaddieren und abzuschätzen, kurzum, sie wären mit zwölftausend zufrieden.«
»Herrjeh.«
»Ich kann einspringen«, sagt ihre Mutter. Sie hat ihn aus anderen Klemmen herausgeholt. Chris glaubt kaum, daß diese Wohltätigkeit aus Liebe geschieht. Ihre Mutter möchte einfach jede Peinlichkeit vermeiden, zu der er in ihrem jetzt so geordneten Leben werden könnte. »Aber nicht alles. Maury würde merken, wenn so viel auf meinem Konto fehlt. Ich weiß nicht genau, wie deine Lage im Moment ist ...«
Sie läßt den Satz unbeendet, Chris füllt die Lücke und schlägt vor, die Summe zu teilen. Sie wird hinfahren und die Angelegenheit mit den Golfspielern bereinigen. Sie wird etwas von ihrem gebunkerten Geld abheben müssen, aber sie findet, daß es im Grunde wohl nur richtig ist, wenn von dem Geld, das sie dank der Lehren ihres Vaters verdient hat, am Ende etwas an ihn zurückfließt. Ein anderer Teil von ihr würde ihn natürlich gern hängenlassen, aber diesen Gedanken schiebt sie beiseite. Sie geht zur Bank, wo sie sich einen Barscheck ausstellen läßt, denn so wollen die Golfspieler – gebrannte Kinder – ihre Erstattung haben.

Schwierigkeiten, sagt der Volksmund, kommen immer im Dreierpack, das weiß sie, aber bei ihr kommen sie meist zu zweien, daher ist sie nicht sehr überrascht, als die zweite zuschlägt.
In dieser Nacht liegt Renny diagonal und tonnenschwer über sie drapiert, schläft den erschöpften Schlaf nach anstrengendem Sex

und einem langen Tag mit vielen zugestellten Paketen. Es ist fast zwei Uhr morgens, aber Chris ist immer noch hellwach. Diese plötzlichen Attacken passieren in letzter Zeit zu oft. Sie stürzt ab, irgendwohin, wo es schwarz und bodenlos ist. Gerade eben versucht sie erfolglos, den Klang von Taylors Stimme heraufzubeschwören, und daß es ihr nicht gelingen will, etwas zu hören, reißt sie trudelnd in die Tiefe.

Sie schlüpft aus dem Bett, auf den Fußboden und versucht ihre bewährte Antiausrasttechnik, ein wortloses Mantra, eine Litanei von Alles Okay Alles Okay. Sie hält sich ganz gut, findet sie, versucht, nicht zu grübeln, statt dessen nach einfachen Erfolgen Ausschau zu halten, einem Anzeichen von Besserung. Sie wird ihrem Vater aus der Klemme helfen, die Golfspieler bezaubern, das wird ein Kinderspiel. Ihre Patienten machen kleine Fortschritte. Nida Louis ist bei ihrem herrischen Ehemann ausgezogen und nicht (jedenfalls noch nicht) bei ihrer herrischen Geliebten eingezogen. Clarissa Sims hat angefangen, über die Rasiermessernarben zu sprechen, die sie sich, wie sich herausgestellt hat, selbst zufügt – ein echtes Problem, aber eins, über das sie jetzt zumindest sprechen können. Alma Alvarez, von Rosario empfohlen, hat schon zwei Wochen lang keine Diana-von-Fürstenberg-Kostüme über Teleshopping bestellt. (Ihr Problem ist nicht das Geld, sondern daß sie Angst hat, in Geschäfte oder an andere Orte zu gehen, wo viele Fremde sind.)

Doch diese ganze Selbstbelobigung ist wie eine Schußfahrt, bei der sie sich vergnügt gratuliert, noch nie an einen Baum geknallt zu sein. Das Telefon klingelt. Sie tastet auf dem Boden herum, bis sie es nach dem dritten Klingeln unter dem FedEx-Uniform-Berg auf Rennys Seite des Bettes findet.

Es ist das Grant Hospital mit der Nachricht von Jerome Pratts Notaufnahme. Er ist mit seinem Liebeskummer nicht mehr fertig geworden und hat versucht, sich umzubringen.

Er liegt in einem Bett auf der Intensivstation, sieht gespenstisch aus, wie einer jener Zombies, die in billigen Horrorfilmen durch

Shopping-Center schleichen. Seine Haut ist grünlich-braun, als werde seine Gesundheit durch die Schläuche herausgepumpt, die sich aus seinen Nasenlöchern und unter den dünnen weißen Laken hervorschlängeln, das Laken bereits blutbefleckt, während er durch andere Schläuche beatmet wird, die sich in seine Nasenlöcher hineinschlängeln. In die zarte Innenseite seines Unterarmes ist eine Infusionsnadel hineingerammt. Es wirkt, als hielten ihn diese Zu- und Abflüsse in einem prekären Zustand unmittelbar neben dem richtigen Leben.

Es ist niemand Bärenartiges da. Seine Freundin Veronica (die Freundin, die nicht Evelyn ist; seit diesem unglückseligen Augenblick macht Chris detaillierte Notizen über die Menschen im Leben ihrer Patienten) steht am Bett, besonnen in ihrer Nutzlosigkeit.

»Es geht ihm etwas besser, endlich«, sagt sie, nachdem sie sich vorgestellt hat, und streicht ihm dann besitzergreifend mit einer geäderten Hand durch das schweißnasse Haar. Sie ist Jahrzehnte älter als Jerome, eine kleine, zerbrechliche Frau mit verschmiertem Lippenstift, ihr hochgestecktes Haar löst sich.

Chris nickt und hofft, daß mehr Informationen folgen werden, ohne daß sie direkt fragen muß. Sie hat immer noch keine Ahnung, was passiert ist. Als sich Veronica, mit einem theatralischen Seufzer, auf einen Plastikstuhl neben dem Bett niederläßt, gibt Chris klein bei.

»Ich bin seine Therapeutin«, sagt sie. »Sie haben mich angerufen, aber ich weiß eigentlich immer noch nicht, was ... eigentlich los ist.«

»Man könnte wohl sagen, daß unser Junge hier«, Veronica macht ein Pause und schürzt den Mund ein wenig, bevor sie fortfährt, »ein spektakulär gescheiterter Selbstmörder ist.«

Die Fakten, die Chris Stück für Stück herausziehen muß – Veronica möchte ihren Sprechpart in diesem Drama offensichtlich ausweiten –, sind, daß Jerome am frühen Abend offenbar erst einen Cocktail aus verschiedenen Abflußreinigern gekippt hatte und dann, um sicherzugehen, aus dem Fenster seines Hochhauses gesprungen war. Es handelte sich offenbar um ein Kippfenster, er verfing sich

mit dem Fuß am unteren Rand und hing dort kopfüber länger als eine Stunde, in der sein Magen und ein Gutteil seiner inneren Organe chemisch zerfressen wurden, bis ein Passant hochschaute und die Ambulanz anrief. Seine Chancen stehen schlecht.
Sie starrt ihn an und sieht die Summe aller Hinweise, die sie nicht begriffen hat, als sie seine Sorgen an ihrer eingeengten Sicht hatte vorüberdriften lassen. Sie hatte den Charme seiner Internet-Verbindung betrachtet, Keith' Bärigkeit (zwölf Zentimeter lange Brustbehaarung, Jerome hat einmal eins mitgebracht, um es ihr zu zeigen, zwischen zwei Buchseiten gepreßt wie eine Reliquie), als seien die beiden zwei Personen in einem fröhlichen Arschficker-Märchen – und dabei völlig übersehen, daß diese romantische Begegnung zu ernst war für jemanden, der erst vor so kurzer Zeit einer anderen Obsession entkommen und so fragil war wie Jerome.
Sie möchte ihn wie einen Film in die Vergangenheit zurückspulen. Die Schläuche kommen heraus, das Laken hebt sich, Jerome steht vom Bett auf wie Lazarus, zieht seine ausgebeulten Cordjeans und sein kariertes Hemd an, kehrt in eines der Bibliotheksmagazine zu einem seiner ersten Treffen mit Keith zurück, das eine konzentriertere Chris vielleicht in einem härteren Licht gesehen und ihn dazu bewegt hätte, genauer hinzuschauen, ihn gewarnt hätte, die neue Beziehung etwas vorsichtiger anzugehen.
»Ich komme wieder«, sagt sie zu Veronica, keineswegs sicher, ob sie es schaffen wird, nochmals hierherzukommen, zum (noch) lebenden Beweis ihres äußersten Scheiterns.

Wie kann sie sich heute mit diesen Typen im Golfclub treffen, wenn sie zu nichts taugt? Aber sie muß, sie muß hinter dem Steuer sitzen mit einem Faltplan auf dem Schoß, versuchen, diesen entfernten Vorort zu finden, nicht weit von dort, wo die Hellseherin wohnt. In letzter Zeit steht sie immer häufiger neben sich, es ist die einzige Art, wie sie überhaupt noch agieren kann, per Fernbedienung. Zurücktreten, einen Knopf drücken, damit sie sich hierhin und dorthin bewegt, dann zugucken. Oder sich selbst begutachten, als sei sie eine Patientin. Vorherzusehen, wie sie in einer

bestimmten Situation reagieren wird, und sich dann oft leicht verschätzt. Sie weint, wenn sie am wenigsten damit rechnet, vor ein paar Tagen zum Beispiel beim Joggen. Einmal ist sie weinend aufgewacht, ohne einen Traum, der die Tränen erklärt hätte, da war nur der furchtbare, undefinierbare Kummer des beginnenden Tages. Ebenso plötzlich überfällt sie manchmal Angst. Als sie letzte Woche in der Innenstadt eine kleine Straße auf der Rückseite des Federal Building entlangging, wo sie ihren Führerschein verlängern lassen wollte, war sie plötzlich sicher, daß es ein weiteres Bombenattentat wie in Oklahoma City geben würde, daß einer der vielen Lastwagen, die an den Laderampen geparkt standen, einer militanten Gruppe gehörte, die sie gleich in tausend Stücke zerfetzen würde. In der Bank, in der Schlange, um den Barscheck abzuholen, war ihr plötzlich, als müsse sie sich aus sich selbst herauskratzen. Solche Augenblicke sind völlig unvorhersehbar; selbst danach kann sie keinen Auslöser finden.
Der Orakelball ist zur Sucht geworden, obwohl er immer ausweichender wird. KONZENTRIERE DICH UND FRAGE NOCH EINMAL, sagt er ihr. Oder IM MOMENT BESSER KEINE ANTWORT. Einmal taucht ein völlig unbekannter Rat im Fenster auf, als sie fragt, ob Taylor zurückkommt: STELLE EINE ANDERE FRAGE. Sie ist überzeugt, obwohl der Gedanke bar jeder Vernunft ist, daß der Ball sich erweitert hat und nun Nachrichten ausschließlich für sie produziert.

Sie hat sich verändert, verändert sich noch, jedoch nicht im Äußeren. Wenn sie sich im Spiegel begutachtet, scheint sie dieselbe, vielleicht etwas angespannter, das Haar etwas länger, aber mehr nicht. Tiefer, auf molekularer Ebene jedoch, geschehen subtile, aber interessante Wandlungen. Ihr Geschmack, zum Beispiel. Es gibt ganze Kategorien von Lebensmitteln, die sie früher mochte und jetzt irgendwie abstoßend findet. Schokolade. Nudeln mit Sahnesoße. Zu schwer. Selbst Kaffee, lange ihr wichtigster Morgengenuß, schmeckt plötzlich unangenehm intensiv; sie trinkt jetzt schwarzen Tee. Sie ißt den großblättrigen Mischsalat vom

Naturkostladen direkt aus der Tüte, grast beim Fahren. Und dann, mitten in diesem ganzen spartanischen Futter, braucht sie plötzlich und dringend einen Cheeseburger. Sie sitzt an einem kleinen Resopaltisch mit festgeschraubtem Stuhl, allein bei McDonald's neben einem wilden Kindergeburtstag, die Kinder von einem gemieteten Ronald-Clown nicht restlos gefesselt. Sie stopft sich einen Big Mäc mit Käse rein, kehrt dann vollgefressen wie eine Löwin zurück in die Serengeti.

Auch ihre Einstellung zum Baden hat eine Wandlung durchlaufen. Nachdem sie es kurze Zeit aufgegeben hatte, ist sie mit größtem Eifer dazu zurückgekehrt. Sie, die immer nur schnell duschte, mit Seife aus dem Supermarkt und dem billigsten Shampoo, das gerade im Sonderangebot war, kauft jetzt in Läden wie dem Body Shop ein und kommt mit Seetang- und Paranußshampoo nach Hause. Luffa-Seife. Weißer-Moschus-Duschgel. Zitrusfrüchte-Peeling. Benutzt einen Waschlappen aus rauhem irischen Leinen, um über-flüssige Schichten ihrer selbst loszuwerden, wirft alte Häute ab wie eine Schlange.

Sie wird zu einer interessanten Person, einer Kuriosität, einem Fall, der genau studiert werden, jemanden, auf den man ein Auge haben muß. Chris beobachtet diese eigenartigen Veränderungen in sich selbst, sie haben etwas von einer Vorbereitung, aber worauf, vermag sie nicht zu sagen.

Zu den seltenen Momenten, in denen sie sich wirklich vergißt, gehören jene im Bett mit Renny, ein altes, vertrautes Terrain, eine umschlossene, von ihnen selbst erschaffene Welt.

Renny spürt auf, was Chris möchte, dann neckt sie sie ein wenig. »Oh. Ich glaube, dafür mußt du ›bitte‹ sagen.«

Und Chris gibt sich uneingeschränkt dem langen Moment hin, bevor sie mit dem Bitten beginnen kann.

Auf diese Weise, für die Dauer von ein, zwei oder drei Stunden, innerhalb des abgegrenzten Raums des Betts, weiß Chris wenigstens, wer sie ist. Nichts von dem, was in diesem weißen Rechteck geschieht, wirkt sich auf ihr wahres Leben aus, darum sind es Augenblicke, denen sie sich ganz hingeben kann.

Sie sprechen nie darüber, daß Taylor zurückkommen könnte. Vielleicht hat Renny das schon abgehakt. Oder das Schweigen könnte, wie Chris vermutet, ihrer beider Art sein, es stillschweigend zu umgehen, sich auf eine längerfristige Beziehung festzulegen. Renny bedrängt Chris nicht mit Fragen nach ihren verhedderten Gefühlen; Taylors Name fällt zwischen ihnen nie.

Zugleich vermeiden es beide, eine gemeinsame Zukunft auch nur zu erwähnen. Wenn Renny sie treffen möchte, ruft sie am gleichen Tag an. Wenn sie sich trennen, sagt sie nie »Ich rufe an« oder »Wir sehen uns«. Sie sind eine Aneinanderreihung gemeinsamer Augenblicke, ohne Verbindungsglieder. Sie machen keine Urlaubspläne, arrangieren keine Essen mit gemeinsamen Bekannten. Wenn sie essen, sind sie meist allein, in einem Restaurant oder bei Renny. Renny kocht wie vor zwanzig Jahren und in einigen Staaten tiefer im Mittleren Westen. Sie brät Schweinekotelett, macht Eiernudeln (im Gegensatz zu Spaghetti) mit großen, klumpigen Fleischklößchen. Diese formt sie flink aus Hackfleisch, Paniermehl und beträchtlichen Zugaben aus einem Glas mit der Aufschrift »Italienisches Gewürz«, als habe das ganze Land nur diesen einen Geschmack, und läßt sie dann auf gewachstem Papier neben dem Herd liegen, bis sie sie brät. Sie ist eine Butch-Ausgabe von Donna Reed.

Chris revanchiert sich nie; sie sind sich einig, daß sie dem Kochen nicht gewachsen ist. Renny behandelt sie sanft, als habe sie einen schweren Nervenzusammenbruch erlebt, werde das Sanatorium bald verlassen, dürfe aber im Moment nur auf dem Rasen spazierengehen. Manchmal denkt Chris, was Renny hier mit Händen, Mund und dem Druck ihres Körpers tut, ist, Chris nach einem extrem schweren emotionalen Unfall gesundpflegen.

Sie weiß nicht, was Renny sonst noch aus ihrer Beziehung bekommt. Vielleicht ist sie bereit für etwas Neues, vielleicht ist dieses erneute Zusammensein ein zeitweiliger Ohrensessel. Vielleicht war sie mit Chris noch nicht ganz fertig. Was Chris angeht, so hat diese zweite Runde Renny von ihrem Sockel heruntergeholt, und Chris kann jetzt kaum glauben, daß sie sie einmal dort stehen hatte. Nicht daß sie rülpste oder immer die gleichen faden Witze erzählte. Aber jetzt, ohne Chris' drängende Leidenschaft, wirkt Renny wie eine sexuell aufreizende, aber ansonsten nicht sehr interessante Frau in den mittleren Jahren, die gegenwärtig sehr mit der voraussichtlichen Höhe ihrer Rente beschäftigt ist. Was immer Renny sein mag, sie ist ganz sicher keine Person-über-die-man-nicht-sprechen-könnte. Offenbar hat die Zeit, von Chris unbemerkt, hervorragende Arbeit geleistet.

Die Situation im Country Club ist schlimmer als in den Phantasieszenarien, die sie auf dem Weg hierher entworfen hatte. Der Sitzungssaal ist ganz aus hellem Holz. Der Rasengeruch durchdringend. Die fünf Männer, die auf sie warten, sind auf eine Art und Weise hetero, mit der sie sich selten befassen muß. Ihre Hosen sind grün oder himbeerfarben. Die Haare sind vom Friseur geschnitten, nicht frisiert. Die Brillen haben strenge Stahlfassungen.

Sie sieht sich mit diesen Augen. Sie stellt sich vor, daß ihre Ehefrauen durch das Leben hier draußen weicher geworden sind, versorgt, ehrerbietig. Sie sieht sofort, daß sie, in T-Shirt und Jeans (sie hat sich nicht die Mühe gemacht, sich als erfolgreiche Berufstätige zu kostümieren), mit dem ungezähmten Haar, der Sonnenbrille (sie möchte sie nicht absetzen und jemandem den Vorteil einräumen, ihre Augen zu sehen) und den drei Ringen im linken Ohr, ihnen wie ein Tier vorkommen muß, das von draußen hereingelaufen ist. Kein Tier von einem wilden romantischen Ort wie der Steppe, sondern nur eines, das abends hinter dem Haus entlanghuscht, eher lästig als furchterregend. Sie möchten sich mit ihrer Existenz lieber nicht befassen, sich ihr nicht einmal en passant widmen müssen.

Also ziehen sie die Transaktion nicht in die Länge. Sie reicht ihnen den Scheck ihrer Mutter sowie ihren eigenen, der Mann, der als Sprecher fungiert, läßt ein paar Spitzen darüber los, daß man schärfere Mitgliederkontrollen einführen werde, um »Leute wie Ihren Vater« fernzuhalten. Die Art, wie er sie beim Sprechen hart anstarrt, macht deutlich, daß er sie nicht als ehrbaren Menschen anspricht, der einen auf Abwege geratenen Verwandten hat. Er benimmt sich vielmehr, als seien sie und ihr Vater aus gleichem Holz, was sie, wie sich zeigt, auch sind. Langsam genießt sie es, bei Männern dieses Alters und dieser Schicht, mit ihren dicken Brieftaschen und ihrem Packen Kreditkarten, eine Außenseiterin zu sein. Als Fremde in ihrer Mitte, vor allem um einen Tisch, sieht sie sie mit Karten in der Hand, mit Stapeln von Chips, bereit, abgezockt zu werden. Sie fragt sich, ob sie nicht ihren Vater hätte übertreffen und ihnen mehr als diese schäbigen Zwölftausend hätte abknöpfen können.

In seiner Wohnung mimt Tom Snow so gut »Zutiefst zerknirscht«, wie Chris es aus ihm herausholen kann. Der einzige aufrichtige Teil der emotionalen Show in diesem Augenblick ist seine Dankbarkeit, daß sie die Kerle im Club ausbezahlt und ihn damit vor dem Gefängnis bewahrt hat, wo er zwar beim Kartenspiel gewinnt, aber ziemlich viel Prügel bezieht. Ein zierlicher Mann mit affigem Akzent und eigenartigem Humor kommt bei den durchschnittlichen Gefängnisinsassen nicht besonders gut an. Während des letzten Aufenthaltes bekam er den Spitznamen Königin von England.

Sie besucht ihn hier so selten wie möglich. Er lebt ihre eigenen schlimmsten Alpträume vom Alter. Das *Majestic* ist ein privates Seniorenheim, ein baufälliges Gebäude mit kleinen, dunklen Apartments, aber auch einigen Dienstleistungen – ein ausgemergelter Hausmeister, eine Cafeteria neben der Eingangshalle, ein kleiner Zeitschriftenladen. Ihr Vater weist gern darauf hin, daß es im Keller auch ein wunderbares Schwimmbecken gibt, und es ist tatsächlich ein faszinierendes Relikt, uralt und badewasserwarm mit Rücksicht auf die betagten Bewohner, die so langsam hin- und zurückschwimmen, daß es den Eindruck macht, als kämpften sie gegen eine starke Strömung an.

Die Wohnung ihres Vaters, im zweiten Stock mit Blick auf eine Reihe von Müllcontainern, die offenbar jedesmal, wenn Chris hier ist, hochgezogen, geleert und herumgestoßen werden, ist das, was das *Majestic* als Ein-Zimmer-Luxusapartment bezeichnet, weil an den Wohnraum eine winzige Ecke anschließt, in die genau ein Bett hineinpaßt. Seins ist mit einem beigefarbenen Chenilleüberwurf bedeckt. Im Wohnraum steht ein braunes, wuchtiges Sofa, das zur Wohnung gehört, und ein Sessel, den Chris vor der Renovierung im Haus ihrer Mutter gesehen hatte. Es gibt einen kleinen Eßtisch, aus einem synthetischen Faserbrei zu etwas gepreßt, das Holz nicht unähnlich ist, mit einer geradezu absurden Resopal-Scheinmaserung. Drei Stühle stehen darum, aber alle unbrauchbar unter Stapeln von vergilbten *Tribunes* und Wett scheinen. Jeder Zentimeter verfügbaren (und einige Zentimeter nicht verfügbaren) Raums ist mit dem unentbehrlichen Gerümpel eines Menschen belegt, der allein und ohne jede Rücksicht auf Konventionen lebt. Überall liegen Berge schmutziger Kleidung. In der Küche ist alles geöffnet, ungespült oder geleert, aber noch nicht weggeworfen. Das Haus bietet einen Putzfrauendienst, den Chris bei früheren Besuchen empfohlen hat, aber ihr Vater möchte sein Durcheinander nicht durcheinandergebracht bekommen.

»Ich könnte uns Tee machen«, sagt er von der Küche, die eine Wand des Wohnzimmers ist, komplett mit Herd, Kühlschrank, Spüle, einigen Regalen. Die Arbeitsfläche steht voller halb ausgetrunkener Tassen Tee (die schon bei früheren Besuchen dort standen). Auf der Oberfläche derer, die am längsten dort stehen, das weiß sie, ohne nachzusehen, liegen Inseln aus Milch, zu etwas mutiert, das für den menschlichen Genuß nicht geeignet ist.

»Das ist in Ordnung«, sagt sie. »Ich möchte mich der naturwissenschaftlichen Forschung nicht in den Weg stellen.«

»Ich bin diese Woche nicht richtig zur Hausarbeit gekommen«, sagt er, überhört ihre Ablehnung, öffnet die Kühlschranktür, was einen Blick auf etwa fünfzehn Zentimeter Freiraum zwischen dem oberen und unteren Gletscher erlaubt, die in den Jahren seit seinem Einzug gewachsen sind.

Er selbst sieht etwas besser aus als bei ihrem letzten Treffen. Er trägt gute Hosen und ein altes Banlon-Polohemd, jene Art, die heute als Retro-Look verkauft wird, aber seines ist echt. Seine Schränke hängen voller – meist teurer – Kleidung aus den fünfziger Jahren. Obwohl seine Umgebung ein Chaos ist, ist er selbst immer wie aus dem Ei gepellt, seine eigene Variante von gepflegt und stilvoll, ohne daß dieser Stil dem folgte, was in dieser Saison, diesem Jahr oder Jahrzehnt als modisch gilt.

»Was hast du mit den zwölf Riesen gemacht?« fragt sie und setzt sich auf das Sofa, nachdem sie einige Dutzend Zeitschriften fortgeschoben hat. »Warum streite ich mich nicht wenigstens in einer besseren Wohnung mit dir?«

»Na ja«, sagt er und zieht eine reifüberzogene Gefriertüte voller Plätzchen hervor, vermutlich ein Überbleibsel von Weihnachten. »Ich fürchte, das Problem war, daß ich ein Loch aufreißen mußte, um ein anderes zu stopfen. Ich bin offenbar mit Pferden so schlecht geworden, wie ich mit Karten gut bin.«

»So gut offenbar auch wieder nicht«, sagt sie und zieht unter sich ein verkrumpeltes, rätselhaftes Etwas hervor, das sich als geöffnete Paprikachipstüte erweist. »Wie haben sie dich gekriegt?« Wenn sie ihn nicht wegen seiner Wohnverhältnisse beschämen kann, geht sie ihm an den Lebensnerv – seine Berufsehre.

Als er aufhört, mit den Plätzchen herumzuhantieren, sie auf ein Tellerchen zu legen, den Kessel mit Teewasser aufzusetzen – und nicht spricht –, weiß sie, daß es ihr gelungen ist, ihn zu demütigen. Sie wartet, bis er sich umdreht und seinem Gesicht mit Bedacht einen ironischen und selbstabschätzigen Ausdruck gibt.

»Vielleicht werde ich ein bißchen alt für mein Gewerbe. Ich hatte die Reihenfolge des kleinen Arrangements unter meiner Manschette vergessen, und so kam es, daß ich das zweite Kreuz-As auf den Tisch legte.«

Ein Moment vergeht, in dem sie beide das tragische Element dieses Patzers würdigen, der Fehler eines blutigen Anfängers.

»Das ist das letzte Mal, daß ich dir helfen kann«, sagt sie, und er nickt ernst, als akzeptiere er das, während sie in Wahrheit beide wissen, daß sie ihn weiterhin freikaufen wird, vielleicht häufiger, falls er mit der Zeit auch auf anderen Gebieten nachzulassen beginnt. Nicht mehr behält, was geboten und gespielt wurde. Bluffs nicht mehr erkennt. Seine unglaubliche Intuition verliert, wann er aufhören muß. Und man kann durchaus verlieren, obwohl man falsch spielt – die größte Schande für einen Falschspieler.

»Wie geht die Suche voran«, fragt er, wechselt von seinen Problemen zu ihren. Er hatte vor zwei Wochen angerufen und ihr gesagt, daß ein Freund von ihm sich darum kümmern könnte, Taylor wiederzufinden. Chris lehnte höflich ab, sie war gerührt über seine Sorge, wollte aber zugleich nicht, daß jemand namens Vinny aus dem Garagenschatten ihrer Freunde und Freundinnen heraustrat, wenn diese abends nach Hause kamen, und ihnen dubiose Fragen stellte.

»Ich glaube, ich habe eine Spur«, sagt sie, bleibt aber vage. Weder möchte sie in diesem Moment seine Besorgtheit, noch möchte sie offenbaren, daß die Spur eine Vision ist, die bei einer Hellseherin begann. »Was hast du jetzt vor?« fragt sie ihn statt dessen.

Er zuckt die Achseln und stellt den Plätzchenteller und die Teetassen auf einen Stapel alter Fernsehzeitungen. Die Chris zugedachte Tasse hat einen hellvioletten Lippenstiftabdruck am Rand, vom flüchtigen Spülen unberührt. Sie versucht, sich eine Frau vorzustellen, die diesen eigenartigen Farbton trägt, eine Besucherin an diesem traurigen Ort. Sie kommt sehr schnell zu dem Sexteil und dreht das Bild ab, läßt es zu einem kleinen weißen Punkt zusammenschnurren, wie bei einem alten Schwarzweißfernseher.

»Ich habe ein paar Partyauftritte«, sagt er. »Ich muß wohl zurück zur alten Clownnummer.«

Sie nickt, aber glaubt ihm nicht. Seit sie hier ist, hat das Telefon kurz hintereinander zweimal geläutet, beide Anrufe hat der Anrufbeantworter auf dem Nachttisch mit einem Klicken geschluckt. Schlechte Gesellschaft, von der sie nichts wissen soll. Es werden Absprachen getroffen, vermutet sie. Die aufgeregte, aufregende Planungsphase eines Jobs, den er vor ihr lieber geheimhält.

Sein jämmerlicher Glaube an einen nächsten großen Coup, gepaart mit seiner einfachen Besiegbarkeit, umwirbeln sie, umzüngeln die Ecken der sorgfältigen Konstruktion ihrer eigenen Person. In seiner Gegenwart wird sie in all die anderen kleinen Zimmer zurückgeworfen, die sie zusammen bewohnt, in denen sie ihre Gewinne gezählt oder sich über ihre Verluste hinweggetröstet haben, indem sie ihre Strategie neu planten. Bei ihrem Vater ist sie immer mehr Komplizin als Tochter, wird jedesmal aus dem klar abgesteckten Terrain der gesetzestreuen Gesellschaft zu deren ausgefransten Rändern hingezogen, und die Vertrautheit dieser Geographie beunruhigt sie.

»Hast du etwas, was ich als Aschenbecher benutzen kann?« fragt sie. Sie rechnet mit einer verschmierten Untertasse, aber er kommt vom Küchenschrank mit einem richtigen Aschenbecher zurück, schwarze Keramik, um den Rand steht in erhobenen weißen Buchstaben STORK CLUB.

»Der dürfte auf dem Trödel einiges bringen«, sagt sie.

Er nickt, macht dann eine Bewegung zu ihrer Zigarette hin. »Irgendwie sind sie wohl jetzt der Meinung, daß Rauchen einem gar nicht so gut bekommt«, sagt er höflich, rügt sie auf seine überaus sanfte Weise. Käme ein solches Understatement von jemand anderem, wäre sie geschmeichelt, aber sie hat ganz gezielt eine Immunität gegen den Charme ihres Vaters aufgebaut, arbeitet daran, seinem Sog zu widerstehen. Ihre Verwandtschaft, ihre Nähe, wühlen sie zu sehr auf. Ihr Vater muß sicher in einer Schublade verschlossen bleiben. Er muß eine Figur bleiben, diskreter Teil einer Vergangenheit, die sie hinter sich gelassen hat. Sie zieht an ihrer Zigarette und bläst den Rauch in die Luft zwischen ihnen, versucht, in diesem Zimmer zu sitzen, ohne von ihrer gemeinsamen Geschichte überwältigt zu werden.

Sie sieht, daß sie, trotz ihres gegenwärtigen Kummers, keine sonderlichen Zugeständnisse zu erwarten hat. Ihr Vater wird weiterhin ein wenig tragisch sein, eine Erinnerung an die Verrücktheit, der sie entstammt. Und auch ihre Patienten werden sich nicht nennenswert bessern, um ihr fragiles Ego zu trösten. In den Winkeln ihrer beschädigten Seele werden immer Gefahr und Chaos nisten. Das Leben wird in seiner Unvorhersagbarkeit trügerisch bleiben, es wird an ihre reduzierte Fähigkeit, damit fertig zu werden, keinerlei Konzessionen machen. Sie wird sich einfach festhalten müssen oder riskieren abzugleiten.

15

Myra hat vier Lebensregeln:

1. Sei pünktlich.
2. Sei aufmerksam.
3. Sage die Wahrheit.
4. Sei nicht auf Ergebnisse fixiert.

»Ich habe wohl Nummer vier nicht beherzigt«, sagt Chris jetzt.
»Sie hätten auch ein bißchen aufmerksamer sein können«, sagt Myra, die nie ein Blatt vor den Mund nimmt.
»Aber das war ich. Allerdings habe ich die Information als Herausforderung, nicht als Warnung gesehen. Ich war so sicher, daß ich sie bekommen konnte, halten konnte. Das Problem war nicht meine Aufmerksamkeit, sondern meine schreckliche Arroganz.«
»Was also bedeutet es für Sie, wenn wir – nur für den Moment – einmal annehmen, daß Sie ihnen entschlüpft sein könnte, für immer?«
»Sie finden, die Beziehung war idiotisch, oder? Eine Idiotie, die ich als etwas Wichtiges aufgetakelt habe?«
»Ich finde, Sie könnten jetzt darüber nachdenken, was Sie mit Ihren Gefühlen machen. Können Sie sich vorstellen, etwas anders zu machen? Sehen Sie sich in einer Zukunft, die nicht genauso ist wie die Vergangenheit?«
Aber Chris fällt dazu nichts ein. »Ich weiß, daß ich das können sollte. Ich weiß, daß es eine richtige Antwort gibt. Ich sollte zumindest in der Lage sein, Ihnen zu sagen, daß ich mir eine Reihe

kleiner Schritte vorstellen kann. In meiner Arbeit aufgehen, bis ich jemand Passendes kennenlerne. Das würde ich gern von einer Patientin hören. Aber ich sehe nicht, wie ich diesen Schritt machen kann. Ich trage zu schwer an meinem Versagen und den vielen Fehleinschätzungen. Ich habe kein Vertrauen, daß ich etwas tun könnte, was mir Glück beschert oder auch nur Linderung.«

»Hören Sie«, sagt Myra. »Sie hängen in dem fest, was Sie *jetzt* fühlen. Aber wissen Sie, jetzt ist immer – manchmal barmherzigerweise – etwas Vorübergehendes.«

»Oh Myra, Sie verstehen das überhaupt nicht. Jetzt ist immens.«

Myra wartet. Sie ist die Hohepriesterin des Wartens.

»Alles zersplittert«, kann Chris schließlich sagen. »In mir. Es geht nicht nur um Taylor. Sie ist der Sand, der ins Getriebe geworfen wurde, aber jetzt geht kein Gang mehr rein, und nach allen Richtungen fliegen Teile davon.«

Tiffany landet auf ihren Knien, gräbt kleine Krallen in den Jeansstoff. Chris krault die pralle Vogelbrust, sagt: »Und ich kann es mir nicht leisten, daß alles in tausend Stücke kracht. Ich ertrage Chaos nicht, ich habe mein ganzes Leben aus dem Chaos herausgezerrt. Wenn ich die Struktur verliere, bin ich verloren. Ich bin mit meinen Patienten schon jetzt auf unsicherem Boden, nicht nur mit Jerome. Ich konnte nicht sehen, was in meiner eigenen Beziehung passierte, wie also kann ich glauben, daß ich bei der Analyse ihrer Schwierigkeiten etwas tauge? Und wieso bin ich wieder mit Renny zusammen? Also ehrlich. Wie soll man das als Schritt vorwärts deuten? Und woran denke ich mitten in diesem ganzen Schlamassel? Es ist unglaublich. Ich kann es Ihnen kaum sagen.«

»Sagen Sie es mir.« Myra klopft an ihr Hörgerät, als sei der fehlende Satz ein mechanischer Defekt.

»Ich denke viel an Vegas. Ein billiger Flug, ein Zimmer im Four Queens. Ich will nur an den Pokertisch, abgestandene Luft atmen, ein neues Blatt aufnehmen und ein winziges Eckchen finden, wo ich noch weiß, was ich tue.«

»Ein gutes Zeichen«, sagt Myra. »Sie können sich etwas vorstellen, was dazu führen könnte, daß Sie sich besser fühlen. Das ist nicht nichts.«

»Nein, Vegas führt zurück. Renny führt zurück. Um etwas Gutes zu bekommen, muß ich zurück. Natürlich auch mit Taylor, denn es gibt kein Hier und Jetzt. Ich kehre zu den normalsten Dingen zurück. Einmal habe ich abends gekocht. Es war nicht perfekt. Vielleicht waren die Spaghetti zu weich. Es war etwas mit Bud, der hatte ein triefendes Auge. Eine von uns mußte mit ihm zum Tierarzt, und wir hatten einen kleinen Machtkampf, wer gehen soll. Wir haben ein Video gemietet, aber es war nicht gut, also machten wir es aus. Solche Abende. Was ich sagen will, ist, daß es keine hochkonzentrierten, perfekten Momente sind, in denen ich Trost finde, sondern die allerunglaublichsten normalsten.«

* * *

Chris klappt den Deckel auf die Toilette, setzt sich hin und macht es sich gemütlich, die Füße auf dem Waschbecken, damit sie Taylor Gesellschaft leisten kann, die in der Badewanne liegt.

»Ah«, sagt Taylor und rutscht tiefer in die perlende Schaumschicht. »Egal, wohin ich komme, egal, wie flohverseucht das Hotel ist, ich versuche immer, ein Zimmer mit Badewanne zu bekommen. Verjage die Spinnen oder Schlimmeres. Lasse die Wanne vollaufen, lege mich rein, weiche ein. Kann ich sagen, daß Wasser mich erdet? Ist das ein Widerspruch in sich oder ein Paradox?«

Chris antwortet nicht, genießt den Luxus, ihre Geliebte zu ignorieren, eine Belohnung für lange Monate werbender Aufmerksamkeit, dann die Zeit angespannten Wartens, ob Taylor sich von Diane trennt, die ersten Tage der Angst, daß etwas ihre noch zarte Verbindung zerbrechen wird. Jetzt haben sie diese Wohnung zusammen gemietet, haben einige Monate häuslicher Ruhe hinter sich. Sie kann entspannen, Taylor ein klein wenig als gegeben hinnehmen. Und so steht sie auf, sieht in den Spiegel über dem Waschbecken und streicht sich mit den Fingern durch die Haare, die oben länger sind. »Vielleicht sollte ich damit mal was ganz anderes machen.«

»Schneide es kurz«, sagt Taylor.

»Es ist schon kurz.«
»Richtig kurz. Kurz und schrill. Färbe es weißblond, werde ein bißchen schräg. Ich denke immer, wie konservativ du doch bist.«
Chris hält in der Bewegung inne, nur den Bruchteil einer Sekunde lang, nur für die Dauer eines Lidschlages – erneut ein wenig verunsichert.

▪ ▪ ▪

Chris hat es nicht eilig, zu dem geplanten Sonntagsessen mit Daniel und seiner Freundin zu kommen, sie parkt, um sich die Auslagen der staubigen Schaufenster in diesem Teil von Belmont rund um die E 1-Hochbahnstation anzusehen, Läden, die den äußersten Gegensatz zum geordneten Amerika der schweigenden Mehrheit bilden. Die Reinigung verkauft auch Ledersachen – Stulpenhandschuhe und nietenbeschlagene Armbänder –, Accessoires sexueller Bedrohung. Der Schneider grüßt mit einem Schild TRANSVESTITEN WILLKOMMEN. Ein Hochzeitseinladungen- und Perückenladen.
Sie schlägt nur die Zeit tot, hat keine Lust, Rachel kennenzulernen, was sie bereits seit zwanzig Minuten tun sollte. Eigentlich hätte sie überpünktlich sein müssen; sie gibt sich Mühe, bei Daniel ihr schlechtes Benehmen nach der Hellseherin wiedergutzumachen. Vorher, zu Hause, hat sich ihre Nervosität auf das Bemühen verschoben, ihre Garderobe dem Anlaß entsprechend zu wählen. Sie hat sich dreimal umgezogen, bevor sie zum India Palace aufbrach, das auf den Tischen Wachstuch und Plastikblumen in Väschen hat, und wo gelegentlich eine Kakerlake die Wand hochwalzt, kurz und gut, das keineswegs jene Art von Restaurant ist, bei dem man sich wegen der Kleidung den Kopf zerbrechen müßte.
Die Turteltauben sind schon da, als sie endlich ankommt, fast eine halbe Stunde zu spät; sie wirken, als säßen sie nicht am Tisch, sondern als wohnten sie dort, als sei dies ihr Wohnzimmer und Chris ohne Anklopfen eingetreten. Sie haben an einem Vierertisch nebeneinander Platz genommen und bereits etwas getrunken, vermutlich Mangoshakes, den schaumigen, blaßorangefarbenen Trop-

fen in den Gläsern nach zu urteilen. Jetzt halten sie nur Händchen unter dem Tisch und blicken sich, vor einem Hintergrund leiser Sitarmusik, wortlos an, als sei Konversation die ungehobelte Kommunikationsform all jener, deren telepathischen Fähigkeiten weniger fein ausgebildet sind.

Chris hat Mühe, sie mit all ihren Signalen des Glücks anzusehen. Sie ist nicht soweit, in den Kegel ihres furchtbar hellen Lichts treten zu können. Jetzt, da die Klinge ihres Schmerzes sich gedreht hat, flacher, stumpfer, spatelartig geworden ist, empfindet sie einen perversen Unwillen, ihn loszulassen. Er ist jetzt das, was sie kennt, alles darüber hinaus, Gesundung oder sogar Glück, würden von ihr noch mehr Veränderung verlangen, und dem fühlt sie sich nicht gewachsen.

Rachel erweist sich als unerwartet attraktiv und gesellig. Chris hat Daniels mißglückte Rendezvous-Versuche so lange mitverfolgt, daß sie sich als Endpunkt dieser langen Reihe unübersehbar mängelbehafteter Frauen ein ewiges Mauerblümchen zusammengereimt hatte. Statt dessen ist sie ausgesprochen nett und sieht gut aus, eleganter Landstil, ein bißchen wie Carol King auf dem Cover ihrer »Tapestry«-LP. Sie hat strahlend grüne Augen, ihre Haare sind auf eine Art lang, wie sie kaum noch jemand trägt. Sie sind rötlichblond, kraus und fallen ihr wie die Mähne eines Zirkuspferdes über den Rücken.

Sie scheint an Chris sehr interessiert. Was natürlich mehr ist, als Chris erträgt.

»Ich möchte, daß du mir alles von dir erzählst«, sagt sie heiter. »Ich freue mich schon die ganze Zeit darauf, dich kennenzulernen. Dan hat mir von dir erzählt.«

Dan? Chris läßt sich davon nur eine Sekunde bremsen, bevor sie Rachels Interesse unterläuft und mit einer Kehrtwende Rachel zu interviewen beginnt. (Jahre im Beruf haben ihr gewisse Fähigkeiten beschert, die manchmal auch privat von Nutzen sind.) Rachel ist gern bereit, ihre eigenen Interessen aufzulisten, die zahlreich und lebensbejahend sind. Sprachen, Volkskunst, Gamelanmusik.

Als Reaktion versucht Chris, Rachel nicht zu mögen. Sie sieht sich bestätigt, als sie bemerkt, daß Rachel immer nur ein Gericht auf dem Teller ißt, sie ißt eines auf, bevor sie das nächste in Angriff nimmt. Diese Methode trifft bei einem indischen Buffet auf gewisse Schwierigkeiten, wo ein Klecks cremiger Curry in den Klecks Vindaloo daneben hineinläuft, das sich seinerseits mit Yoghurt Raita vermischt.

Aber all ihre schlechten Vorsätze sind vergebens; Rachel gewinnt sie im Verlauf des Essens mit ihrer offensichtlichen Zuneigung für Daniel, der verändert ist, von ihrer Zuwendung auf schmeichelhafte Weise in weiches Licht getaucht. Mit ihr wirkt er besser aussehend, selbstbewußter und entspannter, als Chris ihn je gesehen hat.

Rachel kommandiert ihn ein bißchen herum, was ihm auch zu gefallen scheint. Er sonnt sich in ihren Anweisungen, den Kellner einen weiteren Krug Eiswasser bringen zu lassen, ihrer Mahnung, die Strafzettel zu bezahlen, die auf dem Rücksitz seines Autos herumfliegen. Chris sieht, daß sie gut für ihn ist, und wie könnte sie es ihm mißgönnen – nach soviel Einsamkeit, der Enthaarung und dem Dating-Streß?

Also benimmt sie sich. Und Daniel, der sie in einigen Situationen erlebt hat, in denen sie das nicht tat, ist ihr dafür dankbar. Sie schämt sich deswegen, denn obwohl die Dankbarkeit seine Befürchtung verrät, sie könne zu Rachel unfreundlich sein, hat er dennoch dieses Essen geplant, in der Hoffnung, daß ihr guter Wille siegen würde.

Als sie schließlich vor Schälchen mit klebrig-süßem, torpedoförmigem Gebäck in einem See gesüßter Milch sitzen (der einzige Nachtisch auf dem Buffet), fühlt Chris sich so entspannt, daß sie ihre geplante Wisconsin-Fahrt erwähnt. Sie versucht, es ganz bodenständig klingen zu lassen, sie redet erst über die Fahrzeit sowie darüber, sich eine Liste von Motels zu besorgen, die Hunde nehmen.

Sie glaubt, sie verstehen sie. Sie nicken ein wenig, es scheint, als seien alle drei völlig einer Meinung. Allerdings nur, bis Rachel

frohgestimmt sagt: »Es wird dir richtig guttun, einmal alles ein paar Tage hinter dir zu lassen.«
Womit sie Chris zu der Richtigstellung zwingt: »Ich rede nicht davon, alles hinter mir zu lassen. Ich hoffe, sie zu finden.«
Sie enthüllt ihr Geheimnis, erzählt von der Vision, wie lebhaft sie bis in die Details ist. »Ich denke, sie könnte durchaus da oben sein. Darauf warten, daß ich sie finde.«
Die beiden sitzen ihr schweigend gegenüber, lösen die Hände unter dem Tisch, blinzeln ein wenig, wie Kaninchen. Dann wischt sich Daniel den Mund mit einer safranverschmierten Papierserviette ab, beendet die Stille. »Vielleicht sollten wir noch einmal darüber sprechen, bevor du fährst, vielleicht in der Praxis.« Chris sieht, daß sie einen taktischen Fehler begangen hat. Entweder sind Daniel und Rachel nicht die richtigen Zuhörer, oder sie sollte von diesem Plan überhaupt nicht erzählen. Sie weiß nicht, was zutrifft. Sie weiß auch nicht, wann sie angefangen hat, Grenzen zwischen Innen und Außen zu ziehen, ein Wir und ein Sie zu schaffen, wann sie die Leine fest um das Wir gezurrt hat, das nur sie und Taylor umfaßt (die, wie sie weiß, gegenwärtig im Grunde nicht als uneingeschränkt aktiv Handelnde gelten kann) und Bud, inzwischen der einzige Freund, von dem sie sicher weiß, daß er ihre Entscheidungen akzeptiert.
Sie hofft, daß Daniel die Sache einfach vergessen wird, aber das tut er nicht. Er wartet bereits auf seiner Patientencouch auf sie, als sie am Montag in die Praxis kommt. Sie hat sich verspätet, weil sie Jerome im Krankenhaus besucht hat, der aus der Intensivstation verlegt wurde und morgen erneut operiert werden soll. Er wird vermutlich überleben, allerdings wird ihm ein beträchtlicher Teil des Verdauungstraktes fehlen. Bei der morgigen Operation wird eine Ernährungssonde eingeführt.
»Ich vermute, Sie denken, daß er diesen ganzen Aufstand nicht wert war«, sagte er mit furchtbar dünnem Stimmchen zu Chris, nachdem die Krankenschwester und der Pfleger gegangen sind.
»Ich wünschte mir, daß wir das zusammen hätten verhindern können«, sagte sie.

»Es ist nicht Ihre Schuld«, sagte er. »Sie hätten mich nicht daran hindern können. Ich wollte unbedingt etwas Spektakuläres tun.«

Jetzt sagt Chris zu Daniel: »Weißt du noch, daß du sagtest, du kämst dir vor wie der Therapeut von Charles Manson? Ich komme mir jetzt vor wie der von Judy Garland.«

»Ach komm. Wir haben beide schon solche Schläge gegen unser Selbstwertgefühl erlebt. Erinnere dich an Mr. und Mrs. Rayner, die ich in Paartherapie hatte. Gerade als ich die Therapie wegen ihrer vorbildlichen Problemlösung beenden wollte, rammt sie ihm die Gabel ins Auge.«

»Eine Gabel mit Thunfischsalat«, erinnert Chris ihn.

»Ja. Was ich sagen will, ist, daß es der schwierige Teil unseres Berufes ist, so zu scheitern, aber ich glaube, er ist unvermeidlich. Alle, die einige Zeit praktiziert haben, haben eine kleine Litanei solcher Fälle.«

»Aber ich sorge mich, daß das nur wegen meiner Nachlässigkeit passiert ist. Hätte ich bemerkt, wie weit er schon abgedriftet war, wenn ich nicht so mit eigenen Sorgen beschäftigt gewesen wäre?«

»Christine. Unter diesen Umständen hätte sich niemand mehr bemühen, niemand besser arbeiten können.«

»Hier drinnen« – sie klopft sich ans Brustbein – »kommt es mir vor, als liefe ich wie verrückt, immer im Tempo der anderen, um mit ihnen mitzukommen.«

»Hör mal. Wenn ich den Eindruck gehabt hätte, daß du von der Bahn abkommst, hätte ich etwas gesagt.«

»Okay«, sagt sie.

»Das werde ich jetzt tun. Wegen deines kleinen Ausflugs.«

»Ja?«

»Es macht mir angst, daß du dorthin fahren willst.«

»Moment mal! Du hast mich zu dieser Hellseherin gebracht. Dann sagt sie mir das, und du willst jetzt, daß ich das ignoriere.«

»Du weißt nicht, was sie meinte. Du weißt nicht, ob es derselbe

See ist. Und selbst wenn, dann weißt du nicht, in welcher Form sie Taylors Präsenz sah. Du stellst sie dir lebend vor, vielleicht ist das nicht, was Sheila gesehen hat. Und selbst wenn sie lebt – ich möchte dich nicht verletzen, aber du kannst dir doch keine glückliche, unbekümmerte Wiedervereinigung mehr vorstellen, oder? Wo ihr beide über eine bunte Sommerwiese aufeinander zu lauft, euch wild umarmt, und dann ist alles in Butter. War nicht so gemeint. Alles vergeben und vergessen.«

Chris denkt einen Moment lang darüber nach, dann sagt sie: »Ich möchte ein Ende. Ein Happy-End wäre natürlich das beste, aber inzwischen nehme ich, was ich kriegen kann.«

An diesem Abend will Renny Chris etwas Gutes tun und fährt mit ihr zu einem ihrer früheren Lieblingsorte, dem asiatischen Dampfbad draußen auf der Montrose. Chris vermutet, daß etwas ansteht.

Sie duschen und schrubben sich rosa. Weiter die Wand entlang sitzen Asiatinnen auf winzigen Plastikschemeln, seifen sich selbst und gegenseitig ein, spülen den Schaum mit einem Schlauch ab. Am entgegengesetzten Ende liegt eine Frau bäuchlings auf einem uralten, lederbezogenen Massagetisch und wird mit einer großen Bürste von einer koreanischen Bademeisterin geschrubbt, einer kleinen Frau mit allzu stark entwickelter Armmuskulatur.

Chris und Renny beobachten das Geschehen, während sie erst im riesigen Whirlpool, dann im heißen und schließlich im kalten Bad sitzen. Renny so, daß der messerscharfe Wasserstrahl als eiskalte Guillotine des Wohlbehagens auf ihre verknoteten Nackenmuskeln knallt. Dann beobachtet sie weiter das Schrubben, während Chris sie beobachtet, ihre lückenlose Sonnenbankbräune, unter der Wasseroberfläche ein wenig heller, ihr immer noch fast perfekter Körper, durch dieses sinnliche Umfeld betont, in dem sich Renny auf eine indirekte sexuelle Weise lasziv ausstellen kann, die für Chris um so erregender ist.

Erst als sie allein in der Dampfsauna sind, flach unter einer schweren, feuchten Hitze, die wie eine Hand von der tropfenden Decke

herabdrückt, kommt Renny auf ihr Thema zu sprechen. Sie trifft sich mit einer anderen. Während sie Renny zuhört, wird Chris vage bewußt, daß die Häufigkeit, mit der sie Nächte miteinander verbringen, etwas zurückgegangen ist.
Die neue Frau könnte wirklich wichtig sein, sagt sie zu Chris. Es lasse sich an wie »etwas, aus dem vielleicht etwas ziemlich Großes wird«. Was nicht heiße, daß sie und Chris sich nicht mehr treffen könnten, nichts derart Drastisches.
Chris spürt einen winzigen Sog atavistischer Eifersucht, hört dann aber an Rennys Ton, daß diese Ankündigung nicht sehr ernst, nur ein kleiner Test ist. Renny möchte sehen, wie Chris reagiert. Wenn sie sich interessiert genug zeigt, wird das Rennys Unsicherheit beruhigen, und die neue Frau wird verschwinden. Sie wird nicht einmal einen Namen bekommen, sie wird einfach in weiteren Gesprächen nicht mehr auftauchen, und Renny wird wieder so oft wie vorher vorbeikommen und anrufen. In diesem Augenblick liegt es in Chris' Macht, diese Frau verschwinden zu lassen. Sie überlegt, ob sie das möchte. Da sie weiß, daß sie und Renny keine wirkliche Zukunft miteinander haben, sollte sie den Anstand haben, sie gehen zu lassen, zu wem auch immer. Es wäre nur fair. Aber sie ist rücksichtslos geworden, und das weiß sie. Fairneß liegt jetzt weit hinter ihr, und bessere Zeiten sind in weiter Ferne, hinter einer scharfen, ungewissen Kurve. Daher möchte sie gerade jetzt Renny noch um sich haben, in der Nähe, als Teil dieser kleinen Gegenwart, die sie konstruiert hat. Mit diesen Gedanken und weil sie sieht, daß sie allein und vom dichten Dampf eingehüllt sind, daß es spät ist, sie heute abend vermutlich die letzten Besucher sind, hier vermutlich nicht gestört werden, dreht Chris sich zu ihr hin, streckt das Bein, fährt mit den Fußzehen langsam zwischen Rennys Schenkel.

Sie wacht immer noch jeden Tag vor Sonnenaufgang auf. Obwohl der längste Tag des Jahres nicht mehr fern ist, gelingt es ihr immer noch, das Licht zu schlagen. Als Taylor gerade verschwunden war, vor so vielen Wochen, schleuderten Träume über Brände und Verfolgung Chris in die Dunkelheit hinein, ihr Herz hämmerte wild an die Brust. Jetzt ist sie plötzlich hellwach, es geht ihr an sich gut, aber es ist einfach mitten in der Nacht. Da sie die klinischen Symptome einer ruhelosen Seele kennt, sorgt sie sich. Aber als sie Audrey von ihrer Schlaflosigkeit erzählt, tut diese das leichthin ab. Sie telefonieren, ihre Freundschaft findet – aufgrund der Entfernung und der allgemeinen Bedrängnis, in der sie beide leben – fast völlig am Telefon statt.

»Du darfst gegen Schlaflosigkeit nicht ankämpfen«, sagt Audrey zu ihr. »Ich stehe ständig auf. Ich wache von Träumen über Explosionen auf, banal und langweilig.«

»Ich weiß, daß ich sozusagen die Vorsitzende des Internationalen Komitees für das Coming-out aller bin, aber Geschlecht beiseite, meinst du nicht, du solltest ein wenig warten, bevor du alles über Bord wirfst, wenigstens, bis ihr die erste Hitze hinter euch habt? Du weißt schon, sehen, was ihr euch bedeutet, wenn eure Temperatur wieder auf normal gesunken ist.«

»Nein, auch wenn sich der Staub legt, werde ich sie noch lieben. Ich weiß es. Sie ist es. Es kommt mir vor, als hätte ich mein Leben lang auf sie gewartet und es nicht gewußt, bis sie da war. Das ist ein Wissen, hinter das ich nicht zurückkann.«

Chris sagt nichts.

»Also, was ich sagen wollte, ich kann dir auf jeden Fall dabei helfen, die Nächte durchzustehen. Darin bin ich Expertin. Hier ist Kabelfernsehen wirklich ein Segen. Ich habe zahllose Filme mit Deborah Kerr gesehen, Filme mit William Holden, Filme, die nicht einmal jemand gesehen hat, als sie vor vierzig Jahren herauskamen. Du weißt schon – sie glaubt, daß sie sich unter der großen Uhr verabredet haben, und er denkt, sie habe gesagt am Rosengarten, darum treffen sie sich nicht und leben ihr ganzes weiteres Leben mit dem Gefühl, verschmäht worden zu sein. Das kannst du dir ansehen. Oder du kannst Marianne Faithfull CDs hören. Ich leihe dir welche. Oder du kannst mich anrufen. Jederzeit. Ich bin wahrscheinlich sowieso wach.«

Nach diesem Gespräch macht es Chris nichts mehr aus, wach zu sein, bevor die restliche Welt sich ihr anschließt. Sie macht mit Bud

lange Spaziergänge im schwindenden Mondlicht, raucht, trinkt Fruchtsaft, räumt auf, liest Jane Austen.
An diesem Morgen aber hat ihr Erwachen etwas Dringliches. Um 4 Uhr 31 waren ihre Augen geschlossen, und sie schlief fest; um 4 Uhr 32 sind sie offen, ihr Denken laserscharf. Taylor muß irgendwelche Unterlagen hinterlassen haben. Chris hat sie einfach übersehen. Wenn sie so deprimiert war, wie Leigh sagte, muß sie ihre Gedanken niedergeschrieben haben. Aber es existiert kein Tagebuch; Chris hat überall gesucht, in Taylors Schubladen und Regalen hier, in ihrer *Transit*-Dunkelkammer. Sie hat lediglich Kontobücher und bezahlte Rechnungen gefunden, einige wenig ergiebige Briefe und Postkarten von Freundinnen, die wunderbare Ferien verleben und sich wünschten, daß sie hier wäre – Staubschichten eines unkontrollierten Lebens.
Aber an diesem Morgen, in dieser Erleuchtung vor Sonnenaufgang, schnackelt es plötzlich. Sie zieht Jeans und T-Shirt an und sagt zu Bud: »Komm. Wir fahren spazieren.«

In der Dunkelkammer, die in den letzten Monaten leer vor sich hin gekümmert hat – von einer erstaunlich großzügigen und optimistischen MarySarah bis Taylors Rückkehr freigehalten –, hängt eine modrige Mischung aus Luftlosigkeit und Vernachlässigung. Niedere, okkultere Formen des Lebens – Sporen und Flecken – sind im Vormarsch, da ein Mensch fehlt, der sie ständig in Schach hält. Als sie eintritt, muß sie an Anthropologen denken, die den Stein fortrollen und die Kammer einer Pyramide betreten.
Alles ist wie vor Wochen, als sie hier die Negative mit Stéphane entdeckte. Jetzt weiß sie mit Sicherheit, daß es eine weitere Entdeckung zu machen gibt. Taylors Laptop, grau und zusammengeklappt wie ein flacher Werkzeugkasten, aber der Stecker immer noch in der Dose, steht mitten auf dem alten Resopal-Eßtischchen, den Taylor als Schreibtisch benutzt hat. Der Laptop war die ganze Zeit da, gut sichtbar. Chris hatte ihn nur nicht richtig wahrgenommen. Sie macht ihn auf, schaltet ihn auf der Rückseite an, blickt auf den Bildschirm, während sich der Computer ins Leben bootet.

Taylors Dokumente sind chaotisch, aber ziemlich klar benannt – »Buchhaltung H«, »Buchhaltung S«, »Neg Archiv«, »Spiele«. Wonach sie sucht, erweist sich als verblüffend leicht zu finden. Zwischen all diesen Texten ist einer namens »Wahres Leben«. Geöffnet hat das Dokument fast sechzig Seiten. Erst als sie es geöffnet vor sich hat, hält Chris kurz inne, zögert, eine derart massive Grenzverletzung zu begehen. Aber sie macht sich nicht die Mühe, sich eine Entschuldigung auszudenken, bevor sie zu lesen beginnt.

Sie sieht schon nach wenigen Einträgen, die Ende letzten Jahres beginnen, daß dies, wie die meisten Tagebücher, eine traurige und qualvolle Chronik ist, eine Talfahrt, peinlich, weil das Material so spontan und unzensiert ist, ein Protokoll inneren Aufruhrs, wahllos auf die Festplatte gekippt.

Einige der Sorgen sind geradezu pubertär. Taylor (von der Chris immer dachte, sie sei von Natur aus dünn und an Essen nicht sehr interessiert) war offenbar von ihrem Gewicht besessen.

28. 11.
62,5. Chips. Schokolade.

Später,

12. 12.
61. Oberschenkel.

Leigh hatte offenbar recht damit, daß Taylor ständig ihre Attraktivität testete.

7. 1.
N beim Abendessen getroffen. So idiotisch. Völlig offensichtlich. Völlig abgeschossen. Ich muß total aufgegeilt gewirkt haben. Wie eine alte Schachtel in einer miesen Lesbenbar, Hüfthose / weiße Schuhe, fragt, ob sie zu Frank Sinatra Blues tanzen will.

Wer, fragt Chris sich, ist N? Welches Essen? Chris durchforstet ihre Erinnerung nach Essen im Januar, nach Nancys oder Nells, aber ihr fällt nichts ein.
Einige Seiten weiter findet sie in dem Text sich selbst. Sie taucht nicht als Chris oder Christine oder C auf, sondern als Snow. Als sei sie eine Kollegin von Taylor aus irgendeinem Universitätsseminar für Geschichte, eine mitreisende Journalistin bei einer Himalaja-Expedition.

10. 2.
Snow. Distanziert. Wollte vögeln. Tat, als ob sie nichts merkt. Dreht sich weg. Mit sich beschäftigt, ihrer Furchtbar Wichtigen Arbeit.

Auch hieran versucht Chris sich zu erinnern, ohne Erfolg. Dieser Eintrag paßt so gar nicht zu dem, wie sie Taylor und sich als Paar erlebt hat. Wenn überhaupt, dann hatte sie sich selbst als die stets Aktive gesehen, Taylor nur gelegentlich empfänglich. Sie ruft SUCHEN auf und gibt Snow ein. Einige Einträge sind enervierend und unverständlich.

6. 3.
Snow unerwartet freundlich.

Das bemerkenswerteste aber an den Einträgen über Chris ist ihre Seltenheit. Sie sind ein minimaler Schattentext zu einem hektischen Leben, das Taylor offenbar in einem parallelen Universum zu dem führte, das sie gemeinsam bewohnten. Mit Snow und ihrer seltenen, unerwarteten Freundlichkeit. Dieses zweite Leben hatte offenbar einige reale, Echtweltelemente – einige ärgerliche berufliche Kontakte, vor allem aber private Begegnungen, und da ging es meist um Anmachen und erfolgloses Anmachen. Beschrieben in unverblümter Schundromansprache.

12. 2.
Mit P in ihre neue Wohnung gegangen, noch Baustelle. Gipsplatten und Sperrholzboden. Gegen die Wand. Sie wollte es, also …

Weiter unten gibt es eine Liste von Frauennamen, nur Vornamen, einige erkennt Chris nicht, andere scheinen, was sie alarmiert, Freundinnen von ihnen zu sein, Partnerinnen von Freundinnen. Eine, Mandy, ist eine Kollegin von Chris, die ein Wochenende bei ihnen gewohnt hat, als Chris zu einer Konferenz verreist war. Hinter jedem Namen steht ein Zeichen – ein Sternchen, ein Haken. Sie vermutet, daß diese Aufstellung nur ein Erfolgsprotokoll sein kann, denkt kurz über den Code nach und beschließt dann, daß sie ihn wohl lieber nicht knacken möchte.
Die Frau, die in diesem Tagebuch aufscheint, ist keine völlig Fremde. Sprache und Selbstbeschimpfung sind in höchstem Maße Taylor. Und es ist nicht so, daß Chris die Frauengeschichten nicht vermutet hätte (auch wenn sie deren Ausmaß nicht ahnte). Aber der Zwang dahinter, die verzweifelte Unsicherheit und das erbarmungslose Testen ihrer selbst sind ausgesprochen erstaunlich.
Tagebücher – das weiß sie von denen ihrer Patienten – zeigen einen Menschen selten von seiner besten Seite. Kaum jemand schreibt solche Seiten aus Begeisterung oder Triumph, oder um seiner globalen Hoffnung auf Frieden oder der Heilung aller Krankheiten Ausdruck zu verleihen. Typischerweise sind es vielmehr die endlosen Grübeleien Deprimierter. Aneinanderreihungen kleiner Kümmernisse, empfundener Zurückweisungen. Sie beginnen typischerweise mit Liebeskummer und hören auf, wenn der Bruch gekittet ist oder der Verfasser bzw. die Verfasserin sich neu verliebt.
Chris versucht, dieses Wissen bei ihrer Einschätzung der Autorin dieses bestimmten Tagebuches zu berücksichtigen, nicht zu vergessen, daß sie die Tür zu Taylors höchstpersönlichem Horrorkabinett aufgebrochen hat. Sie versucht, nicht auf der Grundlage dieses Textes über einen geliebten Menschen zu Gericht zu sitzen, schließlich glaubt die Verfasserin, daß er niemals von jemandem

gelesen wird. Dennoch fällt es schwer, nicht etwas Bedauern darüber zu empfinden, wie viele Stunden sie damit zugebracht hat, aus einer Partnerin klug werden zu wollen, hinter deren Schweigen sie Bände vermutet, während offenbar wenig mehr dahinter steckte als die Sorge, dick zu werden und nicht jede Frau vögeln zu können, die sie kennenlernte.

Taylor liebte Chris offenbar wirklich, aber, wie Leigh sagte, auf eine idealisierte, abstrakte Weise, die sie weit entfernte von ihren unablässigen Kämpfen, die sie in einer Innenwelt voll schroffer Elemente führte. Rekonstruierte man diese Tagebücher als religiöses Renaissancegemälde, wäre Chris die Muttergottes, die wohlwollend inmitten eines weiten blauen Himmels schwebt, die Arme über die zusammengekauerte Märtyrergestalt einer geschundenen Taylor gebreitet.

Zwischen ihnen, das begreift sie aus dem, was sie hier liest, gab es nie eine echte Partnerschaft und hätte es nie eine geben können. Das Haus, der Hund, der Bekanntenkreis, die Pläne, das alles war nichts als ein Sichtschutz vor einer Wahrheit, die auf diesen Monitorseiten aufscheint. Chris hat ihr Leben mit einem Menschen geteilt, der seines sehr entschieden allein führte.

Diese Erkenntnis trifft sie weniger hart, als sie vermutet hätte. Während sie die Tagebuchseiten durchgeht, setzt sich die Therapeutin in ihr aufrecht, beobachtet Taylors Niedergang, als sei sie eine Fallstudie und keine reale Person. Es scheint, als werde selbst die verschwundene Taylor, selbst der Geist, den sie zurückließ, schwächer, transparenter.

Sie sieht jetzt, daß Taylors Verschwinden begann, bevor sie fortging. Selbst als sie noch zusammen waren, begann sie bereits, sich aufzulösen.

▪ ▪ ▪

Taylor kommt heute abend spät, nicht nur ein paar Minuten oder eine halbe Stunde später. Es ist fast acht, als sie nach Hause kommt, Erschöpfung vorschützt, aber selbst unter dem Gewicht ihrer Kamera-Ausrüstung hinreißend wirkt. Sie hat diese Woche einen Nebenjob bei Modeaufnahmen für ein Versandhaus – Wintermäntel für den Herbstkatalog, das Wetter spielt nicht mit. Es ist fast dreißig Grad, die Models lösen sich auf, mehr hat sie Chris nicht erzählt.

Am Morgen hat Chris angeboten, abends zu kochen, und damit angefangen, als sie nach Hause kam, dann aber spürte sie irgendwie, daß Taylor noch nicht auf dem Heimweg war, drehte die Flamme unter den Knoblauchstücken aus, ließ sie in der Pfanne kalt und ölgesättigt werden, die Hähnchenbrust lag schlaff und glasig, hautüberzogen auf dem Schneidebrett.

Als Taylor schließlich kommt, erklärt sie nichts, und Chris fragt nichts, drängt nicht auf Entschuldigung. Solche Entschärfungsmechanismen haben sie inzwischen hinter sich.

»Soll ich dir helfen?« fragt Taylor, statt etwas von Bedeutung zu sagen. Sie macht eine Kopfbewegung zur Arbeitsplatte hin.

»Hast du Hunger?« fragt Chris.

»Eigentlich nicht. Und du?«

»Ich habe mir vor einiger Zeit ein Brot gemacht, ich brauche nichts«, sagt Chris.

»Dann mache ich das Huhn für Bud«, sagt Taylor beiläufig. Sie handhaben dergleichen beide inzwischen so ungeheuer cool. Chris wäre niemals so uncool, Taylor zu bedrängen, die nur mit Erklärungen käme, daß das Shooting so lange gedauert habe, daß weit und breit keine Telefonzelle dagewesen sei, daß sie heute morgen ihre Uhr vergessen und nicht genau gewußt habe, wie spät es ist. Statt dessen wirft Chris den Abend auf den Schrotthaufen aller ausgefallener Abendessen, vergessener Verabredungen auf ihrem gemeinsamen Kalender, aller Tüten Milch und Packungen Brokkoli, die Taylor auf dem Heimweg einzukaufen versprach und die ungekauft in den Supermärkten blieben, in die Taylor nie kam. Sie verhält sich nicht immer so furchtbar, nur gerade so häufig, daß Chris sich langsam fragt, ob da eine Botschaft gefunkt wird.

Chris ihrerseits wird duschen und dann das nasse Handtuch auf dem Bett liegenlassen, auf Taylors Seite, wenn sie es einrichten kann. Ihren Wagen in der Garage eine Idee zu weit in der Mitte parken, so daß Taylor ihren Cherokee nicht mehr danebenquetschen kann. Alles kleine, erbärmliche Manöver. Und sie pariert nur die Schläge. Taylor ist es, die wirklich Schläge austeilt; der Krieg wird nach ihren Regeln geführt. Chris weiß noch aus ihrer Schulzeit, daß man bei Klassenarbeiten, die nach der Ursache eines Streits oder Scharmützels zwischen zwei Staaten fragten, mit der Antwort »eisfreier Hafen« eine recht gute Chance hatte. Sie kann jetzt nicht sehen, wo ihr eisfreier Hafen liegt. Aber um irgend etwas wird gekämpft, und obwohl sie nicht sehen kann, was es ist, vermutet sie, daß sie verliert.

Ein Gewinn bedeutet für sie, Taylor so wiederzubekommen, wie sie zu Beginn war, als Chris der Preis, der eisfreie Hafen war, um den Taylor kämpfen mußte. Jetzt ist Chris auf eine andere Position geschoben, aber sie kann nicht sehen, wo sie sein könnte, und kann Taylor nicht fragen, die es, wie sie vermutet, wahrscheinlich selbst nicht weiß.

Manchmal spürt Chris – von Berufs wegen vermittelnd und nachgiebig – einen heftigen, beschämenden Impuls, Taylor zu ohrfeigen, etwas zu bewirken: rote Fingerabdrücke in ihrem Gesicht, einen Ausdruck von Erstaunen und eine Bestätigung von Chris' Anwesenheit.

Das aber würde sie nie tun, und sie begreift, daß Taylor unüberrascht bleiben und Chris ein wenig dafür verachten wird, daß sie sie nicht zu überraschen vermag.

■ ■ ■

16

Rachel veranstaltet zum Vierten Juli ein Grillfest.

»Nur ihre Familie, ein paar Kollegen – sie sind alle nett, ich kenne sie«, sagt Daniel zu ihr. »Sie möchte so gern, daß du kommst.« Sie haben beide zwischen zwei Stunden eine Pause, sitzen bei einem späten Frühstück im *The Bagel*, Käseomelett, gebratene Tomatenviertel. Es ist eine uralte Angewohnheit aus der Anfangszeit ihrer

Praxis, bevor sie so viele Termine hatten. Jetzt finden sie dafür nur noch selten Zeit.
Chris, ihm gegenüber, bemerkt, daß seine Augenbrauen wieder zusammenwachsen; störrische schwarze Haare sprießen über dem Nasenbein. Sie wertet das, zusammen mit einer leichten Gewichtszunahme, als Zeichen, daß er sich in seiner neuen Beziehung entspannt, die harte Aschenbahn des Dating hinter sich gelassen hat, wo er den attraktiveren Fuß immer vorn haben mußte.
»Das ist nett von euch«, sagt sie zu ihm, »aber ich glaube, ein Garten voller Fremder überfordert mich noch.«
»Wir holen für das Fest unsere Mütter aus dem Heim. Sie sitzen in den Rollstühlen und sind gaga. Ihre sabbert, meine redet fast nur noch Unsinn. Es ist furchtbar.«
»Das ist ein echter Anreiz.«
»Ich wollte nur sagen, daß die Ansprüche an eine geschliffene Konversation nicht allzu hoch sein werden.«
Chris versucht, andere, entschiedenere Entschuldigungen vorzubringen. »Rachel hat eine Schwester.« Es folgt eine ohrenbetäubend bedeutungsschwere Stille. Chris muß lächeln.
»Hast du sie gesehen, diese Schwester?«
»Hildegarde.«
»Ach komm. Sie kann unmöglich Hildegarde heißen.«
»Sie kann nichts dafür. Es hat was mit der Familie zu tun. Sie wurden nach einer hochgeachteten Tante getauft, Großtante, was weiß ich. Sie wird Hildy gerufen. Sie ist cool. Sie ist Sängerin.«
»Sängerin.« Chris sieht eine wogende Diva mit Brustpanzer und gehörnter Kopfbedeckung vor sich, die gerade irgend etwas ausgeprägt Wagnerianisches singt.
»Jazzsängerin.« Daniel korrigiert die Phantasie. »Sie ist interessant.«
»Und niedlich, meinst du.«
»Ich würde sagen spektakulär.«
»Mann, ich bin allein bei dem Gedanken erschöpft, jemand kennenzulernen, die spektakulär und interessant ist. Und Künstlerin. Ich muß da mithalten. Muß tun, als ginge ich abends in Clubs.

Muß mir vorzeigbare Unterwäsche besorgen. Nur um mich vor ihr in die Brust zu werfen.«

»Überlege es dir noch einmal«, sagt er, weicht damit ihrem Widerstand aus.

Aber dann ist Montag, ein Tag vor dem Feiertag, und sie hat ein furchtbares Wochenende hinter sich. Bud hat Flöhe, und sie hat zwei Tage damit zugebracht, im ganzen Haus zu sprayen, Bettwäsche zu waschen und den armen Bud zu baden, ihm ein Kräuter-Flohhalsband anzulegen, das er verabscheut; er riecht damit wie ein Eukalyptusbaum. Diese kleine Heimsuchung war zu einer Sommergrippe hinzugekommen, die sich endlich, nach fast zwei Wochen, etwas bessert. Sie muß aufhören, sich wie ein Westentaschenhiob zu fühlen. Sie möchte so gern ihre Schultern lockern. Vor Jahren, als sie sich die winzige Rose mit Dolch tätowieren ließ, die sie immer noch auf dem linken Oberschenkel hat, hing im Hinterzimmer des Tätowierungssalons das Bild einer rasierten weiblichen Scham, auf die ein Sternenregen tätowiert war. Als sie nachfragte, erzählte ihr der Tätowierer, die Frau sei spätabends gekommen, nicht im entferntesten so betrunken, wie man meinen könnte, und habe gesagt: »Gerade is' meine Scheidung durch, und nu' tätowierste mir Sternschnuppen auf die Muschi.« Dies ist, metaphorisch, der Zustand von Befreiung und Erlösung, nach dem Chris sich sehnt.

Die Unterwäsche-Idee kommt dem so nah wie möglich. An diesem Nachmittag geht sie vom Sportstudio zu Victoria's Secret, einen Laden, über den sie sich immer lustig gemacht hat, und kauft einen stahlblauen, glänzenden Slip mit einer Öffnung im Schritt. Sie möchte nicht, daß jemand das sieht – nie –, aber sie möchte am nächsten Tag am Grill stehen und wissen, daß sie das unter ihren unscheinbaren Shorts trägt. Ein sexueller Clark Kent.

Sie fühlt sich leichtfertig und albern. Es ist wenig wahrscheinlich, daß sich eine Jazzsängerin namens Hildegarde als jemand entpuppt, die Chris auffangen kann. Sie kann sich niemanden vorstellen, die überhaupt das Zeug dazu haben könnte, auf ausreichend viele Arten richtig zu sein. Taylor war richtig. Und jetzt scheint es, als sei sogar sie falsch gewesen. Wenn Taylor falsch war, wäre jede andere noch falscher. Diese Logik scheint hirnrissig und unwiderlegbar zugleich.

Rachel wohnt in einem Dreifamilienhaus in Andersonville mit einem winzigen Garten, der sehr eigenwillig gestaltet ist – Pflanzen und Gestrüpp von ungewisser Provenienz stoßen an angelegte Beete voll knotiger Wurzelgewächse und Wein. Hier ein Kürbis, dort eine Aubergine. Aus einem weiteren, ansonsten völlig kahlen Flecken ragt ein vereinzelter Büschel Spargel. Neben der Garage ist ein unheilvoll wirkender, übelriechender Komposthaufen.
Chris sieht sich in der Ansammlung von etwa einem Dutzend Menschen um und denkt daran, wie oft sie in wie vielen Chicago-Sommern in das gleiche Bild hineingekommen ist. Die Männer in ausgebeulten T-Shirts und Bermudas mit hängendem Hinterteil, die Frauen in schulterfreien Sommerkleidern, deren Träger von den roten, sommersprossigen Schultern rutschen. Ist das Fest lesbisch, sind sehr wenige oder gar keine Männer da, die Frauen tragen die Bermudas, rollen die Ärmel ihrer T-Shirts hoch.
Der Grill steht immer auf einem Betonstück am Ende der Treppe zum Haus, raucht immer heftig, verkohlt die Bratwürste, die auf dem Rost herumrollen. Hintergrundgeräusche sind Fetzen einer Football-Übertragung von einem fernen Radio, das Summen der Sprinkleranlage im Hof nebenan, das Rattern und Klacken von Bierdosen, die aus der Kühlbox geholt werden. Diese Wiederholung von bereits Erlebtem ist ebenso langweilig wie tröstlich. Heute wird die Langeweile von einer Dankbarkeit für die Vertrautheit des Bildes überflügelt; sie ist froh, daß sie keine afrikanische Trommelsession oder die erste Stunde eines Modern Dance Kurses besuchen muß, für den sie sich spontan angemeldet hat. Irgend etwas mit Abläufen und Regeln, von denen sie keine Ahnung hat. Nichts hier wird sie unangenehm überraschen, hier wird nicht mehr von ihr erwartet als das Absolvieren einiger sozialer Gesten der Höflichkeit.
Die betagten Mütter sitzen in Rollstühlen nebeneinander auf dem

pockigen Rasen, offenbar ohne voneinander zu wissen. Die Männer stehen magnetisch angezogen um einen riesigen Grill, sie sind Männer, die grillen. Einige Frauen sitzen in einem angenäherten Halbkreis von Klappstühlen auf dem Gras, auf einem niedrigen Tisch vor sich Taco Chips und eine Schüssel mit mexikanischen Dips. Die Schwester ist nicht dabei. Sie spielt mit zwei kleinen Kindern, einem Jungen und einem Mädchen, Federball. Chris hat die Schwester ausgemacht, noch bevor sie den eigenartigen Garten, den qualmenden Grill, die behinderten Mütter oder einen der anderen Gäste bemerkt hatte. Was Leigh als *gaydar* bezeichnet, ist ein sehr wirksames Radarsystem, eine Wünschelrute zur Erkundung von Arealen in einer vorherrschend heterosexuellen Welt.

Daniels Beschreibung war richtig; sie ist spektakulär, wenn auch nicht so, daß es unmittelbar mit attraktiv gleichzusetzen wäre. Ein bißchen wie die junge Katherine Hepburn. Rachels Irisches-Landmädchen-Aussehen mit Ecken und Kanten. Man würde sie für Schwestern halten, aber nur, wenn alle anderen, die noch zur Wahl stünden, kleine, mollige Sizilianerinnen wären. Wie Rachel hat sie eine eigenartige Nase, etwas zu groß für ihr Gesicht. Als sie lacht, sieht man, daß ihre Zähne etwas schief sind. Ihr Ausdruck hat eine gewisse Komik. Sie ist keine Frau, die einen sofort auf romantische Gedanken brächte.

Sie hat allerdings eine starke, selbstbewußte Ausstrahlung – die sie, wie Chris vermutet, wohl den vielen Auftritten vor schwierigem Publikum verdankt. Sie fühlt sich wohl mit ihren kleinen Gegnern, damit, daß sie viel schlechter spielt als sie. Sie bekommt den Ball oft nicht, dann lacht sie über sich selbst, was ihr in Chris' Liste einige dicke Punkte einträgt.

Sie hat Chris ebenfalls gesehen. Der Radar funktioniert in beiden Richtungen. Vor kurzem hat Chris ein Aufblitzen des Erkennens gesehen, als der Ball zu weit flog und die Schwester darauf wartete, daß die Kinder ihn holten. Erst eine halbe Stunde später aber ermöglicht es der Verkehrsfluß des Festes, sich zufällig nebeneinander einzufinden.

Chris hat Bud mitgebracht, der ein äußerst liebenswerter Gast ist. Er ist ganz begeistert davon, ins Auto zu springen, um jemanden – irgend jemanden – zu besuchen, winselt vor der Haustür, bis die Gastgeber die Tür öffnen, trottet dann wie verrückt grinsend hinein, in der Erwartung, daß sich alle freuen werden, daß er da ist, was sie unweigerlich tun. Sie glaubt, daß er langsam Taylors Spur verliert. Er wirkt vergnügter, jagt wie früher bei den Spaziergängen den Eichhörnchen hinterher. Zu Hause beschäftigt er sich wieder ausgiebig mit den Kaustreifen, die er in den ersten Wochen von Taylors Abwesenheit in der Ecke liegenließ. Am Wochenende fährt Chris morgens mit ihm spazieren, manchmal zu einem kleinen Strand, den sie in Rogers Park entdeckt hat, und versucht so, ein neues, kleineres Wolfsrudel einzuführen.

Jetzt steht er neben Chris, die (wie so häufig in diesen Tagen) neben sich steht und sich beim Flirten mit dieser liebenswerten albernen Frau zuschaut – nur ein bißchen, nichts Gezieltes oder Intensives. Die, wie sich herausstellt, ihre Musik sehr ernst nimmt. Chris erinnert sich jetzt, daß sie in *The Reader* eine Besprechung über sie gesehen hat. Sie kann auf eine Weise über Auftritte sprechen, die sie nicht im geringsten wie die Frauen an den Münztelefonen im Umkleideraum von Chris' Sportstudio klingen läßt.

Chris beherrscht dieses »Was tue ich«-Geplauder nicht halb so gut. Sie hofft immer, daß niemand sie fragen wird. Es ist ihr nie gelungen, genau den richtigen Ton über ihre Arbeit zu treffen. Sie sorgt sich, daß sie entweder zu flippig klingt – wie ein Fernsehkomödien-Psychiater mit einer Sammlung durchgeknallter Patienten – oder, schlimmer, als halte sie sich für Albert Einstein. Marie Curie. Angehörige eines Unverzichtbaren Helfenden Berufs. Aber Hildy scheint sowieso interessiert, daher hat Chris nicht das Gefühl, etwas zu vermasseln. Aber auch wenn sie das täte, wäre es egal.

»Trägst du ihre Geschichten immer im Kopf mit dir herum, in so einer kleinen Aktentasche, oder kannst du sie alle in der Praxis lassen, wenn du die Tür hinter dir zumachst und nach Hause gehst?«

»Aktentasche im Kopf«, sagt Chris.

»Kannst du ihnen irgendwie helfen?«
»Manchmal. Manchmal habe ich sogar Zeiten, da denke ich, ich helfe allen irgendwie, aber das dauert meist nicht lange. Meistens hab ich das Gefühl, daß ich etwa bei fifty-fifty liege.«
»Wenn ich Songs schreibe, versuche ich mich in das einzuklinken, was hinter unseren kleinen Kämpfen liegt. Vieles am Menschsein ist eigentlich ziemlich komisch, aber ich vermute, wo du bist, kommt von der Komödie nicht mehr viel an.«
»Hin und wieder doch«, sagt Chris. »Natürlich versucht man, das nicht so zu sehen. Es ist nicht die allerbeste Reaktion, während einer Stunde vor Lachen zusammenzubrechen. Jeder will ernst genommen werden. Ihre Probleme – auch wenn sie sie überwinden wollen – sind immer noch Teil ihrer Identität.« Sie schweigt. Ihr ist etwas eingefallen. »Hat deine Schwester dir von meiner ... Situation erzählt?«
Hildy nickt. »Ein wenig. Geht es dir gut?«
»Oh, ich glaube nicht. Nein, eher nicht. Ich kann mir nicht einmal mehr vorstellen, was gutgehen bedeuten könnte.«
»Hey. Du stehst hier und trinkst Bier. Es ist ein perfekter Sommertag. Ich habe meinen weltberühmten Kartoffelsalat mitgebracht. Den kannst du nachher zur Bratwurst essen. Du hast gerade eine neue Bekanntschaft gemacht – mich. Ich meine, wenn man es mal ganz eingeschränkt sieht, könnte man doch sagen, daß es dir gutgeht, finde ich.«
Während sie reden, hockt Hildy sich neben Bud und krault seinen Bauch so sinnlich, daß es auf ihn ganz hypnotisch wirkt und Chris' Aufmerksamkeit auf ihre Hände lenkt, die groß und phantastisch sind – ramponiert, ein Nagel schwarz, die Knöchel der linken Hand verkratzt und verschorft. (Sie finanziert ihre unlukrative künstlerische Arbeit mit dem Renovieren von Wohnungen.) Chris sieht auf die Hände, vielleicht etwas zu lange. Den Bruchteil einer Sekunde sieht sie, wie diese Hände sie festhalten, damit sie sich in einem entscheidenden Augenblick nicht zu viel bewegt.
Sie bemerkt, daß Hildy bemerkt, daß sie ihre Hände bemerkt und beschließt, daß es Zeit ist, sich zu entschuldigen. Sie verabreden

sich nicht, tauschen keine Telefonnummern aus. Chris holt sich etwas zu essen, dann hilft Hildy ihrer Schwester beim Aufräumen, dann wird Chris von Robert Decker eingefangen, einem sehr netten Mann, mit dem sie und Daniel studiert haben. Er hat vor einigen Jahren in die Industrie gewechselt und arbeitet für McDonald's, testet Farben, Sitzordnungen und Stoffmuster darauf, ob sie Hunger auf Hamburger machen. »Conducive ambience studies« wird das genannt. Er erzählt ihr mit unbewegtem Gesicht von dieser Arbeit; sie versucht, mit ebenso ernstem Ausdruck zuzuhören. Er verdient im Jahr vermutlich mehr als sie und Daniel zusammen.

Als sie ihm entkommen kann, sieht sie sich um, kann aber Hildy nicht sehen und möchte sich nicht auf die Suche nach ihr begeben. Also verschwindet sie einfach mit einer schnellen Verabschiedung bei Daniel und einem »Danke für die Einladung« bei Rachel.

Im Auto fragt sie Bud: »Also was meinst du? Sie war eine gute Kraulerin, oder?«

Es war keine Begegnung mit Trommelwirbeln, nicht im entferntesten wie der Abend, an dem sie Taylor kennenlernte, oder auch nur dem Mal, als Renny mit ihrer ersten FedEx-Lieferung auftauchte. Beide Male ging in ihr alles los, als stünde sie in Las Vegas, mitten zwischen den Spielautomaten in Caesars Palace, plötzlich war der Augenblick da, es ratterte um sie herum, durch sie hindurch, stellte den großen Gewinn in Aussicht. Dieser Moment war ruhiger, als säße man am Spieltisch, auf der Hand bereits ein gutes Blatt.

Sie ist nicht sicher, ob sie Daniel nach Hildys Nummer fragen wird, ob Hildy es auf sich nehmen wird, anzurufen, oder ob sie beide den Dingen einfach ihren Lauf lassen werden. Es liegt eigentlich nicht an Hildy oder an dem Nachmittag, oder an irgendwelchen großen Phantasien für die unmittelbare Zukunft, daß Chris auf dem Heimweg das Radio etwas lauter dreht, die Finger der freien Hand durch das Sonnendach streckt, um den Fahrtwind zu spüren. Es liegt nur daran, daß sie zum ersten Mal nach so langer Zeit die Andeutung neuer Möglichkeiten verspürt, daß das

Unbekannte nicht nur düstere Geheimnisse bereithält, sondern auch nette Überraschungen.

»Sie sollten mehr ausgehen«, rät Rosario Chris. Irgendwie hat sie von Chris' Situation Taylor betreffend erfahren, spielt seit einigen Stunden kokett darauf an. (Sie hat Freunde bei der Polizei, das ist vermutlich die Quelle.) »Neue Leute kennenlernen«, fügt sie hinzu, falls sie sich nicht verständlich gemacht hat.
Chris nickt unverbindlich.
Rosario sieht sie scharf an, als sei Chris ein Orakelbild, in dem gerade die Antwort auftaucht. »Ah. Ja?« Rosario beugt sich vor. »Schon jemand Nettes getroffen?«
»Jemand vielleicht Nettes, ja. Es ist noch ziemlich neu«, sagt Chris und weiß im gleichen Augenblick, daß es Zeit ist, das Thema zu beenden.
»Ich rate Ihnen zu einer kleinen Versicherung. Wenn Sie jemand Besonderes gefunden haben, sollten Sie nicht riskieren, daß sie Ihnen entschlüpft. Überlaß nicht alles dem Schicksal, das ist mein Motto.«
»Ich weiß nicht, ob ich das verstehe.«
»Es gibt ein sehr nettes Produkt für diesen Teil, den Anfang. Ich kann es von einer meiner Tanten besorgen, von der South Side.«
»Handelt es sich um Tierinnereien?«
Rosario wedelt Chris' Verdächtigungen und Zimperlichkeiten mit einem Geflirre dunkelroter Nägel fort. »Das ist ein erstklassiges Produkt. Börsenmakler benutzen es. Stewardessen. Es ist sehr subtil. Und einfach. Nur ein Pulver. Sie kochen ein schönes Essen für diese Frau, ja? Es muß ein bißchen scharf sein, wie Bohnen mit Chili. Sie mischen ein bißchen drunter – nur auf ihren Teller. Danach kommt sie zu Ihnen wie verzaubert.« Sie schnipst mit dem Finger, um die todsichere Wirkung dieser Magie zu illustrieren.
Chris versucht, sich diese abenteuerliche Szene vorzustellen. Hildy die Jazzsängerin sitzt nichtsahnend in ihrem Eßzimmer am Tisch und nippt Rotwein, während Chris in der Küche damit zugange

ist, in ein wenig wahrscheinliches Bohnengericht ein Liebespulver einzurühren.
»Jedenfalls vielen Dank«, sagt Chris und versucht, dankbar zu klingen. »Ich glaube, ich sehe einfach mal, wohin die Würfel rollen.«
Rosario ist verletzt. »Machen Sie nur. Beißen Sie sich die Zähne aus. Allerdings sollten Sie mir mehr vertrauen. Sie hätten mir zum Beispiel von ihrem großen Problem erzählen sollen. Ich könnte Ihnen helfen. Jemanden zurückzuholen ist natürlich viel schwieriger. Das geht nicht mit ein bißchen Pulver. Sie müßten Zeit investieren. Neun Mitternächte.«

Drei Tage später bekommt Chris einen Anruf von Sikora.
»Wir haben den Wagen gefunden«, sagt er. »Den Cherokee. In einem Wald an einem See.«
»In Wisconsin«, sagt Chris. Sie hat es die ganze Zeit gewußt.
»Michigan«, korrigiert Sikora sie.
»Ist das … na ja … ein gutes Zeichen?«
»Wir setzen uns deswegen wieder mit Ihnen in Verbindung«, antwortet er.

17

Der Cherokee war nicht abgestellt worden, er lief, bis der Tank leer war, und stand dann einfach das ganze Frühjahr über still da, wo Taylor geparkt hatte, unter einer wachsenden Tarnung aus Bäumen. Aufgrund der unter den überdimensionalen Wagenreifen zerdrückten Blumen, konnte die dortige Polizei bestimmen, daß der Wagen Ende April oder Anfang Mai dort abgestellt worden war, kurz nachdem sie von Zuhause verschwunden war.
Ihre Kameratasche lag auf dem Rücksitz, eine Landkarte von Michigan und eine leere Tüte Mezquite-Chips auf dem Beifahrersitz,

eine halbleere Cola im Dosenhalter am Armaturenbrett. Es scheint, als habe sie sonst nichts dabei gehabt, keine lange Reise geplant.

Die Polizei dieser ländlichen Gegend läßt heute den See von Tauchern absuchen. Desta ist aus Vermont angeflogen. Sie hat ein Auto gemietet und ist allein hochgefahren. Chris konnte das nicht; sie konnte sich nicht dazu bringen, dazusein und sich anzusehen, was immer sie vom schlammigen Grund des Sees hochhieven mochten.

Bisher hat sie getan, was getan werden mußte. Jetzt ist sie nicht einmal mehr sicher, was getan werden muß. Sie ist mitten in der Arbeit. Sie hatte Stunden um acht, neun, dann um elf. Jetzt hat sie ihren Zwei-Uhr-Termin, Clarissa Sims, die ein bißchen rückfällig geworden ist. Die bleiche Innenseite ihres linken Arms, die sie Chris schließlich zeigt, ist mit roten Pünktchen übersät, winziger Schorf, wo sie sich mit einer Sicherheitsnadel gestochen hat.

»Ich versuche, nicht nachzugeben«, sagt sie. »Aber der Druck wird immer stärker, und dann ist es soweit. Danach fühle ich mich eine Zeitlang erleichtert. Und dann verachte ich mich, weil ich wieder so schwach war.«

»Was meinen Sie genau, wenn Sie sagen, der Druck nimmt zu? Können Sie das beschreiben?« Chris versucht, sich weiterhin auf Clarissas Antworten zu konzentrieren, während sie die ganze Zeit nach nebenan lauscht, auf das sporadische Klingeln des Telefons im anderen Zimmer. Nach zweimaligem Klingeln springt der Anrufbeantworter an und schluckt lautlos die Nachrichten. Jedesmal stellt sie sich das Schlimmste vor, sie spürt die schlimmste Nachricht kommen. Falls sie noch nicht hier ist, ist sie auf dem Weg, zischt durch die Luft zu ihr hin – klein und präzise, aber mit furchtbarer Wucht, ein Pfeil mit einer vergifteten Spitze.

Aber als sie das Band abhört, ist der erste Anruf freundlich, von Hildegarde, der Sängerin, Favoritin beim Casting für Chris' romantische Zukunft. Normalerweise würde sie jetzt einen Anflug von Erleichterung spüren; sie ist immer erleichtert, wenn sie zuerst anrufen. Es gibt eine Veranstaltung am Wochenende. Ein Performancekünstler, aber lustig, nicht so hochgestochen. Vielleicht hat Chris Lust mitzukommen. Die Stimme klingt nervös. Chris macht sich nicht die Mühe, das Band zurückzuspulen, um zu hören, *wie* nervös, was sie normalerweise automatisch getan hätte.

Die nächsten beiden Anrufe sind von Patienten. Adele Sidelman sagt den Vier-Uhr-Termin für sich und ihren Mann ab. Chris versucht aus ihrem Ton zu schließen, ob der Grund für die Absage ihre verzankte Ehe, ihre Paartherapie oder eine Vernissage ist.

Der zweite Patientenanruf ist von Nida Louis, die etwas hysterisch klingt. Ihr Mann hat »Belastendes« gefunden. Latexspielzeuge mit Akkubetrieb tauchen vor Chris innerem Auge auf. Eine Tube Gleitcreme in der Nachttischschublade. Scharfe Heimvideos.

Auf dem Band sind keine weiteren Nachrichten, aber die nächste wird die furchtbare sein. Chris weiß es.

Sie weiß nicht, wie lange sie hier gesessen hat, bei der Patience schummelt, mit gekreuzten Beinen in der Sofaecke, wo sonst ihre Patienten sitzen, gegenüber dem Sessel, von dem aus sie lenkt und eingrenzt, was in diesem Raum geschieht. Jetzt aber hat sie über nichts Kontrolle.

Die späte Sommerdämmerung verdichtet sich vor den Fenstern, durchschnitten vom orangefarbenen Schein einer Neonreklame an der Fassade des kleinen Theaters auf der anderen Straßenseite. Autos kämpfen sich unten durch den Verkehr, die Welt um sie herum geht ihren Geschäften nach.

Als sie das nächste Mal aufmerkt, ist es im Zimmer völlig dunkel. Sie kann sich an keinen der Gedanken erinnern, die die verstrichene Zeit gefüllt haben. Vielleicht waren sie alle dieselben.

Die Stille im Raum wird von Theaterbesuchern untermalt, die auf der anderen Straßenseite stehen und in leisem Stimmengewirr reden. Pause. Das Stück, *Wittgenstein beim Frühstück*, ist trotz des Titels gut besucht. Es läuft seit einer Ewigkeit und zieht viele Besucher an. Chris stellt sich eine andere Variante von sich selber vor, eine frühere oder künftige, deren Denken frei genug ist, sich von einem Drama einfangen zu lassen, das auf einer Bühne gespielt wird.

Die Praxistür geht auf, von leisem Schlüsselklappern begleitet. Daniel. Er kommt herein und setzt sich neben sie.

»Sie haben sie gefunden«, rät er.

»Noch nicht. Ich versuche mich auf den Moment vorzubereiten, wenn sie es tun.«

»Ein Auto stehenzulassen bedeutet nicht unbedingt ...« Er beginnt noch einmal. »Ich meine, Taylor war dramatisch. Wenn sie verschwinden wollte, dann als dramatische Inszenierung. Läßt den Motor laufen und geht weg, und wir fragen uns, was los ist.«

»Vielleicht«, sagt Chris. »In Gedanken höre ich schon die ganze Zeit das Telefongespräch. Sikora wird nach dem Namen von Taylors Zahnarzt fragen. Sie hat einige Zeit im See gelegen. Sie werden sie anhand des Gebisses identifizieren müssen. Sie brauchen ihre Karteikarte, um zu sehen, ob es ihres ist.«

Daniel drängt sie nicht, mehr zu sagen, und lange Zeit sagt sie auch nichts. Und dann: »Ich hätte hinfliegen sollen.«

»Nein«, sagt er.

»Nur um dazusein. Und um ihn zu sehen. Den See. Ob er so aussieht wie in meinen Träumen.«

»Du kannst ein andermal fahren. Nicht jetzt.«

Sie legt die Arme um sich. Sie spürt einen plötzlichen Anfall von Kälte, Blut, das auf dem Weg durch ihre Adern zu Eismatsch wird.

»Du kommst darüber hinweg«, sagt Daniel. »Falls sie tot ist, oder selbst wenn sie einfach nur verschwunden bleibt.«

Chris blickt auf die ausgelegte Patience, legt einen roten Buben auf eine schwarze Dame, sagt dann: »Ja, ich weiß. Das ist das traurigste daran, nicht wahr? Ich werde mit Rachels Schwester oder einer anderen ausgehen. Wir werden einen Performancekünstler sehen und danach darüber lachen, irgend etwas Gemeinsames finden, wo wir anfangen können. Ich werde mit ihr ins Bett gehen und in ein Loch fallen, aber nicht in eins ganz ohne Boden. Ich werde mit Renny Schluß machen. Ich werde das als Fortschritt werten. Ich werde dich und Rachel zum Abendessen einladen, etwas aus einem neuen Kochbuch kochen, ein Gericht, das Taylor nie gegessen hat, aber daran werde ich nicht denken. Ich werde eine nervenaufreibende neue Patientin haben; es wird eine Krise geben. Oder mein Vater wird krank. Ich werde mehrere Tage hintereinander nicht an Taylor denken. Nie eine ganze Woche, aber wenn die Gedanken kommen, werden sie nicht mehr so elektrisch sein. Sie wird zu einem Teil all dessen werden, was ich erlebt habe; sie wird nicht mehr ein Teil dessen sein, was ich bin. Das wird der traurigste Moment, und wenn er gekommen ist, werde ich ihn nicht bemerken. Ich schnorchele auf den Bahamas und kaufe bei *Gap* ein T-Shirt. Ich werde ihn überhaupt nicht bemerken.«

Sie sieht zu ihm hin. »Was können wir einander sagen? Jetzt. Ich denke, wir sollten es gar nicht versuchen. Ich möchte nicht hören, was uns einfällt, welche blöden Klischees.« Sie schweigt einen Augenblick. »Arme Taylor. Arme Chris. Diese furchtbare Einsamkeit und Isolation in all dem. Seelen, in getrennten Blasen versiegelt. Wir versuchen, einander zu erreichen, aber Scheiße.«

Er legt ungeschickt den Arm um Chris und zieht sie zu sich hin. Sie bemerkt, daß er nach Limone riecht, ein neues Aftershave.

Auf der Straße vor den Fenstern ist das Stück aus. Das Geräusch ist pure Leichtfertigkeit, das sanfte, gesellige Explodieren von Reden und Lachen, als das Publikum herauskommt, sich in seine einzelnen Teile auflöst, zu getrennten Individuen wird, die zu ihren Autos gehen, ins Café, in irgendeine Art von Zuhause.

»Ach, ihre Zähne werden sie tief beeindrucken«, sagt Chris in die weiche Baumwolle von Daniels Polohemd.

Er löst sich, um sie anzusehen.

»Die Polizei«, sagt sie. »Wenn sie die Röntgenaufnahmen bekommen. Taylor ist in einer Gegend aufgewachsen, wo das Wasser schon ganz früh fluoriert wurde. Sie hat nie Karies gehabt. Ihre Zähne waren perfekt. Perfekt.«

Taylors Zähne zu kennen, ihre Perfektion, ist ein kleiner Trost für Chris, die Kuppe eines Fingers auf dem Ärmel einer Person, die die Luft nahm, sie teilte und durch sie hindurchschritt.

Carol Anshaw

Aquamarin

Roman

Aus dem Amerikanischen von Ebba Drolshagen

Band 13594

Jesse Austin, die Favoritin im Finale über 100 m-Freistil, wird bei den Olympischen Spielen 1968 nur zweite, weil sie einen Augenblick lang mit den Gedanken bei der zarten erotischen Begegnung war, die sie am Vorabend mit ihrer Konkurrentin erlebte. Jesses Leben nach diesem entscheidenden Moment wird in drei verschiedenen Entwürfen erzählt – humorvoll und präzise in der Beobachtung der Frauenalltage zu Beginn der neunziger Jahre. Und wo man im wirklichen Leben einen einzigen Weg wählen muß, überlagern und ergänzen sich im Kopf des Lesers die möglichen Biographien dieser Frau und ergeben erst das vollständig »utopische« Bild ihrer Persönlichkeit. Als ob das wahre Leben in der Literatur stattfände.

»Es ist ein Vergnügen, *Aquamarin* zu lesen.«
Village Voice

fi 398 / 6

Christophe Bataille

Der Herr der Uhren

Roman

Aus dem Französischen von Bernd Wilczek

Band 13877

Über einer namenlosen Stadt thront mächtig und schwer das Schloß des Fürsten Gonzagues. Er beruft Arturo, einen italienischen Uhrenmeister, zu seinem neuen Herrn der Uhren. Arturo pflegt und wartet die unzähligen Standuhren, er unterhält das Verhältnis mit der Zeit. Gonzagues gerät mehr und mehr in den Bann dieses eigentlichen Souveräns. Er, der an überfüllter Langeweile leidet, dem die Zeit zum Albtraum gerinnt, versucht das Geheimnis dieses Mannes zu lüften und sein Glück zu zerstören. Eine poetische Geschichte, eine durchscheinende Parabel über die Vergänglichkeit, die in einem Ton berückender Klarheit von Liebe, Macht und dem Geheimnis der Zeit erzählt.

Fischer Taschenbuch Verlag

fi 3330 / 1

Marie Darrieussecq

Schweinerei

Roman

Aus dem Französischen von Frank Heibert

Band 13718

Eine junge Frau erzählt die unerhörte Geschichte von ihrer langsamen Verwandlung in eine Sau. Als Verkäuferin in einer Parfümerie, die tatsächlich aber ein Luxusbordell ist, muß sie die abwegigsten Wünsche ihrer Kunden befriedigen. Die Verderbtheit ihrer Umgebung berührt aber nicht ihre Naivität, nur ihr Körper reagiert auf die Verrohung und verändert sich. Aus der strahlenden, fülligen, erotischen Frau wird allmählich eine Schweinsgestalt. Sie bekommt Appetit auf Äpfel und Gras, eine dritte Brust fängt an sich zu entwickeln, ihre Haut wird dick und borstig. Zunächst finden die Kunden Geschmack an dieser Metamorphose, doch die fortschreitende Verwandlung läßt sich bald nicht mehr verbergen. Ihr Körper spielt so verrückt wie es die Wirklichkeit längst tut. Die politische Situation steigert sich ins Phantastisch-Willkürliche, doch sie kann sich schließlich in den Wald retten – nun ganz Schwein geworden –, wo sie glücklich mit einem Eber lebt.

Fischer Taschenbuch Verlag

fi 644 / 11

William Trevor

Felicias Reise

Roman

Aus dem Englischen von Thomas Gunkel

Band 13865

Nach ihrer ersten Liebesnacht wird die junge Irin Felicia schwanger, der junge Mann ist allerdings rasch wieder nach England verschwunden, um dort Arbeit zu suchen. Felicia nimmt ihren Mut zusammen, macht sich mit etwas gestohlenem Geld und zwei Plastiktüten auf nach England. Es wird eine trostlose Reise durch eine gesichtslose Industrielandschaft, bröckelnd in der Krise des Nach-Thatcherismus, bis sie Mr. Hilditch trifft, einen ausnehmend aufmerksamen, besorgten ältlichen Herrn. Er ist stets zur Stelle, wenn sie ihn braucht, unaufdringlich, aber unausweichlich, bis sie schließlich in sein Haus einzieht. Immer stärker verdichtet sich die bedrohliche Atmosphäre. Es gibt flüchtige Momente des Unheimlichen, doch die Sicherheit, in der sich Felicia wiegt, beruhigt auch den Leser, läßt ihn an seinem eigenen Verdacht zweifeln, bis sich doch Stück um Stück das grausige Bild zusammenfugt.

Roddy Doyle

Die Frau, die gegen Türen rannte

Roman

Aus dem Englischen von Renate Orth-Guttmann

Band 14204

Paulas Leben ist wahrlich verkorkst. Aber sie könnte nicht sagen, ab wann alles schief lief. Sie hat sich nie angepaßt oder untergeordnet. Wozu auch? In ihrer Jugend war sie widerspenstig, rebellisch und suchte das Abenteuer. Bis sie Charles kennenlernte. Charles, der von allen Charlo genannt wurde. Ein ganzer Kerl, ihre große Liebe, ihr Mann fürs Leben. Sie heiraten und er wird der Vater ihrer Kinder. Der Mann, der sie dann 17 Jahre lang verprügeln sollte. Paula haßt ihn, Paula liebt ihn. Charlo liebt sie und er schlägt sie. Nur der Alkohol hilft Paula, all das zu ertragen. Sie kann weder fortlaufen noch Selbstmord begehen – da sind ihre Kinder, ihr ein und alles. Doch der Alkohol setzt sie auch ins Unrecht. Eine Betrunkene fragt man nicht, wieso sie schon wieder gegen eine Tür gelaufen ist. Wenn sie nur gefragt würde, wo das blaue Auge wieder herkommt. Aber es fragt sie niemand. Bis sie selbst eines Tages die Kraft findet, Charlo auf die Straße zu setzen.

Fischer Taschenbuch Verlag

fi 1028 / 6

Frances Sherwood

Verstand und Leidenschaft

Roman

Aus dem Amerikanischen von Barbara Schatz

Band 12752

Ein spannender und bewegender Roman über das Leben der ersten Frauenrechtlerin, Mary Wollstonecraft, die von 1759 bis 1797 in England lebte. Ihre Kindheit ist alles andere als glücklich. Geprägt durch schreckliche Erfahrungen mit ihrem Vater, beschließt sie, niemals zu heiraten. Früh verläßt sie ihr Elternhaus, arbeitet als Gesellschaftsdame, später als Hauslehrerin in Irland. Dort schreibt sie auch ihre ersten Bücher. Sie werden veröffentlicht und Mary reist nach London zu ihrem Verleger, der sie in sein Haus aufnimmt.
Eine neue Welt tut sich auf: Sie nimmt an den berühmten Donnerstagsgesprächen eines Kreises Londoner Intellektueller teil. Sie schreibt ›Die Verteidigung der Rechte der Frau‹. Nach einer unglücklichen Liebesaffäre geht sie nach Paris, um über die Französische Revolution zu berichten. Trotz ihres Erfolges scheint Mary an dem Konflikt zwischen der Feministin und der liebeshungrigen Frau in sich, oft zu zerbrechen. Aber Verstand und Leidenschaft geben ihr die Kraft, ihr Leben immer wieder neu anzugehen.

Fischer Taschenbuch Verlag

fi 494 / 6

Henri-Frédéric Blanc

Ein toller Abend
Roman
Aus dem Französischen von Claudia Denzler
Band 13699

Im Reich des Schlafs
Roman
Aus dem Französischen von Sigrid Vagt
Band 11674

Der Mann im Lift
Roman
Aus dem Französischen von Sigrid Vagt
Band 11979

Randale
Roman
Aus dem Französischen von Beate Thill
Band 12551

Teufelei
Roman
Aus dem Französischen von Claudia Denzler
Band 12673

Der Wahnsinnshase
Roman
Aus dem Französischen von Claudia Denzler
Band 13261